dtv
premium

Ib Michael

Brief an den Mond

Roman

Deutsch von
Ursula Gunsilius

Deutscher Taschenbuch Verlag

Von Ib Michael
sind im Deutschen Taschenbuch Verlag erschienen:
Die Nacht des Troubadours (24138)
Kilroy Kilroy (24174)

Deutsche Erstausgabe
Mai 2000
Deutscher Taschenbuch Verlag GmbH & Co. KG,
München
www.dtv.de

Titel der dänischen Originalausgabe:
›Brev til Månen‹ (Gyldendal, Kopenhagen 1995)

Umschlagkonzept: Balk & Brumshagen
Umschlagfoto: © Ingrid von Kruse
Satz: Fotosatz Reinhard Amann, Aichstetten
Gesetzt aus der Sabon Antiqua 10,5/12,75˙ (QuarkXPress)
Druck und Bindung: Kösel, Kempten
Gedruckt auf säurefreiem, chlorfrei gebleichtem Papier
Printed in Germany · ISBN 3-423-24197-7

»So there you are,
the fat is in the fire«

Für Sofie

Inhalt

Präludium 9

1. Teil

I Der Hurone und der Pfau 27
II Der Wunsch 42
III Desirée 53
IV Der Mann des Tages 71
V Pharaos Braut 83
VI Bye-bye, love 105
VII Der Brief 113

2. Teil

VIII Die Lieder des Spatzen 123
IX Rotes Tor 134
X Der Obelisk 145
XI Die Verwechslung 162
XII Sister Kate 172
XIII Der Prinz und der Schweinehirt 190
XIV Das Herz des Winters 204
XV Das Perlentor 222

3. Teil

XVI Frühling in der Meinungsgade 233
XVII Brennende Clowns 244

XVIII	Ein Schlüssel für Sister Kate	262
XIX	Das Papierschiff	272
XX	Das Schlaraffenland	292
XXI	Die Stadt der toten Kinder	310
XXII	Der Spiegel	328
XXIII	Schwarze Wände	343
	Koda	357

Präludium

Der Taucher arbeitet sich langsam über das Riff; die Korallen glimmen unter ihm. Alles in Schwefelkiesfarben, grüne Fayence, Formen von unfaßbarer Zartheit, und Versteinerungen, bedeckt von den Armen der Seesterne. Über der unterseeischen Landschaft blinken Pailletten, erschaffen von den Schatten der Wellen. Das Wasser schlägt körperwarm gegen seine Stirn. Die Sonne sticht seinen Rücken mit Strahlen, die vom Boden reflektiert werden und einen Blattfächer am Rand rot aufleuchten lassen.

Er wirft keinen Schatten über den Steinwald. Von oben gesehen ähnelt die Unterwasserlandschaft fossilen Blumenkronen und gotischen Turmspitzen. Abgesehen von einem Knistern, ist es hier still. Eine andere Stille herrscht zwischen den glasierten Säulenformationen und durchschnittenen Labyrinthen. Die Primzahl des Meeres bildet Figuren, die der Verstand nicht begreift.

Er wendet sich gegen die Strömung und die tanzenden Fische. Plötzlich zuckt er zusammen. Eine Schwanzflosse ragt auf, unbeweglich mitten im Geflimmer. Er reichert sein Blut durch den Schnorchel mit Sauerstoff an und taucht hinab. Jetzt kann er es sehen. Ein schattenfarbiges Kreuz nimmt Form an. Ein Flugzeug. Dem Rumpf fehlt ein Flügel, und die Tür zur Kabine steht offen. Sie schaukelt leicht in den Wirbeln, die durch seine Schwimmbewegungen ausgelöst werden.

Das Wrack hängt an einem unterseeischen Steilhang, der zu größeren Tiefen hin abfällt, der Propeller hat sich einmal gedreht und flaggt mit Seegras, das Glas des Cockpits ist von

Schnecken und Seepocken bedeckt. Er schabt mit einem Messer, um einen Blick ins Innere zu werfen, doch er sieht nichts.

Dann schwimmt er zur Kabinentür und faßt an. Durch den Winkel, den das Flugzeug mit dem Riff bildet, und den abgebrochenen Flügel dreht es sich nach oben. Das von Rost zerfressene Metall, das wie Salz rieselt, gibt plötzlich nach, und die Scharniere brechen ab. Erschrocken läßt er die Tür los, die langsam hinabsinkt. Eine schlammfarbene Wolke entfaltet ihren kleinen Pilzhut und nimmt ihm die Sicht.

Als das Wasser wieder klar wird, sieht er den Piloten, der noch an seinem Sitz festgeschnallt ist. Die Sonnenbrille ruht auf einem blauweißen Knochenbogen und nickt ihm zu. Durch die Strömung erhebt sich der Tote in seinem Gurt. Der Augenblick, in dem er aus dem Kreuzband des Sitzes hinausschwebt, ist fast eine Auferstehung. Dann zerfällt das Skelett in weiße Silben, und eine Hand, abgenagt von farbenprächtigen Fischen, verschwindet in der Tiefe.

Der Taucher schießt mit einem Schrei in der Lunge nach oben, bricht durch den Wasserspiegel und japst nach Luft, während das Wasser von der Maske strömt.

DIE TOTEN REITEN SCHNELL.

Im Lichtkegel steht ein Mann. Seine Finger werfen Schatten wie schwarze Stäbe, die auf der gegenüberliegenden Wand flimmern. Indem sich die Finger in den Handschuh hineinstoßen, wird der weiße Stoff gedehnt, und auf der Tapete zeichnet sich eine Figur aus Ebenholz und Elfenbein ab. Er bewegt sich nach einer inneren Musik, nach einer Tonleiter, die sich in einer weit entfernten Zeit verliert.

Die Kastanienblätter beschatten das Fenster, draußen glühen die Farben des Herbstes unter einer kalten Sonne. Irgendwo im Gebäude klingelt ein Telefon, an einem anderen Ort knallt eine Tür, aber auf dem Flur hört man keine Schritte, und das Telefon verstummt wieder, ohne daß jemand den Hörer abgenommen hätte.

Auf dem Tisch steht ein Kalenderblatt in einem Halter. Ein immerwährender Kalender. Das Blatt ist viele Male umgedreht worden. Von der Abnutzung hat es runde Ecken bekommen, und mit den Jahren ist es vergilbt. Vor dem Halter liegt ein Papiermesser. Verloren an eine Abwesenheit ohne Anfang und Ende, schiebt er es hin und her, bis es geradeliegt.

Es ist Vormittag. Der Schatten des Fensterkreuzes ist schon ein Stück an der Wand hinaufgekrochen, und auf dem Bett liegt ein Blumengebinde.

Als die Finger den Schlipsknoten hinauf zum Adamsapfel schieben, erstarrt er. Das Licht legt einen Reflex über das Auge, verwandelt es zu Glas. Er reißt die Krawatte ab und schleudert sie weg, steckt einen Finger unter den Kragen. Zieht den Finger wieder heraus und starrt ihn an. Der Handschuh ist grau von Schweiß. Er verzieht die Lippen, als er ihn abstreift.

Dann wirft er ihn in den Papierkorb, öffnet eine Schublade im Schreibtisch und sucht einen neuen aus, den er mit der gleichen Sorgfalt wie zuvor den anderen auf die Hand zieht. Mit dem Finger auf dem Perlmuttknopf läßt er den Blick noch einmal durch das Zimmer gleiten. Da gibt es keine Spiegel, keine Bilder an den Wänden. Die hellen Vierecke auf der Tapete verraten, wo sie einmal gehangen haben.

Er will einen Blick auf seine Armbanduhr werfen, aber es endet damit, daß er sie schräg in den Lichtstreifen hält. Er kneift die Augenwinkel zusammen, um das Zifferblatt ablesen zu können, tritt dann ans Fenster. Mit einem Ruck an der Gardine schneidet er das Sonnenlicht ab und dreht sich zu einem Schrank mit Magnetschloß. Als er ihn öffnet, entsteht ein kleiner Sog ins Dunkle. Er blättert sich durch eine Reihe rasselnder Kleiderbügel. Als er den Mantel vom Bügel gestreift hat, betrachtet er ihn, als gehörte er einem anderen.

Er legt ihn zusammengefaltet über den Arm, geht zum Bett und nimmt das Blumengebinde. Die Hand auf dem Türgriff, verharrt er. Er wendet sich um, zieht die Schreibtischschublade auf. Dann sucht er ein Paar Ersatzhandschuhe aus dem Stapel und steckt sie in die Tasche.

Er hebt die Reisetasche auf und verläßt den Raum, ohne sich umzusehen.

Auf dem Friedhof warten seine Mutter und die Schwester.

Sie stehen irgendwo in einem Labyrinth aus Hecken. Umgeben von dem Rauschen der Fichten und von Pfaden, die sich zwischen Kreuzen und gestutzten Bäumen teilen.

Sie stehen vor einer Rasenfläche. Auf dem Rasen liegen quadratische Granitplatten, und am Ende der einen Reihe befindet sich ein frisch ausgehobenes Loch.

Eine Gartenschubkarre mit ein paar Schaufeln Erde und ein Spaten stehen bereit.

Ein Mann im dunklen Anzug hält die Urne. Die Mutter beugt sich zur Tochter und flüstert. Der Blick flattert schuldbewußt in Richtung des Gräbers. Er hält jetzt die Urne ein paar Minuten über die verabredete Zeit hinaus, aber das steinerne Gesicht verrät nichts. Die Mutter richtet sich auf und zupft an den immergrünen Blättern des Straußes.

Auf dem Kiespfad hinter der Hecke taucht ein Mann auf. Er hat sie nicht gesehen und ist auf dem Weg in eine der kleinen Anlagen. Hier bleibt er vor einem Sandsteinengel mit bemoosten Flügeln stehen. Er schabt mit dem Schuh im Kies und beugt sich vor, um zu lesen.

Die Schwester ruft ihm zu.

»Hierher!«

Er dreht sich langsam um und erblickt die Gruppe. Die Schwester hebt den Arm ein wenig und winkt. Er winkt nicht zurück, reißt sich von den dunkelgrünen Schatten los. Draußen auf dem Kiesweg legt er einen Schritt zu.

»Ja, dann sind wir beisammen«, sagt die Mutter seufzend. Ihr leichtes Trippeln hört auf. Es wird still auf dem Kies unter den Absätzen. Sein Schatten fällt auf sie beide. Er beugt sich nieder und und streift die Wangen der beiden mit einem Kuß.

Das Nicken der Mutter zum Gräber hin fällt auf unfruchtbaren Boden. Er wendet sich dem Sohn zu, während er den weißen Keramikdeckel der Urne öffnet und ihm den Namen und die Nummer zeigt. Es ist ein maschinegeschriebener Zettel, der auf den Deckel geklebt ist. Der Totengräber erklärt routiniert.

»In der Urne ist eine Kappe aus Keramik, in die der Name Ihres Vaters eingebrannt ist, so daß keine Verwechslung vorkommen kann.«

Der Neuankömmling blickt verständnislos.

»Ich meine, falls er mal umgebettet werden soll. In ein paar Jahren.«

Auf dem Gesicht des Mannes spiegelt sich eine Zerstreutheit, die den Totengräber verunsichert. In der Zwischenzeit ist der Blick des Mannes in eine Baumkrone gewandert, die voller Kiefernzapfen hängt. Zwischen den Zweigen hat er ein Eichhörnchen entdeckt.

Er betrachtet es lange, ohne zu zwinkern. Lange genug, um den Gräber verlegen zu machen.

»Wie ich Ihre Mutter verstanden habe, möchten Sie selbst die Urne beisetzen.«

Der Gräber reicht sie ihm.

Mit den Bewegungen eines Schauspielers nimmt der Mann die Hände aus den Taschen. Die weißen Handschuhe leuchten in der Sonne und nageln den Blick der Schwester fest. Er ergreift die Urne und hält sie von sich ab.

Sie treten auf die Rasenfläche. Der Gräber ist schon mitten in einer neuen Erklärung und wühlt in der Schubkarre.

»Sie müssen dieses hier nehmen.«

Er dreht sich um. In den Händen hält er etwas, das an eine große Grillzange erinnert. Er baut sich mit gespreizten Füßen auf, bereit, etwas zu demonstrieren.

»Falls Sie mal eben ...«

Er macht ein Zeichen, daß der Mann die Urne abstellen soll. Dann öffnet er die Zange und senkt sie über die ausgehobene Grube. Der Gräber demonstriert ein paarmal mit dem Griff das Öffnen und Schließen. Er legt den Kopf schräg und versucht, den Blick des anderen festzuhalten. Bevor er dem Mann die Zange überläßt, will er sich seiner Aufmerksamkeit versichern. Der Mann nickt und tritt vor.

Mit gespreizten Beinen steht er da und senkt die Urne in das Grab. Seine Lippen bewegen sich, doch seine Gedanken werden nicht hörbar. Als er den Boden spürt, macht er mit der Zange eine Drehung. Die Urne steht schief, um ein Haar hätte er noch weiter an ihr herumgerückt.

Er nimmt sich zusammen und ergreift statt dessen den Spaten.

Die erste Welle von kleinen Steinen schlägt gegen die Urne.

Die Mutter und die Schwester sind herangetreten, und beide zucken zusammen. Das nächste ist ein Klumpen schalldämpfender Erde, der von dem Deckel ein würfelzuckergroßes Stückchen freiläßt. Die dritte Schaufel Erde bedeckt alles. Die Trauernden entspannen in den Schultern, und ihre Gesichter werden zu treibenden Wolken.

Schließlich wird die Granitplatte niedergelegt. Der Gräber und der Sohn helfen einander. Der eine klopft etwas Erde, die in der Sonne getrocknet ist, von dem Namen ab, der andere schneidet Ecken aus der Grassode und drückt sie fest an den Stein.

Die Inschrift besteht aus einem Namen und zwei Daten mit einem Stern beziehungsweise mit einem Kreuz. Philip Alexander Michael, lebendig und tot.

Der Sohn reibt mit heftigen Bewegungen die Handschuhe gegeneinander. Dann neigt er den Kopf zu einem letzten Gruß. Er murmelt, indem er die Worte schmeckt, lauter rieselnde Silben.

»Nominae temporis pulvis ...«

Der Gräber strahlt. Es klingt wie eine Litanei. Endlich eine Aura von priesterlicher Autorität.

»Sie sind wohl Katholik?« fragt er. Der Mann sieht ihn entsetzt an und verneint.

Die Mutter hat sich hingehockt, um die Blumen zu arrangieren. Die Augen sind groß und feucht, die Wangen trocken. Sie streichelt die Erde und richtet die Augen auf die Inschrift.

»Hier liegst du und kannst deine alten Reitpfade sehen, Philip.«

Sie verstummt, verlegen über die Worte, die unbeholfener klingen, als sie sind. Sohn und Tochter setzen ein Lächeln auf, das um Entschuldigung bittet. Sie steht auf. Klopft Erde von den Knien.

Die Reihe ist an der Schwester. Ihre linke Hand hat sie mit der rechten umschlossen. Sie beißt sich auf die Unterlippe, legt den Kopf schräg und erblickt das Eichhörnchen über ihrem Kopf.

»Husch!« platzt es aus ihr heraus. Sie verscheucht das Wesen, das erschrocken auf sie hinunterblickt. Es flitzt den Stamm hinauf und verschwindet im Rasseln der Zapfen. Im selben Augenblick kehrt der Mann von seiner langen Reise nach Hause zurück; ein bronzefarbenes Meer von Erinnerung durchwogt ihn, und er nickt seinem Spiegelbild in dem blankpolierten Granit zu.

»Leb wohl, Vater.«

Sie verlassen den Friedhof.

Sie treten in eine Diele. Eine leere Hakenreihe läuft an der Wand entlang; dort steht eine Flurgarderobe aus Teakholz mit eingebautem Spiegel und einem Fach für Kämme und Bürsten. An der Seite hängt ein Schuhanzieher. Eine mit einem Hemd bekleidete Bronzefrau hebt die Lampenkuppel zum Spiegel, der mit einem gelben Licht brennt.

Er hängt den Mantel auf. Mit einer linkischen Handbewegung schirmt er den Spiegel ab. Danach hilft er der Schwester aus dem Mantel. Ihre Blicke begegnen einander, und er räuspert sich. Keiner von ihnen weiß, was er sagen soll. Irgendwo hinter ihnen spricht die Mutter.

»Setzt euch in die Stube, ich mache etwas zu essen.«

Er öffnet die Tür zum Herrenzimmer. Die Handschuhe hat er anbehalten.

Vor dem Schrank, in dem der Vater die Preise von den Reittournieren aufbewahrte, bleibt er stehen. Die großen Silberschalen sind angelaufen, die Rosetten verblaßt, und der Fuchsschwanz hat kahle Stellen bekommen. Die Schwester gleitet um ihn herum und legt einen Arm um seine Taille. Er wendet sich ihr zu.

»Es ist so lange her ...«

»Hundert Jahre und einen Sommer«, ergänzt sie, unsicher, wie sie sich zu diesem Gesicht verhalten soll, in dem das Alter noch ein Blatt gewendet hat.

»Du hast die Briefe bekommen?«

Sie nickt. Er fährt fort, ohne sie zu Wort kommen zu lassen.

»Ich war auf See, als Vater starb, Lichtjahre von hier entfernt ..., ich habe euer Telegramm erst auf Rarotonga bekommen.«

Er gerät ins Stocken, räuspert sich. Die Schwester erlöst ihn.

»Du brauchst nichts zu erklären. Wir sind froh, daß du hier bist. Du hättest es gehaßt, mit in die Kirche zu kommen.«

»Ich hätte ihn gern noch einmal gesehen. Da fehlt etwas.«

»Er hat in der letzten Zeit häufig von dir gesprochen. Wir haben ihm immer gesagt, daß du auf dem Weg nach Hause bist.«

»Hat er gelitten?«

»Am Freitag ist er zusammengebrochen. Am Sonntag war er bei klarem Verstand, Dienstag bekam er Wasser in die Lunge, am Mittwochmorgen ist er gestorben. Zum Schluß war er nur noch ein Vogeljunges mit großen blauen Augen. Ich habe ihn nie so sanft erlebt.«

»Was ist mit Mutter, kommt sie zurecht?«

»Sie kommt zurecht. Sie hat entdeckt, daß es ein Leben nach dem Tod gibt! Sie ist nicht wiederzuerkennen.«

»Lulú ...«

Er wirft einen Blick in Richtung Tür, senkt die Stimme zu einem Flüstern.

»Ich habe sie gefunden!«

Unwillkürlich beginnt auch sie zu flüstern.

»Was hast Du gefunden?«

Er langt nach der Reisetasche. Einen Augenblick schirmt die Hand ihr Gesichtsfeld ab.

Ihr Gesichtsausdruck wechselt. Sie ist auf der Hut vor der jungenhaften Besessenheit, die aus dem Gesicht des Bruders leuchtet. Er läßt sich nicht beirren, klickt lockend mit dem Schloß.

Im selben Augenblick werden sie von der Mutter unterbrochen.

»Essen! Wir können essen!«

In dieser Sekunde, in der dieser Ruf ertönt, der in jedem das Kind weckt, fangen sie an zu kichern.

»Ja, Mutter, wir kommen.«

Auf dem Weg hinunter ins Eßzimmer passieren sie den mittleren Raum der Villa. Die gute Stube. Das Werk der Mutter. Auf der Anrichte ruht ein Elfenbeinzahn, so kunstreich geschnitzt, daß einem ganz warm ums Herz wird. Eine Filigranarbeit – Pavillons, Gärten und Brücken, auf denen ein paar in Kimonos gekleidete Personen stehen.

Hier tranken die Freundinnen Tee aus dünnen Tassen. Pickten mit hochroten Vogelschnäbeln an Keksen. Hier stand der Schrank mit den Kristallgläsern und dem königlichen Porzellan. Die Gemälde hingen in Goldrahmen auf der feinen Tapete, und den Kontrast zu dem Ganzen bildete eine afrikanische Ebenholzfigur mit aufgeworfenen großen Lippen und vorstehendem Bauch.

Damals hingen die Gardinen bis ganz hinunter auf den Fußboden und erinnerten mit ihren Goldquasten an einen Theatervorhang. Aber alles war so hell und leicht, aufgehängt mit Engelsflügeln. Immer frische Blumen und Zweige, ein Duft von ewigem Frühling und Blumentopferde ...

Das Gehirn nimmt das eine wahr, das Auge etwas anderes.

In der Diele stehen Umzugskisten, die Gemälde sind abgenommen, und der Teppich ist zusammengerollt. Eine Filzunterlage ist auf die rohen Fußbodenbretter genagelt. Über der Fensterfront hängt nur eine Gardinenstange, die Tapete ist zerfetzt und das Licht so kalt wie der Raum. Er bedeckt seine Augen.

Sie setzen sich an den Tisch.

Über dem Esstisch schwebt ein Kronleuchter mit gläsernen Lampenschirmen, die wie Glockenblumen aussehen. Das Licht legt sich über das Tischtuch und den Blütenstaub von den Nelken, die sich aus einer Glasvase neigen. Am Ende des Tisches steht ein hochlehniger Stuhl. Der Bruder und die Schwester haben sich hingesetzt. Sie haben die Stühle schräg gestellt, um nicht den leeren Platz sehen zu müssen.

Die Mutter kommt mit einer Platte frischgeräuchertem Lachs herein. Bevor sie Platz nimmt, bietet sie dem Sohn davon an. Es sind mehrere Sätze Teller und Frühstücksbretter auf dem Tisch. Dazwischen stehen Salzstreuer in Form von Silberschwänen, die ihre Flügel entfalten können. Sie bittet den Sohn einzuschenken, Weißwein in Kristall.

Sie stoßen an, und ihre Blicke begegnen einander, verunsichert durch die Situation. Auch in diesem Zimmer sind helle Flächen auf der Tapete, begrenzt von Staubrändern. Die Anrichte fehlt. Das Gemälde – ein Stilleben mit Früchten – hängt noch dort. Ein anderes stellt eine Hubertusjagd dar, mit Reitern in roten Jacken. Da steht eine Vitrine aus Palisander. Die Nippsachen sind ausgeräumt, und die Regalböden gähnen leer hinter dem Glas.

»Ja, entschuldigt, daß es hier so aussieht, aber die Möbelmänner kommen morgen. Es ist also das letzte Mal, daß wir in eurem alten Zuhause beisammen sind.«

Der Sohn stößt mit den anderen an und setzt das Glas ab. Er rollt einen silbernen Serviettenring zwischen den Fingern.

»Was ist mit der neuen Wohnung, magst du sie?«

»Danke, ich beklage mich nicht. Das Treppenhaus ist richtig hübsch, und von der Küche habe ich Aussicht auf die Domkirche und den Fjord. Nimm doch noch Lachs!«

»Nein danke, Mutter.«

»Ich habe Senf für dich gerührt – die Sorte, die du immer so gern mochtest.«

»Danke. Ich glaube, ich lasse ihn für den Käse.«

»Da sind auch aufgewärmter Rippenbraten und Filetsteak ...«

»Es schmeckt wunderbar, Mutter.«

»Ja, ... skål!«

Die Mutter hebt ihr Glas und trinkt. Kurz darauf fällt ihr etwas ein, das sie in der Küche vergessen hat. Als sie sich erhebt und hinausgeht, liegt ihr Lachsbrot unberührt auf dem Teller.

Er nimmt Messer und Gabel und schneidet in das Porzellan. Das dabei entstehende Geräusch läßt ihn aufblicken. Die Augen der Schwester sind naß, sie schluckt und versucht sich hinter der Serviette zu verstecken. Er legt das Messer hin, schiebt eine Hand über das Tischtuch und legt sie auf ihren Arm.

»Lulú ...«

Sie zieht den Arm an sich.

Er will noch mehr sagen, aber die Mutter erscheint mit dem Käse in der Tür. Bevor sie sich hinsetzt und aus dem Brotkorb anbietet, sieht sie aufmerksam von einem zum anderen – streiten sie sich?

»Wir haben dein Zimmer unverändert gelassen. Ich meine, falls du etwas mitnehmen willst.«

»Ja danke, Mutter. Ich werde bestimmt nachsehen – nachher. Ansonsten könnt ihr ruhig alles wegwerfen.«

Sie nickt und schiebt den Käseteller zu ihnen hinüber.

»Das ist ein herrlicher Brie ...«

Sie bedienen sich. Ihre Gedanken gleiten auseinander. Schweigend schließen sie die Mahlzeit ab, während das Licht draußen vor den Fenstern zu einem dunkleren Herbst wechselt.

Während die Schwester abräumt und die Mutter den Kaffee bereitet, streift er allein durch das Haus, öffnet Türen, schaut in Garderobenschränke. Er kauert sich unter einem Treppenabsatz zusammen, wo er in einem früheren Leben Beduine war. Mit gesenktem Kopf, die Arme um die Knie geschlungen, wiegt er sich hin und her und schnuppert. Aber der Duft von der Pferdedecke und dem Filz ist von Reinigungsmitteln aufgelöst worden. Er hebt den Kopf, dann folgt der Körper. Hinter seinen Bewegungen liegt eine schlafwandlerartige Choreographie.

Auf alle Geräusche lauschend, folgt er dem Verlauf der Küchentreppe bis zum Boden. Das Licht fällt in Schächte aus Staub und Spinngewebe. Über dem Hahnenbalken hängt ein

Sattel. Das Leder ist rissig, der eine Steigbügel abgefallen, der Gurt erinnert an einen Fund aus dem Moor.

Er legt eine Hand auf den Sattelknopf; einen Augenblick lang sieht es so aus, als wollte er sich hinaufschwingen. Statt dessen zieht er den Lederbezug in Fetzen ab, und die Lippen formen unhörbar einen Namen. Es kann der Name eines Pferdes sein, das er vor seinem inneren Auge sieht, oder der eines Mädchens, verloren in der Kurve der Zeit.

Mit unerwarteter Heftigkeit tritt er nach einem Pappkarton, der aufspringt. Alter Tannenbaumschmuck verteilt sich im Staub – Glaskugeln und Engelshaar. Die dünnen Silberschalen werden unter seinen Füßen zu Scherben, als er die Bodenkammer verläßt.

Auf dem Absatz bleibt er stehen, lehnt sich über das Geländer. Ihm wird schwindlig sein, denn er holt tief Luft.

Dann öffnet er eine neue Tür.

Er ist in seinem alten Zimmer. ›Jan‹-Bücher, ›Flemming und Kvik auf der Internatsschule‹. Rollen mit Schmalfilm, die er einmal mit Titeln in Schönschrift versehen hat – jetzt sind sie fast völlig verblaßt; ein Kasten für ein Musikinstrument, seine Schnappschlösser sind zusammengerostet. Er versucht nicht, sie zu öffnen. Dann wirft er einen Blick über die formgepreßten Teakholz-Regale, die ausgeräumt worden sind und für die Archivierung der Rechnungsbände der väterlichen Firma benutzt wurden.

Als er den Vorhang zur Seite zieht, wird ein Handwaschbecken mit einem uringelben Streifen sichtbar, der sich vom Hahn bis hinunter zum Abfluß zieht. An der Garderobenstange hängen lauter leere Bügel. Ganz innen im Dunkel, unter der Dachschräge, erblickt er den Umriß eines Bilderrahmens aus Kirschbaum.

Den Rahmen erkennt er wieder. Das Porträt aus seiner ersten Jugend liegt längsseits an der Wand, mit der Rückseite nach vorn. Schichten von Spinngewebe verbinden es mit der Fußbodenleiste. Er angelt es hervor und stellt es hochkant.

Als er es ansieht, durchzuckt es ihn. Entweder hat er es verwechselt, oder die Leinwand ist inzwischen mit Spiegelglas ausgetauscht worden. Er hatte einen achtzehnjährigen Springinsfeld erwartet, und statt dessen befindet er sich Angesicht zu Angesicht mit der stark gealterten Ausgabe eines Dorian Gray.

Er läßt es gegen die Fußbodenleiste fallen und hört, wie das Glas zerbricht, während er weiter seine Spuren zurückverfolgt. Danach zieht er den Vorhang wieder zu, unsicher seiner eigenen Sinne.

Dann verharrt er eine Weile auf dem Flickenteppich und ringt nach Luft. Die Finger spreizen sich in den Handschuhen wie stockfleckige Kreidestummel; er streift Fäden aus klebrigem Spinngewebe von ihnen ab.

An der Wand hängt ein Stimmungsbarometer mit einem Holzzeiger. *Der Herr ist heute* ... FRÖHLICH, TRAURIG, ZORNIG, OPTIMIST. Das ist mit gewöhnlichen Buchstaben geschrieben und in einem Kreis angeordnet. Er kommt ins Grübeln. Dann nimmt er einen Kugelschreiber aus der Tasche und fügt, auf der Platte kratzend, zwischen FRÖHLICH und TRAURIG ein Wort hinzu.

Darauf stellt er den Zeiger. *Der Herr ist heute* TOT, liest man jetzt.

Unter einem Dachfenster steht ein Schreibtisch mit einer roten Architektenlampe. Das Licht zeichnet Karos auf die Tischplatte. Der zwischen den Metallsprossen bröcklig gewordene Kitt ist auf die Schreibtischunterlage gerieselt und hat sich da mit herabgefallenem Kalk vermischt. Er steht da und malt mit einem Finger in den Krümeln. Ein Kreuz, das er wieder auslöscht und durch ein X ersetzt, das dann von einem P übermalt wird.

Mit diesem Zeichen vor Augen fällt er in Gedanken. Auf dem Schreibtisch stehen ein Tintenfaß, dessen Boden von den eingetrockneten Resten schwarz geworden ist, und ein Halter mit einem altmodischen Federkiel. Lange grübelt er über seiner Zeichnung im Staub.

Kurz darauf öffnet er eine Schublade. Er kramt darin herum und fördert eine verschrumpelte Kastanie zutage, die er zwischen den Fingern reibt, bevor er sie zurücklegt. Dann durchblättert er einen Stapel Briefumschläge. Einen nimmt er heraus, hält ihn gegen das Licht. Er zwinkert, dreht das Kuvert um und schüttelt. Etwas fällt heraus.

Mit einem Ausdruck des Erschreckens öffnet sich sein Gesicht; er nimmt den Gegenstand und hält ihn hoch. An den Fingern baumelt ein Herz an einer Goldkette.

1. Teil

I
Der Hurone und der Pfau

Ich stürze in die Stube.

Mutter und Lulú sehen erschrocken auf. Mutter von ihrem Stickrahmen, Lulú von ihren Hausaufgaben.

»Wo ist Vater?«

Mutter seufzt und legt die Stickerei aus der Hand.

»In der Reithalle, nehme ich mal an, warum fragst du?«

Sie trägt eine Brille gegen ihre beginnende Weitsichtigkeit; wenn sie mit jemandem redet, schiebt sie die Brille auf die Nasenspitze.

»Ich bin für die Juniorenmannschaft ausgewählt worden! Wir werden ins Ausland geschickt und sollen dort an einem Reitturnier teilnehmen. Die Pferde kommen mit dem Schiff ...«

Ich bin ganz außer Atem und knipse mit dem Fingernagel auf einen Brief, den ich zur Erklärung aus der Tasche gezogen habe. Lulú wiederholt in einer Stimmlage, die schon fast etwas Sakrales hat: »Ins Ausland, du hast es gut!«

Sie radiert ärgerlich an einer Endsumme. Die Aufgabe will einfach nicht aufgehen.

»Ja, nach Malmø. Wir sollen bei dem Direktor von *Ohlssons Warenhäusern* wohnen. Godtfredsen sagt, daß das Haus riesengroß ist, und die Reitbahnen sind viel schöner als in Kopenhagen!«

»Nein, was du nicht sagst! Da wird sich dein Vater aber freuen!«

Mutter schlägt im Schaukelstuhl die Hände zusammen. Ihr Haar wird von den ersten weißen Streifen durchzogen, und die Augen sind durch die Lachfältchen tiefer geworden.

Draußen in der Küche pfeift ein Kessel. Mutter steht auf und schenkt mir ein Lächeln. Inmitten der Duftwolke, die an meiner Nase vorbeistreicht, schließe ich halb die Augen. Es ist das Alter der Selbstentflammung, die Träume sitzen direkt unter der Haut. Auf einem Rücksitz neulich, kurz bevor die Pfingstsonne zu tanzen begann …

Ich werde aus meinen Träumereien herausgerissen, als Lulú meinen Namen wiederholt, einschmeichelnd.

»Wenn man zwei Brüche dividieren soll …«

»Du kannst gern damit aufhören«, falle ich ihr ins Wort, »ich habe keine Lust, deine Aufgaben zu rechnen.«

Mutter kommt mit Tee und Keksen zurück. Forschend sieht sie von einem zum anderen.

»Streitet ihr schon wieder?«

»Nein Mutter«, sagen wir wie aus einem Mund, während sie Tee in die chinesischen Tassen schenkt. Wir stürzen uns auf die Kekse und futtern die Schale leer.

»Was ist mit dir, hast du keine Hausaufgaben zu machen?«

Ich schnappe mir das letzte Plätzchen mit Streuzucker. Die Antwort geht im Kauen unter.

»Sag mal, machst du überhaupt jemals Hausaufgaben?«

Sie nimmt den Stickrahmen wieder auf und schiebt die Brille an ihren Platz. Zurückgelehnt im Schaukelstuhl, in dem vom Fenster her einfallenden Licht, widmet sie sich erneut ihren Kreuzstichen. Die Uhr mit dem vergoldeten Engel schlägt; es ist drei Uhr nachmittags.

Nachdem ich Tee getrunken habe, ziehe ich mich auf mein Zimmer zurück. Das Dachfenster steht offen. Auf dem Schreibtisch breitet sich ein sonnenwarmes Feld aus. Vom Hof herauf kommen Vogelgesang und der Duft von frisch gewaschener Wäsche und Flieder.

Ich stopfe die Pfeife und zünde sie an. *MacBaren's Mixture* ist ein abgeschlossenes Kapitel, ich habe jetzt meine eigene Mischung, reich an Latakia, und die Pfeife hat einen weißen Punkt bekommen. Das bedeutet, sie ist ein Klassiker; und wenn ich es schaffe, mit den Zigaretten zu warten, bis ich achtzehn bin, kann ich den Führerschein machen. Das ist auch ein Klassiker.

Der Rauch zieht als flacher, blauer Fächer aus dem Fenster.

Ich lege die Platte mit den *Milestones* auf. Die Trompete steigt von den Rillen in einem Wohllaut auf, der fast schmerzt. Der Lack der Platte glänzt, sie ist neu und ohne Kratzer. Ich trommele die Rhythmen auf die Tischplatte und verliere mich an eine Erinnerung. Die Erinnerung an Maiken; sie kam mit dem Sommer und verschwand wieder in einem trüben Herbst.

Seitdem habe ich nichts von ihr gehört. Ich weiß nicht, wie viele Male ich ihr geschrieben habe, ohne Antwort zu bekommen. Briefe in allen Tonarten. Leidenschaftliches Crescendo, angereichert mit Gedichten und fremden Federn, Menuette aus gekünstelter Sorglosigkeit. Ein Tanz auf Glasscherben. Bettelbriefe, nackt wie der Refrain, der sich durch sie alle zieht: Was ist damals geschehen?

Ihre Adresse war ohne Telefonnummer. Das habe ich untersucht. Ich habe ihre Freundin angerufen und um ein Zeichen gebettelt. Alles vergeblich. Von ihrem Bild geht nichts als eine Wüste wachsenden Schweigens aus.

Ich war so verliebt. Und ich verstehe gar nichts. Als der Brief heute morgen durch den Schlitz glitt und auf einem Luftstrom umgedreht wurde, stand alles still, denn die Hoffnung ist verrückt, und die Buchstaben des Absenders strömten in einer glitzernden Sekunde zu einem Banner zusammen, das ihren Namen trug.

Als ich endlich soviel Atem hatte, daß ich den Umschlag öffnen konnte, flossen die Wörter in Tintenwolken heraus. Nun dämmerte mir, daß dort *Matssons Reitschule* stand, so daß ich also den Brief mit in die Kathedralschule nahm und dort in der Pause las. Es dauerte lange, bis ich den Zusammenhang begriff, und ein anderer Himmel tat sich auf.

Der handgeschriebenen Einladung in Direktor Ohlssons Palais am Stortorget war ein offizieller maschinegeschriebener Brief beigefügt. Der bestätigte meine Aufnahme in die

Juniorenmannschaft, und außerdem gab es eine Liste mit den Startzeiten für die Wettkämpfe, an denen wir teilnehmen sollten.

Die Trompete verstummt in einem goldenen Akkord, die Platte läuft aus. Internationaler Wettkampfreiter! Ich sitze da und koste die Worte aus, freue mich maßlos, sie mit Vater zu teilen. Dann springe ich auf und spiele einen Lauf auf dem Saxophon, während die Sonne hinter den Hausgiebel gleitet und die Felder auf meinem Tisch auslöscht.

Wichtige Mitteilungen werden beim Essen bekanntgegeben. So ist es gewesen, solange ich zurückdenken kann.

Vater ist aus der Reithalle nach Hause gekommen. An seiner Kleidung hängt Stallgeruch. Mutter bereitet das Fußbad; mit den Fingern schlägt sie die grüne Flüssigkeit zu Schaum, und in der Stube verbreitet sich ein Duft von Fichtennadelbalsam. Sie stellt das Gefäß mit dem dampfenden Fußbad auf ein Handtuch im Herrenzimmer, so daß Vater es in seinem Lehnstuhl sitzend genießen kann. Dabei liest er die Zeitung oder führt Geschäftsgespräche.

Um halb sechs wird warm gegessen. Auf den Glockenschlag. Sobald die Glocke des goldenen Engels verklungen ist, nehmen wir unsere Plätze ein.

Ich sitze mit dem Gesicht zum Fenster. Zu dieser Jahreszeit, in der noch am Abend die Sonne scheint, ist das Rollo halb heruntergezogen. Es bedeckt genau die Sonnenscheibe; unter seinem Rand bricht sich das Licht und fällt wie die Stäbchen eines Mikadospiels auf unsere Tischdecke.

Neben mir sitzt Lulú. Gegenüber habe ich Mutter; sie ist ein klein wenig nervös. Niemand tut etwas auf seinen Teller, bevor das Urteil gefällt ist.

Vater sitzt am Tischende, und das Ritual ist jedesmal dasselbe. Zuerst probiert er eine Kartoffel. Wenn die in Ordnung ist, bekommt er sofort Soße und etwas Garnitur, die ihn nicht interessiert. Erbsen, Mohrrüben und Salat sind Kaninchenfutter.

Aller Augen hängen an dem Fleisch, das er mit der Bratengabel anhebt, wobei sein Gesicht schon im voraus in skeptische Falten gelegt ist. Der erste Schnitt mit dem Bratenmesser entscheidet alles. Ist das Fleisch mürbe, bricht sich das Lächeln gleich einer Quelle auf unseren Gesichtern Bahn, und wir greifen der Reihe nach zu den Schüsseln. Mutter nimmt als letzte. Die Epoche mit den jungen Hausmädchen ist lange vorbei – sie serviert selbst: holt die Schüsseln herein und trägt ab.

Jetzt ist die Zeit, um Anliegen vorzubringen. Das Rollo glüht an diesem frühjahrshellen Abend wie warme Haut. Ich werfe die Trumpfkarte auf den Tisch. Vater hebt die goldumrandete Einladung auf und hört mir gleichzeitig zu.

»Ich bin für die Juniorenmannschaft aufgestellt worden! Alle anderen sind aus Kopenhagen.«

Er läßt die Einladung sinken und lächelt.

»Ich muß schon sagen, mein Junge! Godtfredsen hat dich in der letzten Zeit ordentlich rangenommen.«

Godtfredsen ist mein Trainer. Er nimmt mich seit langem ernst und rückt regelmäßig mit Tricks und Kniffen aus seiner Zeit als Zureiter heraus. Er hat sogar mit Lis Hartel trainiert, zu der ich aufblicke, denn die ist Spitze. Da sie auch Kinderlähmung hatte, ist es fast so, als wären wir verwandt. Ich habe Wettkämpfe in Gentofte gewonnen und bin im Schulreiten gegen Prinzessin Benedikte angetreten.

Vater langt nach der Karaffe und schenkt Rotwein in mein Glas: »Skål, Söhnchen!«

Wir stoßen an. Ein Ritterschlag in Kristall. Er trinkt aus und kann es sich nicht verkneifen hinzuzufügen: »Dann gibt es also doch etwas, wozu du taugst!«

Das kann meine Freude nicht trüben. Das zeigt nur seinen Sinn für Humor. Mutter ist gerührt und nimmt die Serviette vom Augenwinkel. Jede Form von Rührung wird in der Familie im Keim erstickt. Er zwinkert mir zu.

Lulú schweigt beeindruckt. Ich bin sicher, daß sie wieder mal von einer der Fragen brennt, bei der sich jeder verarscht fühlt. Sie denkt so konzentriert, daß es knistert, und sie versucht es für sich zu behalten. Aber dann platzt sie heraus: »Und wo sollen die Pferde auf dem Schiff untergebracht werden?«

Ich werde ausgestattet wie ein Herzog.

Vater fährt mich zu einem Kopenhagener Geschäft. Im Fenster liegen englische Pferdedecken, auf denen der Platz für das Monogramm ausgespart ist, die Stiefel stehen auf einer kleinen Erhöhung, blank wie Krummsäbel, und die Trensen sehen aus, als wären sie aus Silber. Die Dosen mit Sattelwachs und Lederfett sind reine Gutshofgemälde.

Alles ist funkelnagelneu. Ich straffe den Rücken, als wir bei dem diskreten Läuten der Türglocke eintreten und der Verkäufer hinter seinem Ladentisch hervorkommt. Er ist klein und äußerst elegant. Karierte Weste, Golfschuhe und Gamaschen. Er wahrt kühle Distanz, schätzt mit Pokermiene das Vermögen des Kunden ein. Höflich – natürlich –, aber in Roskilde tanzen alle nach seiner Pfeife. Hier achtet man auf das Eau de Cologne.

Vater beginnt mit der Bitte, daß man den Inhaber holen möge, und ich sehe – die erste Schlacht ist gewonnen. Sein Wille geschieht. Der Inhaber tritt aus dem Schatten heraus und empfängt Vaters Karte; wir befinden uns bereits auf einem Niveau, auf dem der vorher so vornehme Grünschnabel zu etwas reduziert ist, das man nach Belieben springen lassen kann.

Ich probiere Stiefel an und habe dazu auf einem Mahagonistuhl mit Ledersitz Platz genommen. Vor mir neben dem Hocker kriecht der Verkäufer und hilft mir aus dem Schuhzeug heraus und wieder hinein. Das endet damit, daß wir ein Paar handgenähte Stiefel bestellen. Der Inhaber notiert es mit einem wohlwollenden Nicken. Er begleitet uns in die erste Etage, wo hinter einer Modellpuppe mit gestrichelten Filzstücken ein Schneider auftaucht.

Er wirft Stoffballen auf seinen Tisch und läßt Vater die Qualität prüfen. Hier gibt es kein Zögern bei den Preisen; ein paar Worte hin und her, und die Entscheidung ist gefallen.

Der Schneider nimmt bei mir Maß für Jacke und Hose. Die Taschen sollen schräg geschnitten sein, das Leder für die Hose ist beste Qualität, die Handschuhe paradieren in Zellophantüten, und der Perlmuttknopf schimmert matt. Er sticht mich mit Nadeln, zieht das Maßband stramm, während ich die Luft anhalte. Ich bin selbst zu einer Schneiderpuppe erstarrt und spüre, wie der Schweiß unter den Armen hervorsickert.

Er hat ein Stück Stoff um mich drapiert und zieht von der Schulter bis zum Hals einen Kreidestrich. Dann zeichnet er die Revers und streift mit professioneller Miene meine Brustwarze. Er bittet mich, die Beine zu spreizen, und führt das Zentimetermaß an meinen Schritt.

Ich erröte.

Seine Handbewegungen sind gezielt und schnell. Die Zahlen kommen zwischen lauter Nadeln hervor, und der Assistent notiert sie mit angstvoller Konzentration. Falls ihm eine Dezimalstelle abhanden kommt, ist er verloren.

Wir schließen mit einer weißen Halsbinde ab und einer Goldnadel, damit die Binde nicht verrutscht. Als wir das Geschäft verlassen, ist der Läufer ausgerollt, und Vater hat auf alles Prozente bekommen.

Draußen parkt unser *Chrysler Valiant*, der silberfarbene. Wir setzen uns auf die Vordersitze mit den roten Lederbezügen. Das ist ein Vollblut-Auto, und der Motor springt mit raubtierhaftem Schnurren vom Startschlüssel. Als wir auf die Fahrbahn einbiegen und die neu ausgeschlagenen Bäume auf dem Boulevard an uns vorbeizischen, gleiten Blattschatten über die Frontscheibe.

Vater trägt einen weichen Hut und einen Lodenmantel. Mit zusammengekniffenen Augen gleitet er durch den Verkehr. Er fährt ruckartig, hantiert am Schaltknüppel und pumpt mit den

Pedalen. Dann haben wir ganz plötzlich ein Auto mit einer Kopenhagener Nummer direkt an der Kofferklappe. Die Hupe bis zum Anschlag durchgedrückt, versucht der Fahrer an uns vorbeizukommen. Er hebt die Hände in einer ohnmächtigen Geste, als Vater Gas gibt und seine Fahrbahn blockiert.

In den nächsten Minuten verwandelt sich der Boulevard in eine Stock-Car-Bahn. Die Motoren werden bis zum Aufheulen gequält – das kenne ich vom Roskilde Ring, wo vor ein paar Saisons Stirling Moss und Jack Brabram meine Helden waren. Mit schnellen Blicken verfolge ich das Duell im Rückspiegel. Die Autos haben jetzt Racinglack und verchromte Auspuffanlagen.

Es endet mit einer schmerzlichen Niederlage. Plötzlich ist der *Jaguar* unter seiner Kühlerhaube an unsere Seite gesprungen, und Vater landet ganz am Rand, verreißt das Steuer, so daß das Vorderrad in der Rabatte steht. Der Kopenhagener fährt kopfschüttelnd an uns vorbei und gestikuliert in Richtung unseres Nummernschildes, dessen Anfangsbuchstabe verrät, daß wir aus der Provinz sind.

Vater schäumt, er rammt einen *VW-Käfer* und einen achterlastigen *Vauxhall* bei einem einzigen Überholmanöver. Er fährt immer wilder, und ein Hupkonzert verbitterter Autofahrer folgt uns im Kielwasser.

Wir landen im Zentrum. Am Restaurant *Die sieben Nationen* halten wir am Bürgersteig, wo Mutter und Lulú uns erwarten. Sie haben im Warenhaus eingekauft und tragen eine Menge Pappschachteln, die grüne Streifen wie Vanilletüten haben.

Mutter hat einen Tisch mit italienischer Flagge ausgesucht. Auf der Tischdecke steht ein Puppenpaar in Volkstracht.

»Tarantella-Tänzer«, sagt sie, und ich nehme das Wort in den Mund und bewahre es zum späteren Gebrauch auf.

Vater ist immer noch auf dem Kriegspfad. Er beugt sich vor und winkt dem Kellner. Die Nase blitzt bei der Deckenbeleuchtung wie ein Tomahawk. Er verlangt, daß die Tänzer sofort entfernt werden. Schließlich wolle er kein Puppentheater besuchen, sondern etwas in den Magen kriegen.

Denselben Weg gehen die Kerzen. Kerzen gehören an einen Weihnachtsbaum und nicht auf einen gedeckten Tisch – wenn man ihn nach seiner Meinung fragt.

Dem Kellner steht der Schweiß auf der Stirn, als er mit dem Einschenken des Weins beginnt. Nach Großhändlerart wird der im Glas herumgeschwenkt. Vater schmatzt laut und akzeptiert ihn mit einer gnädigen Bemerkung über den Jahrgang.

»Der junge Herr ...?«

Ich nicke eifrig. In ihrer weißen Serviette verneigt sich die Flasche vor Lulú und überspringt sie, während Mutter mit einem Lächeln, das den Kellner weich macht, ihr Glas füllen läßt. Sie hat helle Strähnen im Haar, die Haut glüht unter den Perlen und hebt sich schelmisch. Sein Blick saugt sich an ihrem Ausschnitt fest und gleitet dann über dem Flaschenhals in die Ferne.

Mutter und ich probieren Tintenfisch in Knoblauchöl, und das ist so avanciert, daß wir selbst ganz beeindruckt sind. Wir schwören ja auf das Exotische und unterdrücken die leichte Übelkeit, die uns beim Anblick der Saugnäpfe an den Fangarmen überkommt.

Lulú bekommt Fischfilet auf Roggenbrot, das zu Kanapees geschnitten ist, Vater hält sich an ein Garnelenbrötchen. Wir einigen uns auf Entrecôte mit Pommes frites und Sauce Béarnaise, in deren Konsistenz der Fleischsaft wie eine Wolke eingeht, zusammen mit Fettperlen, die auf dem Porzellan erstarren, als Vater das Fleisch zurückschickt, weil er in seinem Stück eine Sehne hat.

Der Geschäftsführer kommt und bittet sehr um Entschuldigung. Der Küchenchef ist schon dabei, ein neues Stück vorzubereiten, und wenn man ihm auf Rechnung des Hauses einen Kognak zum Kaffee servieren dürfte ...

Es ist eine durch und durch gelungene Mahlzeit, und sie wird mit Eis und Schokoladenmousse gekrönt, das sich beruhigend über die Herzbeschwerden legt, die mich zuvor gequält hatten. Meine Achillessehne entkrampft sich, und die Zehen können sich wieder frei bewegen. Vergessen sind die Minuten, in denen der Appetit in ein schwarzes Loch gesaugt wurde. Vaters innere Huronen haben Frieden bekommen, die Skalplocken hängen an seinem Gürtel. Die Huronen – das sind die bösen Indianer in Coopers Büchern, denen ich nie entwachsen bin.

Er lehnt sich gegen die Rückenlehne, stößt den Zigarrenrauch aus und lächelt Lulú an, die während der ganzen Séance voll demütiger Bewunderung war.

»Na, mein Mädchen, wohin gehen wir jetzt?«

»Ins *Tivoli*!« erwidert sie entzückt.

Sie hat um den Himmel gebeten und bekommt ihn auf der Stelle. Triumphierend schaut sie mich an. Genauso wie damals, als ich ›Ben Hur‹ sehen wollte und wir im Pantomimetheater landeten. Niemals ist mir ein Pierrot dümmer vorgekommen.

Auf dem Weg hinaus zur Garderobe manövriert sie mit ihrem schiefen Schulterwurf die linke Hand in seine. Er vergißt sie, und als er Mutter in den Pelzmantel hilft, bleibt sie in seiner Jackentasche hängen. Ich fitze sie heraus und kneife ihr in den Handrücken, der totes Fleisch ist, seitdem sie vor einer unendlichen Reihe von Jahren aus dem Krankenhaus nach Hause gekommen ist und meine Kindheit auf den Kopf gestellt hat.

Wir gehen ins *Tivoli*. Wie früher laufen die Leuchtreklamen über Dächer und Häuserfassaden. Lulú und ich legen den Kopf zurück, um alles sehen zu können. Das hat sich nicht verändert. Aber an diesem Abend sind die Leuchtstoffröhren verblaßt und haben etwas von ihrer Magie an den hellen Maihimmel abgegeben. Irgendeine Stelle weit unten in meinem Rückenmark signalisiert mir, weiterhin vorsichtig zu sein und Vater nicht auf den Schlips zu treten, denn ich habe abgehoben, wie sie zu sagen pflegen.

In meiner Phantasie wird der Eingang zum *Tivoli* immer ein Tor mit Tempelglocken und chinesischen Schriftzeichen bleiben. An Seidenquasten hängen Unruhen, auf denen die Finger des Windes spielen – immer dieselbe Melodie, immer »Ach du lieber Augustin . . .«

Wir mögen nicht in der Schlange stehen, so kauft Mutter die Eintrittskarten. Ich weiß nicht warum, aber in dem Augenblick, in dem das Drehkreuz am Eingang hinter mir Klick gemacht hat, fühle ich mich wie im Rücken aufgezogen. Auf dem Schwanensee segeln die Vögel mit den verdickten Schnäbeln – rot wie Krapplack –, in gestärkten Federkostümen und mit starrenden Steinkohlenaugen.

Wir bleiben vor einem Kiosk mit Glastieren stehen. Lulú hat ein Souvenir entdeckt. Einen lackierten Fächer mit einem Motiv aus Spanien. Plötzlich sehe ich meine Mutter auf der Litfaßsäule, in gepunktetem Flamencorock, den Kopf über den Kastagnetten mit einer Miene zurückgeworfen, die Männer veranlaßt, mit dem Hut an der Brust auf stampfenden Absätzen vorzurücken. Unter ihren Füßen steht ein einziges Wort: *Sevilla*.

Ich weiß es genau. Alles, was ich mir wünsche, wird zu Bildern. Neben mir steht meine Mutter und trippelt. Nun hat mich Vater zweimal angesprochen, ohne daß ich reagiert habe. Ich spule den letzten Rest des Bewußtseins zurück und fange die Worte auf.

»Gibt es etwas, das du gerne haben möchtest?«

Er hat die Brieftasche gezückt. Lulú wird der Fächer hinausgereicht; Vater sieht mich ermunternd und eine Spur ungeduldig an.

»Nein danke.«

Ehrlich gesagt, ertrage ich es nicht, wenn er sein Geld in dumme Tiere mit Glasaugen investiert, aber ich denke an eine Reise nach Paris, wenn die Zeit reif dafür ist.

Lulú zieht mit Vater ab. Sie will Achterbahn fahren, und hinterher möchte sie eine Waffel mit Konfitüre haben. Ich verstehe nicht, wo sie das läßt, so dünn wie sie unter den Pepitakaros des Spenzers ist.

Mutter wird ein Schein in die Hand gesteckt, bevor die beiden verschwinden.

Wir gehen hinein und machen das Fahrradspiel. Jeder legt Geld auf seine Nummer, und die Puppenjungen jagen los, während das Licht auf den Feldern wechselt. Zuerst schnell, dann langsamer, und schließlich stehen die Räder still. Wenn man gewonnen hat, leuchtet das Feld auf, und auf einer Stange werden einem Goldbarren hinausgereicht. Mutter gewinnt pausenlos; sie strahlt und wechselt mehr Geld ein. Bald beult sich die selbstgestickte Tasche von Goldbarren. Jedesmal, wenn sie gewinnt, werde ich gedrückt.

Ich gewinne nicht ein einziges Mal. Das ist auch egal. Ich weiß, was Vater sagen wird, wenn wir uns vor dem Pantomimetheater treffen. Er wird die Schokoladenstücke und das Geld zählen, das übrig ist. Nach einer Denkpause, in der er sich mit dem Finger an das Kinn klopft, wird er eine Zahl verkünden, gefolgt von der Bemerkung: »Die hätte ich wirklich bei Kai Ottesen billiger gekriegt!«

Das kommt mit einem flapsigen Grinsen. Er tut das ausschließlich wegen der Kopfrechnung. Er ist ein As, wenn es um Zahlen geht. Aber in dem Augenblick, in dem die Worte gesagt sind, zerfallen die Goldbarren in den Schatzkisten der ganzen Welt zu Staub.

Luftschlösser sind nicht gerade das, womit man mich großgezogen hat. Wenn ich auch von hier die Pagode sehen kann, glaube ich deshalb doch nicht, daß ich nach China gekommen bin. Man wird älter, und die Vergoldung verblaßt.

Wir stehen vor dem Pfau und warten. Ich bin mehr beeindruckt von der einfallsreichen Mechanik, durch die sich der Fächer des Schwanzes öffnet und die Bühne sichtbar wird, als von der Komödie. Notfalls kann ich mich mit Harlekin identifizieren, mit demjenigen, »der die Lakritzen auf dem Kostüm hat«, wie Lulú sagte, als wir klein waren. Er stolziert auf der Bühne herum.

Vater und Lulú kommen zu spät. Lulú mit einem Konfitürefleck auf dem Spenzer, den Vater bespuckt und mit einer Papierserviette breitgeschmiert hat. Man sieht noch die Fusseln. Mutter sagt nichts. Wir steigen über die Bänke und finden eine Reihe, in der wir alle vier beieinander sitzen können.

Ich beuge mich flüsternd über Lulú und beginne ihr etwas zu erklären, das ich erst jetzt verstanden habe:

Kassander mit dem dreieckigen Hut und dem Stock ist Kolombines Vater. Sie soll Harlekin, der um sie anhält und in den sie selbst verliebt ist, nicht kriegen.

Jetzt kommt Pierrot ins Bild – tatsächlich fällt er auf die Bühne, indem er sich selbst ein Bein gestellt hat. Anschließend bürstet er Mehl von den Puderquasten, die anstelle von Knöpfen an seiner Jacke sitzen.

Pierrot hilft dem jungen Paar. Mit seinen albernen Manövern gelingt es ihm, Kassanders Zorn abzulenken und so den Weg für ihr Glück zu bahnen.

Ergreifend daran ist, daß er selbst bis über seine großen Ohren in Kolombine verliebt ist. Und niemand weiß es – außer dem Mond.

Harlekin muß nur rhythmisch mit seinem Schwert schlagen, dann fällt Kolombine – nach ihrer letzten Pirouette – in seine Arme. Inzwischen dreht Pierrot seinen Hut. Der ist ebenso groß wie sein weinendes Herz.

Mir tut Pierrot nicht leid. Ich finde, er ist ein Dummkopf.

Lulú versucht mich zum Schweigen zu bringen. Ihr ist die Handlung schnuppe, solange die da oben Arme und Beine hochwerfen und, wenn es vorgesehen ist, auf den Hintern fallen.

Die Pantomime geht mit Lichteffekten und Knallerei über die Bühne. Das bengalische Feuer sprüht blaue und grüne Funken, und Rauch treibt über die Bühne.

Plötzlich sitze ich steif da. Wieder spüre ich das Klicken im Rücken, und es ist, als würde ein Film über das Geschehen auf der Bühne gelegt.

Aus einer Spieldose kommt eine Melodie. Die Kulissen drehen sich. Harlekins Karos werden zu Streifen, und als die Bühne wieder still steht, ist er zu einem Seemann mit Backenbart und Goldohrring geworden.

Ich blinzele. Kolombine stiehlt sich aus ihrem Ballettröckchen und nähert sich mit schaukelnden Hüften dem Seemann, jetzt im seidendünnen Trikot, so daß ihr Geschlecht bei jeder Bewegung einen Rabenflügel in ihren Schoß zeichnet.

Sie nimmt ihre Brüste – vor einem Augenblick noch in pailettenbesticktem Tüll – und bietet sich an, indem sie eine Brücke macht. Unter dem Stoff sieht es so aus, als würden die Brüste in eine langsam fließende Form gefüllt. Sie legt die Schultern auf die schrägen Bretter, schiebt den Unterkörper vor.

Ich habe Hitzeflecken auf dem Hals, werfe einen verstohlenen Blick zur Seite – kein anderer hat das gesehen. Ich habe den Film ganz für mich allein, sitze hier auf einsamer Höhe und glühe.

Es durchzuckt mich. Der Tisch, an dem Kassander zuvor gesessen hat, hängt oben in der Luft. Er ist zu einem turmhohen Katheder geworden, und an ihm thront unser Herrgott mit Puderperücke und in einer weißen Richterrobe. Er sitzt mit einer langen Stange da und schlägt dem Seemann mit einem Goldei auf den Kopf ...

Die Musik ist verstummt. Ein Herr im Frack kommt hinaus zum Publikum und verneigt sich. Ich blinzele wieder, und die vier Mitwirkenden stehen – einander an den Händen haltend und sich verbeugend – auf der Bühne. Als sie sich aufrichten, ist Harlekin kariert, so wie zu Anfang. Das schmächtige Ballettmädchen knickst in ihrem Röckchen. Die Vorstellung ist vorüber. Der Schwanz des Pfaus schließt sich unter vereinzeltem Applaus.

Wir erheben uns. Ich bin gezwungen, mich vorzubeugen, um das zu verbergen, was das Kreuz meines Alters ist.

Mutter sagt etwas in der Richtung von: »Wie stehst du denn bloß da«? und Lulú betrachtet mich mit schläfriger Neugierde. Vaters Blick hängt ein paar Bankreihen weiter vorn an einem anmutigen Sommerhut. Ich habe den Verdacht, daß er seinen eigenen Film im Kopf hat.

Wir schlendern ein wenig herum. Ich lasse mich zu einer

Skootertour mit Lulú überreden, aber ich muß vorsichtig fahren. Wenn meine Schwester müde ist, kann sie kaum ihren eigenen Kopf tragen. Ich bin entsetzt über die Stöße, die uns treffen. Denn jeder von ihnen schickt ihren Kopf auf eine Taumeltour, und sie verbeißt sich den Schmerz, die kleine Seejungfrau, damit der Prinz keinen Verdacht schöpft. Ich drehe verzweifelt am Lenkrad, um Zusammenstöße zu vermeiden. Steuere in das Zentrum und bleibe schließlich ganz still stehen – lange vor dem Abschlußsignal. Lulú sieht mich unglücklich an, und Vaters Augen brennen sich in meinen Nacken.

Und richtig, als ich sie unversehrt aus dem Ring befreit habe, ist sein einziger Kommentar: »Das ist so, als sähe ich deine Mutter Auto fahren.«

Nun ja: Das ist eine glatte Lüge. Mutter fährt hervorragend. Man spürt weder das Schalten noch das Kuppeln, und sie kommt schneller voran als er. Es geschieht nie, daß »das Getriebe grüßt«; sie fährt gleichmäßig und hat ein Gespür für Lücken im Verkehrsfluß.

Ich verstehe gut, daß sie verletzt ist, auch wenn der Hieb eigentlich gegen mich gerichtet war.

Wir verlassen den alten Garten. Als wir draußen auf der Straße und am Auto sind, bricht im *Tivoli* das Feuerwerk los. Raketen zischen in den Himmel, senken sich über das Riesenrad und illuminieren die Dächer der Stadt. Ich bekomme einen Stoß in den Rücken, soll mich auf den Rücksitz setzen. Mutter muß nach Hause fahren. Der Hurone kann in der Dunkelheit nicht so gut sehen.

II
Der Wunsch

Ende des Monats kommt die Ausrüstung.

Ein Bote vom Geschäft bringt sie. Mutter hilft beim Auspacken, während ich nervös um die Pakete herumtrippele.

»Vorsichtig, vorsichtig!«

Als ob etwas davon kaputtgehen könnte.

Unter dem Packpapier wird der Deckel sichtbar. In eine Ecke oben ist ein hufeisenförmiges Logo mit dem Firmennamen gedruckt. Die braunmelierte Pappe riecht nach Sattelschwärze, und der Druck hebt sich mit Kanten ab, die sich wie Bernstein anfühlen und an den Fingerspitzen elektrisieren.

Die Jacke und die Hose sind in Seidenpapier eingeschlagen und von Nadeln durchstochen. Handschuhe und Halsbinde liegen in einer kleinen Schachtel für sich. Als Überraschung hat die neue Reitpeitsche eine Silberkappe mit meinem Monogramm bekommen. Es ist in der gleichen Weise gestaltet wie Vaters; die Buchstaben sind ineinander verschlungen.

Mutter hantiert virtuos mit den Nadeln. Das Ankleiden kann beginnen. Ich ziehe die Hose an, die unten an den Beinen Gummibänder und kleine Reißverschlüsse hat. Mutter hilft mir in die Jacke und knöpft das weiße Hemd oben am Hals auf.

Sie öffnet die Tasche mit einem Trennmesser. Als ich die Hand hineinstecke, spüre ich im Futter eine extra Tasche.

»Was ist das?«

Es platzt aus mir heraus, ohne daß ich überlegt habe. Mutter fühlt nach.

»Ein Gruß von deinem Vater.«

Die Tasche ist für die kleinen Schachteln, mit denen ich zur Zeit herumfummele. Mutter sieht schelmisch aus, nein, sie macht sich lustig, und ich hätte mir die Zunge abbeißen können. Statt dessen drücke ich die Schultern nach hinten und versuche einem Mann von Welt ähnlich zu sehen. Ich will es bagatellisieren, aber die Stimme, gespalten zwischen Falsett und Brummbaß, will nicht gehorchen.

Ich bin weder Fisch noch Fleisch, und im übrigen wird Mutter gerade von etwas anderem in Anspruch genommen. Mit kritischer Miene dreht sie eine Falte um und untersucht die Nähte. Sie hat die Brille auf und pult an einem Faden, dessen Ende vernäht ist. Dann holt sie ihre Stickschere, die wie ein Storchenschnabel geformt ist, zupft hier und schneidet da.

Ich stehe lange starr da. Mit dem Kinn auf der Brust verfolge ich die Bewegungen der Schere. Schneidet sie falsch, wird die ganze Pracht von mir abfallen. Als Kind liebte ich die Szene in ›Aschenputtel‹, in der es von den Vögeln angekleidet wird und die Mäuschen Tim und Bum den Verlauf der Schlacht mit Nadeln und Garnrollen dirigieren, die ebenso groß sind wie sie selbst.

Es klingelt an der Tür. Mutter verschwindet in der Diele. Kurz darauf höre ich Großmutter, und meine Schultern entspannen sich wieder. Ich höre die Bügel klappern, als Mutter den Mantel aufhängt. Großmutter ist nach wie vor der einzige Mensch, den ich kenne, der an einem strahlenden Sonnentag einen Wintermantel trägt. Sie hat Mutter eine Blume mitgebracht, das tut sie immer, und sie kommt in einem Strom von Protesten.

»Nein doch, das solltest du wirklich nicht, ich kann doch selbst ..., nein danke, ich habe Kaffee gekriegt und dazu ein herrliches Stück Backpulverkringel von Dagmars Geburtstag. Ja, ja – es ist doch gut, daß sie noch was davon gehabt hat, bevor sie starb. Heute morgen ist sie nun rausgetragen worden, das kann bald nicht mehr schnell genug gehen ...«

Es hat also im Pflegeheim wieder ein Fest gegeben. Herzlichen Dank – ich habe inzwischen begriffen, daß das Alter aus Geburtstagen und Beerdigungen besteht, und Kaffee und Kuchen gibt es bei beidem. Deshalb verstehe ich auch nicht, warum man ihnen Kreuze setzt. In Dänemark sollten die Toten besser unter vergoldeten Kringeln ruhen.

Großmutter kommt in die Stube. Ich habe die Stellung gewechselt, stehe aber kerzengerade wie die Modellpuppe beim Schneider. Als sie mich sieht, schlägt sie die Hände zusammen und wendet sich Mutter zu:

»Wie fein er ist, unser Herzog!«

Sie kneift mir in die Wange. Das darf sie. Aber sie ist auch der einzige Mensch auf der Welt, der das darf. Ich beuge mich aus dem unsichtbaren Kreis, den ich um mich selbst geschlagen habe, und drücke ihr einen Kuß auf die Stirn.

Großmutter ist in der letzten Zeit alt geworden. Sie kann ihre Beine nicht mehr richtig gebrauchen und manövriert auf Hüftgelenken aus Kalk, der jeden Augenblick zerbröseln kann. Die Gicht macht sie krumm, zieht ihre Finger und Schultern schief. Aber ihr Profil ist markant, und im Kopf ist sie ganz klar, auch wenn ihr das Gedächtnis zuweilen mit unseren Namen einen Streich spielt und ihr die Jahreszahlen durcheinandergeraten.

Großmutter macht es sich im Schaukelstuhl bequem. Mutter stützt sie mit einem Griff unter die Achselhöhlen. Es ist Großmutters eigener alter Schaukelstuhl aus ihrem Haus auf Sankt Jørgensbjerg. Für ihn ist in der kleinen Stube, die sie ihr im Pflegeheim zugewiesen haben, kein Platz. Neulich bin ich dort gewesen. Jedesmal, wenn ich komme, sind aus dem Bett neuen Stative und Griffe gewachsen. Die eine Hälfte ihres Zimmers ist immer noch wilhelminisches Heim, die andere Hälfte ist monströs, und von hier ist Großmutters charakteristischer Geruch verdrängt. Es ist das Krankenhaus, das sich langsam ausbreitet.

Sie will lieber ein dunkles Bier statt Kaffee haben – und 'nen Schluck dazu –, denn sie muß es verdünnen, bevor sie es runterschlucken kann. Mutter weiß genau, um was es geht, und holt den Schnaps. Sie schenkt das Glas halb voll.

Großmutter summt eine Melodie, spitzt die Lippen über dem Schnaps und legt den Kopf zurück. Beim zweiten Glas haben ihre Hände aufgehört zu zittern.

»Scheußlich«, sagt sie und schmatzt laut mit der Zunge. Die Worte sind an niemanden gerichtet, den *wir* kennen. Sie findet Ruhe in einem Sonnenstrahl, der sich auf ihr Gesicht legt.

»Laß mich das hier schnell fertig machen«, sagt Mutter und wendet sich mir wieder zu. Sie mustert mich von Kopf bis Fuß. Was fehlt nur? Die Halsbinde, selbstverständlich. Sie bringt sie mit nestelnden und glättenden Fingern an, schließt mit der Nadel ab.

»So, jetzt bist du unschlagbar.«

Sie tritt einen Schritt zurück und bewundert ihr Werk. Die Handschuhe dürfen im Cellophan bleiben. Sie sollen schließlich nicht schmutzig werden.

Über Mutters Schulter erspähe ich einen Schimmer von Großmutter. Sie sitzt mit der Schnapsflasche da und gleicht einem unartigen Kind. Das Glas hat sie vollgeschenkt und es ausgetrunken, bevor Mutter sich umdrehen kann.

Mit dem Gefühl, daß auch das Alter seine guten Stunden hat, ziehe ich mich in das Schlafzimmer meiner Eltern zurück, um mich selbst in Augenschein zu nehmen. Dort hängt ein Spiegel im Rokokorahmen. Wenn ich in ihn hineinschaue, sehe ich Krinolinen in den Hintergrund gleiten, und ein Flüstern über Puderdosen läßt mich erröten.

Der Raum ist voll von erotischem Geknister; ich kann nur allein hier sein. Die glatten Oberbetten sind eine Täuschung, und der Seifenduft Tarnung für das, was in Wirklichkeit vor sich geht. Nur der Gedanke an jenen Sport, für den ich sonst überall versteckte Winkel finde, gibt mir an diesem Ort eine gewisse Ruhe.

Ich ziehe mir die Stiefel an. Schlaufen und Stahlhaken sind nötig, damit die Schäfte meine Waden mit Hochglanz umschließen. Ich streiche mir das Haar mit fast einer ganzen Tube Brillantine glatt, setze den Helm auf, nehme die Reitpeitsche und wende mich dem Spiegel zu. Nun werde ich es ihnen zeigen, den Krinolinen!

Im nächsten Augenblick stehe ich mit der Nase am Glas und suche nach Pickeln. Ich habe keine, aber eine panische Angst davor. Zu Lulú habe ich nämlich gesagt, daß mein IQ zu hoch ist, als daß ich Pickel bekommen könnte.

Da auch heute nichts zu holen ist, trete ich zurück in Position eins und versuche mir einen Überblick zu verschaffen. Ausgezeichnet – richtig gut! Die Jacke sitzt perfekt, der Waschledergeruch der Reithosen ist neu und rein. Die Füße sind wie in einen Schraubstock eingezwängt. Ich werde sehen, ob man die Stiefel aufblocken lassen kann.

Ich setze das große *blend-a-med*-Lächeln auf. Es welkt sofort. Mein Wangen sind zu rund. Ich sauge sie an die Kieferknochen. Die Lippen sind plötzlich grotesk deformiert. Als es anfängt weh zu tun, lasse ich die Wangen frei. Dann ist der Mund an der Reihe. Man könnte glauben, ich hätte eine Gaumenspalte; die Oberlippe sieht aus wie eine Hasenscharte, und die Nase ...

Wieder der Dolch im Rücken; das Spiegelkabinett im *Tivoli* hätte es nicht besser vermocht. Voller Abscheu wende ich mich ab. Das Stimmungsbarometer schwankt um den absoluten Nullpunkt; es ruft jede verletzende Bemerkung, die in meinem Leben gefallen ist, in die Erinnerung zurück. Noch immer habe ich nicht Helmers Mutter verziehen, daß sie vor zehn Jahren, als ich in den Kindergarten ging, auf einem Fasching gesagt hat, ich sähe aus wie ein kleiner Hitler. Ich trug Pfadfinderkleidung mit einem Hut und Holzschwert, und man hatte mir zu der Gelegenheit einen Oberlippenbart angemalt. Sie ist Jüdin.

Die Verwandlung ist total. Ich bin zu meinem inneren Gefangenen geworden und schleppe mich schwindlig auf den Balkon. Als ich mich über das Milchglas des Geländers und die Blumenkästen lege, in denen Mutter Tomaten zieht, steigt der Erdgeruch auf.

Igitt! Ich bin wieder im Garten der Kindheit, den *Brack & Söhne* zugunsten einer Dauerausstellung von Tonkrügen und Gartenzubehör kassiert haben. Wo die Kastanie seinerzeit ihre Krone über den Rasen breitete, steht ein Vogelbad.

Eine Amsel setzt sich auf den Rand – nein –, sie wäscht ihren Regenwurm, um ganz sicher zu gehen. Platsch, der gelbe Schnabel im Wasserbad, und der Wurm windet sich. Den Schnabel in die Luft, während sie die Beute verschlingt. Vogelhals mit Schlangenbewegungen, und die Amsel trillert. Es ist fast wie ein Gesangbuchvers.

Noch vor einem halben Jahr wäre ich nach oben gelaufen und hätte mein Luftgewehr geholt. Heute reicht es mir, wenn ich ausrechne, wie viele Amselskelette in einen Balkonkasten passen. Mein Schädel eignet sich glänzend zum Durchleuchten der Dinge; ich knalle mit der Peitsche an den Stiefelschaft und marschiere gestärkt in das Schlafzimmer.

Direkt zu Vaters Schublade, die ich herausziehe. Ohne zu zittern taucht die Hand nach der Metallschachtel mit den scharfen Kanten. Die mit der Erdkugel. Ich stecke die Schachtel in die Kondomtasche, und sie paßt haargenau. Dann fällt mein Blick auf ein paar Broschüren, die halb verborgen unter dem Firmenkatalog liegen. ›Variété‹ und ›Eldorado‹.

Die darf ich nicht mitgehen lassen. Ich blättere sie durch und registriere die Bilder für späteren Gebrauch. Dabei bin ich nicht ganz sicher, ob sie es mit dem Niveamädchen aufnehmen können.

Ich verlasse das Schlafzimmer. Großmutter ist inzwischen gegangen. Sie wollte nicht stören.

»Was hast du gemacht?« fragt Mutter.

»Gar nichts!« fauche ich mit gleich starker Betonung auf beiden Wörtern. Sie gibt auf und bittet um die Jacke, die sie auf einen Bügel hängt und mit der Bürste glättet. Innerlich fluche ich. Sie soll die Finger von meinen Taschen lassen, sonst kriege ich die Krätze. In der Diele finde ich den Stiefelknecht, ziehe die Stiefel aus und reiche sie ihr.

»Die müssen aufgeblockt werden!«

Ich reiße die Jacke an mich und nehme sie mit auf mein Zimmer.

Bei einer Single auf dem Plattenteller beginne ich einen neuen Brief an Maiken. Die ersten fünf Bögen scheitern an der Frage, ob der Brief mit *Liebe* oder *Geliebte* beginnen soll. Ich entscheide mich für *Liebe*, und plötzlich ist die gesamte Strategie klar.

Die Wörter sollen ruhig dahinfließen, sie sollen nüchtern sein. Schlicht und ohne Schwulst und Bauchweh sollen sie meine Sache darlegen – mein Verhältnis zu der Tochter von Oberarzt Kølgaard andeuten, aber gleichzeitig betonen, daß ich mich in eine abgehobene – total klasse – Einsamkeit zurückgezogen habe.

En passant werde ich erwähnen, daß ich für die Juniorenmeisterschaften in Malmø aufgestellt worden bin. Am Schluß soll – zwischen zwei Kommas – die Information folgen, daß ich während der ganzen nächsten Woche unterwegs bin. Nein, das ist besser mit einem *PS*! Ich zerknittere das Papier und beginne von neuem.

Als ich den Brief durchsehe, habe ich im Zusammenhang mit der *Einsamkeit* das Wort *abgehobene* vergessen. Das setze ich mit Hilfe eines Tintenwinkels über die Zeile. Ich versinke in Mutlosigkeit. Alles versinkt. Lange philosophiere ich darüber, wie das möglich ist. Das Wort steht doch eigentlich so da, wie es stehen soll: abgehoben. Im wahrsten Sinne des Wortes. Innerhalb der modernen Kunst gibt es ganze Schulen, die solche Dinge in ein System gebracht haben. Ich gebe es auf, den Brief noch einmal umzuschreiben. Auf die Briefe an Maiken verwende ich mehr Zeit als auf Aufsätze und Biologieaufgaben, und meine Zensuren sind entsprechend. Als ich den Umschlag beleckt und zugeklebt habe, tausche ich Otto Brandenburg gegen Tommy Steele aus. Ich wedele die Adresse trocken; das

Herz schlägt mir bis in den Hals hinauf. Hierauf muß sie antworten.

Aus dem Lautsprecher in dem gelben Gehäuse donnert die Siegeshymne »I've got the whole world ...«, vermischt mit den Plattengeräuschen.

Bei dem Gedanken, wo ich die dann eigentlich habe, kriege ich einen roten Kopf.

Ich gehe zu meinem Stimmungsbarometer und überlege, wie ich es heute einstellen soll. Resolut drehe ich den Zeiger auf *Optimist*. Man soll selbst die Hoffnung nie aufgeben.

Jemand ist auf der Treppe. Es sind Lulú und Jeanette; sie poltern mit den Schultaschen am Geländer, plappern auf dem Weg nach oben. Vor meiner Tür wird es einen Augenblick still, Flüstern und Kichern. Jeanette hat sich in mich vergafft. Sie traut sich nicht hereinzukommen. Lulú macht sich über sie lustig. Intensiv starre ich auf die Türklinke, aber sie bewegt sich nicht. Sie verschwinden in Lulús Zimmer.

Ich blicke auf meine Armbanduhr. Die Leuchtzahlen verblassen im Tageslicht, das Zifferblatt wellt sich, und das Glas ist von innen beschlagen. Um die Zahlen wieder zum Strahlen zu bringen, ziehe ich die Leselampe ganz dicht hinunter an die Uhr, danach lösche ich das Licht. Indem es vom Dunkel aufgesogen wird, tickt die Zeit mit ihren grünen Sekunden weiter. Die Uhr hat offenbar zuviel Feuchtigkeit abbekommen. Ich klopfe an das Glas und ziehe die Uhr auf. Noch geht sie.

Es ist soweit für das tägliche Training. Ich ziehe den Vorhang, der vor kurzem vor dem Handwaschbecken angebracht worden ist, zur Seite. Dahinter befinden sich Haken für Handtücher, ein Glasbord mit einem Zahnbecher und ein Spiegel mit verchromten Bolzen. Das ist mein Badezimmer und das Beste, was man für mich getan hat, nachdem ich einen eigenen Schreibtisch bekommen hatte. Außerdem gibt es dort einen Kaltwasserhahn, einen Kleiderständer mit Jacken, Hosen und Hemden, die von der Haushilfe gebügelt werden.

Ich klatsche mir Wasser ins Gesicht und unter die Arme.

Dann ziehe ich mich um. Die alten Reithosen riechen nach Stall. In den Seitentaschen der Duvetinejacke stecken ein paar Sporen, Brotkanten und Würfelzucker für Pep. Das Deodorant gibt seinen Sicherheit verheißenden Duft dazu. Ich ziehe ein Paar Gummistiefel an und fühle mich einigermaßen gerüstet. Putze sicherheitshalber die Zähne.

Der Brief liegt auf dem Schreibtisch. Mit Küssen versiegelt. Ich lasse ihn in die Innentasche gleiten, drücke ihn an die Brust, wo er durch das Pochen des Herzens wie eine Vogelschwinge in der Hand zuckt. In den Achselhöhlen hat sich der Schutzfilm des Deodorants schon stellenweise aufgelöst, und die Feuchtigkeit sticht auf der dünnen Haut.

Draußen auf dem Absatz bleibe ich einen Augenblick stehen, lausche vor Lulús Tür. Dort schliefen wir als Kinder. Das schwarze Telefon, das über meinem Kopfende hing, weckt mich immer noch in meinen Träumen. Jetzt hat sie eine Frisiertoilette mit angezwickter Spitzenkante, und die Flurgarderobe verstaubt in einer Rumpelkammer, in die wir niemals kommen. Sie hat ein Fischernetz mit grünen Glaskugeln sowie Plakate mit Pferden und Kornfeldern aufgehängt.

Ihre Stimmen klimpern, und aus dem Grammophon ertönt klassische Musik. Sie tragen Make-up auf, probieren Frisuren und tauschen die neuesten Nachrichten über Jungs aus. Noch einen Augenblick lang verliere ich mich an die spinettartigen Laute aus dem Jungmädchenzimmer. Dann schleiche ich mich die Küchentreppe hinunter und hinaus auf die Straße.

Die Spitze der Domkirche leuchtet über den Dächern. Unter dem Schild des Autoschrotthändlers wachsen Disteln, und durch den Bretterzaun sieht man Stapel von Autoreifen und Batterien. Überwältigt vom Frühling und dem Vogelgezwitscher, beschließe ich, das Fahrrad stehenzulassen und zu Fuß zur Reithalle zu gehen.

Die Luft flimmert, und auf den Bürgersteig sind quadratische Felder gezeichnet. Ein kleines Mädchen spielt *Himmel und Hölle*. Sie hat Schleifen im Haar, gebunden von Aschenputtels freundlichen Mäusen aus dem Disney-Film. Ich dribbele den Hinkestein, schiebe ihn schwungvoll über die ersten fünf Felder, dabei halte ich die Zunge gerade.

Der Gummistiefel schlabbert um meine Ferse. Ich lande mit zusammengepreßten Füßen in einem Paradiesfeld. Mit einem Unterhandwurf schicke ich den Hinkestein zurück. Er zerbricht auf dem Bürgersteig und fällt dem Mädchen in Scherben vor die Füße. Das fängt an zu heulen.

Ich stecke ihr die Zunge heraus ...

»Pißnelke!«

Dann haste ich weiter.

Es klingt wie ein Japsen nach Luft, als sie mit dem Heulen aufhört. Dann gellt es hinter mir her, noch lauter: »Idiot!«

Ich mache auf dem Absatz kehrt und fixiere sie. Dort steht sie mit abgeschrammten Knien, trotzig und zitternd, aber sie weicht nicht zurück. Ich mache den Schlangenblick. Sie schluckt, kann kaum ein Wort herausbringen, aber dann kommt es. Mit Augen, verengt zu Schlitzen: »Dumm ...«

Das ist ein Kampf bis aufs Messer. Ich blase das Duell mit einem Grinsen ab. Sie hat die Probe bestanden und den Stein der Weisen gewonnen. Aus der Tasche grabe ich ein Zweikronenstück heraus und schnippe es zu ihr hin. Sie strahlt wieder. Denn jetzt kann sie Hüpfsteine in fünf verschiedenen Farben kaufen und einen bunten Lolli lutschen.

Sie stürzt zum Kaufmann.

An der Kreuzung Allerheiligengade und Eisenbahngade steht ein Briefkasten. Den ganzen Weg dorthin vermeide ich es, auf die Striche zwischen den Steinplatten zu treten. Jeder Schritt ist eine Beschwörung und wird auf einer Zehenspitze in dem jeweiligen Feld plaziert. Am Briefkasten bleibe ich stehen, hole Luft und halte sie an.

Bevor ich den Brief in den Spalt gleiten lasse, senke ich den Kopf und wünsche mir etwas.

In derselben Sekunde, in der die Briefkastenklappe zuschlägt, fliegen ein paar Vögel auf. Das Geräusch kommt vom

Gerichtsgebäude. Ich nehme das als ein Zeichen, bevor ich hochblicke. Immer noch ohne Luft zu holen, beobachte ich die Flucht der Tauben. Ich folge ihnen mit den Augen, bis das Licht zu schmerzen beginnt und der Himmel ihre Schwingen in Harlekinkaros ertränkt.

Sie fliegen nach Süden – zur Sonne. Das ist ein gutes Omen. Ich setze auf meinen Glauben. Einen Gott, der diese Art Wünsche nicht erfüllt, kann man nicht gebrauchen.

III
Desirée

Ich habe schulfrei bekommen.

Mein Sportlehrer klingt sarkastisch, als er mir für die Juniorenmeisterschaften Hals- und Beinbruch wünscht. Ich bin ungeschickt am Kasten und auf dem Schwebebalken, schwänze seine Stunden und kann keinen Drill vertragen. Ihm fällt es schwer, mich im Dienst des höheren Schulreitens zu sehen. Ob ich vielleicht vorhabe, *schwedischer* Juniorenmeister zu werden – oder was?

Mein Geographielehrer meint, daß man das Wort *international* für einen Wettkampf in Malmø nicht verwenden kann. Meinem Dänischlehrer ist das egal, wenn ich nur einen Hausaufsatz schreibe.

Ich habe mich von meiner Schwester verabschiedet. Sie ist ganz aufgeregt, wenn sie an die Erlebnisse denkt, die mich auf der anderen Seite des Sundes erwarten, und glaubt, daß uns auf dem Kai Volkstänzer in Empfang nehmen.

Vater und Mutter fahren mich zum Schiff. Einige von ihren Kopenhagener Freunden aus dem Reitsportclub sind ebenfalls gekommen, um auf Wiedersehen zu sagen. Iens Henriksen und Ditte. Henriksen trägt Tweed, Reithosen und eine großkarierte Mütze. Ebenso wie mein Vater ist er Proletarier. Wenn die beiden zusammensitzen – über Kognakschwenkern, die so groß sind wie Goldfischgläser –, kann man es in der Stube wegen ihres Prahlens nicht aushalten. Mutter und Ditte fächeln sich Luft unter die Nase und sagen abwechselnd: »Puh, können wir nicht mal ein Fenster öffnen!«

Und es ist nicht der Zigarrenrauch, den sie meinen.

Ich mag ihn sehr gern. Er ist ein ehemaliger Schlosser, der zu Geld gekommen ist. Er sagt zu seinem Auto *Jaguar*, mit Betonung auf der ersten Silbe, und seitdem er eine eigene Firma hat, schreibt er Jens mit *I*. Er importiert Maschinenteile und Kugellager. Da er über eine Menge Geschäftsverbindungen in Schweden verfügt, meint er, daß ich gleich noch ein paar Tips mit auf die Reise nehmen sollte.

Mutter sieht toll aus. Slacks, Wildlederjacke mit gestricktem Kragen, Tuch um das Haar. Fast achtlos steckt eine Weißgoldbrosche in den Falten der Bluse. Vater trägt seinen üblichen weichen Hut und hat den Lodenmantel über den Arm gefaltet.

Es ist herrliches Wetter. Blauer Himmel über den Möwenschreien.

Ich bin zum ersten Mal in Dragør. Der Pferdetransporter fährt an Bord. Man hört die unruhigen Bewegungen der Tiere, das Dröhnen der Hufe gegen die Balken. Ihre großen Herzen sind voller Angst.

Mutter erinnert mich an die Handschuhe. An damals, als ich für den ersten Preis nominiert war, aber mit den Worten disqualifiziert wurde: *Der Reiter hat eine gute Haltung, aber er darf seine Handschuhe nicht vergessen*. Der Kampfrichter hieß Mørk und wird mir bis zu seinem Ende in Erinnerung bleiben.

Sie kann es nicht lassen, ein letztes Mal an der Halsbinde zu nesteln.

»Mutter!«

Ich schraube den Kopf ganz aus der Fassung. Sie zieht die Hand zurück und lächelt tapfer.

»Toi, toi, toi!« sagt sie.

Ein Auto fährt vor, ein *Packard* mit Chauffeur.

Ein Mädchen steigt aus, schüttelt das Haar unter dem Kopftuch locker. Sie tänzelt nach vorn, beugt sich hinunter und küßt auf die Scheibe zum Chauffeur hin, der jung und schwarzhaarig ist.

Dann ist Vater an meinem anderen Ohr.

»Denk daran, eine Volte sind 9 Meter und nicht 11. Ruhe

bewahren bei der Parade, die Hände nach unten. Regiere mit den Schenkeln und dem Gesäß. Und vor allem lockere Handgelenke, lockere Handgelenke ...«

Gibt es überhaupt irgend etwas, wozu man keine lockeren Handgelenke braucht? Badminton, Petting, Krocket, Tischtennis und Billard. Mach nur! Die Welt verlangt lockere Handgelenke.

»Ritter, Tod und Teufel«, murmele ich.

»Wie bitte!«

Er wirkt mehr verblüfft als fragend.

»Nichts«, sage ich. Ich benutze die Wendung bei jeder Gelegenheit. Sie ist aus den Deutschstunden hängengeblieben. Ich bin ziemlich beeindruckt von ›Faust‹, vor allem von dem Abschnitt, in dem er seine Seele für Fleisch verkauft, das ewig jung bleibt.

Die Mannschaft ist eine Enttäuschung. Besonders die Mädchen. Das eine ist lang und mager, mit einem Seitenzopf und einer Zahnspange. Helle – sie gibt mir die Hand und knickst, ohne mir in die Augen zu sehen. Die andere ist ein Stöpsel und ähnelt mit ihrem kurzgeschnittenen Haar einer jüngeren Ausgabe von Tante Magda. Sie drückt mir nicht die Hand, sie klatscht sie gegen meine. Anschließend kann man nahezu einen Aufdruck erkennen: Datum, Tageszeit und Namen. Julie. Nach dieser Begrüßung muß ich meine Finger ausschütteln.

Die dritte ist zu einem Dasein als flotter Käfer auf dem Strandvej auserkoren. Noch ein paar Jahre, dann wird sie in einer Villa mit Aussicht über den Øresund die gnädige Frau sein. Sie trägt Steghosen. Unter dem Seidenkopftuch ringelt sich eine blonde Locke hervor und krümmt sich zur Nase hoch. Mit einer koketten Bewegung wedelt und pustet sie sie weg. Sie heißt Bente und würdigt mich keines Blickes. Man muß offenbar Chauffeur sein, um in Betracht zu kommen.

Wenn Vater vertraulich spricht, legt er die Hand auf meine Schulter. Ich mache mich frei, schaffe Abstand zu meinen Eltern und gehe an Bord.

Das Ablegen ist eine Enttäuschung. Ich warte auf das Tuten des Nebelhornes, Serpentinen, die sich längs der Reling erstrecken und dann abbrechen. So ist es nämlich in Großmutters Geschichten, wenn ein Schiff vom Kai ablegt. Statt dessen werden mir ein sanftes Schaukeln, Dieselgestank und Geklapper vom Autodeck zuteil.

Wir lassen uns im Salon nieder. Von den Jungs ist der eine Sohn eines Fabrikanten. Sein Name ist Wulff, aber ich darf ihn Henrik nennen. Er ist der *Alte-Junge-Typ* vom Schlage *na-wie-geht's*? Aber nicht einmal im Traum würde er auf die Antwort hören.

Er kauft am Kiosk sofort zwei Schachteln Zigaretten. *Simon Artz*, die mit dem Türkenfes. Die eine öffnet er, zieht das Silberpapier ab und bietet mir mit forschendem Blick eine Zigarette an.

»Nein danke, ich rauche Pfeife.«

Ich stopfe meine *Drei-B-Pfeife* und verdoppele die Rauchwolke. Der andere Kerl heißt Mogens und ist Sohn des Zureiters vom *Holte Reitclub*. Er hat schmale Lippen und einen konzentrierten Blick hinter den Brillengläsern. Man sieht, daß er den Sport ernst nimmt. Wir tauschen uns über unsere Pferde aus, lüften den Schleier um die Stammtafeln. Als er sich auf einem Block Notizen macht, höre ich damit wieder auf.

Ich versuche mich mit der Geschichte von damals, als ich mit Prinzessin Benedikte ritt und ihr Wallach mitten im Wettkampf stehenblieb und stallte, daß es auf den Sägespänen platschte und rauchte. Bente rümpft die Nase und betrachtet mich mit einer besonderen Form von Abscheu, der seine Wurzeln in der vornehmen Villengegend von Gentofte hat. Wenn Vater Geschichten erzählt, lachen die Leute. Wenn ich die gleichen Geschichten erzähle, schauen sie weg.

Henrik hat sich warm gemacht. Er erzählt eine Geschichte, die das Lachen aufbranden läßt. Läßt eine gewagtere folgen. Die Mädchen erröten. Er hat sie schon in seiner hohlen Hand. Bente betrachtet ihn und senkt die mit blauem Lidschatten belegten Augenlider.

Ich gehe hinaus auf das Vorderdeck. Auf den Wellen sind Schaumkronen. Den größten Teil des Weges nach Schweden habe ich Wind im Mund, während die Gedanken zu dem Schiff meiner Onkel gehen. In Eis gepackt, in Nordlicht gebadet – Takelage und Mannschaft zu einem gläsernen Glockenspiel verstummt, das niemand hört. Die größte Schönheit auf der Erde ist stumm.

WIR STEHEN AM KAI in Linhamn. Die Möwen sind die gleichen, die Seeluft ist eine Spur schärfer. Die Autos sind von Bord gefahren, der Pferdetransporter hat die Rutsche mit einem Krachen verlassen und ist in Richtung Malmø aufgebrochen. Ich sauge sie ein – Details, die anders sind. Angefangen beim Zollschild und so weiter. Das ist Schweden. Der Unterschied ist unübersehbar.

Es ist meine erste Auslandsreise ohne Eltern.

Unsere kleine Gruppe schart sich zusammen. Um Henrik. Was nun? Aus dem Brief geht hervor, daß wir vom Wettkampfleiter abgeholt werden und daß Direktor Ohlsson einen Mann schickt, der für die Unterbringung sorgen soll. Nun sind alle von Bord gegangen. An der Anlegestelle ist es leer, und die Stadt wirkt seltsam still für einen Werktag.

Wir spiegeln gegenseitig unsere fragenden Gesichter. Mit geheimer Befriedigung konstatiere ich, daß auch Henrik keine Antwort parat hat. Er ähnelt einem Einfaltspinsel, und Bente hat sich von ihm abgewendet.

Julie sieht sich nach einer Uniform um. Helle meint, wir stünden auf der verkehrten Seite der Fahrbahn; die haben doch Linksverkehr. Einen Augenblick lang herrscht Verwirrung, dann wechseln wir die Seite. Ich nehme den Brief aus der Innentasche, um das zu wiederholen, was alle schon wissen. Als Bente sich nach unten beugt, um mitzulesen, werden wir von einer Parfümwelle überflutet. Ich gewinne einen tiefen Einblick in die

Bluse, dorthin, wo sie weiß und bettwarm ist und wo sich die Brüste in Spitzenschalen runden. Der Absatz, den ich laut vorlesen wollte, bleibt mir rostig im Hals stecken.

Helles Stimme rettet mich.

»Wart einen Augenblick, da kommt jemand ...!«

Als Bente aufschaut, streift mich ihr Blick mit einer Spur von Verachtung. Ich habe sie mit meiner Anwesenheit belästigt; der Körpergeruch schlägt, befleckt von Schuld, aus dem Hemd. Das Merkwürdige an Mädchen ist, daß sie sich die ganze Zeit über zur Schau stellen, um dann sauer zu werden, wenn man sie ansieht. Ich werde nur freigesprochen, weil wir jetzt an anderes zu denken haben.

Ein Flaggschiff, königsblau mit verchromten Leisten und vornehm geschwungenem Trittbrett, ist auf den Kai gefahren. Ich bin der Meinung, daß *Mercedes*, *Cadillac* oder *Buick* es auch getan hätten – aber ein *Bentley*! Der große Motor vibriert unter der Kühlerhaube, das silberne Markenzeichen strahlt von der Vorderseite. Von jetzt ab beginnt das Alphabet mit *B*.

Ich glotze mit den anderen um die Wette.

Bente ausgenommen. Sie steht mit dem Gesicht zum Flaggschiff und hat eine Miene aufgesetzt, die Türen sich öffnen und Chauffeure sich verbeugen läßt.

Der Wagen rollt vor. Er fährt an die Seite, bleibt stehen, während der Motor weiter im Leerlauf vibriert. Mein Respekt hat tiefe Wurzeln. Sie reichen bis in die Zeit zurück, als ich noch Autonummern sammelte und ein *Krone 1*, das Nummernschild des Königshauses, auf dem Domkirchenplatz von Roskilde notieren konnte.

Henrik hat sein Selbstvertrauen zurückgewonnen. Mogens steht nahezu kerzengerade. Helle kaut auf den Nägeln, und Bente schlägt mit dem Pferdeschwanz. Aber keine Tür springt auf. Es ist schwer zu erkennen, was hinter den getönten Scheiben vor sich geht. Schatten bewegen sich.

Ein Seitenfenster verschwindet im Gummistreifen. In diesem

Augenblick bleibt mir die Luft weg – wie ein Sonnenstrahl taucht über dem Rand ein Mädchengesicht auf.

»Seid ihr Dänen?«

Noch lange danach läuten in meinem Kopf die Glocken.

DAS GESCHÖPF HEISST DESIRÉE und offenbart sich als die Tochter von Direktor Ohlsson. Einzelkind, Augenstern – alles, was einem das Herz eingibt. Sie ist ungefähr im Alter meiner Schwester. Ein Sprühregen von Sommersprossen ergießt sich von ihrer Nase bis auf die nackten Schultern, wo die Kleiderträger eine Zeichnung auf der Haut hinterlassen haben, die Sonne und Sommermorgen atmet.

Die einleitenden Begrüßungen haben sich erschöpft; die Mannschaft wartet auf ihren nächsten Zug. Sie hält uns hin. Wir stehen da und reiben vor Verlegenheit die Stiefelspitzen aneinander.

Mit Ausnahme von Bente. Sie macht einen Schritt und stellt sich an die Vordertür. Mit hocherhobener Nase wartet sie darauf, daß Sesam sich für sie öffnet.

Vage erkennen wir die Silhouette eines Mannes am Lenkrad, aber der bleibt unbeweglich.

Desirée schüttelt die anderen ab. Sie wendet den Daumen nach hinten und zeigt auf ein Verwalterauto, das kiesknirschend um die Ecke biegt.

»Jönsson wird euch fahren!«

Das ist ein Volkswagenkleintransporter, der mit seiner offenen Ladefläche einem Roggenbrot ähnelt. Dem Geruch nach zu urteilen, hat er zuletzt Stroh und Pferdedung gefahren. Auf der Ladefläche liegen ein paar Säcke mit Futter.

Mogens ist der erste, der hinaufkrabbelt. Stallgeruch kann den Sohn eines Zureiters nicht anfechten. Galant kippt er für uns andere die hintere Klappe hinunter. Er reicht Bente eine Hand. Sie schnaubt und stampft auf den Asphalt. Dreimal federt sie mit dem Unterschenkel, bevor sie das Hinterteil nach oben bringt – sie ist den Tränen nahe.

Henrik hilft Helle, die Julie am Ärmel zieht, bis der sich zu lösen beginnt. Der Mann, der Jönsson genannt wurde, hebt unsere Koffer auf die Ladefläche.

Die Mädchen setzen sich an den Rand. Sie wippen auf der äußersten Kante, um ihre Reithosen nicht zu beschmutzen. Verloren an diese Perspektive, bin ich der letzte Mann auf der Schanze. Desirée hat die Ellenbogen aus dem Fenster gestreckt – Fingerkuppe an der Kinnspitze. Der schöne Kopf wiegt sich von einer Seite zur anderen, wie ein Kreisel, der kurz davor ist zu fallen. Ihre Augen richten sich auf mich und sind im selben Augenblick voller Lachen.

»Komm hierher, Däne!«

Ich spüre einen Stich über der Nasenwurzel; Bürgersteig und Häuserfassaden stehen erst wieder still, als sie die Tür öffnet und mir mit einem Hüftschwung Platz macht.

So kann es geschehen, daß alles ins Lot kommt und man die Welt mit seiner Losnummer gewinnt.

»Du kannst mit mir mitfahren.«

Päpste sind stolz, Pfauen spreizen sich. Ich werde wie ein Zombie von dem Geruch des Sitzes nach Leder und Sonnenöl überflutet. Den Kopf wage ich nicht zu drehen, sondern sitze nur da, die Hände im Schoß gefaltet.

»Dann fahren wir also, lieber Gustaf ...«

»Das ist Gustaf«, sagt sie völlig überflüssigerweise zu mir. Nichtsdestotrotz ist ihre Betonung betörend, als sie hinzufügt:

»Ein Freund von Papa und Mama.«

Der Mann auf dem Vordersitz dreht sich um. Er trägt wie ich Reitjacke, Hosen und Stiefel. Ein bis zwei Jahre älter als ich, ist er auf eine Weise schlank, die ich nur als aristokratisch beschreiben kann. Er ist blond und hat einen schmalen Schädel mit hellen Augen. Selten habe ich ein so gemessenes Nicken gesehen. Er stellt sich vor, formell bis in die Fingerspitzen.

»Gustaf Hamilton.«

Gleich darauf legt er den Gang ein und läßt den Wagen in einer Weise vorwärtsgleiten, die eher an einen Aufstieg erinnert.

Desirée tippt an meinen Arm.

»Wink doch mal deinen Kameraden!«

Sie benutzt den in Schweden üblicheren Ausdruck *Kumpel*.

Sie hätte ebensogut den Knopf eines Stabilbaukastenkranes drücken können. Sie winken nicht zurück.

Desirée unterhält mich. Mit allem zwischen Himmel und Erde. Mama ist Dänin, deshalb spricht sie meine Sprache. Sie ist mit ihrem Papa im *Tivoli* gewesen. Das Riesenrad ist doch toll, ob ich das nicht auch meine? Sie hat einen Film mit Siw Malmkvist und unserem Henning Moritzen gesehen – ›Verliebt in Kopenhagen‹. Sie summt die Melodie und lacht wie eine kleine Dame von Welt.

Sie zupft mich am Ärmel. Ob ich aus Kopenhagen sei? Ja doch, sage ich schnell, aus einem der Außenbezirke! Ich sehe, daß sie mich nördlich plaziert und bin mit meiner weißen Lüge ganz zufrieden. Nach *der* Einleitung konnte ich mit meiner Herkunft aus Roskilde nicht viel Staat machen.

Die Notlüge wird mit einem romantischen Lächeln belohnt. Eine Weile schweigt sie, lehnt den Nacken zurück gegen den Sitz und läßt kleine und große Kurven unsere Schultern zusammenführen. Bei jeder Berührung gibt es eine elektrische Reaktion in meiner Wirbelsäule, während der übrige Körper zu Gelee wird, das sich ihr willig zuführen läßt.

Seitdem wir einander vorgestellt wurden, hat uns der Mann am Steuer den Rücken zugekehrt. Jetzt wendet er uns das Profil zu und übernimmt die Konversation. Ich verstehe, daß Gustaf Hamilton in der schwedischen Mannschaft, gegen die wir antreten sollen, ein Star ist und protestiere im übrigen nicht, als er mich – wie selbstverständlich – als Leiter der dänischen Mannschaft anspricht. Wenn man sich erst einmal auf die schiefe Bahn begeben hat, kann man ebensogut gleich die ganze Rutschtour nach unten genießen.

Ich nicke und sage ansonsten zu allem, was ich nicht verstehe,

Aha! Dabei wird meine Betonung in dem Maße, in dem ich mich einhöre, mehr und mehr schwedisch.

Aber ohne Desirées Unterstützung sind die Wörter sinnlos. Die Sprache welkt zu leeren Sprechblasen, und ich spüre, wie meine Gesichtszüge von dem Ausdruck einer nahezu unerträglichen Dummheit verzerrt werden. Es ist für uns beide eine Erleichterung, als Gustaf Hamilton schließlich in ein formvollendetes Englisch wechselt.

Ein leises Rauschen kommt von den Fenstern, als wir an der Küste entlanggleiten – durch ein schwedisches Strandvejviertel, das dem auf der anderen Seite des Sundes sehr ähnlich ist. In einer Kurve holen wir den Pferdetransporter ein, der vor uns von Bord gefahren ist. Der Kastenwagen versperrt uns die Aussicht nach vorn, und Hamilton berührt fast schon mit der Kühlerfigur den äußeren Schmutzfänger. Er reißt am Lenkrad, um vorbeizukommen, pumpt den *Bentley* mit dem Gaspedal auf.

Als es nicht beim ersten Versuch gelingt, drückt er die Hupe bis zum Anschlag durch. Ich spüre, wie sich die Unruhe der Tiere durch den singenden Asphalt verpflanzt, und ein Paar Pferdehufe schlägt gegen die hintere Klappe. Als er auf die Überholspur ausweicht, fügt die Zentrifugalkraft Desirée und mich zusammen. Ein paar selige Sekunden lang spüre ich, wie sich ihre Hüfte gegen meine preßt.

Eine Weile später fahren wir stumm, begleitet von dem Vogelgesang, der aus den Villengärten dringt.

Die Prinzessin auf dem Rücksitz gähnt. Bei mir liegen die Nerven bloß. Wenn ich sie eine Sekunde langweile, bekomme ich den Abschied: *Hau ab, Kleiner!*

Es sind keine geringen Erwartungen, die ich erfüllen soll. Wenn sie in ihrem Traum Siw Malmkvist ist, muß ich Henning Moritzen sein. Um der Wahrheit die Ehre zu geben, habe ich mit dem ersten Liebhaber von ganz Dänemark wenig Ähnlichkeit.

Andererseits habe ich gerade in der Schulkomödie des Jahres den Müllmann gespielt – Alfred Dolittle in ›My Fair Lady‹. Ich habe sein Lied zum Erfolg gebracht.

Das erzähle ich ihr. Das heißt, im letzten Augenblick verwandele ich mich in den Professor, der von dem flottesten Kerl der ganzen Schule gespielt wurde. Das geht glatt runter. Sie summt ›I could have danced all night‹, und ihr Mund ist zum Küssen geschaffen.

Das letzte bleibt nur ein Gedanke.

DER STORTORG IN MALMØ ist die erste Haltestelle. Mit einem Blick, der die alten Fassaden rund um den Marktplatz liebkost, steige ich aus dem Auto. Trotz meiner stockdänischen Erziehung gelingt es mir, Desirée die Tür aufzuhalten. Sie steckt einen Knöchel heraus, der noch vor zwei Sommern sowohl von Hinkesteinen als auch vom Kettenschutz abgeschrammt war.

Jetzt gehört er einer Lady, die so schön ist wie keine zweite.

Sie schüttelt das Plissee des Sommerkleides aus. Anschließend schmiegt es sich an ihren Körper, ohne abzustehen. Schuhe und Gürtel passen gut zusammen und sind zweifellos aus demselben Modehaus. *Ohlssons* ist in Schonen ebenso bekannt wie *Magazin* in Dänemark.

Sie zeigt auf ein Palais mit mehr Fenstern und Erkern, als ich zählen kann.

»Hier werdet ihr wohnen.«

Sie schiebt die Locken hoch und schüttelt sie wieder nach unten.

»Hier wohne ich nämlich!«

»Und Mama und Papa«, fügt sie etwas später hinzu, als gehörten die in eine völlig andere Welt.

Der Volkswagenkasten fährt klappernd auf den Markt. Die Kumpel krabbeln da oben zwischen Koffern und Futtersäcken herum.

Gustaf Hamilton rollt die Scheibe hinunter, setzt die Reitkappe auf und startet seinen *Bentley.* Er grüßt, indem er die Finger an den Schirm führt.

»Wir sehen uns auf der Rennbahn!«

Dann macht er für mich das Zeichen mit dem Daumen.

»May the best man win!«

Als er losfährt, gebe ich das Zeichen zurück. Er hat Desirée die ganze Zeit über wie eine liebe kleine Schwester behandelt. Ich glaube nicht, daß zwischen ihnen etwas ist. Sie wirken wie reiche Kinder, die sich schon immer gekannt haben und die sich deshalb nicht als Erwachsene lieben können.

Jetzt hält dort, wo der *Bentley* mit seinen polierten Radkappen stand, der VW-Transporter. Man kehrt immer in eine andere Wirklichkeit zurück, und ich verstehe plötzlich, daß Faust den Augenblick festhalten wollte. Ich muß traurig oder abwesend gewirkt haben, denn Desirée kneift mir in den Arm und unterdrückt ein Kichern.

Da ist wieder Bente. Ihr muß jemand von der Ladefläche herunterhelfen. Sie hat gewiß schon eine Weile dagestanden, den Blick in die Ferne gerichtet. Ich gehe hinüber.

Aber bevor ich da bin, hat Jönsson die hintere Ladeklappe geöffnet und Bente zu sich hinuntergehoben.

Sie ist wütend. Mit Armen wie rückwärtsgewandte Mühlenflügel klopft sie den Schmutz von ihrem Hosenboden. Einen Augenblick lang ähnelt sie einem Hund, der seinen eigenen Schwanz jagt. Dann erblickt sie mich und zischt aus einem Mundwinkel: »Ein richtiger Gentleman hätte mir den Platz überlassen!«

»Der richtige Gentleman ist eben abgefahren«, antworte ich angemessen geheimnisvoll, um jeden weiteren Gedanken in Bentes Kopf zu blockieren.

Erst jetzt sieht sie das Palais, in dem wir untergebracht werden sollen.

Es wirkt wie ein Erwachen, als sich ihr Gesichtsausdruck zu verändern beginnt. Langsam heben sich ihre Hände zu Haar und Kopftuch. Mit einer Mundbewegung bringt sie den Lippenstift zum Glänzen. Sie macht sich hübsch. Die Zeit ist gekommen, um unsere junge Gastgeberin zu begrüßen.

Helle springt ohne Hilfe. Dann folgen die anderen. Tick, Trick und Track; Desirée nimmt sie gnädig auf dem Treppenabsatz in Empfang.

Die Eingangstür ist aus Mahagoni – und so vornehm, daß sie an den Deckel eines Sarkophags erinnert. Allein die Tatsache, daß ich jetzt nicht hingehen, ihr die Hand geben und mich vorstellen muß, bekundet meine Sonderstellung. Mogens ist schwer beeinduckt. Henrik kann nicht umhin, mir zuzuflüstern: »Ist sie nicht ein bißchen jung?«

Ich brauche ihm nicht einmal zu antworten. Mein Zustand nähert sich dem Stadium der Unverwundbarkeit.

Wir stehen in einer Aula mit Marmorfliesen und Bronzebüsten.

Es gibt Personal, um das Gepäck hineinzutragen. Der Raum erstreckt sich über mehrere Etagen mit Treppenabsätzen und wird oben von einem gewaltigen Leuchter aus erstarrtem Laub und Weintrauben gekrönt.

Desirée hat sich unsichtbar gemacht – oder richtiger, sie ist, während sie sich zum Lunch umzieht, von ihrer Mutter abgelöst worden. Die Mutter freut sich über den Besuch der Dänen. Unter viel Geplauder werden uns Zimmer angewiesen. Mogens und ich sollen zusammen schlafen, die Mädchen bekommen je eine Kammer und Henrik ein Zimmer für sich allein.

Ich mag die Mutter. Sie ist klein und mollig, keine Spur vornehm. Die feine Garderobe trägt sie nahezu als Entschuldigung. Sie wirkt ganz alltäglich. Wenn man es nicht besser wüßte, könnte man sie für die Köchin halten. Sie spricht ein Eliza-haftes Dänisch, wie in dem Westviertel von Kopenhagen üblich, ganz ohne den Akzent der Tochter. Ich darf sie Vivi nennen. Das toupierte Haar und das starke Make-up verbergen eine stille Trauer darüber, daß sie nicht mehr das schönste Mädchen aus ihrer Straße ist.

Es stellt sich heraus, daß sie Jens und Ditte sehr genau kennt und meine Eltern bei uns zu Hause besucht hat. Sie hat meinen Vater als einen Schelm und Charmeur in Erinnerung. Als sie mich kurz darauf den *jungen Henriksen* nennt, korrigiere ich sie nicht.

Sie hat die Tür zu einem Badezimmer geöffnet, wo ich mich frischmachen kann – zuerst zum Essen, dann für die Wettkämpfe am Nachmittag. Allein schon der Flor der Handtücher ist ausreichend, um mir den Atem zu nehmen.

Sie zeigt mir, wo sich der Schalter in seiner Kuppel aus poliertem Messing befindet. Dann schließt sie die Tür und läßt mich allein.

Als ich den Kontakt betätige, explodiert der Raum in Spiegeln. Ich stehe in Sälen, in denen sich dieselbe Lampe bis ins Unendliche wiederholt und ein Korps von Reitern dieselbe Halsbinde richtet. Das Bad ist in Schwarz und Weiß gehalten, wie in ›Letztes Jahr in Marienbad‹, und längs der Achse im Mittelteil des Spiegels teilen sich die Personen symmetrisch. Eine von ihnen gewinnt oder verliert, nur eine wird leben. Der Rest sind die Kinder des *Schwarzen Peters*.

Ich drehe mich auf dem Absatz herum. Eine Reihe von umgedrehten Dominosteinen stürzt ohne einen Laut.

Erst auf meinem Zimmer bekomme ich wieder Luft. Finde die Toilettentasche und mein eigenes Handtuch. Den Koffer hat man schon nach oben gebracht. Ich lege Sporen, Handschuhe, Reitpeitsche und Kappe auf den Kofferdeckel, gehe zurück, um ein Bad zu nehmen und die Zähne zu putzen. Dieses Mal bin ich vorbereitet. Auf dem Weg prüfe ich das Gewicht der Tasche und hoffe von ganzem Herzen, daß Mutter an Talkum gegen Hand- und Fußschweiß gedacht hat.

Schließlich darf ich nicht die Badewanne dreckig machen. Ich benetze das Gesicht mit kaltem Wasser, kämpfe gegen einen Wirbel im Haar, bis er auch dann gut liegt, wenn ich mich im Profil betrachte. Dafür benutze ich eine Silberbürste mit dem Familienmonogramm und kontrolliere mein Aussehen im Seitenflügel des Spiegels. Ein zaghaftes Klopfen an der Tür ignoriere ich und beginne noch einmal mit dem Stirnhaar.

Erst als der Gong ertönt und zum Lunch in Ohlssons Palais ruft, verlasse ich das Badezimmer. Im letzten Augenblick wische ich die Hände im Frottee ab, um die Reste von Stirnschweiß und Brillantine zu entfernen.

Am Ende des Korridors wartet Desirée in einem blauen Krawattenkleid mit weißen Punkten. Sie trägt ein Paar weiße Spitzenhandschuhe, hochhackige Pumps und einen Haarreifen aus cremefarbenem Leder. Neben ihr steht ein Mann, der bis zur Glatze hinauf lächelt.

»Sag Papa guten Tag«, sagt sie und fängt mich mit einer Fingerbewegung ein.

Ich mache eine tiefe Verbeugung.

Das ist Pelle Ohlsson, der Direktor. Er ist groß und rotwangig. Er trägt eine Tweedjacke mit Leder an den Ellenbogen und an den Revers. Seine Reitstiefel sind zweifarbig, und auf dem Schlips ist das Emblem des Clubs. Um die Schläfen wächst kräftiges braunes Gelock. Als er mir die Hand drückt, wirkt der Zigarrengeruch plötzlich so heimatlich; die Poren an seiner Nase dünsten Kognak und Jahrgangswein aus.

Es stellt sich heraus, daß er der Leiter der Wettkämpfe des Tages ist und alles sicher in seinen behaarten Fäusten ruht. Außerdem ist er – wie erwartet – so vernarrt in seinen Augenstern, daß wir das Herzklopfen teilen.

Er entschuldigt sich, daß er uns nicht persönlich abholen konnte – die Geschäfte, versteht sich –, aber er hoffe, daß uns die Tochter gut aufgenommen habe. Er ist auch nicht der Mann, der eine Antwort abwartet, so daß ich mein Kompliment herunterwürge. Desirée flüstert ihm etwas ins Ohr, und er wirft mir einen Blick zu, der eine Spur neugierig ist und mich den Rücken straffen läßt.

Hinter mir trippeln Henrik und Mogens, während sie darauf warten, vorgestellt zu werden. Bente kommt in einem Duft von Lavendel. Nach dem Bad strotzt sie nur so von Energie. Die Ohrläppchen sind noch ganz rot; auf die Wangenknochen hat sie Rouge aufgelegt, so daß sie erwachsener wirkt. Sie macht auf dem gebohnerten Fußboden einen Tanzschritt und knickst vor ihm. Ihr Selbstbewußtsein paßt zur Umgebung.

Der Direktor begrüßt einen nach dem anderen von uns, legt dann einen Arm um Bentes Taille und führt sie zu Tisch.

Indem ich an Desirée vorbeigehe, fängt sie meinen Blick ein und macht einen Kirschmund. Sofort versteinert das Lächeln um meinen Mund, und als ich mich an den Tisch setze, habe ich ein Kratzen im Hals.

Wir bekommen Rheinwein in hohen Gläsern, Lachspastete und Kalbsbries in Booten aus Blätterteig. Die Konversation dreht sich um die Fahrt hierher, um ›Vom Winde verweht‹ und um die Jahre, in denen die Kopenhagener mit den Scarlett-Booten vom Tuborger Hafen aus hierher wallfahrteten. Das waren die Zeiten, in denen die Dänen Säcke mit Geld zu ihren alten Besitzungen trugen – ach herrje!

Pelle Ohlsson lacht lärmend. Er ist ein Polterer, und das Dänische hat er so sehr in den falschen Hals bekommen, daß das meiste unverständlich wird. Desirée und seine Frau berichtigen ihn abwechselnd. Die Tochter tut dieses mit liebevoller Nachsicht, die Ehefrau mit einem Flüstern, das erschrocken wirkt.

Es ist klar, sie fühlt sich fremd in der Gesellschaft. Verflogen ist das Gefühl der Sicherheit, das durch die Zugehörigkeit zur gleichen Sprache entstand; reich und reich gesellt sich nun mal gern. Sie beschränkt sich darauf, den Weg der Schüsseln über den Tisch zu dirigieren; und sie klingelt mit einer kleinen Glocke, wenn neue Gerichte aufgetragen werden sollen. Die ganze Zeit über ist sie kurz davor, aufzustehen und selbst in die Küche zu gehen. Sie zerkrümelt das Knäckebrot zwischen ihren Fingern.

Herrn Ohlssons durchgängige Bemerkung ist ein lärmendes *Aber darauf versteht sich meine Frau nicht.* Danach folgt ein ebenso lautes *Skål, Vivi.*

Alles, was aus Desirées Mund kommt, nimmt Vivi irgendwie ungläubig wahr. So als wäre da ein Puzzle, dessen Einzelteile sie ständig versucht zusammenzufügen. Ist das Mädchen, das die Konversation so gewandt mit seinem Glockenlachen steuert und der Liebling der ganzen Gesellschaft ist, wirklich ihr eigen Fleisch und Blut?

Erst beim Käse, den sie mit *Linie-Aquavit* hinunterspült, taut sie auf, und ich rede mit ihr in derselben Art wie mit meiner Mutter. Erzähle von meiner Schwester und der Kinderlähmung. Ja, sie erinnert sich gut an den Poliosommer. Das war in dem Jahr, in dem sie ihren Mann traf. Und in jedem Frühjahr denkt sie, daß nun in Dänemark Sommer ist. Man glaubt immer, daß das Wetter auf der anderen Seite des Sundes besser ist. Sie sieht seltsam gerührt aus, als sie das sagt – und ihre Augen sind dabei golden und feucht.

Als sie sich irgendwann erhebt, kommt sie anschließend mit einer verschrumpelten Kastanie in der einen Hand zurück. Ich sehe fragend von meinem Teller auf. Sie erklärt mir, daß man in der Straße ihrer Kindheit im Herbst die ersten Kastanien sammelte und eine davon seiner besten Freundin gab. Wenn man mit ihr unter dem Kopfkissen schlief, ging der sehnsüchtigste Wunsch in Erfüllung.

Ich betrachte sie mit erneutem Interesse. Die Kastanie ist in ihrer Hand magisch geworden. Desirée ist mitten im Gespräch verstummt und hört uns aufmerksam zu. Sie versucht ihren Vater zum Schweigen zu bringen. In ihren braunen Augen ist plötzlich ein veilchenblauer Schimmer, den ich sonst nur bei Waldtieren gesehen habe.

Frau Ohlsson hat mir die Kastanie in die Hand gelegt und schließt meine Finger um sie.

»Viel Glück!« sagt sie nur.

Einen Augenblick später sieht sie verstört aus, wie jemand, der gerade erwacht ist. Während sich unter dem Kronleuchter Stille herabsenkt, geht sie zu ihrem Platz und setzt sich.

Desirée klatscht in die Hände.

»Danke, Mama, das war wunderschön!«

Ich winde mich auf dem Stuhl vor lauter Verlegenheit und

danke ihr zweimal, während ich die Kastanie in die Tasche gleiten lasse. Das erste Mal war es nur für mich hörbar.

Am Tischende hat sich der Direktor erhoben. Er schlägt mit dem Silbermesser an sein Glas. Das tut er nicht, um eine Rede zu halten. Er will darauf hinweisen, daß es bald soweit ist. Die Reiter sollen sich fertigmachen, und um zwei Uhr hält der Wagen vor der Tür.

IV
Der Mann des Tages

Die Sonne scheint auf den Marktplatz, auf die Pflastersteine und die goldene Krone des Rathauses. Der Platz schaukelt in flimmernden Wärmespiegelungen. Als ich auf die Treppe hinaustrete, ist die Luft wie eine Fanfare, die von Herolden geblasen wird.

Dieses Mal werden wir von einem Minibus abgeholt. Vor dem Palais steht das Familienkleeblatt und winkt. Wenn der Wettkampf beginnt, werden die Damen auf den Zuschauerplätzen zu finden sein. Der Direktor sitzt in der Schiedsrichterloge, von wo aus das Programm abgewickelt werden soll. Wenn wir über etwas im Zweifel sind, können wir Jönsson fragen, der die Aufsicht über die Ställe hat.

Wir haben eine Stunde zum Aufwärmen. Unsere Pferde stehen in Boxen, die nach Stroh duften. Es ist ausgemistet worden, ihre Krippen sind voller Hafer, und sie fressen gemächlich weiter, als wir in den Stall treten. Unter den Decken sind sie frischgestriegelt und blank; jede Spur von Nervosität durch den Transport ist verschwunden.

Ich schiebe die Tür der Box zur Seite und reibe die Schultern an Peps Brust. Als er mich sieht, kommt aus seinem Hals eine Art Räuspern; er senkt seine großen Nüstern an mein Ohr. Ein warmer Kranz aus Feuchtigkeit und Samt. Als ich die Decke abnehme, um ihn zu striegeln, schlägt er mit dem Kopf. Kräftige, ausholende Striche, die ihn unter meiner Hand – aus lauter Wohlbehagen – auf die Knie sinken lassen. Anschließend reinige ich seine Hufe. Er bekommt jetzt keine Leckerbissen. Sonst schäumt er nur an der Trense.

Ich halte mich eine Weile bei den Mädchen auf. Vor Kalif ist Helle wie verwandelt. Diese lange Bohnenstange verlangt Unterwerfung und Macht. Mit festen Händen ordnet sie die Mähne, flicht sie, um ihm eine individuelle Note zu geben. Sie richtet die Stirnlocke und liebkost ihren rotbraunen Sultan. Dann nimmt sie das Maul zwischen die Handflächen, drückt den Kopf nach unten und provoziert ihn, sich zu befreien. Mit einem Nasenreiben an seiner weißen Blesse besiegelt sie das Verhältnis zwischen ihnen – ganz bis hinunter zu der zitternden Schwanzwurzel.

Von den zarten Handgelenken geht eine Kraft aus, die Elefanten auf einem Zirkusschemel knien läßt. Vergessen sind Zahnspange und unpassendes Erröten. Zum ersten Mal geht mir auf, daß sie ein Konkurrent sein könnte. Wenn sie *so* auf dem Tournierplatz ist.

Julie dagegen behandelt das Tier wie einen ungezogenen kleinen Bruder. Schimpft ein bißchen, müht sich mit den Hufen ab, boxt mit der Faust in die Flanke. Das Pferd ist die ganze Zeit über kurz davor auszuschlagen. Seine Pupillen sind flirrende Spalten, und es hat die Ohren zurückgelegt.

Und Bente ...

Bente wartet darauf, daß Henrik kommt und alles erledigt.

Man zeigt uns den Raum mit den Geschirren und den Sätteln. Unsere persönliche Ausrüstung liegt in einer Reihe; ein Stallknecht ist dabei, die Trensen zu putzen. Hier drinnen hat die Sattelseife den Geruch nach Tieren verdrängt. Alles ist so ordentlich. Der Spiegel im Umkleideraum hat nicht einen Fliegenfleck, und es gibt keine Pin-up-Girls an den Wänden.

Ich riskiere einen Blick, während Bente sich umkleidet, aber sie zieht den Vorhang mit einem Ratsch zu.

Dann leihe ich mir einen Lappen und putze die Stiefel blank. Auf die Spitzen wird einmal gespuckt. Ich schnalle die Sporen an, bürste den blauschwarzen Velours der Reitkappe und glätte die Schleife im Nacken.

Nach einem Augenblick mit kaltem Schweiß, während ich die

Taschen durchwühle – verdammt, die Handschuhe! –, merke ich das Knistern von Cellophan und atme erleichtert auf. Die ziehe ich erst in der letzten Minute an, kurz bevor ich in das Hippodrom reite.

Ich sattele auf und spanne zum ersten Mal den Gurt. Pep pumpt sich unter dem Riemen auf. Er gleitet leicht in das Reithalfter; und die Trense nimmt er mit hochgezogener Lippe – unruhig, bis er sie warmgekaut hat.

Ich führe ihn aus dem Stall zu den Trainingsbahnen.

Erst als ich im Sattel sitze, kann ich alles andere wegschieben. Ich schließe die Augen und zähle die Paraden, gehe die Volten und die verschiedenen Gangarten der Dressur durch. Die Konzentration senkt ihre goldene Spore in meine Stirn.

»Hallo!«

Das ist Gustaf Hamilton. Ebenso hoch zu Roß wie ich. Er betrachtet mich mit einem leicht arroganten Lächeln.

»Man sollte im Sattel besser nicht sitzen und schlafen.«

»Entschuldigung!«

Ich grinse zurück. Von ihm geht etwas aus, das mir ein Gefühl von Sicherheit gibt; man kann es getrost den Adel der Seele nennen.

Seine Jacke fällt weicher, die handgenähten Stiefel haben in Höhe der Knöchel Falten, die Halsbinde ist offen, und die Kappe sitzt schneidig hoch oben auf seinem Schädel. Er trägt die Ausrüstung wie ein Löwenzahnschirmchen, und man hat das Gefühl, er könnte sich mit einem Schulterzucken davon wieder befreien.

Dann sehe ich das Pferd – und fluche innerlich.

Es ist ein schimmelgrauer Lipizzaner. Der Rolls Royce des Schulreitens. Allein die Art und Weise, wie er ihn bei der Parade zum Stehen bringt! Mit einer entspannten Leichtigkeit – vom Bogen des Halses über die perfekte Kurve des Rückens bis zum Schwung des Schweifes. Ein Antippen mit dem Spornrädchen, und er beginnt zu tänzeln. Ein Druck mit dem Schenkel, und er geht rückwärts. Ein Verschieben des Gewichtes, und er steht wieder auf der Stelle als das Ikon, zu dem er in Reiterkreisen geworden ist.

Ich hoffe, er hört nicht die Unruhe in meiner Stimme, als ich frage: »Nimmst du mit ihm am Wettkampf teil?«

»Ja natürlich, sie heißt Aida!«

Gustaf Hamilton beugt sich vor und tätschelt ihr den Hals. Eine Weile reiten wir schweigend nebeneinander im Schritt. Dann richtet er seinen ironischen Blick auf mich.

»The winner takes it all ...«

Ich bin nicht sicher, ob ich verstanden habe, was er gemeint hat. Aber seinem Grinsen kann man nicht widerstehen. Ich wechsele über in Trab. Die Schlacht ist noch nicht verloren, und ich spüre das Pulsieren des Blutes. Diese Schlacht wird zwischen Hamilton und mir ausgetragen.

Ich habe über die anderen Teilnehmer gespottet. Namen, die an das ›Stockholmer Blutbad‹ erinnern: Mannerstråle, von Rosen, Sparre, Gyllenstjärna und Wachtmeister. Aber abgesehen von den Namen, ist nichts Gefährliches an ihnen. Die Mannschaft ist jung; den Teilnehmern fehlt es sowohl an Training als auch an Ernst. Für sie ist es ein Spiel, ein Spiel mit Vaters Geld.

Ich spüre Pep unter mir. Die Anspannung seiner Muskulatur löst sich, sie wird glatt und geschmeidig und ist voller Energie. Er hat eine phantastische Fähigkeit, meine Konzentration zu bündeln und sie wieder abzugeben. Ich arbeite ihn mit Gesäß und Kreuz. Wir bilden zusammen eine Einheit – atmen, Pause, Anspannung und loslassen. Er ist auf dem Weg in seine beste Kurve. Sie wird mit jedem Mal, das wir hinter uns bringen, steiler.

Plötzlich höre ich Klatschen und Rufe.

»Bravo, bravo!«

Das ist Gustaf. Er hält sich in der Mitte der Bahn und hat uns beobachtet, ohne daß ich es bemerkt habe. Jetzt weiß ich, daß ich einen Kampf haben werde, der mir alles abverlangt. Gustaf nimmt das hier ernst.

Ich wechsele in Schritt. Es gibt keinen Grund, Peps Reserven anzugreifen. Ich lasse die Zügel ganz locker. Er nimmt den Kopf nach unten, prustet in die Sägemehlmischung, und ein Geruch nach Trüffeln steigt auf. Dann geht es ihm gut. Er träumt sich Sommergras und Butterblumen dazu.

Ich strecke mich im Sattel, massiere das Kreuz. Dann höre ich die Glocken. Es ist Desirée, die mich von der Bande aus ruft. Abwechselnd winkt sie und ruft meinen Namen, indem sie mit ihren kleinen Händen ein Sprachrohr formt. Sie trägt einen Derby-Hut mit langen Schleifenbändern. Ich scheuche Pep von den ewigen Grasflächen und reite zu ihr; eine Marionette hätte das nicht anmutiger tun können.

Sie hat sich auf die Bande gesetzt. Unsere Gesichter sind fast auf gleicher Höhe. Das Holz ist eingefettet und mit Klümpchen von der Reitbahn übersät. Das stört sie nicht. Wie ein höheres Wesen sitzt sie auf einem Seerosenblatt und ist völlig ohne Gewicht.

Dafür füllt ihre Ausstrahlung die ganze Umgebung.

»Gib mir deine Hand!«

Ich strecke sie ihr hin. Sie tut etwas hinein.

»Toi, toi!«

Das sagt meine Mutter zu mir, bevor ich auf die Bahn reite. Aber dann ist da im Hintergrund kein Engelschor mit Halleluja und Palmenzweigen. Als ich die Hand öffne, liegt da ein Knopf mit einem goldenen Anker.

Glaube und Hoffnung überwältigen mich, die Liebe ist in Reichweite. Ich betrachte sie durch Schäfchenwolken, führe die Hand an den Schirm der Reitkappe. Dann erhebe ich mich halb in den Steigbügeln und küsse ihre Hand. Die Spitzen der Handschuhe sind so groß wie Anissamen, und sie duften auch so.

Ich gebe Pep die Sporen und reite weg, während die Welle noch trägt. Weiß und blau, Seevogel und Meer, so schwingt sie die Beine über die Holzwand und flattert weg. Ich hätte darauf schwören können, daß hinter ihr in der Luft ein Strom von Pailletten klimpert.

Ich küsse den Ankerknopf und lasse ihn hinunter zu der Kastanie gleiten. Es ist soweit. Mit einem Fingernagel reiße ich das Cellophan auf und ziehe die weißen Handschuhe an.

Die Reiter werden aufgerufen. Aus der Halle können wir die Lautsprecher hören. Das Echo schlägt aus den doppelten Toren, die wie rote Schneepflüge aussehen. Das ist so, weil sie Teil der Bande sind. Wenn sie geöffnet werden, teilen sie zwischen sich lautlos den Buchstaben *A*, und man reitet hinein – zu Sieg oder Niederlage –, während sie sich hinter einem wieder zu einem Ganzen fügen.

Nach ein paar Starts werde ich zum Tor gerufen. Jönsson hält Pep an der Trense. Er hat eine gute Haltung, die Ohren sind nach vorn gerichtet, so daß man den Lauf der Blutadern unter der Fledermaushaut verfolgen kann. Ich konzentriere mich auf den Silbergeschmack, den wir sicher beide im Mund haben – er vom Gebiß, ich von den Nerven, die sich abgekühlt haben.

Jetzt sind wir eins.

Als sie uns durch die Lautsprecher ankündigen und die Laute unter Deckenbalken und Neonröhren zusammenschlagen, gehen die Tore auf, und ich reite hinein, um die Farben meiner Dame zu verteidigen.

Es ist wie in einem Traum. Ich verzichte auf die Beschreibung; an Träume kann ich mich ohnehin nie erinnern. Höchstens an die Raster, die ihre Bilder im Blut als Unruhe oder als ein Funkeln hinterlassen. Von dem Augenblick an, als ich zu der Volte starte, bis ich die Kappe nach der letzten Parade vor dem Schiedsrichterkäfig schwenke, liegt alles im Dunkeln. Dann schlägt statt dessen mit Klatschsalven die Lichtseite des Filmes durch, und ich fange einen Schimmer von Desirée ein, die sich auf dem Zuschauerplatz erhoben hat und wild Kußhände wirft.

Ich winke ihr zu, als ich hinausreite. Im selben Augenblick beiße ich mir auf die Zunge. Das *kann* als Stilbruch aufgefaßt werden und beim Urteil der Preisrichter eine Rolle spielen. Ich sehe, wie sich Desirée Gesichter zuwenden, und die Verlegenheit von Frau Ohlsson ist durch die Glasscheibe spürbar. Ich senke die Hand und tätschele eilig das Pferd. Das darf man tun. Das wird gern gesehen und ist in einem Augenblick wie diesem, da wir in demselben Rausch von Begeisterung hinaustänzeln, ziemlich überflüssig. Unmittelbar nachdem sich das Tor hinter uns geschlossen hat, brechen die Klatschsalven erneut los.

Bisher hat niemand zweimal Beifall geerntet. Draußen warten Hamilton und Aida. Bevor er als nächster zum Start gerufen wird, lehnt er sich im Sattel vor und verbeugt sich leicht.

»Da capo, die wollen mehr sehen! Die sind ja richtig begeistert, wie man hört.«

Neckend fügt er hinzu: »Entschuldige, daß ich es bin, der den Applaus entgegennimmt. So ist das Leben!«

Ich wünsche ihm Hals- und Beinbruch. Und das tue ich von Herzen. Keiner hat mich so behandelt wie er. Als er hinausreitet, sehe ich ihm lange nach.

»Und? Wie ging's?« fragt Mogens von seinem knochigen Pferd aus. Die Frage ist eigentlich überflüssig. Bei so viel Beifall ergibt sich die Antwort von selbst. Ich beschränke mich darauf zu nicken und wische mir den Schweiß vom Hals. Dann springe ich von Pep herunter und führe ihn auf dem Anreiteplatz herum, bis er trocken ist.

In der nächsten Viertelstunde würde ich gern durch Holzwände sehen können. Über dem Hippodrom liegt eine unnatürliche Stille, ein tiefer, zurückgehaltener Atemzug. Dann bricht es endlich los. Dem Beifall nach zu urteilen, haben wir genau die gleiche Leistung vollbracht. Da gibt es keinen Unterschied. Der Beifall begleitet Gustaf Hamilton hinaus, aber wenn ich nun in Betracht ziehe, daß er Heimvorteil hatte ...

Während der Wartezeit finden wir natürlich zueinander. Die letzten Reiter müssen nur noch abgehakt werden. Von den Dänen erntet Helle erwartungsgemäß den größten Beifall, aber er ist doch bei weitem nicht so stark wie unserer. Gustaf redet über Gott und die Welt. Ich halte mich in dem einen Augenblick an einem »Jaså!« und in dem nächsten an einem »Aha!« fest. Nur *ein* Gedanke hat in meinem Kopf Platz. Der Rest ist Abwesenheit.

Ich bin wieder in den Sattel gesprungen. Aida und Pep stehen zusammen und beschnuppern einander. So wie dort einer des anderen Duft bewertet, sind sie ein Bild der gesamten Situation.

Die Richter brauchen eine Ewigkeit, um zu entscheiden. Gustaf sitzt nonchalant zurückgelehnt da, ich wie auf dem Sprung, den Fuß in den Steigbügel eingeschlossen. Plötzlich zieht Pep mit einem Ruck das Maul zurück, und umgehend überträgt sich sein Erschrecken. Aida hat ihm in sein Maul gezwickt.

»Ruhig, ganz ruhig!«

Gustaf tätschelt sein Pferd und nimmt die Zügel zusammen.

»Sie ist nur liebebedürftig!«

Er sieht mich mit Augen an, die schmal inmitten der Lachfältchen sitzen. Als wäre ich es, der beruhigt werden muß ...

Jetzt höre ich, daß die Lautsprecher eingeschaltet werden. Eine Stimme drängt sich vor, räuspert sich auf schwedisch – jedenfalls klingt es fremd. Die ersten Hallos sind an einen imaginären Nebenmann gerichtet. Man ist sich nicht sicher, ob die Anlage funktioniert. Das muß wohl der Wettkampfleiter, Desirées Vater, sein. Durch das Mikrofon klingt es wie Windgetöse.

»Die Gewinner sind ...«

Sie haben die Tore geöffnet. Auf den Trainingsbahnen fordert einer den anderen zum Schweigen auf, obwohl niemand ein Sterbenswörtchen gesagt hat. Wie eine Brandung bricht sich das Herz Bahn, die Sekunde, bevor es sich überschlägt –

»*Gustaf Hamilton auf Aida.*«

Ich werde Nummer zwei. Die Bekanntgabe fällt in ein Vakuum. Helle hat einen vierten Platz, und der Rest sind Schweden. Die Kameraden beglückwünschen mich. Henrik pumpt meine Hand, daß das Schultergelenk schmerzt, Mogens ist ehrlich begeistert, und Bente ...

Bente spitzt die Lippen, als wollte sie *herzlichen Glückwunsch* pfeifen und würde gerade entdecken, daß dieses nicht möglich ist.

Das Chaos wird von Hamiltons ruhiger Stimme durchschnitten: »Komm jetzt, die Preise werden vergeben, und die Wettkampfrichter wollen uns die Hand drücken.«

Die Tore öffnen sich zum dritten Mal. Aller guten Dinge sind drei.

Wir reiten in das Getöse der Seligkeit. Ich empfinde keine Enttäuschung, nur Triumph. Die Silberschale, die mir überreicht wird, ist größer als alles, was sich in Vaters Trophäenschrank befindet.

HINTERHER GEHEN WIR zu *Kramers*, um zu feiern. Gustaf spendiert eine Runde nach der anderen. Drinks mit Zitronenscheiben und Sonnenschirmchen passieren Revue. Ich sinke in ein tiefes, rotes Lederpolster, umgeben von Chesterfieldsofas, alten Stichen und Reiterbildern. Auf der Stuhllehne sitzt Desirée und massiert meine Schulter.

Sie nennt mich *mein Ivanhoe*, und ich darf ihren Arm streicheln, bis sie eine Gänsehaut bekommt. Ich fühle mich von meinem Kopf her wie Pierrot, aber das macht nichts. Es sind nur Drinks, die meine Wangen zum Glühen bringen. Alles ist fröhliches und übermütiges Lachen, keine Bemerkung zu dumm, und einen besseren Wirt als Hamilton hat die Welt nie gesehen.

Im Palais warten Desirées Eltern mit einem üppigen Menü. Die Strategie heißt: *Laß die Jungen gewähren, sie amüsieren sich besser ohne uns.* Wir sollen lediglich spätestens um sieben Uhr dort sein.

Ich mache mein Glück mit einem Erlebnis aus der Kinderzeit. Von damals, als ich im Zoo das Raubtierhaus besucht hatte. Mutter und Tante Lily, bei der wir zum Tee gewesen waren, standen vor dem Geparden. Tante Lily trug ihren teuersten Pelz.

Das große Tier wanderte die ganze Zeit über hin und her, indem es sich intensiv an den Eisenstäben des Käfigs rieb.

Ich wußte schon vom Schild her, daß er der schnellste Läufer der Welt war und versuchte ein wenig von meiner jungenhaften Begeisterung auf Lulú zu übertragen, die dastand und schluckte, um nicht weinen zu müssen. Sie war mehr von der Gefangenschaft des Tieres als von seinem Geschwindigkeitsrekord beeindruckt. Jedesmal, wenn uns der Gepard den Schwanz zuwandte, sah man ein Paar Kastanien, um das ihn jeder Kater beneidet hätte.

Tante Lily sagte kichernd etwas zu Mutter. In demselben Augenblick drehte sich der Gepard um und hob das eine Bein. Ein stinkender Raubtierstrahl schoß durch die Stäbe und traf Lilys Pelz. Das rettete den Tag für Lulú.

Als wir im Auto nach Hause fuhren, waren wir vom Lachen ganz kaputt. Mutter versuchte uns mit einer Bemerkung, daß der Pelz nun für die Katz sei, zur Ordnung zu rufen. Das machte natürlich Schlimmes nur noch schlimmer, und schließlich prustete sie selbst los.

So traf Vater uns an, mehr tot als lebendig. Lulú schmetterte ihm entgegen: »Der Tiger hat Tante Lily angepinkelt!«

Lulú hat nie Tierbilder gesammelt. Sie hätte glatt einen Panther gegen einen Waschbären getauscht. Nur, weil der runde Augen hat. Ich mußte ausführliche Erklärungen liefern, bevor wir uns wieder vor Lachen ausschütteten. Vaters einziger Kommentar war: »Na, zum Teufel, die können es sich doch leisten!«

Hamilton fragt mich weiter aus. Sein Interesse für das Detail erhöht den Wert der Geschichte. Als ich fertig bin, habe ich etwas bekommen, das besser ist als das Lachen: die ungeteilte Aufmerksamkeit der Gesellschaft.

Bentes ausgenommen. Ihre Nase kraust sich genauso wie die von Tante Lily an jenem Tag vor vielen Jahren, als sie in Raubtierurin gebadet wurde.

Wir summen weiter über den hohen Gläsern. Es ist unglaublich mitanzusehen, wie Bente wieder den Abstand zu Henrik vergrößert, nun, da sie eine größere Beute innerhalb ihrer Reichweite hat. Sie macht sich an Hamilton heran, und Henrik läßt die Ohren hängen. Bei den Wettkämpfen dieses Tages hat er sich nicht gerade mit Ruhm bekleckert; er ist unter den Letztplazierten. Alle akzeptieren mich jetzt als unbestrittenen Leiter der Mannschaft. Zusammen mit Gustaf hat man mich für den ›Sydsvenskan‹ – wie man die Zeitung in dieser Gegend nennt – fotografiert. Morgen kann ich mein Bild in einem ausländischen Blatt sehen.

Mit anderen Worten – das Glück nimmt kein Ende. Als wir aufbrechen müssen, bestellt Hamilton für die anderen ein Taxi. Wir müssen nur ein paar Ecken umrunden, aber so verlangt es der gute Ton.

Desirée und ich werden in seinem *Bentley* zum Palais gefahren. Auf dem Rücksitz küssen wir uns zum ersten Mal. Die Zungen sind die Flammen der Herzen, und die tanzen einen Fandango, der atemberaubend ist. Mit heißen Köpfen steigen wir aus und verabschieden uns von Gustaf. Wir sehen uns morgen beim Springreiten, an dem ich nur als Zuschauer teilnehme. Mit der Herzdame an meiner Seite.

Kurz bevor die Tür zuschlägt, sagt Gustaf etwas zu Desirée, das ich nicht verstehe. Sie errötet bis hinunter an den Halsansatz, und sie lächeln verständnisinnig. Ich stehe nur da und brüste mich.

In Ohlssons Palais gibt es weitere Feierlichkeiten. Der Direktor hält während des Essens eine Rede auf mich; Mutter und Tochter vergolden mich mit ihren Blicken. Als Wettkampfleiter wolle er gerne – ohne jeden Vorbehalt – seine Meinung sagen: Ich sei besser gewesen als Gustaf Hamilton; niemand kann einen Lipizzaner schlagen. Die Dressur der Wiener Schule sei außerhalb jeder Konkurrenz. Ich hätte gewinnen müssen – verdammt noch mal –, und er schlägt auf den Tisch, daß der Rotwein aus den Gläsern schwappt.

Und während sich Frau Ohlssons Erschrecken legt und sie mit resignierter Miene Salz auf das Tischtuch streut, wechselt sein Gesichtsausdruck. Jetzt dominieren wieder Lächeln und Haarkranz. Seine Augen legen sich auf Desirée zur Ruhe, braun und feucht. Dann räuspert er sich mehrmals. Er hat einen Kloß im Hals. Um Zeit zu gewinnen, schlägt er wieder an das Glas. Morgen ...

Er wiederholt es. Zum zweiten Mal mit voller Stimme. Es ist die große Überraschung des Tages. Es stellt sich heraus, daß morgen Desirées 15. Geburtstag ist. Er verkündet den feierlichen Anlaß mit einer Stimme, als handelte es sich um einen nationalen Feiertag, und ich bin davon überzeugt, daß auf dem Marktplatz geflaggt wird und im Rathaus ein Empfang mit Pfannkuchen und Blasmusik stattfindet.

Übrigens bin ich damit ganz einverstanden und falle fast vom Stuhl, als sich herausstellt, daß auch wir eingeladen sind. Desirée hat das mit keinem Wort erwähnt. Also ist sie doch eine richtige Prinzessin; bei dem Gedanken wird mir schwindlig.

Frau Ohlsson läßt die Götterspeise kreisen. So bekommen alle ein Stück vom Himmel, und als wir uns endlich zurückziehen, haben wir sowohl Kognak als auch Chartreuse probiert. Der Tag vergeht vor der Tür zu ihrer hellen Kammer in der bislang heißesten Umarmung. Wir küssen und seufzen, und jeder gräbt sich in den Körper des anderen.

»Nicht hier«, flüstert sie, »nicht jetzt!«

Sie schiebt mich weg. Endlos und sanft.

Die Nacht verbringe ich mit einem Finger unter der Nase. In seliger Erwartung des morgigen Tages.

V
Pharaos Braut

Ich erwache in einem Zimmer, das überirdisch weiß ist. Der Raum wirkt kühl wie ein Windhauch. Das Fenster ist angelehnt, und die Tüllgardinen wehen herein.

Am Abend zuvor habe ich die Reitkappe auf die Fensterbank gelegt. Als sich die Gardine einen Augenblick über ihr bauscht, sehe ich eine schwarze Mumie durch den Schleier blicken. Eine Weile bin ich die Hauptperson in einem Thriller, der ›Pharaos Braut‹ heißt.

Das Zimmer liegt im Durchzug von der offenen Tür. Mogens ist schon draußen im Badezimmer. Alles um mich herum duftet frisch gestärkt. Das Deckbett ist schwer und riecht stark nach Waschmittel. Schande über den Finger, der im Laufe der Nacht seinen Duft verloren und von seiner Umgebung den Geruch nach Reinheit angenommen hat.

Ich liege noch eine Weile in der Kammer und werde langsam ich selbst.

Die Bettpfosten enden in einem Paar vergoldeter Kugeln. Ich lächele. Die ganze Nacht lang haben sie als Goldäpfel auf den Strahlen des Springbrunnens getanzt. Jetzt flimmern sie im Morgenlicht. Erst wenn sie ganz still liegen, haben mich die Träume verlassen, und dann erhebe ich mich zu den Abenteuern des Tages.

Nach dem Bad ertönt der Gong, und ich gehe nach unten. Der Frühstückstisch ist gedeckt. Da sind Schnüre mit dänischen und schwedischen Flaggen, um die Tür herum hat man eine Ehrenpforte aus Buchenlaub und Blumen errichtet. *Herzlichen Glückwunsch, Desirée* steht da mit Buchstaben aus Kuchen.

Am Ende des Tisches thront das Geburtstagskind im Morgenmantel, halb begraben vom Einwickelpapier, aus dem ein Turm von Geschenken hervorgekommen ist. Die Präsente werden auf einen Servierwagen gelegt, und Frau Ohlsson übt die Kontrolle über die Karten aus.

Bevor die französischen Türen geschlossen werden, trägt man die Geburtstagstorte herein. Desirée macht Zephirwangen und bläst die Kerzen aus. Die Flammen hinterlassen kleine Rauchfahnen, nur zwei erheben sich erneut. Die läßt sie brennen. Sie hat einen Fotoapparat bekommen und macht Bilder von dem gedeckten Tisch. Die Linse schwenkt herum und steht vor mir still. Mein Empfinden, daß mich das Glasauge verzerrt wiedergibt, erfüllt mich mit einem Gefühl krampfhafter Anwesenheit, als sie klickt und mir hinterher zuzwinkert.

Ich stoße auf. Das Plundergebäck im Mund wird zu Treber. Der Tag ist ein sich im Spiel drehender Flaschenhals, der auf mich zeigt und Wahrheit oder Konsequenz verlangt. Plötzlich ist ungewiß, wie ich ihn durchstehen soll; ich kann alles gewinnen und alles verlieren.

Von den anderen hat sie keine Fotos gemacht. Henrik hatte sich schon mit seinem Nickituch und einem Lächeln, das von einem Ohr zum anderen reicht, in Positur gesetzt. Was für eine Freude! Sie knipst nur den Geburtstagstisch.

Jetzt hört man aus der Diele draußen ein Signalhorn. Die französischen Türen öffnen sich, und herein kommt ihr Vater auf einem Mädchenrennrad mit gebogenem Lenker. Er schlingert über das Parkett, umrundet den Teewagen und zieht die Handbremsen. Frau Ohlsson ringt nach Luft. Auf dem echten Teppich ist eine Bremsspur. Die Gummibereifung hat in dem cremefarbenen Flor eine tiefe schwarze Spur hinterlassen.

Desirée ist zu ihm gesprungen.

»Papa!« sagt sie, halb vorwurfsvoll. Mit Kennermiene untersucht sie das Geschenk, checkt den leichten Rahmen. Hat er den Körper des Vaters tragen können? Alles findet ihre ungeteilte Begeisterung. Die Gangschaltung, die Farbe, die schmalen Reifen. Sie fällt ihm um den Hals.

Direktor Ohlsson ist in Reitkleidung, er trägt eine leuchtend rote Hubertusjacke. Draußen in der Diele stehen zwei seiner Jagdkameraden, die gesenkten Signalhörner auf der Hüfte. Sie grinsen keck in die Stube; ihre Gesichtsfarbe stammt von einer Mischung aus Jägermeister und Faßbier.

Frau Ohlsson hat sich mit einer Tube *K-2R* über den Teppich hergemacht. Sie liegt auf den Knien und schrubbt energisch. Hinter ihr führt der Direktor eine Pantomime auf, deren Pointe durch einen unverkennbaren Klaps auf das Hinterteil markiert wird. Die Kameraden grinsen. Die Herren sind gut drauf.

Frau Ohlsson blickt ärgerlich hoch, unsicher, was da hinter ihrem Rücken vor sich geht. Das Reinigungsmittel hat ihr Tränen in die Augen getrieben.

Desirée hat die Hände um seinen Nacken gefaltet. Sie zieht seinen Kopf herunter und drückt ihm einen Kuß auf die Stirnglatze.

»Jetzt mußt du Mama einen neuen Teppich schenken!« sagt die Diva.

Er schüttelt sie ab mit einem polternden: »Vivi, zum Teufel, du hast gehört, was sie gesagt hat. Laß uns essen ...«

Er winkt die Kameraden herein.

»Ich weiß nicht, wie es mit euch ist, aber ich bin verdammt durstig!«

Es kommen Flaschen auf den Tisch. Wir anderen halten uns an heiße Schokolade, Brot und Brötchen. Kurz darauf wird das Geburtstagsständchen in einem mangelhaften Englisch angestimmt, aber dann folgt ein Trinklied, und da hapert es mit gar nichts.

Irgendwann ist Desirée genauso ausgelassen wie ihr Vater. Sie beteiligt sich an den Späßen, scherzt nach Art der Herren. Diese Party hat so gar nichts Vornehm-Jungmädchenhaftes. Bente wirkt ratlos; sie sucht nach einem salonfähigen Ton. Wir anderen sind etwas gebremst und sitzen da voll von trägem Staunen. Wenn dieses hier die Frühstücksrunde ist, was wird dann der Rest des Tages bieten?

Nach dem Frühstück gibt es eine kurze Beratung in unserer Gruppe, während Ohlssons die Freunde verabschieden. Bente will gern ins Schloßmuseum Malmøhus, Henrik bietet sich ihr galant als Begleiter an, und der Rest der Gruppe folgt ihnen. Ich bin unschlüssig. Mein Gehirn arbeitet mit Hochdruck an einer Entschuldigung, um hierbleiben zu können. Da landet die Bärentatze des Direktors auf meiner Schulter.

»Du gehst wohl mit uns zum Wettkampf, dann freut sich Desirée.« Ich strahle. Die Sache ist entschieden. Ich sehe Mogens an, daß er bereit wäre zu sterben, wenn er in meiner Haut stecken dürfte. Ihnen wird der Weg beschrieben, und sie bedanken sich wohlerzogen für das Frühstück. Sie stellen sich in eine Reihe, um nacheinander von der Faust des Direktors durchgeschüttelt zu werden.

Desirée ist verschwunden, um sich anzuziehen. Sie hat ihren Geburtstagstisch umrundet und eins von den weichen Päckchen mitgenommen. Ihre Mutter sitzt auf der Kante eines Sessels und starrt auf den Teppich. Als ich ihre Hand nehme, um mich für das Frühstück zu bedanken, blickt sie verstört auf. Wir sind allein in der Stube.

»Sie müssen nicht traurig sein, Frau Ohlsson, mein Vater ist genauso.«

Sie behält meine Hand in ihrer. Ihre Lippen zittern, aber sie beherrscht sich. Sie weiß nicht, was sie sagen soll, und so fahre ich fort: »Danke für die Kastanie. Sie hat schon Glück gebracht!«

Sie seufzt.

»Man sagt, daß das Glück launisch ist. Mein Mann ist launisch, aber er ist – weiß Gott – nicht immer das Glück!«

Gleich darauf sieht sie ganz erschrocken aus.

»Was rede ich denn da nur?«

Sie schlägt sich mit der Hand auf den Mund und ist wieder ein junges Mädchen in der Parmagade. Ich habe wohl richtig gesehen, denn plötzlich fährt sie in einem anderen Tonfall fort:

»Früher hieß ich Fräulein Olsen und stand den ganzen Tag im Geschäft. Die jungen Spunde aus dem Viertel standen Schlange, um Dinge zu kaufen, die sie überhaupt nicht gebrauchen konnten. Ich gehörte nur mir selbst. Dann kam er, der Prinz. Nun heiße ich Frau Ohlsson und habe nichts. Das kann man ja auch ein Märchen nennen.«

Sie steht auf, um den Tisch abzuräumen. Ich will ihr helfen, aber in demselben Augenblick ruft mich Desirée oben vom Treppenabsatz.

»Lauf du nur«, sagt Frau Ohlsson. Ihre Augen lächeln wieder. Sie wirkt plötzlich erleichtert. Bevor sie mich gehen läßt, gibt sie meiner Hand einen kleinen Extra-Druck.

Die Treppe nehme ich in Sprüngen. Atemlos lande ich vor Desirée. Sie steht mit einer Hand auf dem Geländer; der Morgenmantel umhüllt sie wie eine Kurve, die die Füße verbirgt. Ihr fehlt nur eine überdimensional lange Zigarettenspitze, um einer Filmdiva aus den Zwanzigern zu ähneln.

»Ich wollte nur mal den hier anprobieren, was meinst du?«

Sie schlägt den Morgenmantel zur Seite. Kokett ist nicht das Wort. Mir verschlägt es den Atem.

Sie hat einen Bikini darunter, Hose und Oberteil mit Punkten. Ich sehe, daß nur die Schultern Sonne bekommen haben, der Bauch ist wie Alabaster und Elfenbein und Marmor oder anderer Stoff, aus dem Göttinnen gemacht sind. Die Glieder fügen sich zart an die Rundungen ihres Körpers; sie hat lange Beine, und der Bikini versiegelt sie mit einem Delphinmaul, das mir den Atem raubt.

Marmor kann man mit Kennermiene bewerten, Fleisch und Blut verlangen ihren Mann. Der Mann, der ich bin, versagt, ich merke, daß der Blick flackert und die Stimme tonlos und schal wird, als ich eine Selbstverständlichkeit hervorstottere, die es nicht wert ist, wiederholt zu werden.

Sie dreht sich auf dem Fleck um. Als sie mir die Vorderseite zuwendet, ist sie bedeckt wie zuvor. Sie lächelt ebenso süß, wie die Sirenen gesungen haben: »Warte hier auf mich!«

Sie verschwindet auf ihr Zimmer. Als sie komplett angezogen wieder herauskommt, stehe ich immer noch da und starre.

»Willst du nichts überziehen?«

Sie triumphiert. Ich taumele in die Kammer, die ich zusammen mit Mogens bewohne, tauche in den Koffer, um die Duvetinejacke zu finden. Die Glückskastanie stecke ich in die Tasche. Im letzten Augenblick denke ich an die Kondomschachtel und verlagere sie in die andere Tasche, die von Würfelzucker verklebt ist. Die Tür geht auf.

»Beeil dich! Papa wartet auf uns!«

Sie streckt den Arm aus, um meine Hand zu ergreifen, aber ich ziehe diese schnell an mich, bevor die Kombination von Schweiß und Zuckerzeug Spuren hinterläßt.

»Augenblick«, murmele ich.

Ich habe eine Idee. Als ich wieder in die Reitjacke fasse, kommen weiße Handschuhe zum Vorschein; die ziehe ich an. Sie rümpft die Nase.

»Pfui Teufel, wie riechen die denn!«

Ich reiße sie wieder herunter. Panik kriecht über meine Nackenhaut. Ich muß einen Ort finden, wo ich mir die Hände waschen kann. Plötzlich ist die Welt in einem Handwaschbecken gelandet, und mein Kopf ist ein großes Porzellanbecken mit Spülung.

Desirée betrachtet mich. Von der Aula unten hören wir die Eltern.

Es ist Frau Ohlssons Stimme, und sie erreicht uns mit einem Echo.

»Ist es klug, mit dem Auto zu fahren?«

Und prompt lautet die Antwort des Herrn: »Es ist nicht klug, es sein zu lassen.«

Als nächstes bemerke ich, daß wir uns in dem schwarzen *Mercedes* der Familie auf dem Rücksitz befinden und unterwegs zum *Malmø Fältrittklub* sind. Jetzt komme ich allmählich zur Ruhe. Desirée sieht mich immer noch erstaunt an. Mir ist schwindlig, und ich fühle mich matt. Indem ich jede Berührung vermeide, spüre ich einen unbeschreiblichen Drang, mich in die Polster gleiten zu lassen und wie ein Kind in den Schlaf zu flüchten.

Ein lichter blauer Himmel liegt wie ein Film über den Springbahnen.

Desirée hat ihren Derby-Hut aufgesetzt, das gelbe Band weht zusammen mit ihren Locken im Nacken. Wir sitzen auf einer der Bankreihen weit oben. Frau Ohlsson ist unterwegs abgesetzt worden, um die Einkäufe für das abendliche Festessen zu erledigen.

Desirée lehnt sich an ihren Vater. Er trägt wieder seine Tweedjacke. Die Reiter auf der Bahn sind in Rot gekleidet. In der Innentasche hat er eine Lederflasche mit silbernem Schraubverschluß, aus dem er ab und zu Kognak nippt. Mit der Zigarre macht er uns auf die Reiter aufmerksam. Die guten bekommen einen tiefen Zug, für die schlechten bleibt die Rauchwolke, wobei er sich zurücklehnt und ihre Fehler und gerissenen Hindernisse kommentiert.

»Verdammter Idiot!« lautet der Refrain, und die Asche rieselt auf diejenigen, die vor uns sitzen und deren Schultern sich in Höhe unserer Knie befinden.

Es ist ein Springreiten, wie ich es von zu Hause kenne. Mit Mauern, Wassergräben, Ricks und Kombinationen. Nur daß hier die Stangen gelb und blau sind. Zu Hause sind sie rot und weiß, und das ist durchgängig so. Es sind die Details, die Malmø exotisch machen.

Pelle Ohlsson ermahnt uns, still zu sein. Keiner von uns hat ein Wort gesagt.

Gustaf Hamilton macht sich auf Milady bereit zum Start. Der Lipizzaner ist gegen einen Springer ausgewechselt worden – eine Spur arabisches Vollblut, deutsche Aufzucht und eine Ahnentafel, der zweifellos die Geldbörse meines Vaters nicht gewachsen wäre. Ein Fuchs mit wildem Blut in den Augen und wehender Mähne vom Augenblick des Startes an.

Gustaf Hamilton ist nicht auf Preise angewiesen – schließlich wurde er mit einem Silberlöffel im Mund geboren. Er reitet wie Tod und Teufel. Schneidet die Wenden, um Zeit zu gewinnen, bündelt Miladys Energie unter sich zu einem Donnerschlag und gibt dann die Zügel frei. Pferd und Reiter bilden eine Einheit. Im Aufsetzen ist Hamilton ein Balancekünstler; seine Paraden sind halsbrecherisch. Milady schäumt und geht mit der Hinterhand nach unten, bevor er ihr mehr Zügel gibt zu einem neuen kraftvollen Absprung.

Zu jedem der Hindernisse fügen sie eine Explosion von Schönheit. Er reitet die Bahn entlang, ohne ein einziges Mal zu reißen. Der letzte Sprung über den Wassergraben hebt die Schwerkraft bis zu den hintersten Bankreihen hin auf. In den Sekunden, bevor der Beifall losdonnert, schlägt uns das Herz bis zum Hals; dann fahren alle auf einen Schlag von ihren Plätzen hoch, so daß ein lautes Rauschen entsteht.

Als die Klatschsalven verebbt sind, sitzen wir da und haben immer noch Champagner im Blut. Es prickelt in den Fingerspitzen. Die Zigarre des Direktors ist erloschen. Desirées Füße tanzen einen Quickstep, dann wird Paps gedrückt, und danach wendet sie sich mir zu, strahlend übers ganze Gesicht.

Sie zeigen seine Zeit an. Die bislang beste.

Hamilton ist großartig. Das Pferd allein macht es ja nicht. Er ist ein besserer Reiter als ich. Das muß ich jetzt sagen, nachdem ich ihn auf der Bahn sehen konnte.

Aber ich habe es nie ausgesprochen. Die vorübergehende Lähmung, die dazu geführt hatte, daß der Direktor den Mund nicht mehr zubekam und seine Zigarre ausging, wird von einem Gebrüll abgelöst, daß sich die vor uns Sitzenden umdrehen. Er führt einen Kriegstanz auf und klatscht ganz wild, als alle anderen schon aufgehört haben und auf die nächste Anzeige warten.

Wenn ich es nicht schon vorher gewußt hätte, dann weiß ich es jetzt. Pelle Ohlsson hat mehr von einem Huronen als mein Vater. Fast liebe ich ihn dafür.

»Papa«, sagt Desirée und zieht ihn am Jackenschoß, »setz dich hin!«

Noch ein Reiter ist fehlerfrei: Ulf Wehtje auf Shah. Es gibt einen Entscheidungskampf zwischen Hamilton und Wehtje.

Wenn beide bei diesem zweiten Mal wieder ohne Fehler sind, dann entscheidet die Zeit.

Die Helfer laufen auf die Bahn, um die Hindernisse aufzustellen. Unter ihnen erkenne ich Jönsson.

Als Milady das letzte Hindernis in einer Dreierkombination reißt, geht ein Seufzer durch die Zuschauerreihen. Shah ist fehlerfrei bis zum Wassergraben gekommen, und die Spannung steigt. Wehtje kalkuliert mit kühlem Verstand. Er ist im Vergleich zu Gustaf ein alter Hase. Er verringert in der Kurve das Tempo, verlegt sich auf eine Linie perfekter Eleganz. Wir halten den Atem an. Dann läßt er die Zügel locker und gibt ihm die Sporen. Das Schweben reicht weit, die Hubertusjacke fliegt, und die Ellenbogen heben sich zu einem Flügelschlag.

– Platsch!

Die Hinterhand geht in Wasserfontänen unter, und wir brechen in spontanen Jubel aus. Es hat sich um Bruchteile von Sekunden gehandelt, aber Hamilton gewinnt damit Zeit, und das wissen wir, bevor es angezeigt wird. Ich bin nur das kleinste Teilchen von der jubelnden Unbarmherzigkeit der Menge; Hamilton ist der Favorit von allen.

Nach der Preisverleihung suchen wir ihn auf der Trainingsbahn auf. Er ist von den Honoratioren umringt. Milady hat man Jönsson überlassen, der ihr durchgeschwitztes Fell mit Stroh abreibt und das Pferd, dessen Augen immer noch weiße und rote Blitze schießen, beruhigt. Jönsson massiert ihre Brust mit langen Strichen, glättet mit den Händen dort, wo der Puls spürbar ist. Er spricht zu den unruhigen Ohrenspitzen und läßt sie aus seiner Hand fressen.

Wir nähern uns dem inneren Kreis.

Dank Pelle Ohlssons Armbewegungen haben wir schnell die Mauer der Gratulanten durchbrochen. Ich schüttele Gustaf die Hand. Er hat die Reitpeitsche an der Hüfte und ähnelt täuschend Harlekin, ganz und gar ein Springinsfeld. Ich will gern etwas zu seiner Taktik sagen, aber Desirée tritt zu ihm und legt den Kopf schräg.

»Hast du nicht etwas vergessen, lieber Gustaf?«

Seine Augen richten sich suchend auf die Wolken, kehren ergebnislos zurück.

»An was denkst du?«

»Ja, an was denke ich. Ich gratuliere!«

Er schlägt sich an die Stirn.

»Ich gratuliere, Darling, das ist ja heute!«

»Du kommst doch heute abend?«

Desirée macht einen Schmollmund.

»Da kannst du dich drauf verlassen! Wann geht's los?«

»Um sieben. Auf den Glockenschlag. Sonst wird Mama nervös.«

Einer der Gratulanten hält eine Zeitung in unseren Kreis, den ›Sydsvenskan‹. Eine Seite ist aufgeblättert und nach hinten umgebogen. Das muß das Bild vom gestrigen Tournier sein.

Ich recke den Hals, stolz über meinen Anteil an dem Triumph. Aber sie haben das Bild beschnitten; mit etwas gutem Willen kann man einen Zipfel von Peps Schweif sehen, ansonsten thront Gustaf Hamilton in einsamer Höhe auf Aida. Er wurde in dem Augenblick fotografiert, als er sich im Steigbügel nach vorn beugte, um den Pokal entgegenzunehmen. Der Blitz hat sich in meine Erinnerung gebrannt.

Die Bittermandel des Tages. All right, man schluckt sie hinunter. Es kann ja sein, daß man im Artikel erwähnt ist.

Aber bevor ich ihn überflogen habe, hat Gustaf ihn weggewedelt. Das ist unter seiner Würde. Mit Zeitungen klatscht man Fliegen. Ich straffe meinen Rücken und versuche eine Miene aufzusetzen, die ebenso arrogant ist. Im übrigen ist da niemand, der mich wiedererkennt. Der Däne in der Duvetinejacke ist bereits Lichtjahre von den Siegen des gestrigen Tages entfernt.

Ich lächele tapfer einem Dackel zu, der an meinem Bein hochgesprungen ist, und ich bin schreckensstarr bei dem Gedanken, daß er gleich meinen Schritt beschnuppern wird.

Die Gesellschaft beginnt sich aufzulösen. Ein *Silver Cloud* ist in den angrenzenden Kiesweg gefahren und hupt. Es ist Lady Hamilton, Gustafs Mutter. Per Knopfdruck wird die Fensterscheibe heruntergelassen. Er geht zu ihr und gibt ihr einen Kuß auf die Stirn. Alle Stimmen sind zu einem Flüstern geworden.

Ausgenommen die von Pelle Ohlsson. Der brüllt: »Also sehen wir uns heute abend, Gustaf, und dann werden wir – verdammt noch mal – ordentlich feiern!«

Anschließend legt er den einen Arm um Desirée und den anderen um mich.

»Ich könnte euch im Zentrum absetzen. Dann kannst du ihm die Stadt zeigen, Liebling. Aber vergiß nicht, daß du mit deiner Mutter um vier Uhr verabredet bist.«

In diesem Augenblick liebe ich ihn wirklich.

WIR SIND AN EINEM PARK abgesetzt worden. Er hat die Handtasche der Tochter mit Geldscheinen vollgestopft. Schwedisches Geld sieht so feierlich aus, weil der König darauf abgebildet ist. Man braucht Nerven aus Stahl, um es auszugeben.

Wir gehen Hand in Hand. Ich habe meine Hände vorher in einer Quelle gewaschen. Zwischen den Bäumen sind tiefe Schatten, wo wir einander küssen und umarmen. Grüne Haine.

Wir setzen uns ins Gras; an ihrem Handgelenk klimpert ein Silberarmband mit Anhängern: eine Gitarre, ein Violinschlüssel, ein indischer Elefant. Die winzigen Figuren ziehen mich an – wie die ständig kleiner werdenden Punkte in den Alpträumen der Kindheit, die sich am Ende ganz auflösten. Das Gehirn schrumpft und wird, je länger man auf die Figuren starrt, zu Stirnfalten.

Ich lege den Elefanten über eine Fingerhutblüte, streichele vorsichtig ihren Puls. Sie legt sich im Gras zurück, lächelt durch geschlossene Augen in den Schacht der Sonne hinauf. Ich weiß genau, wie sie sich fühlt. Die Luft ist voller Pollen.

Ich senke den Mund zu ihren Nasenflügeln, spüre den Atem.

Aber bevor ich meinen Kuß loswerden kann, hat sie sich wieder aufgerichtet. Ein Mooshügel hat sich durch den Kleiderstoff gedrückt. Sie faßt auf den Rücken und fühlt den Fleck. Mit einer ärgerlichen Mundbewegung springt sie auf die Beine und klopft sich ab. Sie reicht mir die Hand. Der Violinschlüssel kitzelt meinen Daumenballen.

»Komm!«

Wir schlendern am Ufer eines Sees entlang. Rufende Jungenstimmen, auf dem See krängen Modellboote und fangen den Wind. Die Segelboote sind aus Mahagoni, haben Decks aus Balsaholz und richtige Messingbeschläge. Jetzt sind plötzlich Enten da; sie scharen sich zusammen und werden zu paddelnden Monstern. Ein Schlag mit dem Schwanz, und das Schiff geht unter. King-Kong kehrt zurück!

Ich verzichte darauf, sie an meinem Film teilhaben zu lassen. Statt dessen werfe ich die Schuhe ab, wate hinaus und richte das Schiff wieder auf. Der Blick, den ich von dem Jungen einfange, ist besser als Vogelpfiffe von oben. Ich habe Schlammkrusten zwischen den Zehen und trage die Schuhe in der Hand.

Wir kommen an eine Jazzbühne, wo die Zuschauer andächtig auf einen jungen, sommersprossigen Lasse Gullin starren. Das ist Schwedens Gerry Mulligan.

Mit geschlossenen Augen beißt er auf den Schwanenschnabel und holt die Töne aus der Tiefe seines Barytonsaxophons. Gepeitscht von Trommeln, Klavier und Baß verwandelt er im Park ein schwedisches Volkslied zu einem Gospel. Irgendwie erinnert er mich an Olaf aus der Straße meiner Kindheit. Sein Bart ist gelb und sehr dünn. Dafür ist der Ton super.

Ich knipse mit den Fingern und wende mich verzückt Desirée zu. Sie gähnt diskret. Wenn sie sich langweilt, steckt sie das Hutband in den Mund und kaut geistesabwesend auf dessen Zipfel.

Ich selbst bin gerade von meiner Klarinette auf Sopransaxophon umgestiegen; das war, nachdem ich Coltrane gehört hatte. Meine erste *Selmer*. Das erzähle ich ihr. Ich sage nicht, daß ich aus meiner Band geflogen bin, weil ich Bebop gespielt und die anderen übertönt habe. Die sind immer noch in der Tretmühle. *Traditioneller Jazz*. Ich bin in einem Alter, in dem man das mit einem Abgrund von Verachtung sagen kann.

Sie nimmt den Zipfel aus dem Mund und glättet ihn, versucht nicht einmal, interessiert zu wirken. Jazz ist für Mädchen *Volapük*. Sie verdreht die Augen und trippelt, bis die Nummer zu Ende ist. Dann klatscht sie, während sie zur Seite schielt. Einzelne Zuschauer pfeifen.

Lasse Gullin verneigt sich nach der Ballade, dreht sich zu seinen Musikern um und zählt einen schnellen Rhythmus. Er intoniert einen Bossa Nova, der einen Spatzen in einen Amazonaspapagei verwandeln könnte. Desirée gähnt wieder. Sie zieht mich weg, mitten in einem Solo, gerade als er dabei ist, einen Brüllaffen in die Zweige der Bäume zu flechten.

Wir versuchen es mit einigen Volksbelustigungen. Im Schießzelt treffe ich ein paarmal ins Schwarze und bekomme die Scheibe mit. Bei der Tombola soll ich eine Nummer für sie ziehen. Ich schließe die Augen und denke an die Glückskastanie. Als ich die Augen wieder öffne, zeigt Desirée auf eine Borte mit Plüschkaninchen. Ich habe den ersten Preis für sie gewonnen. Sie sucht sich ein hellblaues aus mit Fliege und Zeichenserienaugen.

Als der Mann es uns aus dem Zelt hinausreicht, neigt sie ihr herzförmiges Gesicht zur Seite.

»Ist das mein Geschenk?«

»Unter anderem«, antworte ich und versuche geheimnisvoll auszusehen, während ich wie verrückt nachdenke. Was soll ich ihr bloß heute abend schenken? Was schenkt man seinem schönsten Traum?

Sie steht da und sieht anmutig aus, während sie das Plüschkaninchen hinter einem Ohr krault.

Um Zeit zu gewinnen, erzähle ich ihr die Geschichte von unserem Hausmädchen Evelyn. In einem längst vergangenen Sommer hatte ich geglaubt, daß ich sie mit Kaulquappen geschwängert hätte. Desirée versteht es nicht richtig und ist ganz entsetzt, glaubt, die Geschichte wäre gerade erst passiert.

Es stellt sich heraus, daß sie nicht weiß, was Kaulquappen sind. In Schweden heißen die *Grodyngel*. Plötzlich wird mir bewußt, daß sie niemals in Dänemark Kind war. Wer konnte ahnen, daß ein Hausmädchen in dieser Gegend *Hembiträde* heißt? Peinliche Minuten ticken an uns vorbei, bis die Sache aufgeklärt ist und ihr Lachen uns erlöst. In einem Leerraum, wo die Sprache versagte, war die Luft kühl und fremd geworden. Sie sah sowohl nachdenklich als auch betreten aus.

Wir schlendern langsam zum Ausgang. Sie soll ihre Mutter in der Stadt treffen, und ich begleite sie ein Stück.

Am Ausgang beuge ich mich hinunter, um Schuhe und Socken wieder anzuziehen. Draußen schmort der Asphalt, da sind Autos und Radfahrer, und es ist Sommer – alles wie zu Hause. Die Straßenbahnen klingeln und schlagen Funken im Leitungsnetz.

Als wir den Park verlassen, läßt Desirée das Plüschkaninchen in einem Stahlkorb zurück.

»Es hat dumme Augen«, sagt sie.

Da sitzt es zwischen Wurstpapier und Tüten, ein wenig schräg, die dicken Pfoten erhoben, eine Geste, die Verlassenheit ausstrahlt. Ich werfe ihm einen langen Blick nach. Meine Schwester hätte sich sehr darüber gefreut, aber ich bringe es nicht über mich, zurückzugehen und es herauszunehmen.

Draußen auf dem Bürgersteig lege ich den Arm um ihre Schulter. Sie steckt die Hand in meine Jackentasche und lehnt sich an mich, als zwei Körper zur gleichen Zeit erstarren. Sie reißt die Hand wieder heraus und betrachtet ernst die Kondomschachtel, die an ihren Fingern klebt. Ich spüre, wie die Haut zu Stearin erstarrt – ein Schnitzer, und alles ist kaputt.

Sie pult die Zuckerkruste von der Schachtel und gibt sie mir zurück. Danach wischt sie die Finger an meiner Jacke ab. Die Straßenbahnen haben aufgehört zu fahren, die Autos sind verdampft und haben einen aufdringlichen Mief hinterlassen. Ich sehe, wie die Betretenheit in ihrem Gesichtsausdruck der Miene einer Erwachsenen weicht. Sie kommt mir blaß und gefaßt vor, als sie endlich spricht: »Gut. Komm heute abend zu mir ... «

Die Pupillen ihrer Augen haben sich geweitet. Sie schluckt ihren Schreck hinunter und probiert für mich ein Lächeln. Plötzlich ist nicht auszumachen, wer von uns am meisten verlegen ist. Verbunden durch dieselbe Unsicherheit, fassen wir uns bei den Händen und ertränken einander in dem Ernst unserer Augen.

Fußgänger drängen sich vorbei. Wir beachten sie nicht. Von außen betrachtet, gehören wir zum Straßenbild, von innen gesehen, sind wir ein Springbrunnen mit goldenen Äpfeln. Die Steinplatten sind unser Sockel.

Dann zerrt sie an mir.

»Mama wartet.«

Sie sieht auf ihre Armbanduhr und setzt sich in Bewegung.

Erst da bricht in mir der Damm. Ich könnte in die Luft springen und die Füße aneinander klatschen. Der Wechsel von Donald Duck zu Vetter Daniel Düsentrieb nimmt mir den Atem. Den Rest des Weges sage ich keinen Mucks. Erst als die Schwingtür von *Ohlssons Magazin* sie verschluckt hat und ich allein auf dem Bürgersteig zurückgeblieben bin, spüre ich die Tränen auf meiner Wange.

Ich schlendere im Zentrum herum, bereit, die feinen Geschäfte umzustülpen, um ein Geschenk für Desirée zu finden. Ich prüfe alle Möglichkeiten und zähle mein Taschengeld – betrachte Taschen, Gürtel und Schuhe – aber das alles hat sie ja im Überfluß.

Endlich kommt die Erleuchtung – vor einem Schmuckgeschäft. Ich will nach einem Anhänger für ihr Armband sehen und trete unter dem Glockenspiel ein.

Die Verkäuferin klickt auf ihren Absätzen davon und kommt mit dem Tablett zurück. Lange schwanke ich zwischen einem Herz und einem großen *D*, das mit Edelsteingeglitzer übersät ist. Das Herz ist zu vordergründig, liegt aber im Bereich des Möglichen, ihr Anfangsbuchstabe ist dagegen sicher aufgrund der Steine ringsum unbezahlbar. Ich frage, ob das Brillanten sind; die Dame lächelt und sagt, man nenne das *Straß*, und es funkelt in meinen Ohren.

Zu meiner Überraschung kann ich ihn mir leisten. Für den Anhänger bekomme ich eine Schachtel, und das Päckchen wird mit einer Goldschnur zugebunden. Als ich wieder auf dem Bürgersteig stehe, schlage ich die Füße zusammen. Für den Rest des Geldes kaufe ich bei einem Mann, der im Rollstuhl sitzt, Rosen; er erinnert mich an den, der im *Tivoli* Luftballons verkauft.

Den ganzen Weg bis zum Stortorget laufe ich, dann bleibe ich atemlos stehen. Über dem Rathaus hängt ein silberglänzender Zeppelin. Da haben Ohlssons sich selbst übertroffen, kann ich gerade noch denken, bevor ich begreife, daß das eine Reklame für *Goodyear* ist. Möge das für Desirée in Erfüllung gehen, füge ich in Gedanken hinzu, bevor ich an der Tür klingele.

Die Hausangestellte öffnet. Als die ersten Gäste kommen, bin ich mit dem Umziehen fertig. Sie stehen in Gruppen unter dem Kronleuchter. Mit ihren Schärpen über der Festgarderobe und ihren Buketts für die Wirtin ähneln sie Blumenbeeten in einem zierlich angelegten Garten.

Als ich die Treppe hinuntergehe, habe ich das Gefühl, als gehörte ich hierher. Die dänischen Teilnehmer drängen sich in einer Ecke zusammen, wo sie sich an den Willkommenstrunk klammern und sich unterhalten. Ich weiche ihnen aus.

Statt dessen gehe ich zu Frau Ohlsson. Die Rosen sind für sie. Ich überreiche sie mit einer Höflichkeit, die sie mit einer verlegenen Jungmädchengeste quittiert. Sie geht hinaus, um den Strauß sofort ins Wasser zu stellen. Danach wende ich mich Desirée zu.

Sie ist ganz in Weiß. Das Kleid bauscht sich über Ballerinenröckchen, im Dekolleté trägt sie eine Stoffrose, deren Kronblätter sich von einer mattweißen Perle ausbreiten. Der Hals ist frei, und um ihre Haare muß sich ein Damenfriseur bemüht haben. Sie sind mit Spray besprüht und umgeben ihren Kopf mit kastanienfarbenem Brausen.

Sie ähnelt Kolombine. Ihre Arme und ihr Knicks, wenn sie sich für die Geschenke bedankt, sind wie bei einer Tänzerin. Ich warte geduldig, bis ich an der Reihe bin. Jedesmal, wenn die Eingangstür geöffnet wird, streift ihr Blick die Neuankömmlinge. Gustaf ist noch nicht aufgetaucht. Der Vater ist damit beschäftigt, eine Gruppe von Herren im Frack zu übertönen.

Danach bin ich an der Reihe. Zu meiner Erleichterung zieht sie mich sofort zur Seite. Ich gebe ihr die golden verschnürte Schachtel. Sie beißt das Band mit den Zähnen durch und packt sie sofort aus. Mit einem polierten Fingernagel klaubt sie den Anhänger heraus.

Es ist still zwischen uns. Der silberne Buchstabe baumelt vor ihrer Nase. Mir kommt es so vor, als blickte sie säuerlich auf das Geschenk. Sie hat das Armband gar nicht um, und ohne Armband ist der Anhänger ein Witz. Ich muß etwas sagen, bevor es peinlich wird.

»Das ist echter *Straß*.«

»Du bist ein Spaßvogel, du!«

Sie wirft den Kopf in den Nacken. Mit unergründlicher Verschlossenheit legt sie den Anhänger in die Schachtel zurück und schließt sie. Es klappt leise zwischen den Fingern.

»Vielen tausend Dank. Das war lieb von dir.«

Das hört sich nicht falsch an. Es klingt gebildet. Glücklicherweise wird in diesem Augenblick ein Silbertablett hereingetragen, und ich nehme ein Glas.

»Skål, Desirée, und herzlichen Glückwunsch! Weißt du was, auf dem Weg hierher –«

Wir werden von ihrem Vater unterbrochen. Er klatscht in die Hände: »Zu Tisch bitte!«

Die Gäste strömen in den Saal, wo eingedeckt worden ist, und jeder sucht sich seine Tischkarte.

»Aber Gustaf ...«, protestiert Desirée.

»Auch Gustaf muß pünktlich sein. Das gilt für alle.«

Die Sache ist entschieden. Es ist das erste Mal, daß Desirée uneins mit ihrem Vater ist. Sie wirkt ärgerlich, als sie mich zu sich in den Saal winkt. Ich stelle den Champagner ab; er ist schon schal geworden.

Ich sehe mich suchend nach meiner Karte um – und lande mit beiden Beinen mitten im Glück. Ich habe *sie* als Tischdame! Als ich ihr den Stuhl rücke, kann ich nicht umhin, Bente einen Blick zuzuwerfen. Sie hat einen Mannerstråle zur Seite, der seinem glanzvollen Namen wenig Ehre macht.

Der Vater bringt den ersten Toast aus. Dann erhebt sich Desirée und trinkt auf die dänischen Gäste. Ich ergreife die Gelegenheit, im Namen der dänischen Mannschaft zu danken, und preise die Gastfreundschaft, die uns in diesem Haus entgegengebracht wird.

Zu Desirées anderer Seite ist der Stuhl noch immer leer. Als wir wieder Platz genommen haben, flüstert sie mir zu: »Das war schön. Mama hat sich sehr gefreut.«

Die Kerzen strahlen mit neuem Glanz. Es werden zwei Suppenterrinen hereingetragen, und jede erhält einen Platz auf einem Ende der Tafel. Ich schenke meiner Tischdame Wein ein.

An den französischen Türen entsteht ein kleiner Tumult. Gustaf ist eingetroffen. Das Faktotum des Hauses wird herumgeschwenkt, die Wirtin bekommt einen Palisanderbaum in einem Blumentopf. Es wird still am Tisch, aller Augen heften sich an dieses Entree. Er schreitet über das Parkett und schlägt vor Desirée die Hacken zusammen.

»Entschuldige!«

Dann senkt er die Stimme.

»Mach die Augen zu!«

Er beugt sich über sie. Als er sich wieder aufrichtet, hat er eine Kette um ihren Schwanenhals gelegt. Betört sitzt Desirée da, die Fingerspitzen vom Glitzern der Steine wie elektrisiert. Da ist ein Intervall, in dem man das tiefe Atmen der Damen hört, dann erheben sich die Stimmen wie Vogelschwärme und flattern über das Tischtuch. Ein paar der Damen haben die Hände zusammengeschlagen.

»Oh ...«

»Uij ...«

»So etwas Wunderbares!«

Desirée hat sich erhoben. Sie schlingt die Arme um seinen Hals und küßt ihn mitten auf die Nase. Dazu muß sie sich auf die Zehenspitzen stellen. Bevor er sich an ihre andere Seite setzt, fängt er meinen Blick und betrachtet mich mit dem Harlekinauge.

Die Konversation wird lebhafter. Desirée sprudelt nach beiden Seiten, mal in melodischem Schwedisch, ein andermal – den Kopf mir zugewandt – auf Dänisch. Hin und wieder treffen sich die Hälse unserer Flaschen über ihrem Glas, als würden wir um die Weltmeisterschaft wetteifern.

Ich komme endlich dazu, ihn für die Strategie zu loben, die er beim Stechen angewandt hatte, als allen das Herz bis zum Hals schlug. Sein totaler Einsatz, das Blut der Jugend gegen den kühlen Verstand. Die Braut, um die die Vorsicht wirbt, endet als alte Jungfer.

Darauf trinken wir. Gustaf Hamiltons eine Augenbraue sitzt auf der Stirn. Eine phantastische Krone aus Licht schaukelt in meinem Kopf. Ich zähle gerade die Gläser, die ich bisher geleert habe, als die Vorsuppe bei mir ankommt.

Das Stubenmädchen räuspert sich. Sie hat aus einer Terrine aufgefüllt, die auf dem Servierwagen steht. Ein herrlicher Duft von Schalentieren steigt mit der Wärme von dem Teller auf, den sie leicht ankippt. Ich mißverstehe sie, drehe mich seitlich und fasse nach ihm.

Ich hätte mir auch etwas Besseres einfallen lassen können. Wenn es möglich wäre, die Geschichte an diesem einen Punkt zu ändern, könnte ich alles ändern.

Aber das kann ich nicht. Mein Griff um den Teller rutscht ab, und die Hummersuppe landet auf Desirées Schoß. Gelähmt sehe ich mit an, wie sich das Ballerinenkleid in Geschwüre, Pest und Cholera verwandelt. In meinem inneren Ohr schrillt eine Glocke, und alle Gespräche am Tisch verstummen. Die Gesichter werden leer, verschwommene Flecken.

Es gibt Alpträume, aus denen man zur rechten Zeit erwacht, dieser aber hält an.

Desirée hat sich erhoben. Sie stampft nur einmal kurz mit dem Absatz auf das Parkett, bevor sie den Saal verläßt.

Frau Ohlsson findet meinen Blick über den Tisch hinweg. Das macht gar nichts, bitten ihre Augen. Alle sind eifrig dabei, mich in Schutz zu nehmen, nicht einmal Bente triumphiert. Sie sitzt nur da und ähnelt einer Krankenschwester, während die Haushilfe herumschwirrt, mit Servietten alles aufsaugt und neue Bestecke auflegt. Ich fühle mich von einer chirurgischen Leere umgeben, während sich das Klappern von Messern und Gabeln in Skalpelle auf Stahltabletts verwandelt.

Direktor Ohlsson ist seiner Tochter nach oben gefolgt.

Als Desirée wieder herunterkommt, hat sie sich bis zur Unkenntlichkeit verwandelt. Sie hat den Lack aus dem Haar gespült und es mit Öl geglättet. Wie ein Vamp sieht sie aus, mit einem Stirnband und Lippen, die zur Kirsche gemalt sind. Sie trägt ein Sackkleid, und ich kann das nur als einen ironischen Gruß auffassen. Mir gegenüber ist sie die personifizierte Höflichkeit. Wie ein Eisberg verbirgt sie den weitaus größten Teil der Kälte unter der Oberfläche, und als ich mein ganzes unglückliches Herz in Entschuldigungen dargelegt habe, sind wir beim Dessert angelangt, und sie hat, ohne ein einziges Mal von ihrem Teller aufzusehen, ihre Serviette zu einem Schwan gefaltet. In ihrem Blick ist Porzellan.

Ich weiss nicht, wie wir durch die Gespräche kommen, aber Hamilton ist einzigartig. Er fängt mich auf tausendfache Weise auf, schenkt Kognak in mein Glas, erzählt von Pferden und Rennen, seiner zweiten großen Leidenschaft. Er ist Formel-Rennen auf Anderstorp gefahren, und Juan Fangio war Gast auf ihrem Gut. Er nennt den Weltmeister *The Grand Old Man* und sieht bei der Erinnerung ganz hingerissen aus. Einmal faßt er mich um den Nacken. Ein Griff, der mich darüber spekulieren läßt, ob er schwul ist.

Als die letzten Gäste das Palais verlassen, bin ich so voll, daß ich torkele und auf Rollschuhen laufe. Ich habe mit allen getanzt, außer mit Desirée.

Die Dänen sind oben auf Henriks Einzelzimmer. Es zeigt sich, daß er sich auf dem Schiff eingedeckt hat: Schnaps, Zitronenlimonade und Porter. Ich trinke von allem. *Nuttenchampagner* nennen wir das und mixen noch eine Kanne.

Bente tanzt in schwarzer Unterwäsche Striptease, Julie hängt sich an meinen Hals und näselt mir etwas ins Ohr. Ich befreie mich von ihren Armen und feuchten Küssen, krank wie ich bin.

Draußen im Badezimmer übergebe ich mich. Hinterher spüle ich den Mund aus und kippe mir kaltes Wasser über den Kopf. Sofort fühle ich mich besser. Vor dem Spiegel schaukele ich auf den Füßen. Ein rotes Augenpaar schwankt mir entgegen und verschwindet wieder. Ich fahre mir durchs Haar und ziehe die Krawatte straff.

Da gibt es doch eine Verabredung mit Desirée, nicht wahr, Kumpel; sie hat selbst gesagt, du solltest heute abend zu ihr kommen, und das ist jetzt, verdammt noch mal. Hast du die Kondome eingesteckt, damit du an ihrem Geburtstag Luftballons hochschicken kannst, oder was?

Ich stolpere den Korridor entlang, die Wände prallen gegen mich, und der Läufer schlägt unter dem Trapez der Messingstange eine Falte. Hups – ich fliege mit ausgestreckten Armen und lande vor ihrer Türschwelle.

Mist. Mir ist die Lippe aufgeplatzt. Sie schwillt an und schmeckt nach Eisen. Ich stelle mich wieder auf meine Beine – oder wem sie auch gehören mögen – und wische das Blut mit dem Handrücken ab. Ein Rest davon erstarrt auf meinen Wangen.

Hier stehe ich lange mit klopfendem Herzen. Die Tür leuchtet wie ein Stück vom Mond. Schließlich ist sie so dünn wie die äußerste Farbschicht, und ich gehe direkt durch sie hindurch.

Auf der Schwelle liegen Schleier und Tüllröcke, über die ich hinwegsteige, weiter drinnen im Raum brennen Kerzen, und auf dem Bett liegt Desirée.

Sie ist nackt. Ihre Beine zerschneiden einen Körper. Im Halbdunkel ähnelt er dem Rücken eines Tieres, das sich über sie wölbt. Sie hören nichts. In einem Paar Gesäßbacken straffen sich die Muskeln zu Halbmonden.

Sie nimmt ihn in sich auf. Das Gesicht im Schmerz verschlossen, während sie sich windet und allmählich zum Höhepunkt kommt.

Es sieht aus, als würden die beiden zwischen den Stearinkerzen schmelzen.

Danach dringt sein Schnauben durch meine Hirnschale. Die tränenerstickten Laute rufen umgehend meinen Brechreiz hervor. Ich übergebe mich auf meine Schuhe.

Sie erstarren auf dem Laken. Der obere Kopf dreht sich um. Es ist Gustaf Hamiltons. Ich habe den Arm erhoben, um mich mit dem Jackenärmel abzuwischen. Als ich ihn sinken lasse, höre ich Desirée schreien. Die Wunde ist aufgeplatzt, der Mund reicht jetzt von einem Ohr zum anderen.

Mit einem Fluch springt Hamilton aus dem Bett. Sein Glied glänzt. Halb so blutig wie meine Visage. Er ballt die Faust, doch bevor er mich schlagen kann, falle ich von selbst in mich zusammen und werde zu einem Kleiderbündel auf dem Fußboden.

VI
Bye-bye, love

Es ist weiß im Raum wie zuvor, nur der Bezug des Deckbettes riecht eine Spur säuerlich, und von den Tulpen auf dem Nachttisch rieselt es gelb auf Waschlappen und Zahnbecher. Das Wasser in der Glasvase ist bernsteinfarben und birgt nur eine einzige stumpfe Erinnerung. Der Zinkgeruch stammt von einem Eimer, den jemand neben mein Bett gestellt hat; zu meiner Erleichterung ist er leer. Sonst hätte ich ihn sofort gefüllt. Der Magen ist nur noch ein empfindlicher Lappen.

Ich liege ganz steif mit hochgezogenen Schultern, aber ich weiß genau, wer ich bin. Ein Engel, der in einem Krankenhausbett notgelandet ist. Sie haben mich gerade zurechtgemacht. Wenn Engel sterben, kommen sie hinunter auf die Erde. Mein Rücken hat so oft die Knöpfe der Matratze gezählt, daß er durchsichtig geworden ist, und abgesehen von den knarrenden Bettfedern, die man anstelle des Gehirns bekommt, ist der Schädel leer. Sie haben das Blut und andere Flüssigkeiten abgezapft und mich mit Glaswolle ausgestopft, so daß ich ewig währen kann.

Da sind Schritte auf dem Flur. Die Tür geht auf –

ICH HATTE MIT DEM JÜNGSTEN GERICHT GERECHNET. Es wurde geflüstert. Mogens beugt sich über das Bett: »Bist du wach?«

Ich richte mich auf und lehne mich gegen das Kopfende.

Die Zimmerdecke dreht sich in mir und klatscht mir auf die Zunge. Nachdem ich so lange einen Staubwedel im Hals hatte, kann ich mich nun an Kalk laben. Mogens schüttet ein paar Gelonida in seine Hand, nimmt den Zahnputzbecher und hält ihn an meine Lippen. Ich spüle die Pillen hinunter, bevor sie einen wolligen Rand bekommen, und füge ihren bitteren Geschmack zu dem übrigen. Die Krusten in den Mundwinkeln sind zu Mehlkleister geworden.

Er setzt sich auf den Bettrand.

»Wir anderen sind so gut wie fertig. Was ist mit dir?«

Ich schwinge die Beine aus dem Bett, raffe die Schuhe mit den Zehen an mich. Da sitze ich nun mit nacktem Hintern und barfuß. Jemand hat mir die Krawatte abgenommen und das Hemd am Hals aufgeknöpft.

»Bist du's?«

Mogens nickt. In seinem Blick hinter den Brillengläsern herrscht ein richtiger kleiner Festtag. Er genießt die Rolle als barmherziger Samariter, so wie er da abwesend sitzt und an dem blutigen Waschlappen fummelt.

»Mann, warst du voll!«

Jacke und Schlips hängen über einer Stuhllehne. Nur ein Fleck auf dem Ärmel zeugt von den nächtlichen Vorkommnissen. Erstaunt lasse ich einen Finger über das Pflaster auf der Lippe gleiten.

»Was ist denn passiert?«

»Kannst du dich an gar nichts erinnern?«

Ich schüttele den Kopf. Das Schiff im Kopf krängt, und der Schmerz entfaltet sich von neuem. Mir ist nur allzu klar, was geschehen ist, so daß ich antworte: »Keine Spur, du, waren wir so besoffen?«

»Und ob!« sagt er und strahlt bei dem Gedanken.

Während ich mit dem Packen beginne, liefert er die Geschichte. Langsam geht mir auf, daß er verdammt stolz auf mich ist. Ja, Desirée war gleich, nachdem Henrik voll war, zu ihm ins Zimmer gestürzt. Dann waren sie nach unten gegangen, um Gustaf zu holen ...

»Nach unten?«

»Ja, Gustaf war im Salon, wo er dem Stubenmädchen geholfen hat, den Teppich auszurollen und die Möbel nach dem Tanz an ihren alten Platz zu stellen.«

»Ein verdammt feiner Kerl, ein richtiger Gentleman.«

Ich bin kurz davor, an meinen eigenen Worten zu ersticken. Ich schließe die Augen und schlucke die Fortsetzung hinunter.

»Desirée sagte, daß dir schlecht geworden sei. Gustaf und ich haben dich ins Bett getragen. Zum Glück hatte ich etwas Pflaster in meiner Toilettentasche ...«

Er langt unter das Bett und hält meine Hosen und Unterhosen hoch.

»Die habe ich auch mitgenommen.«

Er reicht sie mir stolz. Wie eine Trophäe. Langsam, ungeheuer langsam, dämmert es mir. Die Schufte! Sie haben sich ein Alibi verschafft, wenn etwas passiert sein sollte ...

Den Gedanken denke ich nicht zu Ende. Ich bekomme einen Anfall von Zähneklappern, während sich die Demütigung in meinen Rachen brennt. Mogens erhebt sich und schließt das Fenster.

»Beeil dich«, sagt er, »wir werden bald abgeholt.«

Ich starre mit leerem Blick auf meine Unterhosen. Ein Bild beginnt Konturen zu bekommen, das Bild der beiden, die sich in ihrer Jungfrauenkammer über mich beugen und mir die Hosen ausziehen.

»Toll gemacht«, sage ich zu Mogens und hole tief Luft, »du bist doch wenigstens ein echter Kumpel.«

Er steht am Fenster und sieht so aus, als hätte ich ihn vergoldet.

Der Abschied ist undramatisch. Ich hatte ihn während der letzten halben Stunde im Bad vor mir gesehen. Der Engel mit dem Flammenschwert – in der Gestalt des Vaters –, die Vertreibung aus dem Paradies und das Gittertor mit den goldenen Spitzen, das sich für alle Zeit hinter mir schließt. Aber Pelle Ohlsson ist nur verkatert. In der Hand hat er ein hohes Glas mit einer grünlichen Flüssigkeit – offenbar Hingfong-Tropfen.

Die Familie hat sich in der Aula versammelt; Desirée in einem mohnblumenroten Taftkleid und mit offenem Haar, wie auf diesen Bildern von Munch, wo es um Eifersucht geht. Gegen alle Erwartung steht mir das Herz still, als ich sie sehe; Scham überflutet mich, ich habe einen Schweißausbruch, und die Drüsen pochen.

Als sich unsere Blicke begegnen, bettelt sie. In den kastanienbraunen Augen ist nur Raum für eine einzige Bitte: Schweigen. Ich kenne nicht die gegenseitigen Rechnungen, aber ich fühle, daß etwas Größeres auf dem Spiel steht. Gustaf Hamiltons Geist schwebt über den Wassern. Ich darf die beiden nicht mit einer Miene verraten, nichts ist geschehen. Alles muß wie gestern sein, bevor die Welt Trauer anlegte – die Oberfläche ohne eine Kräuselung und der Handkuß brav.

Die Wunde in der Lippe strammt und sticht. Mit einer Art gegenseitiger Kälte besiegeln wir den Pakt. Ich verzichte auf der Stelle auf Gefühlsausbrüche, sie läßt dem Pfau seine Federn. Ich versuche einem Ritter ähnlich zu sehen, der von seiner Herzdame Abschied nimmt.

Frau Ohlsson betrachtet uns. Sie weiß, daß etwas im Gange ist, aber sie weiß nicht, um was es geht. Sie forscht im Mienenspiel ihrer Tochter, läßt den Blick zu mir schweifen – an der Grenze zwischen Zweifel und Erklärung. Sie resigniert und hält meine Hand lange – wie schon einmal: »Besuch uns bald mal wieder.«

Das geht ab wie Geburtstagsluftballons. Durchstochen von einem der Blicke Desirées. Vivi Ohlsson ist ein richtiger Mensch. Sie wundert sich ganz offensichtlich darüber, daß Worte, die von Herzen kommen, so arm ausfallen können. Zum ersten Mal sieht sie mich an.

»Danke für alles«, murmele ich und reiße mich los.

Die Pranke des Direktors landet zwischen meinen Schulterblättern. Ich erstarre.

»Frischen Mut, Antonius!«

Jetzt klingt er hundertprozentig dänisch. Die Hälfte der grünlichen Flüssigkeit landet in meinem Kragen und bahnt sich den Weg hinunter zum Hosenbund. Das Hemd wird glasklar und klebt kalt an der Haut.

Das lindert. Blitzschnell fahre ich aus der Haustür. Auf dem Bürgersteig drehe ich mich ein letztes Mal um und winke der Dynastie zu, die auf der Treppe Aufstellung genommen hat. Es sieht so aus, als wollte mir Desirée eine Kußhand zuwerfen, aber es bleibt bei einem säuerlichen Lächeln.

Im Minibus auf dem Weg zum Hafen werde ich von den Fragen der anderen überfallen. Ich komme virtuos zurecht. Man nennt das die Kunst der Andeutung, und bis vor einem Augenblick habe ich die gehaßt.

Die Kopfschmerzen verflüchtigen sich mit den Möwen und dem Schiff, das am Kai anlegt.

Die Überfahrt verbringe ich in einem einsamen Deckstuhl, wo der Wind die Gedanken ausdünnt. Die größte Schönheit auf Erden ist stumm. Sie heißt Maiken und stammt aus Aabenraa. Vierundzwanzig Stunden lang habe ich nicht an sie gedacht. Alles hat seine Zeit.

Zu Hause warten Vater und Mutter.

Sie stehen auf dem Kai, um mich abzuholen, und Lulú ist mit dabei. Sie durfte die Schule schwänzen und ist quietschvergnügt und stolz, weil ich in den Nachrichten erwähnt worden bin, aber auch eine Spur gekränkt, daß nicht wie damals bei der Heimkunft der Ruderer von der Olympiade im Rathaus ein Empfang stattfindet. Ich bin richtig froh, sie zu sehen. Bald habe ich sie auf der Folterbank geheimnisvoller Erwartung; sie riecht die Lunte vor allen anderen. Ich habe ihr etwas anzuvertrauen.

Mutter hat ein Falkenauge für Flecken und Pflaster. Darüber hinaus hat sie das Zweite Gesicht, und ich weiß, daß sie mir später hart zusetzen wird. Aber in diesem Augenblick bin ich unantastbar. Vater lehnt sich an die Autotür. Er ist in seinem Element. Der Sohn ist Trumpf. Er hat alle seine Erwartungen erfüllt – und noch ein paar dazu, über die er sich in glücklicher Unwissenheit befindet. Ich bin seinem Bild um Lichtjahre näher als bei meiner Abreise.

Sie bewundern meine Silberschale. Der alte Fuchs spiegelt sich in ihr. Er will Datum und Namen eingravieren lassen, und ich werde sie insgeheim als eine Grabschrift für die Nachwelt betrachten.

Auf dem Weg nach Hause bringt er mich dazu, Einzelheiten des Wettkampfes zu erzählen. Die Mutter liest aus der Kritik des Preisrichters, und eine bessere Einschätzung habe ich nie bekommen. Sie liebkost die schwedischen Wörter und Akzente mit einer Musikalität, an die ich mich auch aus Italien erinnere, wo sie aufblühte wie eine Papierrose in einem Wasserglas.

Der Hurone schweigt zehn Minuten lang, während wir traumartig durch den Verkehr gleiten.

Sobald wir das Domizil in der Bredgade betreten haben, ruft er die Redaktion der ›Roskilde Tidende‹ an und spricht, ohne ein Wort mit mir zu wechseln, mit einem Volontär, der einen Artikel schreiben soll.

Ich bin alt genug, um ins Ausland geschickt zu werden, aber nicht alt genug, um selbst gefragt zu werden. Vater breitet sich über alles aus. Er macht unmißverständlich klar, daß wir auf die nächsten Juniorenmeisterschaften hinarbeiten.

Als sie einen Fotografen schicken, stiehlt er auch das Bild.

Ich radele zum Stall und begrüße Pep. Er steht da und mümmelt an seiner alten Krippe – ganz so, als wäre er nie auf Reisen gewesen. Das ist ein merkwürdiges Erlebnis, das ich nicht begreife.

Als nächstes stürme ich in das Plattengeschäft und kaufe die Single mit Connie Francis, die gestern auf dem Fest gespielt wurde.

Ich schließe mich auf meinem Zimmer ein und spiele sie wieder und wieder. Als ich zum 117. Mal zum Refrain komme:

Bye bye, love
Bye bye, happiness
Hello loneliness
I think I'm goin' to cry

und danach zu der Zeile:

There goes my baby with someone new ...

breche ich zusammen und heule wie verrückt.

So findet mich Lulú. Mit dem Kopf auf dem Schreibtisch, in einem See von Rotz und Blut und Tränen. Das Pflaster hat sich gelöst, und die Wunde ist wieder aufgeplatzt. Lulú ist mit Jeanette hereingekommen – was ich gar nicht gehört hatte –, und Jeanette ist schon wieder gegangen. Das sagt etwas über den Ernst der Situation.

Und so erfährt sie die ganze Geschichte. Unterbrochen von neuen Krämpfen und einem Pflaster, das die ganze Zeit vor dem Mund flattert und weggeblasen werden muß.

Sie unterbricht mich kein einziges Mal, um ein belangloses Detail zu diskutieren. Als ich zu Ende gesprochen habe, sagt sie kein Wort. Ich bin total am Ende. Eine unendliche Müdigkeit hat mit ihrer Sense ausgeholt. Der Kopf fällt nach vorn.

Mit ihrem einen Arm hebt sie den anderen, dann streckt sie den linken in meinen Gürtel, denn sonst hätte sie keine Hand frei, um die Tür zu öffnen. Sie führt mich in ihr Zimmer, wo sie das Bett abdeckt, in das sie mich hineinmanövriert.

Unter der Zimmerdecke erstreckt sich die Fischreuse. Es ist mitten am Nachmittag, und die Sonne flimmert herein. Ich sinke unter die grünen Glaskugeln und will mich nur in ihrem Bett ertränken. Sie zieht die Gardinen vor.

Ich fühle nicht die kühlenden Hände, sondern falle einfach in den Schlaf, als der Kopf das Kissen berührt.

Als ich am nächsten Tag aufwache, ist das Haus still. Man hat mich durchschlafen lassen, ohne Abendbrot, ohne einen Leisetreter, der meine Alpha-Rhythmen gestört hätte.

Die Nacht war traumlos; ich wache ausgeruht und geläutert auf.

Meine Schwester hat auf dem Ausziehsofa geschlafen, das sie für ihre Freundinnen benutzt. Sie kann es nicht selbst wieder reinschieben, so daß es noch ausgezogen dasteht. Eine von ihren Postkarten hat sie über dem Toilettenspiegel angebracht.

Da ist ein Bild von Binzi, unserem Pudel. Binzi ist an Altersschwäche gestorben, und Lulú hat aus seinem Foto eine Postkarte machen lassen. Von ihrem gesparten Geld. *Kösschen!* hat sie auf die Karte geschrieben und gleich *drei* Ausrufezeichen dahinter gesetzt. Sie, die alles falsch versteht, ist überdeutlich in ihrer Zeichensprache. Ich habe ihr vorgeschlagen, Lehrerin für Gehörlose zu werden.

Mir gibt das einen Stich ins Herz. Sie ist bald zu groß, um veralbert zu werden. Und ich werde allmählich zu klein, um ihr meine Liebe zu zeigen.

Ich atme den Tag ein. Sie hat gelüftet und die Fenster an den Haken befestigt. Mittag muß schon vorüber sein. Ich stehe auf und gehe in mein Zimmer.

Mutter hat mein Zeug gewaschen und es auf einem Stuhl bereitgelegt. Das Hemd ist geplättet. Man riecht nichts, aber ich ziehe mich trotzdem um: Trainingszeug, Gummistiefel und Sporen.

Dann schleiche ich mich in die Küche und gieße Milch auf eine Portion Hafergrütze mit Kakao. Die Zimmer sind leer; alle sind weggegangen. Ich kann es fast nicht glauben.

Dann höre ich ein Geräusch. Das ist die Klappe vom Briefkasten.

Als ich in die Diele komme, liegt dort ein Briefumschlag, mit der Rückseite nach oben. Auf die Spitze des Kuverts ist ein Pferdemaul gezeichnet, und darüber steht mit Blockbuchstaben ihr Name. Daran gibt es keinen Zweifel.

Der Brief ist von Maiken.

VII
Der Brief

Ich reiße den Umschlag auf. Der Briefbogen zittert in meiner Hand, so daß ich ihn nicht lesen kann. Ich flüchte mich in die Speisekammer, mische mir die beruhigende Medizin meiner Jugend, bestehend aus Rosinen und Belagschokolade, zerkaue alles und trinke dazu Milch aus dem Kühlschrank. Der Klumpen erstarrt. Kurz danach sickert es durch das Gaumensegel und wirkt wie immer.

Der junge Mann, der über die Küchentreppe auf sein Zimmer geht, ist völlig im Gleichgewicht. Ich setze mich an den Schreibtisch und glätte den Brief, bevor ich von neuem beginne.

Die Wörter sind mit vielen verschiedenen Farben gemalt, fast gezeichnet, und das ist verwirrend. Als gehörten die Buchstaben nach den Farben und nicht nach der Reihenfolge zusammen. Der Brief wird gedreht und gewendet. Ich lese ihn von vorne und von hinten, und es kommt immer dasselbe dabei heraus. Schließlich kann ich nicht mehr zweifeln. Aber ich weigere mich immer noch zu glauben, was ich denke.

Ich falte den Brief und lege ihn zurück in den Umschlag. Kühle mich innerlich ab. Das tue ich, seitdem ich ein Buch über Jagdflieger im Zweiten Weltkrieg gelesen habe. So konnten sie mitten in der Hitze des Kampfes klar denken.

Es raschelt im Umschlag. Es muß noch mehr da unten drin sein. Ich kippe ihn um, und mit einem kalten Zischeln fällt etwas heraus. Die Goldkette mit dem Herz! Sie hat mir mein Geschenk zurückgeschickt.

Herr, mein Gott, ich kann nicht mehr verarbeiten, und dafür sei dir Dank! Die letzten vierundzwanzig Stunden haben mich innerlich galvanisiert; ich werde weder von dem Sauerstoff der Luft noch von der Einsamkeit der Seele angegriffen. Ich stecke das Herz lediglich in einen neuen, sauberen Umschlag und lege diesen in die Schublade.

Den Brief falte ich zu einem Harmonikabalg, den ich in die Tasche schiebe. So kann ich die Worte immer wieder spielen, falls es mir zu gut gehen sollte.

Ich höre die Flurtür klappen. Mutter ist vom Einkaufen zurück. Ich schleiche mich wie auf Katzenpfoten die Treppe hinunter in den Hof. Mein Fahrrad lehnt am Wäscheständer. Ich lasse es stehen und gehe zur Reithalle hinunter, während ich überlege, was ich tun soll.

Auf Pep reite ich zu unserer alten Stelle im Boserup-Wald. Damals hatte ich ein anderes Pferd, aber die Bucht liegt dort wie immer, und das Gras streckt seine Zunge in den Fjord. Ich liege da; zu beiden Seiten meines Schädels gluckst es, während Pep ein Stück weiter grast. Mit jedem Wellenschlag werden Steine herangespült, und jede Welle, die zurückflutet, reißt Steine mit sich hinaus.

Nur der Wind flicht seine Finger in das Gras. Ich pflücke einen Grashalm und stecke ihn in den Mund. Kurz darauf spucke ich ihn wieder aus. Er schmeckt bitter. Die Bilder von dem Sommer mit Maiken ziehen vorbei. Alles bewegt sich im Kreis, und nichts ist mehr so, wie es war.

Ich will das Bild zerstören, neue Ringe im Wasser erzeugen …

Dann sehe ich mich um. Nicht eine Seele. Der Abhang liegt im Schatten, und zwischen den Stämmen faucht die Säge eines Holzfällers. Ich ziehe mich aus und wate in den Fjord. Ein kalter Schauer kriecht zum Nabel hinauf, bevor ich ganz eintauche und den Kopf hinunter in eine Stille stecke, die grün ist und sich mit dem Seegras wiegt.

Wieder zurück auf der Landzunge, ziehe ich Hose und Gummistiefel an, rolle den Rest der Kleidung zu einem Bündel und schwinge mich aufs Pferd. Ich reite in den Wald, dorthin, wo die Fichten dunkelgrün werden. Die Kälte des Wassers hat einen Silberschild über meine Brust gelegt. Ich sporne Pep; als wir in Galopp überwechseln und die Nadelzweige meinen Körper peitschen, spüre ich keinen Schmerz.

Zwischen den Bäumen sind Lichtpfade. Ich donnere vorwärts, bis mich das Muster des Sonnentanzes zum Waldhüterhaus geführt hat. Hier verbrachte meine Ururgroßmutter ihr ganzes Leben mit ihrem Mann und ihrer großen Kinderschar. Sie galt als weise Frau und konnte, wie man so sagt, in die Zukunft sehen. Vielleicht hat sie an einem Sommertag vor hundert Jahren meinen wilden Ritt gesehen und sich bekreuzigt. Anschließend hat sie das Hornzeichen gemacht, um nicht selber zu einer Vision zu werden.

Wenn der Flieder stirbt, erblüht der Holunder. Wir nähern uns Johanni.

Pep hat Schaum an der Kandare. Ich sitze ab und ziehe ihn an die rostige Badewanne, in der der Wasserspiegel ganz glatt ist. Er prustet tief, bevor er das Maul hineinsteckt und von dem Himmel und den fliegenden Wolken trinkt.

Das Haus steht verlassen, die Tür ist mit Brettern vernagelt, das Strohdach ist zu Moosfladen geworden, und der Brunnendeckel hat eine algengrüne Farbe angenommen. Der eine Flügel ist eingestürzt, und die Sparren ragen heraus, so daß er einem Schiffswrack ähnelt. Das Mauerwerk ist von Geißblatt bedeckt, und im Garten wachsen die Heckenrosen mit Brennesseln und Ampfer um die Wette.

Ich gehe zum Haus, um in ein Fenster zu gucken. Die Scheibe ist staubig und spiegelt nichts. Der Oberkörper schmerzt; es pocht in Rissen und Wunden. Ich bin von einer unleserlichen Schrift bedeckt, und mein Schild riecht nach Harz. Ich stehe inmitten von vielen Nesseln, als die Haut Pusteln bekommt.

Nichts tut mehr richtig weh. Ich brauche nur an den Brief in der Tasche zu denken.

In dem Holzstapel hinter mir rutscht etwas zusammen. Fuchs oder Eichhörnchen? Ein paar Kloben rollen heraus, weiß im Holz und kreuz und quer mit Spaltmustern bedeckt. Sie haben lange gelegen, die Rinde blättert ab, und die Kellerasseln kriechen in Kreisen umeinander herum.

Pep ist fertig mit dem Trinken. Ich schmeiße mich in die Wanne und lasse mich von ihm beschnuppern. Er zupft an meiner Gürtelschnalle. Über diese Einrichtung erstaunt, prustet er wieder und schnaubt aus seinen Nüstern Kaskaden. Ein einziges Insekt auf dem Wasserspiegel ist genug, um ihn aufzuschrecken. Er zieht den Kopf zurück.

Das Wasser ist lauwarm, und obenauf schwimmt ein Anflug von Moos. Ich lasse mich ganz auf den Boden gleiten und blubbere Blasen. Mit verzogenem Mund und Augen, die zu Spalten zusammengekniffen sind, sehe ich die Silberkette aufsteigen. Lange bleibe ich da unten – bis alles verdrängt ist und der Kopf mit einem Muschelrauschen nach oben schießt.

Bevor ich wieder auf das Pferd steige, kippe ich die Gummistiefel aus. Ich wühle das Hemd aus dem Kleiderbündel und fühle in der Brusttasche nach. Der Brief ist noch da. Es ist kein Traum. Ich wickele das Bündel wieder zusammen und schnalle es am Sattel fest. Dann gurte ich Pep zum letzten Mal und reite nach Haus.

Ich habe mich entschlossen, es auf einen Test ankommen zu lassen.

Die Familie ist am Abendbrottisch versammelt und in bester Stimmung. Es gibt Salzkartoffeln, englisches Beefsteak und freie Wahl bei der Worcestersoße. Ich bin im letzten Augenblick erschienen, um Fragen auszuweichen. Das Türklappen ist synchron mit dem Halbstundenschlag des goldenen Engels, der die Mahlzeit einläutet.

Bis dahin habe ich die Zeit hinausgezögert, bin weit über die

Felder geritten, über die ich für gewöhnlich im Galopp hinwegfege. Ich habe den Weg um die Schleuse bei Kattinge gewählt, wo wir als Jungen Nattern gefangen und einmal eine Kreuzotter an der Schwanzspitze gepackt haben. Mit hängenden Zügeln bin ich im Schritt am Sankt-Hans-Hospital vorbei und durch die Clermontgade geritten, wo Großmutters Haus leersteht, seit sie Hals über Kopf ins Pflegeheim mußte. Die Uhr an der St. Jørgensbjerg Kirche hat schon fünf geschlagen, bevor ich wieder im Stall bin, und zum ersten Mal in meinem Leben habe ich bemerkt, daß sie der von der Domkirche um einen halben Schlag voraus ist.

Jetzt sitze ich auf meinem Platz. Ich habe niemanden, zu dem ich beten kann, denn ich habe meinen Glauben gesetzt und ihn verloren.

Ich schneide für Lulú das Beefsteak, und sie wirft mir einen überraschten Blick zu, denn das habe ich seit langem Mutter überlassen. Ich bekomme keinen Bissen hinunter.

Vater ist in Hochform. Er hat mit Godtfredsen über ein Spezialtraining für mich gesprochen, und er hat mit dem Direktor vereinbart, daß ich in der Zeit bis zu den Juniorenmeisterschaften vom Turnen befreit werde ...

Ihm fällt die ›Roskilde Tidende‹ ein, und er knallt sie auf den Tisch.

Wir sind in der Zeitung. Es ist gerade eben mein Kopf zu erkennen, während ich hoch auf Pep throne und Vater den Zügel hält. Ihm ist es gelungen, die Schleife von dem Preis an seinem Revers zu befestigen, und das Grinsen ist entsprechend. Sie hätte an Peps Kopfgestell sitzen sollen. Das Bild verursacht mir Übelkeit. Ich bekomme dicke Wangen vom Lächeln.

Ich schiebe den Teller weg.

Mutter wird unruhig. Jetzt passiert es.

Ich greife in die Brusttasche und ziehe den Brief heraus. Ich mache einen Kniff in die Harmonika und halte sie zwischen drei Fingern, während ich ihm direkt in die Augen sehe.

»Ich habe einen Brief von Maiken bekommen ...«

Er wird leichenblaß. Die Gabel stoppt vor dem Mund, und das Loch weitet sich ins Unendliche. Der Blick, den Mutter ihm zuwirft, spricht Bände.

Er kaut wieder; seine Augen sind wie aus Stahl, die Wangen blutleer. Der Tonfall ist nur für denjenigen angespannt, der ein Ohr für derartiges hat.

»Aha, schreibt sie etwas ...«

»Natürlich schreibt sie *etwas.«* Ich bin kurz davor, das mir selbst gegebene Versprechen, mich nicht aufzuregen, zu vergessen.

»Nichts Besonderes.«

Ich kann so arschkalt sein wie kaum einer. Ich falte eine Zeile des Briefes nach außen. Jetzt kommt der Angriff, seine zu jeder Zeit beste Verteidigung.

»Warum erzählst du es mir dann?«

»Weil du dich immer nach Maiken erkundigst, weshalb sonst?«

Lulú hat mit dem Essen aufgehört. Ihre Pupillen sind ganz groß. Sie hat mich noch nie so mit ihm reden hören. Mutter sitzt mit halbgeschlossenen Augen da, die Spitze der Serviette vor sich, eingestimmt auf das Schlimmste.

»Rede ordentlich, du Lümmel, oder ich ... «

»Soll ich vorlesen?«

Ich mache meine Stimme katzenfreundlich. Er senkt das Messer, schluckt ein paarmal, bevor er es herausbringt: »Natürlich sollst du das nicht. Mitten beim Essen. Und könntest du uns jetzt bitte das Gequassel ersparen!«

Er spült mit einem Glas Bier nach. Mit dem ganzen Glas. Hinterher wischt er sich den Mund ab.

»Und sag mal«, fährt er fort, »was glaubst du eigentlich, wer dafür gesorgt hat, daß du nach Malmø fahren und den Gernegroß spielen konntest?«

»Philip«, sagt meine Mutter und schluckt, »*das* tust du nicht!«

»Sei still und laß mich selbst mit dem Bengel reden!«

Ich streife ihr Gesicht mit einem dankbaren Augenzwinkern. Die Antwort habe ich schon auf den Lippen.

»Deine Geschäftsverbindungen in Kopenhagen. Jens und Ditte kennen Ohlssons. Gibt es noch mehr, was du mir jetzt gerne erzählt hättest?«

Ich habe ihm einen Zipfel meiner Unverwundbarkeit gezeigt. Die Welt der Erwachsenen ist Betrug; das habe ich schon lange gewußt. Sein Gehirn arbeitet unter Hochdruck. Ich sehe das, bevor das Resultat da ist. Es ist kurz davor, daß man die Zahlenkolonnen hinter seiner Stirn zählen kann. Er hat die Taktik gewechselt, der Meister der Überlebenskunst.

»Ich denke, wir sollten eine Tour in den Wald reiten, dann könnten wir darüber reden, falls es etwas zu reden gibt.«

Er hat die Position einer bedrohten Figur verändert. Sie aus der Gefahrenzone der Königin genommen. Zwei Frauen sitzen auf dem Sprung.

Langsam begreife ich, was er gesagt hat. Ich falte den Brief und stecke ihn wieder in die Tasche. Ich habe mich zu Tode gesiegt.

Er reicht Mutter das Glas und läßt sich Bier einschenken.

»Na, mein Junge, was sagst du dazu?«

»Das kannst du gern vergessen«, sage ich, »von heute an habe ich aufgehört zu reiten.«

Das sage ich mit einer Ruhe, die nicht einmal erkämpft ist.

Die Lähmung ist total. Eine ganze Minute sitzt er da, ohne etwas zu antworten. Das ist länger, als solche Szenen im Film dauern. Dann legt er Messer und Gabel zur Seite, und man hört das Summen einer Fliege.

Als er den Stuhl zurückschiebt und kurz darauf mit der Schlafzimmertür knallt, klingt das wie ein Schuß, auf den alle gewartet haben. Lulú blinzelt. Mutter sieht auf die Tischdecke hinunter, während sie mehrmals meinen Namen flüstert. Er ist zu Bett gegangen. Wie ein Kind, das für sich selbst zu alt geworden ist.

Ich habe mich auf meinem Zimmer eingeschlossen.

Niemand bettelt mich aufzuschließen. Unten in der Küche sind Mutter und Lulú bei der Abwäsche. Ich höre die Geräusche der Wasserhähne durch das Heizungsrohr. Worüber sie reden, das mögen die Götter wissen – und von denen habe ich in diesem Augenblick, der heilig ist, viele.

Ich nehme den Brief heraus, glätte die Harmonikafalten. Mit einem bittersüßen Lächeln lese ich ihn erneut. Es ist einer von den Briefen, die als Ornament geschrieben sind; und ganz gleich, wie man ihn dreht oder wendet – dort steht nur:

F
A
R
W E L L

Kein bißchen mehr.

2. Teil

VIII
Die Lieder des Spatzen

Man rührt an etwas – und die Zeit bleibt stehen. Jeder kennt das. Man verfällt in ein stumpfes Betrachten, während die Gedanken von Gestalten erfüllt werden, deren Leben heute anders ist. Wenn sie überhaupt leben. Die Erinnerung bewegt sich mit der Verzögerung des Lichts. Sterne, die wir sehen, existieren nicht mehr. In seiner äußersten Konsequenz ist der Raum leer, abgesehen von Echos. Dort gibt es nichts – nur das, was das Hirn jeden Tag aufs neue produziert.

Ich schnipse gegen das Goldherz. Es fühlt sich an wie Bernstein, die kleinste Entladung von statischer Elektrizität. Das Heute ist der Finger. Wenn er mit Objekten aus der eigenen Vergangenheit zusammengeführt wird, hebt sich die Grenze auf, und die Erinnerungen fallen wie Schnee in Glaskugeln. In der Glaskugel sind Domkirchen, Häuser, Leuchttürme und Seejungfrauen. Oder Steine und Mühlen und Schiffe, ein Badesteg, ein gemaltes Meer. Dort sind Wege, die man nie wieder betreten wird, Straßen, die in der Erinnerung anders sind.

Wir werden älter, aber es ist nicht die Erfahrung, die uns belastet, es ist die Abwesenheit. Die ganze Zeit über bleibt irgend etwas stehen. Deshalb ist das Aufräumen in leeren Häusern vielleicht das, was uns der Ewigkeit am nächsten bringt.

Man berührt einen Gegenstand, und durch die Berührung entsteht Leere. Es kommt zu einer Entladung. Wo ist das gelebte Leben – in diesem Augenblick? Die Muster, die wir Schicksal nennen, weisen zurück. Das, was wir nur im Rückblick erkennen können, nennen wir vorausbestimmt. Das Bewußtsein hält sich selber zum Narren.

Das Herz schwingt wie ein Pendel über meiner ausgestreckten Hand. Ich senke die Spitze, lasse die Kette Glied für Glied fallen. Sie liegt tot im Handschuhstoff, und ich spüre das Gewicht von etwas, das man nicht wiegen kann. Mit seinem goldenen Kopf ähnelt der Schmuck einer Schlange, die zum letzten Mal zugebissen hat.

Ich schüttele die Hand, das Herz bleibt an einem Finger hängen; ich reiße es mit einer Art von Ekel ab und werfe es weg. Es legt sich in den Kalkstaub auf den rohen Dielenbrettern, und es knirscht unter meinem Fuß, als ich es zertrete.

Ich habe kein Andenken an meine Zeit auf dem Gymnasium; aber ich erinnere mich.

In den Sommerferien nach der 2.G bestieg ich den Zug nach Südfrankreich, wo ich drei Tage und Nächte in einem Camp verbrachte, bevor ich mit einem Engländer abhaute, der Tim hieß. Wir waren von einer europäischen Jugendorganisation delegiert worden, um Geschichte zu lernen.

Die Arbeit bestand darin, deutsche Soldatengräber mit Hacke und Spaten einzuebnen. Als ich meinen ersten deutschen Soldaten ausgegraben und beim Anblick eines unterhalb der Kniescheibe intakten Stückes Stiefelleder einen gehörigen Schauder abgeschüttelt hatte, war für mich die Sache beendet. Europas Erde ist voller Leichen. – Die Verpflegung bestand aus Brotscheiben mit Margarine und Marmelade, zerkochten Kartoffeln und Eintopfgerichten voller Knochen. Wir schliefen in braunen Militärzelten und wurden um fünf Uhr morgens geweckt. Nach dem zweiten Abend steckte der Lagerleiter seine Hand in meinen Schlafsack und faßte meinen Schwanz an.

Ich lag in schönstem Schlummer. Als ich begriff, was er da tat, richtete ich mich auf und knallte ihm eine. Ein Engländer kam mir zu Hilfe, zeigte auf den Lagerleiter, der im Begriff war, zurückzuschlagen: »I saw you!«

Der starrte uns wütend an und verzog sich.

Am nächsten Morgen hauten wir ab, Tim und ich. Wir fuhren per Anhalter nach Paris. Im Lager hatte man unser Taschengeld eingezogen. Ich rief zu Hause an und schilderte Vater die Situation.

Seine Freundlichkeit schockierte mich. Ich hatte auf seine Rechnung angerufen, aber da gab es kein Wenn und Aber, keine Vorwürfe. In Wirklichkeit führte er sich auf, als hätte ich ihn unter Druck gesetzt, und falls er etwas kurz angebunden war, lag das daran, daß dieses ein Auslandsgespräch war. Er ließ mir das Geld sofort über seine Bankverbindung zukommen.

Bis das Geld da war, schliefen wir unter dem Pont Neuf, mampften Baguettes und fühlten uns prächtig. Tims Vater war während des Krieges RAF-Pilot gewesen und hatte Spitfires geflogen. Zu meiner großen Überraschung klang das aus Tims Mund nicht anders, als wäre er irgend jemand, der mit dem Fahrrad zum Bäcker fährt, um Brot zu holen. Tim war rotblond und noch jungenhafter als ich; seine Sommersprossen flammten. Wenn er unter der Brücke in den Schlafsack kroch, tat er das mit einer Attitüde, als stünde ihm ein Butler zur Verfügung, der den Sack für ihn am nächsten Morgen wieder zusammenrollen würde.

BASTILLETAG. Gegen Abend, in einem tanzenden Umzug hinter einem New-Orleans-Orchester, zwischen schwingenden Trikoloren und Rotweinflaschen mit Glassternen am Hals, treffe ich Michelle. Michelle ergreift ohne weiteres meine Hand. Michelle in schwarzer Lederjacke und Jeans, halb Berber, halb französische Gymnasiastin.

Sie bleibt mein Leitstern durch die Nacht. Wir tanzen und trinken Rotwein aus den Flaschen der anderen, küssen und führen in all dem Lärm Gespräche, während die Herzen zum Nachthimmel aufsteigen.

Der Asphaltball dauert bis zum hellen Morgen; wir sitzen an einem Holztisch in Les Halles und essen Zwiebelsuppe, danach spazieren wir am linken Seineufer entlang, mehr und mehr ineinander vertieft.

Als wir am klaffenden Niedergang zu einer Metrostation Abschied nehmen, vereinbaren wir, daß wir uns am Nachmittag unter dem Obelisken auf der Place de la Concorde treffen wollen. Das wird meine letzte Nacht unter den Brücken. Mit Flugsand in den Schuhen sprinte ich zurück zum Pont Neuf und informiere Tim, bevor ich in ein Hotel im Studentenviertel einziehe. Ich mache das Angebot, ihm ein Zimmer zu spendieren, aber er lehnt ab.

»Best of luck, old chap«, sagt er, als ich den Schlafsack über die Schulter werfe und den Lederkoffer meiner Mutter nehme. Er rollt sich auf die andere Seite und schläft weiter. Ich weiß nicht warum, aber ich habe das seltsame Gefühl, daß wir zusammen Spitfires hätten fliegen können.

Eine Stunde bevor ich Michelle wiedersehen soll, ist der Adamsapfel zu einem breiigen Klumpen geworden. Idiot, hämmert es in mir; sie kommt nicht. Aber Michelle kommt. Wir gehen in den Louvre. Ich sehe kein einziges Gemälde. Mona Lisa ist in Reflexen und Gesichtern ertrunken, die in dem Versuch, das berühmte Lächeln auf sich einwirken zu lassen, panisch von dem Glas zurückstarren.

Ich sehe Michelle. Ihre Augen in dem dunklen Gesicht sind blau, das Haar schwarz und glatt, und es reicht bis zum untersten Rand der Lederjacke. Sie ist groß und schreitet mit einem unsichtbaren Wasserkrug auf dem Kopf durch die Räume.

Wir sind noch nicht halb durch die Ausstellung gekommen, als ich aufgebe. Zu diesem Zeitpunkt habe ich das Empfinden, daß ich den Staub in den Sonnenstrahlen atme, die durch die Lichtöffnungen hereinfallen. Ich zeige auf meinen ausgetrockneten Hals, und sie versteht mich sofort. Wir nehmen einander bei der Hand und stürmen zum Ausgang.

Wir trinken Pastis in Straßencafés mit Cinzano- und Dubonnet-Sonnenschirmen. Die Silhouette mit dem Umhang und dem Dichterhut nickt mir zu. Eines will Michelle wissen, bevor sie mit mir nach Hause ins Hotel geht: ob ich später am Abend ihre Großeltern treffen will.

Und ob ich will!

Mit gedämpfter Verlegenheit und einer wie von dänischen Anisbonbons betäubten Zunge, führe ich sie durch das Labyrinth der Gassen bis zum Hotel und der Glastür mit den mattierten Weintrauben. Die Concierge strickt Topflappen. Ihre Locken hängen hinunter in die Stirn, und der Nackenknoten wird von einem Netz zusammengehalten. Ihre grauen Augen blicken uns forschend an, bevor sie mit resignierter Miene den Schlüssel mit dem Holzanhänger ausliefert – keineswegs davon überzeugt, daß wir für das, was sie denkt, zu jung sind.

Oben auf dem Zimmer ziehen wir uns aus und legen uns in die Paradiesfelder auf den Laken. Es ist eine Dachkammer. Die Hitze brennt zwischen Ziegeln und verborgenen Sparren und gibt dem Raum eine keramische Trockenheit. In der Ecke wellt sich die Tapete, und unten rollen sich die Bahnen auf. Dort steht ein eiserner Ständer mit einer Waschgarnitur, einer Schüssel, in der statt Lavendel Rostringe sind.

Wir lassen gemeinsam die Stunden verstreichen, rauchen von Zeit zu Zeit Gauloises. Der Rauch mischt sich mit Staubfahnen, während die Lichtflecken auf unseren Körpern wechseln. Ich liege mit der Hand unter der Wange da und betrachte sie; die hellen Partien vom Hals breiten sich wie ein Delta über ihrer Haut aus, verlaufen zwischen Hügeln und Tälern. Sie ist am ganzen Körper zweifarbig; atemlos teile ich ihr flüsternd mein Entzücken mit. Ihr Bauchnabel ragt wie ein Stengel auf und duftet nach Vanille.

Die Paradiesfelder werden lang und verlagern sich auf den Fußboden, die Fensterkreuze zwischen ihnen verblassen, und es ist Abend, bevor wir ein letztes Mal ins Paradies stürzen, aufstehen und hinausgehen, um Michelles Familie im Araberviertel zu treffen.

Auf dem Weg dorthin frage ich sie aus. Sie ist zurückhaltend bei ihren Antworten. Der Vater war ein französischer Soldat, der im Algerienkrieg umkam, die Mutter eine Berberfrau, die von der OAS umgebracht wurde. Die Großeltern, die als Nomaden gelebt hatten, verkauften ihr Silber und flüchteten mit dem Enkelkind nach Paris, wo sie sich durch den Handel mit Gemüse, Mais und Getreideprodukten ihren Lebensunterhalt verdienen.

Die Gaststätte ist ein Hinterzimmer mit grünen Holztischen und Flechtstühlen. Das Paneel ist nur ein auf die Betonwand gemalter Streifen. Auf der Tafel stehen die Gerichte in zwei Schriftarten. Die arabischen Zeichen fliegen; ein französischer Apostroph hat die Kreide brechen lassen. Alles ist irgendwas mit *cous-cous*, und Michelle erklärt mir flüsternd, während sie sich umschaut, was das ist.

Am Tisch vor der Küchenluke leuchten zwei Gesichter auf. Zwei Walnüsse lachen mit Zahngold und blauweißen Zähnen. Es ist, als hätte sich ihre Haut im Laufe der Zeit in die gleichen Falten gelegt. Ohne daß wir einander vorgestellt worden wären, nicken sie mir zu. Der Großvater hat einen milchigen Schimmer auf den Augen. Weil er schlecht sieht, lehnt er sich über den Tisch und benutzt statt dessen die Ohren.

Michelle präsentiert mir ihre Großeltern voller Ehrerbietung. Die Berberfrau hat keinen Schmuck, keinen goldbestickten Halsausschnitt. Als Kopfbedeckung trägt sie ein gewöhnliches französisches Tuch, dazu einen Cardigan von der Art, wie man sie zu Hause bei der Heilsarmee bekommt. Ihre Persönlichkeit konzentriert sich in den vibrierenden Nasenflügeln und in dem Blick, der sich in ihren Gesprächspartner versenkt.

Sie sieht mich an. Zum ersten Mal wirkt Michelle angespannt. Sie steckt einen Fingerknöchel in den Mund; ihre Körpersprache wechselt und war schon von dem Augenblick an verändert, als wir das Lokal betraten. Sie gehört jetzt einem anderen Stamm an; der Fremde bin ich. Die Berberfrau macht nicht viel Aufhebens von dieser Begegnung; fordert mich nur auf, Platz zu nehmen.

Es kommt Essen auf den Tisch. Berge von *Cous-cous*, Gemüse

in Curry und ein Topf mit Lamm. Ohne weiteres nimmt die Großmutter meinen Teller und füllt auf. Michelle holt erleichtert Luft und setzt sich. Sie blickt hinunter auf den gedeckten Tisch und läßt die Großeltern ausreden, bevor sie antwortet. Nach einem einleitenden Wortwechsel sprechen sie – aus Rücksicht auf mich – wieder französisch.

Ich bestelle Rotwein, aber als die Kanne auf dem Tisch ist, hat sich der Wein in Wasser verwandelt, und ich habe von Michelle einen Blick kassiert.

Ich nehme einen Teelöffel von dem feuerroten Mus und mische ihn in das Gericht. Michelle warnt mich, aber es ist zu spät. Ich habe den Löffel bereits in den Mund gesteckt. Ich leere fast eine ganze Kanne Eiswasser, während der Chili die Zunge zerbeißt und Tränen in meine Augen preßt. Tränenerstickt huste ich und wedele Luft in den Hals. Das Lachen verscheucht die letzten Reste von Angespanntheit.

Das Eis ist gebrochen. Michelle strahlt jedesmal, wenn die Großmutter mit den Fingern ausgesuchte Gemüsesorten und Lammfleischstücke auf meinen Teller legt. Sie ist so stolz auf sie, und beide verwandeln sich für mich in etwas ganz Besonderes, Menschen, die ihr inneres Licht durch die Haut ausstrahlen.

Der alte Mann trägt den Mantel mit dem Fischgrätmuster wie einen Burnus. Er hat die Wüstenkrankheit; Sandtreiben hat seine Augen getrübt. Entzückt kokettiert er mit seiner beginnenden Blindheit – vielleicht weil sie andere Sinne in ihm weckt. Er legt den Kopf schief und schmeichelt katzenhaft bei jedem guten Bissen, den ihm Michelle in den Mund steckt.

Keiner von uns sagt etwas Kluges oder Erinnerungswürdiges. Schließlich werden uns auf einem Silbertablett kleine Tassen mit Pfefferminztee gebracht, und der Großvater bekommt eine Wasserpfeife, die er mit einem Stück Holzkohle in Gang hält. Ich darf probieren und sauge mich mit Opiumwangen schwindlig. Ich glaube, das ist der Tabak, von dem ich als Junge im ›Familie-Journal‹ gelesen habe und der Menschen dazu bringen soll, für nichts und wieder nichts zu töten.

So ist es aber nicht. Dieser hier hat ein mildes und würziges Aroma, das auf der Zunge prickelt und das Wasser in der Flasche zum Brodeln bringt. Der Rest ist Einbildung.

Als die Rechnung kommt, fasse ich sofort in die Gesäßtasche. Zum zweiten Mal wirft mir Michelle einen Blick zu. Dieses Mal fange ich die Situation ab und verstecke die Hand unter dem Stuhl.

Die Berberfrau ist dabei, ein in kräftigen Farben gewebtes Tuch auf dem Tisch auszurollen. In einem Fach liegen Francs in Scheinen, in einem anderen Münzen, in einem dritten Briefe mit pulverisierten Blumen. Ich wünschte, sie würde mit den letztgenannten bezahlen, das andere ist fast nicht zu ertragen. Das ist das erste Mal in meinem Leben, daß ich von armen Leuten bewirtet wurde.

Sie rundet großzügig mit Trinkgeld für den Kellnerjungen auf. Dann geht sie mit der Familie. Michelle rafft ihr Haar vor dem Mund zu einem Schleier zusammen, neigt auf einen Wink der Großmutter gehorsam ihren Kopf und folgt ihr. Ich will gerade mit einem Augenverdrehen protestieren, als sie sich in der Tür umdreht und blitzschnell mit ihrer Uhr signalisiert und dann einen Zeigefinger in die Luft hält.

Das ist Französisch für Taube: Morgen zu gleichen Zeit unter dem Obelisken. Ich fliege weiter im Riesenrad, ungebärdig und leicht ums Herz. Michelle ist mehr als Balsam auf meinen Wunden. Sie ist der Anfang von ›Tausendundeiner Nacht‹.

Ich treffe Tim unter der Brücke und lade ihn zum Essen ein. Während er mit dem Appetit eines großen Jungen die Mahlzeit in sich hineinschaufelt, erzähle ich ihm alles. Wir stoßen mit billigem Rotwein an. *You are a lucky fellow* und *I can't believe it* sagt er abwechselnd. Wir gehen in die Stadt, ziehen hinaus zu Les Halles und amüsieren uns damit, die Zeit zu registrieren, nachdem die Kunden mit den Straßenmädchen verschwunden sind. Es dauert selten länger als eine Viertelstunde.

Wir wetten, wie hoch ihr Tageslohn ist. Ich muß hingehen und eins von den Mädchen fragen, Tim ist zu verlegen. Dafür gewinnt er die Wette. Ich winde mich innerlich, als ich zum ersten Mal den Preis eines Mädchens erfahre.

Aus einer Musikbox im Viertel erklingen die Lieder des *Spatzen von Avignon*. Wieder und immer wieder. Die Franzosen sind sentimental – auch wenn sie das älteste Gewerbe der Welt ausüben. Die Musik kommt aus einer Kneipe, in der sich die Zuhälter aufhalten. Vor nur einem Jahr noch habe ich Rotz und Wasser über ›Milord‹ geheult, nun tanze ich nach derselben Melodie, und sie klingt wie das Glück. Solange die Musik spielt, solange niemand zu dicht an deine innere Spieldose kommt und die Feder überdreht –

Es gibt Tage, an denen ich mit Michelle im Licht dahintreibe, und Nächte, in denen Tim und ich zwischen rotweinfleckigen Tüchern segeln und über alles zwischen Himmel und Erde reden, während Vaters Geld uns davonläuft. Wir lesen Gedichte wie gierige Hunde, streifen zwischen Bücherkisten herum und machen Entdeckungen auf dem Flohmarkt. Für ein gutes Wort strömen unsere Herzen über.

Den Rest der Ferien treffe ich mich mit Michelle im Hotel. Nie am Wochenende und nie in der Nacht. Wenn der Nachmittag seine langen Schatten wirft, spazieren wir unter den Augen der Concierge wieder hinaus. Ich weiß nicht, was Michelle ihrer Großmutter erzählt. Als ich mit dem Zug nach Hause muß, um die *3.G* in Angriff zu nehmen, ergreift sie zum Abschied meine Hand, wie es die Zigeuner tun, ohne Anspruch auf mein Schicksal zu erheben.

»Schreib mir«, sagt sie und steckt ein zusammengerolltes Metrobillett in meine Hemdtasche. Erst im Zug rolle ich es auseinander. Auf der Rückseite steht ihre Adresse, die sie bis zu diesem Tag vor mir geheimgehalten hatte.

ZU HAUSE angelangt, ist alles beim alten.

Ich bin kaum eingetreten, als Vater anruft und mich bittet, in sein Büro in der Skomagergade zu kommen. Das ist die Stunde der Abrechnung, denke ich: Entzug von Taschengeld, in der Freizeit Botentouren mit dem Rad und keine Paris-Reise im nächsten Jahr. Ich begrüße ihn mit zitternden Mundwinkeln, die er hoffentlich nicht bemerkt, und lasse mich in den roten Lederlehnstuhl sinken, den er für Kunden benutzt. Man wird so klein in dem Stuhl, seine Gestalt hinter dem Schreibtisch türmt sich auf.

Quelle surprise! Anstatt mir dieses und jenes vorzuwerfen und im übrigen Rechenschaft von mir zu verlangen, rollt er einen Stapel Bauzeichnungen auf dem Schreibtisch aus, so daß ich mich erheben muß, um sie gemeinsam mit ihm ansehen zu können. Das ist das erste Mal, daß mir die Pläne draußen vom Industrivej vorgestellt werden. Mit dünnen Strichen steht da das Lagergebäude; bei den Transportrampen sind Autos eingezeichnet, und rings um das Grundstück stehen Gruppen von Bäumen. Was die Bäume dort sollen, ist mir absolut schleierhaft.

Vater rollt die letzte Zeichnung aus. Anstelle von belanglosem Gekritzel ist das hier ein maßstabsgetreuer Querschnitt mit Details. Er sieht mich an und räuspert sich mehrmals.

»Das sind die Büros.«

Er zeigt auf sie mit seinem dicken Füllfederhalter. Jedesmal, wenn er die Kappe auf die Zeichnung setzt, gibt es eine Erschütterung.

»Das Vorzimmer, mein eigenes, und hier ...«

Ich bin vollkommen unvorbereitet und ahne zuerst gar nicht, wo ich hinschauen soll.

»... und hier hast du das Büro des Juniors.«

Er hat während meiner Abwesenheit einen Traum geboren. Leider hat er vergessen zu fragen, wovon *ich* träume. Ich verhalte mich ruhig und lasse ihn das Ganze wieder zusammenrollen. Als er sich im Schreibtischstuhl, einer altmodischen

Konstruktion mit Holzgewinde, zurücklehnt, sieht er kindlich froh und erwartungsvoll aus. Bei jeder Bewegung, die er macht, knirscht es leise.

Ich habe an einem Pariser Kiosk eine Stange *Gauloises* gekauft; jetzt hole ich ein zerknautschtes Päckchen heraus und zünde mir eine an. Da geht der Führerschein flöten, denke ich und inhaliere. Er wirft mir einen Blick zu, sagt aber nichts. Dann schneidet er die Spitze von einer Zigarre ab und rollt den Stuhl zurück an die Wand.

»Ich habe mir gedacht«, fährt er unangefochten fort, »daß du nach Abschluß des Gymnasiums eine Handelsausbildung bekommst. Von mir aus gern im Ausland. Du hast ja Gefallen am Reisen gefunden, nicht wahr? Die Welt liegt – wie man so sagt – zu deinen Füßen ...«

So bewegt er sich weiter in seinen eigenen Gleisen, wedelt mit der Zigarre und läßt die Glut für uns beide eine glänzende Lebensbahn zeichnen.

Ich sage nichts.

IX
Rotes Tor

Michelle war meine erste richtige Frau.

Ich steckte das Metrobillett unter die Lederecke meiner Schreibtischunterlage und berührte es regelmäßig. Aber jedesmal, wenn ich mich hinsetzte, um ihr zu schreiben, kam etwas dazwischen. Wir hatten uns über mein Schulfranzösisch verständigt, unterstützt von englischen Vokabeln. Man kann im Schmetterlingsstaub auf dem Bauch des anderen malen und alles verstehen. Wenn man es aber auf Papier zu bringen versucht, bleibt nichts davon. – Oder besser: Meine Eitelkeit ließ es nicht zu, ihr in einer holprigen Sprache zu schreiben. Der Dichterkeim war zu grün für einen ganz gewöhnlichen Gruß.

Eine Zeitlang zehrte ich noch von dem Erlebten und betrachtete das Billett als ein Glückspfand. Das betraf auch die Orte, die wir gemeinsam besucht hatten: den Boulogne-Wald an einem Nachmittag inmitten von *Boule* spielenden Männern in Hemdsärmeln, ein Kino auf dem Boulevard, in dem die Küsse zu lang wurden für den französischen Film, so daß wir zurück zum Hotel rannten, die Kleidung am Körper flatternd.

DAS BILLETT macht mir Mut und verlockt mich zu neuen Eroberungen. Das Leben muß gelebt werden, solange man es wagt und kann. Das Unglück lauert immer unmittelbar hinter der nächsten Ecke. Es gibt keinen Grund, den Karneval zu stoppen, solange die Gäste tanzen und niemand entdeckt hat, wer sich hinter der roten Maske verbirgt.

Ich lese französische Romane. Eine Zeitlang versuche ich mich mit Baskenmütze und Akkordeonmusik, aber das ist zu blöde. Außerdem bin ich zum Bläser bestimmt und nicht für Tasteninstrumente geeignet. Ich tausche das Sopransaxophon gegen ein Baritoninstrument aus, erinnere mich an einen Nachmittag im schwedischen *Folkepark* und versuche Gullins Solo zu Ende zu spielen, wobei der Ton daneben liegt und der Rhythmus, der damals Spatzen in Amazonaspapageien verwandelt hatte, erlahmt.

Der Brief wird verschoben.

Ich gehe zu Vater und bitte ihn, mir einen Kursus für Maschineschreiben zu spendieren. Wenn ich ihn um Einsicht in die Rechnungsbücher gebeten hätte, er wäre nicht glücklicher gewesen. Selbst wenn man, wie er sagte, für solche Sachen Sekretärinnen hatte, konnte er das nur als eine Bestätigung betrachten, daß ich das Geschäft weiterführen wollte.

Als ich mit allen zehn Fingern blind und im Dunkeln schreiben kann, leihe ich mir im Büro eine Maschine aus und spanne einen Bogen ein.

Ma Chère Michelle, beginne ich, *Chérie* ...

Irgendwie nicht genug, um es abzuschicken.

Ich verliere mich in Gedanken; es ist ein Spätsommertag. Unter der Roßkastanie steht mein altes Botenrad und rostet. Das Licht fällt in den Hof, breitet Fahnen über die Pflastersteine und die gelben Mauern. Der Geruch nach sonnengebackenen Wänden erinnert mich an das Hotelzimmer, und bald rollt sich wieder die Tapete auf. Ich schließe damit, den Brief bis zu unserem Wiedersehen in der nächsten Saison zu verschieben.

DAS NÄCHSTE, was ich tue, ist böse. Böse wird man, wenn man Wut im Bauch hat, anders ist das nicht zu verstehen.

Eines Nachmittags, als ich mit Mutter allein in der Stube bin und ihr eine Novelle gezeigt habe, die von mir stammt, kommen wir in ein vertrauliches Gespräch. Alle wissen, daß Vater eine Geliebte hat; nur Mutter hat erraten, wer es ist. Ich locke es aus ihr heraus, und sie bricht in Tränen aus.

Ich friere; je mehr sie weint, desto starrer werde ich. Man soll sich nicht nach den Sünden der Väter umsehen, sonst riskiert man die Verwandlung in eine Salzsäule. Ich habe das probiert und es vor so langer Zeit bereut, daß es jetzt gleichgültig ist. Ich sitze mit Mutters Ohnmacht da und bohre die Nägel in die Handfläche.

Sie ringt nach Luft und reißt sich zusammen. Allmählich gehorcht mir mein Arm, und ich ziehe sie an mich. Sie hat einen erschrockenen Blick, ihre Wangen sind naß und tragen salzige Spuren. Ich bekomme eine Locke in die Nase und drücke ihre Schulter, die nach dem Sommer auf dem Balkon braun und sonnenrunzlig ist.

Dann will sie zum Friseur! Im Radio läuft ein Programm mit Svend Holm. Es geht um schwierige Flecken: Urin, Blut, Fett. Als ich allein in der Stube bin, öffne ich Vaters Tabakschrank mit dem Eichenlaub und den eingelassenen griechischen Vasen. Ich finde eine Flasche Whisky und schenke das Glas halb voll.

Dann gehe ich ins *Gulland*, wo ich mich um Sinn und Verstand trinke. Die warme Abendmahlzeit überspringe ich. Mit Schritten wie Platten, die man aufeinanderstapelt, schlappe ich weiter hinunter nach Støden, wo die Geliebte ihr Jungmädchenzimmer hat.

Sie ist zwei Jährchen älter als ich, kommt oft in den Stall und verkehrt bei uns. Als ich aufhörte, Pep zu reiten, übernahm sie ihn und verschaffte ihm Bewegung, wenn Vater keine Zeit hatte.

Ich klingele. Sie öffnet die Tür, ist in Reithose, Bluse und Gummistiefeln. Weder schön noch häßlich. Kräftiges Hinterteil, breite Hüften.

Sie sieht froh und überrascht aus.

»Du bist das?«

Ich hätte Lust, nein zu antworten, und schwanke stark auf der Matte. An ihrem Mund bildet sich eine Falte.

»Hast du getrunken?«

»Nein, hab ich nicht, ich bin nur besoffen«, antworte ich und hauche sie an.

Sie ist gerade aus dem Stall gekommen, den Geruch kenne ich. Die Sporen hat sie noch nicht abgelegt. Ihre nachgewachsenen Haare sind dunkler als das übrige Haar; sie hat es blondieren und eine Dauerwelle machen lassen, die jetzt herausfilzt.

»Darf ich reinkommen?«

»Selbstverständlich.«

Sie macht in der Türöffnung für mich Platz. Als sie die Tür hinter mir schließt, spüre ich ihr erstauntes Starren in meinem Rücken: ob ich wohl etwas weiß?

Unter dem Fensterbrett steht eine Schale mit Katzenstreu. Die Sonne hat sie den Tag über gebacken, so daß die Hinterlassenschaften der Katze zu Ringelflechten geschrumpft sind.

Ich sage nichts, dränge mich an sie. Ein Doppelbett mit Kopfteil dominiert den Raum. Auf den Regalen stehen ein paar Preise von Reiterwettkämpfen, auf dem Nachttisch liegt ein Stapel ›Das Beste‹ und ein einziges Buch in cellophaniertem Einband, das drei Romane auf die Stärke eines einzelnen von ihnen zusammenfaßt.

Die Bettdecke ist aus gehäkelten Topflappen zusammengenäht. Als ich das sehe, gerät alles ins Schleudern. Hier haben sie ihre Schäferstündchen gehabt. Ich umarme sie und werfe sie hin, daß ein Blusenknopf abspringt.

Natürlich protestiert sie, versucht, meine Hände wegzuschieben, aber irgendwann gibt sie auf. Als ob alles gleichgültig wäre. Sie läßt mich tun, was ich will.

Ich habe Lust, aber nicht auf sie. Das verursacht einen scheußlichen Geschmack im Mund, und ich kriege kaum einen hoch. Die Tannennadeln, die ich mir bei dem Sonnentanz eingeritten hatte, flammen auf. Zuerst mühe ich mich, ihn hineinzukriegen; dann komme ich in drei Stößen und falle von ihr ab wie ein gespaltener Baumstamm.

Sie tröstet mich! Eine Hautfalte bildet ein Joch über ihren

Augen, wenn sie mich ansieht. Übelkeit überwältigt mich. Ich stürze hinaus in ihr Badezimmer.

Noch Tage danach wasche ich mich immer wieder. Ich wasche meine Hände, schnuppere an meinen Achselhöhlen, schäume Seife in den Schritt und beginne von neuem. Ihr Geruch ist in der Haut hängengeblieben, ein Geruch, den man von Katzenschalen kennt, in denen die Sahne sauer geworden ist.

Ich werde Mitglied der *Konservativen Jugend* und kriege eine kleine Nadel ins Revers. Vater gewöhnt sich an, den Arm um meine Schulter zu legen, wenn wir unterwegs sind. Gemeinsam inspizieren wir die Baustelle am Industrivej, und ich komme mit einer Flut von interessierten Fragen. Bevor der Frost einsetzt, ist der Boden planiert und das Fundament gegossen.

Der Winter ist da und hüllt meinen achtzehnten Geburtstag in Dunkelheit. Ich habe den Führerschein gemacht – trotz der Glimmstengel. Die Pfeife und deren Rituale erscheinen mir seit langem lächerlich; sie ist abgelegt, wie so vieles andere. Im Versammlungssaal der Kathedralschule hält eine von den modernen Frauen einen Vortrag über das Pessar, und ein paar von den älteren Lehrerinnen verlassen den Raum.

Alles an seinem rechten Platz und nichts Neues unter der Sonne.

Jedesmal, wenn unsere Eltern aus dem Haus sind, veranstalten Lulú und ich in der zweiten Etage der Villa ein Fest. Das elterliche Schlafzimmer ist uns verboten; aber in der Dämmerung werden alle Katzen grau und bespringen einander, wo ein Platz frei ist und die Tür geschlossen werden kann. Der Alkohol aus dem Schrank wird geleert, die Toiletten sind voll von Erbrochenem. Meine Mutter findet Slips unter den Betten und Kondome auf dem Sofa.

Sie regen sich nie auf, sie sind dabei, alt zu werden. Irgendwann läßt Vater ein neues Schloß in den Tabakschrank einbauen. Das erste Mal, als wir danach allein sind, braucht Spir eine halbe Minute, um es aufzubrechen.

Der Führerschein erweitert meinen Aktionsradius. Von Kunstbesuchen im *Lousiana* bis zu solchen im Jazzclub *Montmartre* in der Store Regnegade. Geld in der Tasche und ein am Bügersteig parkender silberfarbener *Valiant*. Das gibt einen Bonus; ich sehe keine Wolken am Horizont, solange aus dem Autoradio Musik kommt und die Räder unter mir Asphalt lecken.

Am Mittagstisch ist die Stimmung nie besser gewesen. Vater hat große Pläne, er zeichnet und erzählt. Es ist genau der richtige Zeitpunkt, um zu bauen; alles steht zum Besten. Die Zinsen, die Obligationen und weiß der Teufel, was noch alles. Es hagelt nur so von Hypotheken und Grundstücksbewertungen. Nun muß investiert werden, und Kredite müssen her.

Das Kreditinstitut ist das Alpha und Omega in einem Spiel, das an *Monopoly* erinnert. Wir setzen ein Haus im Industrivej, lassen die Würfel wieder rollen. Ich stelle mir vor, daß ich eine Karte umdrehe: Gehe zurück zum Start! Ich lächele, höre mit halbem Ohr zu, sage an den richtigen Stellen ja und amen, während sich der Kopf über den Wolken befindet.

Plötzlich packt er zu. Er nimmt meine Hand und drückt sie fest auf das Tischtuch.

»Es versteht sich wohl von selbst, daß jemand da sein muß, der das Geschäft weiterführt, sonst können wir alles zusammen vergessen.«

»Klar!« sage ich und starre auf dieselbe bulldozerartige Weise zurück, bis er meine Hand losläßt. Lulú mischt sich ein.

»Ich mache das gern!«

Das bringt alle zum Lachen. Ich sehe ihren bestürzten Gesichtsausdruck und begreife, daß sie es ernst gemeint hat. Meine Schwester hat Träume, die ich nicht kenne. Sie besucht die Realschule, Vater hat nie andere Möglichkeiten erwähnt. So ist es nun mal. In Wirklichkeit kann ich es mir gut vorstellen. Lulú hat Sinn fürs Geschäft und ein einzigartiges Talent, das Umfeld nach ihrem eigenen krausen Kopf zu organisieren.

Ansonsten erstreckt sich der blau leuchtende Sternennebel meines Bereiches von Søborg bis nach Greve; der Silberpfeil fliegt zwischen Töchtern von Bankdirektoren, Fabrikanten, Zahnärzten und Gutsbesitzern hin und her. Und wenn man ein seltenes Mal gezwungen ist, den Wagen stehen zu lassen, geht man ins Heu, wie man so sagt, und legt die Schülerinnen vom Roskilder *Amts- und Städtischen Krankenhaus* flach.

Sie sind reizend, die angehenden Krankenschwestern, das reine Damwild. Und sie sind auch bei den schlimmsten Sachen mit dabei. Sie stehlen im Krankenhaus reinen Alkohol, mixen ihn mit Mineralwasser oder Fruchtsaft und machen uns im Handumdrehen betrunken. Wir leben von einem Samenerguß zum nächsten, der Rest ist Katzenjammer und Billard im Bahnhofscafé.

Ich gerate regelmäßig in Schlägereien, bei denen ich die Jacke vollkriege, weil ich ein eingebildeter Grossistensohn bin. Ich mache nie Hausaufgaben, schwänze den Unterricht und werde aus der *3.G* gefeuert. Vater trifft sich mit dem Rektor, und ich werde in Gnade wieder aufgenommen. Ich kenne nicht das Kontokorrent, aber ich weiß, daß er das Geschäft, in dem die Lehrer einkaufen, en gros beliefert und daß er einer der am besten zahlenden Inserenten in der Schülerzeitung ist.

OSTERN STEHT VOR DER TÜR, die Zwischenprüfungen sind überstanden, und das Abitur zieht am Horizont auf. Es ist ein naßkalter Apriltag, an dem sich in kürzester Zeit stürmischer Wind und Wolkenbrüche abwechseln. Ich gehe gerade die Algade hinunter, als ich von einer Karawane aufgesogen werde. Es heißt, sie seien von Holbæk gekommen. Sie winken mit runden Zeichen, die an die Stoppschilder der Verkehrspolizei erinnern.

Das ist meine erste Begegnung mit der Atommarschbewegung. Einen Augenblick lang glaube ich, es handele sich um eine Reklamekampagne großen Stils. Es geht um *Strontium 90*. Den

Transparenten nach zu urteilen, setzt es sich in den Knochen fest und bringt Kinder im Dunklen zum Leuchten. Jetzige und kommende Generationen werden von einem langsam wirkenden Krebs verzehrt werden; da sind Poster von Atompilzen und Schädel mit tiefen, holzschnittartigen Augenhöhlen.

Trotz der mahnenden Botschaft, die sie verkünden, scheint es ihnen gutzugehen. Sie haben Gruppen gebildet, stupsen einander, sehen uns scheel an oder winken uns zu, die wir da auf dem Bürgersteig stehen und sie anstarren. Zwischendurch stimmen sie ein Lied an oder rufen rhythmische Parolen. Und nie zuvor habe ich an einem Ort so viele Langweiler gesehen, so viele Anoraks und so viele Island-Pullover.

Viele von ihnen tragen Schultertaschen mit zusammengerollten Schlafsäcken.

Plötzlich entdecke ich jemanden, der mir bekannt vorkommt. Die Sommersprossen, das rötliche Haar und die abstehenden Ohren gehören zu Olaf, den ich seit damals, als wir die Ruder vom Boot verloren hatten und in Elleore an Land trieben, nicht gesehen habe. Er ist der einzige Langhaarige in der Schar; sein Musketierbart ist röter als das übrige Haar; die Locken ruhen auf seinen Schultern. Ein unfrisierter d'Artagnan, wenn man sich den Gascogner in einem Seemannspullover vorstellen kann.

Ich sehe ihn zweimal an, dann bin ich meiner Sache sicher. Die Kolonne ist vor dem Hotel *Prindsen* zum Stehen gekommen; man wartet gewiß auf einige Leiter, die dort übernachtet haben. Olaf steht da und trippelt, er nimmt sich noch immer alles so zu Herzen. Weiter Mann! Er stampft umher und fegt den Asphalt mit seinem Schild, um Bewegung in den Trupp zu bringen. In Wirklichkeit sieht er so aus, als hätte er sich mit jedermann überworfen, und so habe ich ihn auch von damals in Erinnerung.

Ich gehe zu ihm. Plötzlich bin ich in der Schar, und das ist ein anderes Gefühl. Sie sehen mich schief an; der grüne Lodenmantel und das Kaschmirtuch stechen von der Menge ab.

Ich tippe ihm auf die Schulter, und er fährt wie ein Kampfhahn herum. Er erkennt mich nicht; ich bin in die Höhe geschossen und jetzt größer als er. Er ist ein paar Jahre älter, aber abgesehen vom Bart sieht man das nicht mehr.

»Olaf, erinnerst du dich an mich? Hast du immer noch das Gewehr?«

Der Unterton ist neckend. Es dauert eine Weile, bis der Groschen bei ihm fällt, aber dann strahlt er.

»Verdammt, bist du der von der Schatzinsel? Teufel auch, was du für einen Arschvoll gekriegt hast, was?«

»Nee, hab ich nicht; du hast dich totgestellt, um das Gewehr zu kriegen.«

»Und du hast mir in die Eier getreten, du kleiner Drecksack. Was willst du also?«

»Paß auf, was du sagst, ich bin jetzt größer als du!«

Es ist kurz davor, daß wir einander in die Haare geraten. Wir fangen an zu lachen. Olaf lacht hemmungslos laut und verletzend. Trauben von Gesichtern wenden sich uns zu, was ihm nicht das geringste ausmacht. Als er wieder Luft hat, strecke ich einen Fühler aus: »Kannst du mir erklären, was das hier soll?«

Das hätte ich niemals tun sollen. Er kann gar nicht wieder aufhören; es geht wie geschmiert. Eine Verschwörung von ungeheuren Dimensionen wird aufgerollt. Die NATO-Generäle bereiten eine Atom-Ragnarök vor; überall befinden sich Cruise-Missiles, und in Jütland gibt es heimlich bewachte Bunker. Die Kaserne unten am Helligkorsvej steht unter dem Einfluß von einem, der *Kaj* heißt; er buchstabiert ihn mit C und *I* . . .

Es dauert lange, bevor ich begreife, daß er den *CIA* meint. Als ich ihn korrigiere, schnaubt er.

»Ich habe eine Lese-Rechtschreib-Schwäche, verstehst du; Schwester Paula hat mir so oft in die Wange gekniffen, daß die Scheiße verdreht rauskommt!«

Wer ist nun wieder Schwester Paula? Ein Teil der Verschwörung oder was? Nein, nein – er hat die *Katholische Schule* besucht, und Schwester Paula war sein böser Geist. Jeden Morgen, wenn er zur Schule kam, hat er die ewige Flamme, die vor dem Gebäude brannte, ausgeblasen. Dann mußten die Nonnen raus und sie wieder anzünden – und der Tag war gerettet.

Er zeigt mir sein Schild. Es hat keinerlei Ähnlichkeit mit denen der anderen. Er hat ein Puzzle angefertigt, das in einem Rahmen an dem Stock sitzt. Die Teilchen sind ausgeschnitten, und jedes von ihnen steht für ein NATO-Land. Wenn man an einer kleinen Hampelmannschnur zieht, fällt das Ganze auseinander, und darunter wird die Atomwolke sichtbar. Dreht man das Schild um, steht auf der anderen Seite: STOPPT DIE GENERÄLE!

Er demonstriert den Mechanismus. Die Teilchen fallen herunter, und jedes von ihnen bleibt an seinem Stückchen Angelsehne hängen. Nun ähnelt es plötzlich einer Teufelsgeige, und ich wäre nicht erstaunt, wenn er auf seinem Schild auch Kontrabaß und Nagelbecken spielen könnte.

Einer von den Leitern hat uns bemerkt und nähert sich: Anorak, Hornbrille, ein dünner Vollbart, der das Gesicht umkränzt, und braune Samthosen. Eine Kartentasche klatscht an seine Hüfte; er hat die Hand voller Broschüren.

»Bist du dir darüber im klaren«, sagt Olaf im selben Moment, »daß dein Skelett so stark strahlt wie das Leuchtzifferblatt einer Uhr? Wenn du dich unter eine Lampe stellst, kannst du die Arme hinterher als Zeiger benutzen. *Strontium 90*, du, die Uhr ist fünf Minuten vor zwölf!«

Er führt die Hände über dem Kopf zusammen. Ich kann gerade noch das Schild festhalten. Der junge Mann mit den Broschüren hat sich vor uns aufgebaut und betrachtet Olaf mit Augen, die hinter den dicken Brillengläsern zu Nadelstichen werden.

»Ich muß dich bitten, damit aufzuhören – das ist kein Zirkus, das hier. Die Atomkampagne ist Volksaufklärung ...«

Er reicht mir eine Broschüre.

»Hier können Sie lesen, um was es geht. Ansonsten ist das Kampagnenbüro morgen wieder geöffnet.«

Olaf läßt keine Zeit verstreichen. Er greift dem Mann in die große Vordertasche seines Anoraks, hebt ihn ein Stück über das Straßenpflaster.

»Hast du gut geschlafen, was? Ich soll grüßen und sagen, daß es in der Scheune jämmerlich kalt war!«

Er stellt den kleinen Rudergänger auf dem Bürgersteig ab. Der Mann ist erschüttert. Er überlegt einen Augenblick, dann teilt er unter den Leuten auf dem Bürgersteig Broschüren aus.

Olaf bekommt sein Schild zurück. In diesem Augenblick knackt es in den Megaphonen, und der Zug setzt sich in Bewegung. Ich gehe mit, ein gutes Stück auf die andere Seite des Roten Tores. Da gibt es ein paar, die bei unserem Anblick johlen, und andere, die klatschen. Polizisten auf Motorrädern gleiten an die Seite der Kolonne; der Verkehr staut sich, und Hupkonzerte brechen los. Mir fällt der Wagen ein, der in der Werkstatt gelandet ist. Ich habe versprochen, ihn abzuholen und verabschiede mich Hals über Kopf von Olaf.

»Man sieht sich!«

Lange schaue ich ihm hinterher. Der Kaugummijunge fliegt wieder; das unerwartete Wiedersehen schießt mir wie eine große, rosa Blase aus dem Mund und zerplatzt an der Nase. Am nächsten Tag trete ich aus der *Konservativen Jugend* aus.

X
Der Obelisk

Am selben Tag, an dem ich Student werde, schließt meine Schwester die Realschule ab. Für mich gibt es eine Fahrt mit einem Pferdefuhrwerk, Champagner und Makronentorte. Mein Geschenk zum Abitur ist eine Reise nach Paris. Lulú bekommt nichts. Das Erstaunliche ist, daß sie wie früher die Zähne zusammenbeißt. Sie schreibt ihren Namen in die Studentenmützen, schleudert den Arm herum und strahlt zwischen den weißgekleideten Studentinnen. Meine kleine Schwester bezaubert alle, wenn sie in Stimmung ist.

Spät am Abend, als sich meine Eltern vom Fest zurückgezogen haben, zünde ich die Studentenmütze mit einem Feuerzeug an. Der Stoff, auf dessen Innenseite die Namenszüge der anderen mit Kugelschreiber stehen, entzündet sich schnell.

Der Mützenschirm mit Kordel und Schweißband braucht länger, um Feuer zu fangen. Als er endlich aufflammt, stinkt es, als würde man das Zelluloid von einem Fahrradlenker mit einem Brennglas in Brand setzen. Als der Schirm aufflammt, bleibt er an meinen Fingern hängen. Einen Augenblick lang herrscht Panik, dann kann ich das Dachfenster öffnen und ihn hinaus in die Sommernacht schleudern.

Das reicht, um meinen Kameraden zu imponieren. Dann spüre ich durch den Kreis von Schreihälsen und Claqueuren Lulús Augen. Sie sind dunkel, so wie immer, wenn ihr Blick eine bestimmte Tiefe hat. Sie wendet mir den Rücken zu. Plötzlich erkenne ich den Grund und fühle mich beschämt. Ich habe ihre Träume verletzt.

Die Kumpel und ich ziehen lärmend weiter zur nächsten Abiturfeier, die gegen Morgen mit dem schönsten Mädchen der Klasse in einem Ginsterbusch endet. Auf den Villenwegen trolle ich mich nach Haus, allein. Ich rieche nach Pessarcreme, und mein Glied fühlt sich an wie ein abgebranntes Streichholz. In den Gärten singen Vögel, blühen Kirschbäume und Flieder. Plötzlich vermisse ich all das, was ich im Begriff bin zu verlassen. Im nächsten Augenblick will ich Michelle schreiben, einen Platz im Paris-Express reservieren, mich nie mehr vom Alltag einholen lassen.

Ich gehe die Küchentreppe hinauf. Das ganze Haus schläft. Bevor ich mich auf die Pritsche werfe, öffne ich die Tür zum Zimmer der Prinzessin. Sie liegt auf dem Rücken. Der linke Arm ist zu einem Winkel verdreht, den ich kenne, seit wir klein waren. Sie schläft unter ihrem Fischernetz und ähnelt der kleinen Seejungfrau. Ihre Träume sind der Schaum auf dem Meer. Sie geht nicht mehr auf Messern, ihr Rücken ist gerade geworden, und sie verliert nur den Kopf, wenn sie müde wird. Aber der Stiel, an dem sie hängt, heißt immer noch Wille.

Ich gehe hin und küsse sie auf die Stirn, und sie wälzt sich ein wenig auf dem Laken. Ihr Fenster steht immer offen, eine Brise kommt säuselnd und mit Blätterrauschen.

Sie atmet schwer und regelmäßig. Ich kenne kein anderes Geräusch, das mir in der gleichen Weise Entspannung bringt. Lange stehe ich da und atme in ihrem Rhythmus. Ich werde so wohlig müde und lege mich auf ihr Ausziehsofa. Das ist genug, um sie für einen Tag glücklich zu machen.

Ich erwache spät am Vormittag. Sie hat weißen Flieder hingestellt. *Für meinen netten großen Bruder*.

Ich liebe es, in Jungmädchenzimmern aufzuwachen. Das Licht ist anders, mehr wie Perlmutt. Im Raum herrscht eine Art von Meeresstille; Kissen und Polster sind an ihrem Platz, die Schallplatten in ihren Hüllen. Es wird gelüftet, und die Brise spielt in den Volants an ihrem Frisiertisch. In Jungmädchenzimmern sind die Spiegel sanft. Sie beherrschen den Raum auf eine so natürliche Weise wie die Altartafel das Kirchenschiff.

Die Gegenstände liegen nicht nur so da. Sie sind ausgestellt. Jeder für sich genommen eine Bake für die Persönlichkeit. Handspiegel, Bürste und Kamm. Ein Schmuckkästchen von Capri, das immer noch seine Melodie spielt. Der Fächer aus dem *Tivoli* und ein Rückenkratzer, der wie eine Hand mit gleich langen Fingern geformt ist.

Nach dem Bad pulsiert das Blut wieder unmittelbar unter der Haut. Ich gehe zum Bahnhof und bestelle einen Platz in dem Zug nach Paris. Dann checke ich das Ankunftsdatum und die Uhrzeit und schreibe beides auf ein Stück Papier.

Ich gehe nach Hause und beginne den Brief an Michelle.

Darin teile ich ihr mit, daß sie mich in einer bestimmten Woche zu einem angegebenen Zeitpunkt jeden Tag unter dem Obelisken treffen kann.

Lange suche ich nach der Adresse. Finde schließlich die Metrokarte und streiche sie glatt. Die Schrift ist verwischt, kann aber noch gedeutet werden. Ich male Michelles Anschrift mit Druckbuchstaben auf den Umschlag.

In der Post wird der Brief mit den symbolischen Flügeln und knallroten Expreß-Marken versehen. Als ich ihn abschicke, ähnelt er einem Kampfflieger.

Nach drei Tagen und Nächten folge ich. Der wichtigste Teil meines Gepäcks ist eine Schreibmaschine, die im Büro ausrangiert worden ist. Eine alte *Olivetti*, bei der das *H* hängt und das Farbband die Buchstaben in Schwarz und Rot teilt. Seitdem ich Max Frisch gelesen habe, träume ich davon, mit einer *Hermes Baby* zu reisen, aber hier hat mein Vater die Grenze gesetzt.

Ich stehe auf dem *Gare du Nord*, schlendere direkt zum Hotel und bekomme mein Zimmer vom vergangenen Jahr. Jetzt fällt mir auf, daß ich immer in Dachkammern gewohnt habe, mit schrägen Wänden und aufstellbaren Lukenfenstern mit Lochstange.

Ich packe aus, rücke mit dem Waschgestell umher und stelle die Schreibmaschine schließlich unter das Fenster.

Es ist knallheiß. Das Schieferdach wendet die verkehrte Seite zum Raum; die Leimschollen von den Feuchtigkeitsflecken des vergangenen Jahres sind wieder zu Wüstenrosen erstarrt. Ich schufte wie ein Kamel an der Schreibmaschine. Bevor es Abend ist, habe ich mein erstes Gedicht verfaßt. Es besteht aus einer Überschrift und einem einzigen Zeichen. Es heißt ›Sonnenstich‹. Das Gedicht selbst besteht aus einem Punkt – mit der größten Sorgfalt mitten auf der Seite angebracht. Ich habe es mit vielen Kopien geschrieben. Das soll man bei Gedichten.

Ich gehe in die Stadt, genieße das Gedränge auf den Boulevards, das Gewimmel und den plötzlichen Bruch der Anonymität, wenn eine Pariserin mit Kopftuch und Pfennigabsätzen vorüberwippt. Man spitzt den Mund zu einem Pfiff und setzt im Vorbeigehen ein säuerliches Lächeln auf. Ich hocke im Bistro und esse Baguettes und trinke dazu Café crème. Plötzlich vermisse ich Tim. Es ist hart, wenn man mit den Schmetterlingen – den Vorboten des Rendezvous – allein ist und spürt, wie sie im Bauch herumschwärmen.

Die Gedanken haben einen Refrain bekommen. Der besteht aus ihrem Namen und einem langgezogenen Ton. Als nähme man den Hörer eines Telefons ab, das nicht geklingelt hat.

Ich bin rastlos. Die Wartezeit macht mich rastlos – rastlos wie jeden, der reist und ankommt. Die Orte verlieren im selben Moment ihre Bedeutung. Der Alltag stellt sich ein. *Saint Germain-des-Prés* und *Boule Mich* haben im Zug hierher, hervorgestampft von den Rädern, anders geklungen. Hemingway war hier, Miller und sein verrückter Freundeskreis. Ich sitze im *Deux Magots* und warte darauf, daß jemand das Genie erblickt.

Und da ist auch schon ein Kontakt! Der Mann ist kräftig und untersetzt; er hat graue Bartstoppeln, raucht Zigarillos und sieht ganz so aus wie einer, der in Hollywood Leute feuert oder sie zu den Sternen führt. Er fragt, ob er sich an meinen Tisch setzen dürfe.

Ich zucke mit den Schultern, *pourquoi pas*? Er stellt sich vor: »Baerwind, Rudi Baerwind!«

Und bevor ich reagieren kann, hat er für mich beim Kellner einen Drink bestellt. Für mich. Er ist noch versorgt.

Die Konversation geht auf Französisch vor sich. Er lobt meine Aussprache. Er selbst spricht fließend Französisch und scheint hier schon lange zu leben.

Meine Vermutung ist richtig. Er ist Maler, und sein Atelier befindet sich in Paris. Baerwind ist Deutscher, und er hat eine ganze Kollektion von Goldringen an den Fingern. Mit dem Geld schmeißt er nur so um sich. Der Teufel soll es glauben! Er hat Porträts gemalt von dem früheren Kanzler, Konrad Adenauer, und Ludwig Erhard, dem jetzigen.

Ich frage, ob es wahr sei, daß Adenauer sich Affenhormone spritzen lasse, um sich jung zu halten. Er lacht glucksend, ohne eigentlich zu antworten. Was das Adenauer-Porträt betrifft, konnte er die Nuß nicht recht knacken – das Greisengesicht war allzu bekannt. Vom Fernsehen, von Zeitungstitelseiten und Illustrierten. Am schlimmsten waren die vielen gezeichneten Karikaturen. Baerwind skizzierte und geriet ins Stocken; er erlebte das Gesicht seines Modells wie einen Apfelbaum, an dem andere vor ihm Schößling waren. Adenauers Stab verlor fast die Geduld. Endlich kam der Durchbruch – nachdem er eine Woche lang Modellstudien von Gesichtern Neugeborener gemacht hatte!

Baerwind fasziniert mich. Ich erfahre etwas, das ich gebrauchen kann. Der Mann ist häßlich wie eine Kröte, aber alles, was er sagt, macht ihn schön. Er ist der Frosch, der sich selber küßt. Er zitiert Morgenstern und Vians ›Die Gischt der Tage‹. Finger und Goldringe tanzen über den Tisch, skizzieren auf Servietten und in Rotweinpfützen. Ich habe noch nie so kreative Hände gesehen; alles soll sofort Gestalt annehmen.

Er bestellt für mich Snacks, noch mehr Drinks – alles, worauf ich zeige. Ich weiß, genau wie die meisten Mädchen, daß dies hier etwas mit meiner Jugend zu tun hat, aber ich genieße es, verwöhnt zu werden. Wenn ich meine Goldkörner präsentiere, schaut er mir über die Schulter und denkt an etwas anderes, während die Fingerkuppe um den Rand des Glases fährt und singende Töne hervorruft.

Er wird unkonzentriert, wenn wir Blickkontakt haben. Ich werde ein wenig unruhig; jetzt glaubt er doch wohl nicht …

Kurz darauf skizziert er mich auf der Tischdecke. Da ist der Blick wie klares Wasser, nüchtern und kritisch. Man kann bis auf den Grund sehen, und ich entspanne mich. Er wird eifrig und radiert etwas weg; schließlich reißt er ein Stück von der Tischdecke ab und zeigt mir das Ergebnis. Das ist schmeichelhaft. Da fehlt nur eine Hawaiiblume hinter dem Ohr!

Ich trage Bluejeans und ein Baumwollhemd mit V-Ausschnitt. Er steckt mir die Zeichnung in die Brusttasche. Dabei sieht er mich ernst an, faßt mir plötzlich unter das Kinn, hebt und dreht das Gesicht, erst in einen Winkel, dann in einen anderen. Er will mein Porträt malen – jetzt.

Ich protestiere, unzufrieden mit dieser Perspektive. Warum nicht morgen?

Baerwind, den ich inzwischen Rudi nenne, wischt das weg und bestellt Cocktails mit grünen Beeren und japanischen Sonnenschirmen. Man soll nicht an seinem Angebot zweifeln. Er hat es mit großem Ernst vorgetragen, und das hat mich beeindruckt. Ich starre hinunter auf das Tischtuch, und zum ersten Mal seit längerer Zeit erröte ich. Das irritiert mich. Er hat aus der Situation etwas Erregendes gemacht. Ob ich mit ihm gehen kann?

Ich bin wohl Manns genug, um ihn mir vom Leibe zu halten, wenn es nötig werden sollte.

In der Zwischenzeit hat Rudi die Schirmchen genommen, die als Requisiten in sein Tischballett eingehen. Den einen bringt er hinter seinem Ohr an, und in den Mund nimmt er eine Cocktailbeere. Und indem er mit der Hand hinter dem anderen Ohr wackelt und den Mund mit der Cocktailbeere spitzt, pruste ich den Gin in die Gegend. Er hat meine Gedanken gelesen und sie in eine Parodie verwandelt. Das löst den Knoten, und den Rest der Nacht verbringen wir mit Saufen und Becherklang.

Gegen Morgen kommen wir in sein Atelier. Rudi versucht Farbe aus den Tuben zu pressen, aber wir sind fix und fertig. Voll wie die Haubitzen, sinkt jeder von uns auf sein Sofa und findet seinen Frieden in dem Oberlicht, das Rudis sonst so nüchternes Atelier zum Himmel öffnet.

AM NÄCHSTEN TAG malt er mich, nur von der einen Stunde unterbrochen, in der ich unter dem Obelisken stehe und trippele. Die Straßen laufen strahlenförmig auf den Platz zu; ich warte darauf, daß mir das wogende Meer von Gesichtern endlich Michelle bringt, aber an diesem Tag kommt sie nicht. Vergeblich halte ich in der Menge nach ihr Ausschau. Ich gewähre ihr eine Viertelstunde zusätzlich, bevor ich zurück zum Atelier gehe, wo Rudi, eifrig erpicht, weiterzumachen, auf den Pinseln kaut. Ich fange an zu glauben, daß ich ihm etwas bedeute.

Wenn er malt, ist seine Konzentration phantastisch. Zwischendurch trinkt er aus einem Krug Johannisbeersaft oder mischt auf der Palette Farben, ohne mich aus den schmalen, kritisch blickenden Augenschlitzen zu lassen. Wechsele ich die Stellung oder sinke ich im Stuhl zusammen, richtet er mich mit einem Blaffen wieder auf.

Er macht keine Pause. Zunächst malt er mich ganz, im Sitzen und mit dem einen Ellenbogen auf der Stuhllehne. Die Leinwand ist hoch und schmal; eine Gestalt nimmt allmählich Form an. Das Gesicht ist nur ein leeres Oval von der Größe eines Handspiegels. Dann legt er eine andere Leinwand auf – quadratisch –, auf der ich *en face* porträtiert werden soll. Das Oberlicht ist dunkelblau, als er aufhört und wir hinausgehen, um in seiner Stammkneipe in diesem Viertel zu essen.

Ich erzähle ihm von Michelle. Er beobachtet mich über dem

Rotweinglas mit einem Anflug von Ironie, die daher kommt, daß man das alles schon früher gehört hat. Mich geht das aber etwas an; es ist mein Leben, und ich lebe es jetzt. Ich frage ihn, ob er nicht eine Geliebte habe – vielleicht in der eitlen Hoffnung, ihn dazu zu bringen, den Schleier seiner sexuellen Identität zu lüften. Er schüttelt den Kopf.

Später begebe ich mich auf eigene Faust hinaus in die Pariser Nacht.

Ich verspreche, morgen wiederzukommen und für ihn zu sitzen. Zweimal ringt er mir das Versprechen ab, läßt widerstrebend meinen Arm los. Als ich im Begriff bin zu gehen, steht er in der Glastür. Er will etwas sagen, läßt es aber.

Ich gehe an der Seine entlang und betrachte die Lichter der Stadt im Wasser. Die Melancholie nach Michelles Ausbleiben ist überwältigend; sie taucht in Spiegelungen auf und verschwindet wieder.

Unter einer Brücke, in deren Mauerwerk Ringe eingelassen sind, steht ein Paar im Schatten und küßt sich innig. Hände auf dem Gesäß, ein halb heruntergekrempelter Hosenbund. Ich bleibe unwillkürlich stehen. Als sich die Augen an die Dunkelheit gewöhnt haben, stellt sich heraus, daß es zwei Kerle sind. Der eine faßt in den Ring über seinem Kopf und preßt in Richtung Mauer; der andere stößt den entblößten Unterkörper nach vorn, die Augen halb geschlossen.

Ich spüre einen Finger auf meinem Arm und zucke zusammen. Es ist ein Araberjunge. Er macht mit den Fingern das Zeichen für Geld und nickt in Richtung einer Nische unter dem Brückengewölbe. Mehrere Gestalten lösen sich aus der Dunkelheit. Das sind die Gnome von Notre Dame, die hinabgestiegen sind und unter den steinernen Bogen aufeinanderkriechen. Sie stöhnen, die Verdammten unter der Brücke, als würde der Dorn im Fleisch schmerzen – ein jeder allein mit seinem Geschlecht.

Ich haste weiter.

Eine Steintreppe erhebt sich aus den Nebelbänken des Flusses. Die Treppe führt hinauf in die Straßenbeleuchtung, und ich verlasse das Seineufer, um das *Cous-cous-Restaurant* in der Rue de la Huchette zu suchen. Es sind mehrere hinzugekommen, und ich verirre mich zwischen ihren Tafeln.

Als ich es endlich finde, ist das Personal nicht mehr dasselbe, und auch die Gäste haben gewechselt. Die Fassade hat einen Neonschnörkel bekommmen. Der Kellner ist Franzose. Als ich nach einem Mädchen mit dem Namen Michelle frage, deren Großmutter Berber ist, fuchtelt er mir mit seiner Serviette unter der Nase herum. Falls sie Nomaden sind, solle ich mir darüber klar sein, daß die Karawane gewiß weitergezogen sei. Ich werde von Müdigkeit übermannt und schlage den Weg zum Hotel ein, während alle Lieder zu Liedern von morgen werden.

AM NÄCHSTEN MORGEN, gleich nach den Croissants und dem Milchkaffee, begebe ich mich in die Straße, in der Rudi sein Atelier hat. Mit der Seufzerbrücke auf der Netzhaut, beginne ich von der Einsamkeit zu erzählen, auf die ich – wie ich glaube – gestoßen bin, und von den grotesken Figuren unter dem Gewölbe. Ich beschreibe den Geruch dort unten als streng. Er wirft mir einen unergründlichen Blick zu; dann breitet er die Pinsel auf dem Tablett aus und drückt Farbe aus den Tuben. Als er die ersten zischenden Striche gemalt hat, wendet er sich mir zu.

»Hör mal«, beginnt er ...

Ich höre seine Geschichte und bin hinterher sehr verlegen. Rudi ist fünfzig. Er war Ivans Liebhaber und der einzige deutsche Soldat, der den Winterkrieg auf seidenen Laken verbracht hat. Er schlich sich durch die Linien und bekam auf dem Rückweg durch das Niemandsland Verpflegung für seine Kameraden in der Kompanie mit.

Rudi entwirft das Bild einer Bruderschaft, die für mich in ihrer Anarchie – und sexuellen Ekstase – weit entfernt ist von der Liederlichkeit alter Männer auf Schlachtfeldern. Er trank bei Stalingrad russischen Champagner. *Schweinerei!*, nennen die Leute das, was unter den Brücken von Paris vor sich geht, aber wenn dieselben Bürger ihr Stimmrecht benutzen, um junge Burschen in Tod und Verstümmelung zu schicken, dann heißt das Demokratie und dient der guten Sache.

Er stürzt sich über mein Bild auf der Leinwand. Ich bin lange danach stumm, während er verbissen malt. Ich spüre einen zunehmenden Grad von Unruhe, wen sieht er? Im Laufe dieser wenigen Tage und Nächte ist das Porträt zu einer Besessenheit geworden. Solange ich für ihn sitze, steht die Welt draußen still, während das Gemälde ausgefüllt wird, Zeichen für Zeichen.

In der Pause dreht er die Staffelei um, so daß ich die Rückseite der Leinwand sehe. Ich verstehe ihn sofort. Er beschützt sein Werk vor Einmischung.

»Wird es gut?« frage ich vorsichtig.

Er streift mich mit einer Schulter, zupft Fusseln von der Hose an meinem Oberschenkel. Plötzlich zittern seine Hände, und er beißt sich auf die Lippe. In ihm ist der Teufel los. Solange er malt, ist er ein harter Hund. Jetzt muß er sich beherrschen, um nicht zu wedeln. In seinem Seufzer ersteht die Brücke von gestern nacht. Ich weiß nicht, wie ich zu einem so fernen und unerreichbaren Obelisken geworden bin; irgendwie macht mich das selbst rasend unglücklich. Plötzlich denke ich an Michelle – eine Viertelstunde zu spät – und stürze zum Treffpunkt.

Vergebens. Sie taucht nicht auf.

Bevor es Abend wird, ist er mit der ersten Leinwand fertig. Mein Arm schläft; von der unbequemen Stuhllehne habe ich am Ellenbogen blutunterlaufene Flecken, und mein Nacken ist steif von dem Sitzen und Starren in seine private Fata Morgana, die er fast die ganze Zeit über mit seinem Korpus verdeckt. Er stellt sofort die Leinwand hin – lehnt sie mit der Rückseite nach vorn an den Wandspiegel – und beginnt mit der nächsten.

Als wir hinausgehen, um zu essen, bin ich kurz davor zu protestieren. Meine Parisreise ist im Begriff zu scheitern, und *das* geht ihn etwas an. Ich habe absolut nicht darum gebeten, Primadonna im Zirkus Rudi zu werden; nun sitze ich hier wie ein zweiter Adonis und hasse mein Bild bereits jetzt.

Im Namen der Kunst ist er gnadenlos. Er hält mich mit seinem Bulldoggenblick fest, hat nicht die Absicht, den Knochen jetzt loszulassen, und sein Wille ist stärker als meiner. Er entlockt mir Geheimnisse, die ich bislang selbst nicht kannte. Habe ich jemals in meinen Phantasien mit einem Mann geschlafen? Auch nicht, wenn ich mich selbst berührte?

Vor mir dreht sich alles. Ich will meine Mahlzeit bezahlen, aber das ist schon erledigt. Ich reiße mich los, flüchte in die nächste Metro. Das stoppelige Krötengesicht verfolgt mich ebenso wie sein Lachen in dem Augenblick, als ich mein Portemonnaie zog; es hallt als Echo in den gefliesten Gängen. Ich steige bei Les Halles aus, aber das Viertel mit den roten Laternen hat seine Anziehung verloren.

Die Woche über sitze ich für Rudi, während das zweite Bild Gestalt annimmt. Er seziert mich. Und dieses Mal ist er mit dem Resultat zufrieden – das spürt man an seiner Ruhe in den Pausen, wenn er sich Zeit für kleine Mahlzeiten und einen Schwatz nimmt. Seine Gedanken sind anderswo. Im Bild. Es ist, als hätte er aufgehört, sich für mich zu interessieren.

Und jeden Tag – auf den Glockenschlag – stehe ich unter dem Obelisken und zittere in der Hoffnung, daß Michelle die Einförmigkeit der Menge durchbrechen möge. Hier, wie an allen anderen Orten, werfen sie den Tauben Brot hin. Ich sehe einen Pantomimen, der die Illusion hervorruft, an einer Wand hochzuklettern, während er in Wirklichkeit auf einem Fleck steht und mit Armen und Beinen in der leeren Luft herumrudert.

Ich könnte verrückt werden, wenn ich an die halbe Stunde denke, die ich zu spät gekommen bin. In dieser halben Stunde ist sie da, sie nimmt meinen Arm, wir trinken Absinth und Rotwein und schlendern unter den Kastanien.

Im Hotel ist die Concierge in ihrem Käfig von einer Serie in Anspruch genommen, die blau über den Bildschirm flimmert. ›Das Gespenst im Louvre oder Belphegor‹ heißt die Serie. Als das Gespenst die Maske abwirft, zucke ich zusammen. Es ist Juliette Greco, und ihre Ähnlichkeit mit Michelle ist verblüffend.

An dem Tag, da die Frist abläuft, gehen die Nerven mit mir durch. Ich sprinte vom Obelisken die Champs Elysées hinauf, blättere mich durch die Fußgänger, aber die sind Seiten in einem Buch aus Sand. Meine verzweifelten Blicke hängen sich an jedes Mädchen, das langes, schwarzes Haar hat und eine Lederjacke trägt. Dann stürme ich wieder zurück, sicher, daß sie in der Zwischenzeit aufgetaucht ist. Ich verliere mich zwischen den griechischen Säulen der *Madeleine-Kirche*, wo sie als Vestalin auftaucht und wieder verschwindet, ehe das Bild Form annimmt.

Ich bleibe eine Stunde länger, rufe den Himmel an und bereue, daß so viel Zeit vergangen ist, bevor ich ihr geschrieben habe. Wie konnte ich nur unser Wiedersehen als gegeben betrachten? Wie lange ist es her, daß ich selbst mit klopfendem Herzen vor dem Briefkastenschlitz stand?

Mittag ist vorbei; als ich hinunter an die Seine gehe, ist die Stimmung auf dem Tiefpunkt. Dieses Mal lande ich in einer Gruppe Algerier, die an der Steinmauer lehnen, die Zwetschgenaugen auf halbmast. Sie sind high vom Haschisch. Der eine zeigt mir einen Klumpen und fragt, ob ich mitrauchen will. Bilder von den berüchtigten Assassinen tauchen blitzartig auf; nach meiner Quelle – einem alten Artikel im ›Familien-Journal‹ – stammt die Bezeichnung von krummsäbelschwingenden Türken, die sich um Sinn und Verstand rauchten, bevor sie hinauszogen und für ihren Sultan töteten.

Jetzt sehen sie friedlich aus, um nicht zu sagen – schläfrig. Sie wirken, als nähmen sie innerlich eine Dusche.

Der Puls hat sich um ein paar Takte beschleunigt; das nehme ich als ein Zeichen und sage ja. Er wärmt den Klumpen mit der hochgedrehten Flamme eines Feuerzeuges in der Handfläche, zerbröckelt ihn und rollt aus verschiedenen Stücken Zigarettenpapier eine Tüte.

Er zündet sie für mich an. Die anderen beobachten es lächelnd. Blitzende Goldzähne und schwarze Löcher, wo diese fehlen. Ich behalte den Rauch, solange ich kann, in der Lunge. Dann kommt er mit Widerhaken den Hals hinauf, und sie sitzen im Parkett und lachen glücklich über den Touristen, der das Unterhaltungsprogramm des Tages eröffnet hat und jeder Erwartung, die man mit einem Erstraucher verbindet, entspricht. Der Hustenanfall kommt mit epileptischer Heftigkeit.

Ich gebe die Tüte weiter. Kurz danach wird mir schwindlig, und ich muß mich hinsetzen. Ich lehne mich an die Steinmauer. Auf dem Fluß sind Lastkähne, und fünffingerige Kastanienblätter wirbeln langsam herum. Alles bewegt sich in Mustern. Ein vorbeischwimmender Ast verneigt sich mit seinem Zweig, ein von Altöl herrührender Regenbogenring verändert die Form und endet weiter oben als tropfender Farn.

Im Magen hat man ein Gefühl wie in der Luftschaukel. Ich bekomme einen Lachanfall und schiele zu den anderen. Sie nicken wissend zurück. In ihrem Wohlbehagen nehmen sie mich kaum wahr. Die Konversation ist ins Stocken geraten. Jeder ist in seiner Welt, in seinem Film.

In der nächsten halben Stunde, in der alles bereit ist, meinem leisesten Wink zu gehorchen, bin ich ein wenig mürrisch. Dann kommt ein Ausflugsboot mit einer Überdachung aus Plexiglas und lauter glotzenden Touristen hinter Glas. Das ist lustig. Es erinnert an eine segelnde Affengrotte. Wir springen auf dem Kai herum und winken.

Anschließend versinke ich wieder in Apathie, während mir ein Satyr ins Fleisch fährt. Die Augenlider gleiten nach unten und breiten einen Teppich aus pochender Sonne über das Gehirn. Ich habe Lust. Die Lust hat keine Adresse; es ist eine Form von Selbstentflammung. Ich weiß plötzlich, was die anderen bei ihrem Duschbad sehen. Unter seligen Schauern spülen Wasserstrahlen über ihre Glieder und die Geschlechtsbehaarung.

Bei dem Tuten des nächsten Bootes stehe ich auf und verabschiede mich mit einem Nicken von meinen neuen Freunden. Es ist an der Zeit, zu Rudis Stuhl zurückzukehren. Als ich mich setze, ist er noch warm von Sonnenflecken.

»Hast du geraucht?« fragt er sofort.

Ich kann nicht schweigen; er soll es wissen. Ich schenke ihm ein ironisches Lächeln. In diesem Augenblick könnte ich seine unartige Teenagertochter sein. Natürlich weiß er das. Seine Konzentration ist von dem Augenblick an gestört, als er zu malen beginnt. Er sieht mich irritiert an, korrigiert seine Malerei mit einem terpentingetränkten Lappen, den er um den Zeigefinger gewickelt hat.

»Du hast rote Augen«, knurrt er mich an. So als wäre das genug, um das ganze Gemälde zu zerstören.

Die Lust von vorhin kommt wieder. Ich fange an zu phantasieren. Der Türke und sein Krummsäbel trennen mich in zwei gleich große Halbmonde; Rudi kläfft: »Sieh mich an! Wie in aller Welt soll ich dich malen, wenn du mit geschlossenen Augen dasitzt ...«

Ich spreize die Beine und schiebe den Unterleib nach vorn, so daß er meinen Zustand sehen kann.

»Hör auf!« ruft er und schleudert den Pinsel auf das Tablett, »geh raus und nimm ein Bad, und komm zurück, wenn du trocken hinter den Ohren bist!«

Zu meinem eigenen Erstaunen gehorche ich. Während ich mich erst warm und anschließend mit kalt stechenden Strahlen abbrause, kann ich ihn auf und ab gehen und wie einen Preußen fluchen hören. Ich komme aus dem Bad, in Handtücher gehüllt. Er wendet mir den Rücken zu. Ich streife das Hemd über den Kopf, springe in meine Jeans und ziehe den Reißverschluß hoch. Als ich wieder auf dem Stuhl sitze, bin ich verlegen. Das Licht des Nachmittages fällt schräg in das Atelier und ist ganz so wie gewöhnlich. Der Rausch ist abgeklungen.

Rudi brummt zufrieden und nimmt die Arbeit wieder auf.

In einer Pause dreht er sich um.

»Kennst du die Geschichte von dem ›Bildnis des Dorian Gray‹?«

»Nee«, sage ich.

Ich kenne Oscar Wilde gut, aber wenn es Rudi besänftigen kann, warum sollte ich dann als Kerzenlöscher auftreten, der schon alles gehört hat? Außerdem liebe ich es, wenn man mir Geschichten erzählt.

Dann höre ich vom ›Bildnis des Dorian Gray‹, von seinem Porträt, das Tag für Tag alterte und dessen Züge sich mit den Jahren auflösten, während das Modell, der reiche Dandy, ewig jung und verdorben blieb. Rudi schließt mit dem Nachsatz: »Das Fleisch verfällt; das ist ebenso sicher wie das Verrinnen der Zeit. Man glaubt es nicht; man ist jung und unsterblich und bereit, seine Seele zu verkaufen. Aber wenn man den Anblick des alternden Fleisches nicht ertragen kann, *dann* hat man die Seele verkauft.«

Er wirft einen Blick auf die Staffelei. Die feuchte Ölfarbe reflektiert das Licht. Er kneift die Augen zusammen und prüft. Eine Zeitlang wechselt sein Blick zwischen mir und dem Quadrat der Leinwand; dann wird die Schärfe zum Gleitflug. Er legt den Pinsel weg, feuchtet einen Lappen an und wischt die Finger ab.

»Es ist fertig! Verstehst du das, fertig . . ., du bist frei.«

Ich erhebe mich, noch ein wenig schwindlig. Mir tut das Kreuz weh, und ich reibe mir den Rücken.

»Darf ich mal sehen?«

Er nickt. Die erste Leinwand – die hohe und schmale – steht immer noch am Wandspiegel, mit der Rückseite nach vorn. Jetzt dreht er sie um und läßt mich das Bild zum ersten Mal sehen.

Es ist so schön, daß es weh tut. Die hohen Wangenknochen des Jünglings, Augen so groß wie Waldseen, schmale Hüften, ein etwas zu kleiner Schmollmund. In der Hose ist eine tüchtige Beule, ganz so, wie ich sie gerade hatte. Er hat sie also doch mitgemalt, denke ich – plötzlich nüchtern –, bevor er mich zur Abkühlung geschickt hat. Das Porträt ist in Farben gehalten, die in reinem Pastell schmeicheln.

Er hat den Tausendsassa gemalt. Ich bin außerordentlich zufrieden und will das gerade zum Ausdruck bringen, als er ein Hobby-Messer nimmt und es in die Leinwand jagt.

Ich zucke zusammen, heule im Protest auf. Rudi dreht sich lachend um. Mit vier langen Schnitten löst er das Bild aus dem Rahmen und rollt die Leinwand zusammen. Er reicht mir die Rolle.

»Hier! Behalt es.«

Er legt das Messer auf das Tablett mit den Pinseln. Hebt das andere Porträt auf die Staffelei.

»Dieses hier behalte ich!«

Er hält es hoch, daß ich es sehen kann. Ich finde es ebenso häßlich, wie das andere schön ist, und es fällt mir schwer, meine Enttäuschung zu verbergen. Die Nase ist klumpig, das Auge, besonders das eine, ist aufgerissen, und die Wangen haben Falten mit Schlagschatten.

Die Sonne ist auf dem Weg nach unten hinter die Dächer. Das Licht zieht sich langsam aus dem Raum zurück.

»Sag was!«

Rudi klappst mich mit den Fingern.

Ich kann nicht. Darauf sehe ich ja aus wie ein Bajazzo. Ich beiße mir auf die Lippe und werde mürrisch. Er stellt das Porträt auf die Staffelei zurück, wischt die Hände in einem Tuch ab. Das Satyrlachen ist verwelkt.

Seine Palette hat mich in zwei Hälften geteilt, die sich am Hals zu einem Klumpen vermischen. Die braunen Augen verlieren sich in unerfüllten Sehnsüchten, etwas in seinem Gesicht welkt, und plötzlich wirkt er älter, als er in Wirklichkeit ist.

Ich höre die Beherrschung, die ganz bis in seine vibrierenden Stimmbänder reicht: »Essen wir zusammen?«

Ich schüttele den Kopf. Über sein Gesicht läuft ein Zucken. Als er sich von mir abwendet, taucht es im Spiegel auf, nackt und unkontrolliert. In einem Aufblitzen verstehe ich, wessen Jugend er gemalt hat; und anschließend hat er versucht, einen Abstand zu ihr herzustellen.

Ich gehe hin und umarme ihn. Als er sich ein letztes Mal an mich drückt, spüre ich seine kratzenden Bartstoppeln, und sein eines Bein zittert bei der Berührung.

Armer Rudi, er hat sich nie geöffnet.

Ich verlasse sein Atelier und gehe, mit meinem Bild unter dem Arm, in die Welt hinaus.

XI
Die Verwechslung

Seit dem Abschied von Rudi bin ich in der Stadt und in bester Stimmung; das Bild tut seine Wirkung. Ich stoße unter der Brücke auf eine Touristin aus Schweden und bringe sie dazu, den Schlafsack gegen eine Nacht im Hotel zu tauschen. Ich marschiere in eine Bar und treffe einen Goldfisch, der Tims kleine Schwester hätte sein können. Nach ein paar Drinks habe ich ihr die Hosen vom Leib geredet, und ich bumse sie auf der Toilette. Ich stoße auf einen Teenager aus Berlin. Sie heißt Gaby und nennt mich *kleiner Casanova*, was ich schmeichelhaft finde.

Rudi sehe ich nicht wieder, instinktiv meide ich meinen Schöpfer. Im Hotelzimmer nehme ich den Spiegel ab und befestige die Leinwand mit Reißzwecken. Das macht mich in den Augen der Mädchen interessanter. Sie verwechseln mich mit dem Bild. Ich esse kaum, lebe von *flûtes* und Cocktailbeeren, um meinen Babyspeck loszuwerden.

Unter der Ikone wachsen mir ungeahnte Kräfte zu. Harlekins Froschschenkel tanzen auf den Laken, die Willigkeit des Samenschwengels ist erstaunlich. Junger Mann mit Schreibmaschine und eigenem Gedicht, das macht was her. Gaby tauscht das Gesicht mit dem Goldfisch, dem Kirschenmund und Pagenkopf, die schwedische Nina saugt an meinen Ohrläppchen und wird am nächsten Nachmittag wieder zu Gaby.

Moulin Rouge. Das Karussell dreht sich …

Wir bumsen die Wände dünn. Mit hysterischem Eifer entleere ich mich in sie alle; wie Spannerraupen stürzen wir über den Bettrand, hinunter auf den Boden und hinauf über die Zimmerdecke, während das Licht im Raum wechselt. Ich jongliere mit Vereinbarungen und Terminen, um alles auf die Reihe zu kriegen; der Babyspeck tropft von mir ab, und mit jedem Tag werde ich dem Bild etwas ähnlicher. Der gleiche blasse Schimmer über der Stirn, der Fall des Haares, die tropfenden Hände und ein Halsausschnitt, der durch den Silberschimmer des Hemdes Haut verspricht.

Ich glaube, ich bin verrückt auf Frauen – daher die Verwechslung. Seit dem Tag, an dem der Spiegel gegen das Bild ausgetauscht wurde, sehe ich nur mich selbst. Das ist sehr erregend.

Als sich das Datum meiner Heimreise nähert, suche ich meine dunklen Freunde unter der Brücke auf und kaufe für den Rest meines Vermögens Haschisch. Ich bin high und schnurre mit den Katzen im Viertel. In meiner letzten Nacht in Paris fahre ich hinaus zu Les Halles. Die Begegnung mit Rudi hat mich zum Mann gemacht. Mit einer neuen und heimlichen Erfahrung schlendere ich im Hurenviertel herum.

Ich sehe die feinen Bürger und ihre gehetzten Blicke, wenn sie mit den Mädchen hinaufgehen. Ich sehe den Herrn Direktor, wie er voller Würde wieder herauskommt, sich in seinen *Citroën* setzt und eine Erektion hat, bevor er von der Bürgersteigkante auf die Straße schwenkt.

Und ich sehe, wie die Jungen feixen – vor nur einem Jahr hätten das Tim und ich sein können. Die LKW-Fahrer und die Arbeiter verhalten sich gleichgültig. Für sie gehören die Mädchen dazu; sie kriegen einen Klaps auf den Hintern und werden *Muttilein* genannt, genauso wie die zu Hause.

Ich bin an einer Ecke stehengeblieben, um an einem Kohlebecken Kastanien zu kaufen. Eine leuchtende Fassade reiht sich an die andere – überall geschminkte Puppen und Angorapelz. Einige sind passiv und drücken einen Pfennigabsatz an die Mauer, andere gehen mit wiegendem Gang rastlos umher, rufen einem etwas zu oder strecken die Zunge heraus, wenn niemand anbeißt. Aus den Bars mit Musikboxen und blinkenden Glasröhren dringt Musik.

Plötzlich verstummt der Leierkasten, und ich verliere die Tüte mit den Kastanien. Ein Mädchen hat sich Ausschau haltend umgedreht, das lange, schwarze Haar bricht sich auf ihren Schultern.

Ich schlucke die Kastanie hinunter. Sie trägt einen engen, hellroten Rock und Stiefel, die bis zur Hälfte der Schenkel reichen. Die eine Hand hängt nach unten, und die Lacktasche schlenkert. Sie saugt an einer Zigarette mit Goldmundstück, die Glut läßt ihr Gesicht aufleuchten. Sie lehnt sich an ein Tor.

Ich gehe zu ihr. Es ist Michelle. Mein Gesicht lächelt, ich habe ihren Namen auf den Lippen und vergrößere meine Schritte. Zuerst blickt sie mich stumpf an, dann lächelt auch sie und legt den Kopf schräg. Sie winkt mich zu sich, und das Herz jubelt. Sie hat den Finger auf ihre Lippen gelegt, senkt das Kinn, und schaut unter dem Pony hervor.

In dem Augenblick bleibe ich stehen und habe sechzehn Tonnen Blei in den Schuhen. Das ist alles wahnsinnig professionell. Jetzt sehe ich es. Das ist nie im Leben Michelle.

»Kommst du mit rauf?« fragt sie in diesem Augenblick und reißt mich aus meinen Gedanken.

Nein danke, ich habe doch Gaby und den Goldfisch und den Pagenkopf. Ich werde von Melancholie überwältigt, verfluche mich selbst, weil ich Michelle nicht geschrieben habe, als noch Zeit war.

Ich lande bei der verbotenen Adresse von der Metrofahrkarte – in einem Hinterhof, wo eine alte Dame mit ihren Plastiktüten angewackelt kommt, um sie in die Mülleimer des Viertels zu tun. Sie kennt die Familie. Die ist weggezogen. Aber das ist lange her.

Ich knülle die Fahrkarte zusammen und werfe sie weg.

In aller Herrgottsfrühe werfe ich am nächsten Morgen meine Sachen in den Koffer. Das meiste ist Schmutzwäsche, die sauer riecht. Ich schütte Asche und Kippen aus dem Schreibmaschinendeckel, um ihn auf die Maschine zu setzen. In ihr steckt ein Gedicht. Mein einziges. Das Papier ist von den heißen Tagen braun und wellig geworden. Als ich es von der Walze drehe, krümmt sich der Bogen. Ich lese ein letztes Mal die Überschrift, bevor ich es zerreiße.

Im Zug bekomme ich eine Sitzbank für mich allein und schlafe auf der ganzen Strecke durch Deutschland.

Ich habe kaum die Bredgade 3 betreten, als ich schon Besuch in meinem Zimmer habe. Meine Schwester ist in einem Ferienlager, Vater ist zum Reiten, und Mutter besucht Großmutter im Pflegeheim; sie kann nicht mehr aus ihrem Krankenhausbett aufstehen. Mit anderen Worten – ich bin allein zu Hause, als es an der Tür zur Haupttreppe klopft, wo ich meinen eigenen Eingang habe.

Es ist Olaf. Er sieht aus wie damals, als er partout reinkommen und meine Kanarienvögel sehen wollte.

»Setz dich!« sage ich, innerlich froh.

Er hat irgendwas auf dem Herzen. Ja, er habe Flemming Helver getroffen und von ihm gehört, daß ich *etwas* aus Paris mitbringen wollte. Ich lasse die Fensterstange im letzten Loch einrasten, rolle uns ein paar Joints, und bald fliegen wir über die Dächer, zusammen mit Chagalls Brautpaar, das ich als Reproduktion mitgebracht habe.

Olaf sieht alles in Bildern. Er drückt sich in einer Art phonetischer Zeichensetzung aus. Da sind Rudis Hände wieder, im Gleitflug von einem Trugbild zum anderen. Er zieht Zeichenserien aus dem Bart, gibt nicht auf, ehe alles sichtbar und wieder abgerissen ist. Zu Rudis Bild hat Olaf einen einzigen Kommentar: »Das ist ja ein ordentlicher Johannes, Mann –, benutzt du 'ne Schrittbinde?«

Mir ist noch nie ein Wesen begegnet, das so respektlos ist, und ich betrachte Olaf mit wachsender Begeisterung. Nun ist er seit einer Stunde hier, und alles im Zimmer ist durchwühlt. Er hat in das Baritonsaxophon geblasen, die Plattensammlung von vorn und hinten durchstöbert, Bücher aus dem Regal genommen und sie verkehrt herum wieder hineingestellt. Der Vorhang vor dem Handwaschbecken ist heruntergerissen, er hat mit dem Zeigefinger die gesamte Skala des Stimmungsbarometers umkreist, und dabei ist der Zeiger abgegangen.

Das einzige, was er zu keinem Zeitpunkt getan hat, ist, sich hinzusetzen.

Als wir erst miteinander warm geworden sind, können wir uns nicht wieder trennen. Er will mir etwas zeigen. Wir verlassen mein Zimmer und gehen die Skomagergade hinunter, wo seine Eltern in einer herrschaftlichen Wohnung in der ersten Etage über dem *Monopol* leben. Sein Vater ist zu Hause. Ein älterer, weißhaariger Herr, der in einem Raum am Ende eines langen Korridors sitzt und Konstruktionszeichnungen für Schiffe anfertigt. Er ist von lauter unordentlichen Zeitschriftenstapeln ›National Geographic‹ und ›Unser Wissen‹ umgeben. Wir grüßen und verschwinden in der Stube, die zur Straße hin große Erker mit Gummipalmen hat.

Olaf macht eine Handbewegung. Über ihn ist eine bedeutungsvolle Ruhe gekommen. Zuerst kann ich nicht sehen, was er mir zeigen will. Die Stube ist altmodisch möbliert, Mahagonitische und hochlehnige Stühle. Da ist eine Anrichte mit silbernen Kandelabern. Über der Anrichte könnte ein Seestück hängen – ›Die Schlacht auf Reden‹ –, genauso wie bei uns zu Hause.

Aber so ist es nicht. Dort hängt ein Ölgemälde mit fliegenden Quadraten, Raupenketten auf einem aufgewühlten Schlachtfeld. Es ist kompliziert, seine Wirkung zu beschreiben. Es strahlt eine rastlose Energie in den Raum. Die Farben sind eher brutal als harmonisch – so als hörte man Thelonius Monk mit den Augen.

Die Teilchen des Puzzles finden nach und nach ihren Platz. Olaf malt! Er zeigt mir eine Mappe mit Grafik. Das sind alles Schiffe: Segelschiffe, deren Masten Schwanenhälse sind, Karavellen aus einer anderen Zeit, ein Meer von aufgepflügten Augen. Auf einigen der Drucke hat er die Windrose und die Himmelsrichtungen mit dargestellt. Auf den Bildern sind alle Buchstaben und Zahlen spiegelverkehrt.

Es sind Bilder vom Aufbruch; eine Odyssee von halluzinierten Formen passiert vor meinem inneren Auge Revue. Olafs Bilder werden im Gehirn zu Worten, zu einem bislang ungesehenen Traum von Schiffen. Er hat mehr auf dem Herzen, als die Bilder transportieren können; deshalb brechen sie immer wieder neue Räume auf.

Wir werden durch Olafs Mutter unterbrochen, die von der Arbeit nach Hause gekommen ist. Sie steckt eine sommersprossige Nase in die Stube und fragt, ob wir Tee haben wollen. Ihr Haar ist rotblond, wie Olafs, und sie behandeln einander wie erwachsene Menschen, was mich erstaunt.

Der Teetisch ist üppig. Französische Käsesorten, Kekse und Knäckebrot, Hagebuttenmarmelade und selbstgebackene Mandelhörnchen. Das alles hat etwas von ›Alice im Wunderland‹, und der Vater trägt eine alte englische Taschenuhr in der Westentasche. Die Eltern soll ich Axel beziehungsweise Mutter Severin nennen, und meine Anwesenheit ist vom ersten Augenblick an selbstverständlich. Kein Ausfragen, kein *Was machst du denn so?* – ich bin einfach da. Mutter Severin könnte eine Völkerwanderung an ihrem Teetisch beköstigen; sie ist auf Olafs Freunde eingestellt.

Nach dem Tee, als ich längst in Wohlbehagen versunken bin, feuert mich Olaf wieder an. Weiter! Wir wollen nach unten und *Niels Hellerup-Eis* in seinem Keller besuchen. Er ist der Sohn von einem der Direktoren der Eisfirma – daher der Name. Im Raum steht ein Sitzsack, den Olaf sofort in Beschlag nimmt. Außerdem sind da Bierkästen mit Büchern, Matratzen und ein altes Sofa mit einer gepolsterten Mahagoniarmlehne.

Die Streichholzschachtel wird hervorgeholt, und ich rolle mehrere Joints. Flemming Helver taucht auf, und der lange Niels legt eine LP auf das Grammophon. ›Out There‹ mit Eric Dolphy. Die Platte ist ein fliegender Koffer mit einer Baßklarinette, einem Altsaxophon und Trommeln. Olaf und ich bekommen einen Lach-Flash und übertreffen einander im *Pot-Talk*, während wir stoned Musik hören. Er ist das Alpha und Omega in diesem Kreis, und er zeigt mich vor wie seine neueste Erfindung.

Ich habe keine Erinnerung an den Rest. Irgendwann tauchte irgendeine kleine Schwester auf und schmuste mit Olaf. Als ich nach Hause kam, war es dunkel in der Villa, und das ganze Haus schlief. Mir wurde klar, daß ich meine Eltern noch gar nicht begrüßt hatte.

Ich erwache zu einer von Mutters Morgenmahlzeiten im Bett. Sie erkennt mich beinahe nicht wieder, so dünn und braungebrannt bin ich. Sie ist begeistert von dem Porträt und schickt es sofort zum Rahmen. Zu meiner Überraschung ist sie in Paris Au-pair-Mädchen gewesen und kann über das meiste mitreden. Ich weiß nicht, ob sie das früher erzählt hat, jedenfalls erfasse ich es erst jetzt. Es gibt Tage, an denen die eigenen Eltern zu Menschen werden.

Ich frage nach dem Bau.

»Darüber kannst du mit deinem Vater reden!«

Für Mutter sind Geschäftssachen militärische Operationen, die der Geheimhaltung bedürfen. Genauso hält sie es mit politischen Äußerungen. Das schlimmste ist, wenn man auch noch am Mittagstisch über Politik redet.

Vater ist ein Fuchs in jeder Diskussion. Man weiß nie, wann er zupackt. In Wirklichkeit respektiere ich ihn dafür und verstecke meine Unsicherheit hinter Arroganz.

»Du bist doch Student ...«, damit beginnt er immer. Dann wird man bis zu den Sockenhaltern zurückgeschnitten. Er ist verdammt begabt.

Als das Porträt gerahmt ist, wird es im Herrenzimmer aufgehängt. Der Kronprinz ist an seinem Platz; meine Schwester kommt aus dem Sommerlager nach Hause und ist hübscher als je zuvor. Das Mona-Lisa-Lächeln bedeutet, daß sie einen neuen Freund hat. Ich frage sie vergeblich aus. Sie ist sonst nicht so zurückhaltend, wahrscheinlich ist es dieses Mal ernst.

Seit dem Wiedersehen mit Olaf sind er und ich jeden Tag zusammen gewesen. Meine Schwester, die Olaf nicht leiden konnte, als wir klein waren, hat ihn wie einen zweiten Bruder an sich gezogen. Meine Mutter hat er völlig um den Finger gewickelt. Er flirtet geradezu mit ihr. Es ist in Ordnung, daß er wie ein Wilder herumläuft, solange ich das nicht nachmache und auch die Haare über die Ohren wachsen lasse. Er kann erstaunlich gut mit meinem Vater umgehen; falls ich die Autoschlüssel nicht von ihm bekomme, er kriegt sie.

Das Auto ist wichtig. Die Vorräte aus Paris sind aufgebraucht, und wir haben neue Weideplätze bekommen. Olaf betrachtet Kopenhagen als eine Filiale und erweitert Tag für Tag den Freundeskreis.

Er ist mein Eintrittsbillett zu einem Theater, in dem alle als Wunderkinder auftreten. Er zeigt mir ein Roskilde, voll von Visionären und Verrückten, Orgelbauern und Phantasten. Es ist die Zeit des Aufbruchs, und die Wunder haben gerade erst begonnen.

An einem Herbsttag, als die Schwäne klirrend wie Glas über den Fjord ziehen, sind Olaf und ich unterwegs nach Risø. Als Teilnehmer einer Demonstration wollen wir uns an die Umzäunung der Versuchsstation ketten. Olaf hatte sich gedacht, standesgemäß anzukommen. Der silberfarbene *Valiant* ist voll von Transparenten, die jeden zu Tode erschrecken können.

Kurz nach dem Froschspringbrunnen überhole ich einen schwarzen *Sedan*. Der beschleunigt und weicht auf den Frederiksborgvej aus. Das kann ich nicht auf uns sitzen lassen; Olaf stampft auf die Gummimatte und treibt den Wagen mit seiner Körpersprache vorwärts. Eine Jagd beginnt. Denen werden wir es zeigen! Bei einem neuen gewagten Überholmanöver zwinge ich den schwarzen Sedan in den Graben – und entgehe mit Ach und Krach einer Kollision mit einem entgegenkommenden Volkswagenbus. Zu dem Zeitpunkt sind alle Geschwindigkeitsgrenzen überschritten, und wir johlen wie die Cowboys.

Der schwarze *Sedan* kommt zurück – und Olaf hört zuerst die Sirene. Beamte in Zivil wedeln das Stoppschild aus dem Fenster.

»Scheiße!« sagt Olaf, als wir an die Seite fahren, und er wirft sich auf dem roten Lederbezug zurück. »Eben ist dein Führerschein flötengegangen!«

Zu der Demonstration sind wir nicht gekommen. Olaf kettet sich statt dessen an einen Beamten.

Wir werden aufgefordert, den Wagen stehenzulassen, und ich werde zu einer Alkoholprobe mit auf das Revier genommen; die bestehe ich mit Glanz. Die Promille, die ich im Blut habe, sind von einer Welt, die weder gemessen noch gewogen werden kann.

Ich verliere auf der Stelle den Führerschein; er wird sofort eingezogen. Danach wedeln sie mir mit einem Bußgeldbescheid unter der Nase herum, der mich blaß werden läßt. Bevor ich zu Hause angekommen bin, haben sie dort schon vom Polizeirevier aus angerufen.

»Was die Transparente Ihres Sohnes betrifft, Herr Grossist, so können die auf dem Revier abgeholt werden.«

Vater steht in der Haustür und empfängt den Herrn des Hauses. Er sieht müde aus. Zuerst sagt er nichts. Er hängt den Autoschlüssel an den Haken neben die Reitkappe, dann wendet er sich mir zu und sagt energisch: »Für die Geldstrafe kommst du selbst auf!«

Er geht ins Schlafzimmer und schließt die Tür hinter sich.

Als wir am selben Abend in Niels' Keller zusammensitzen, um das Ergebnis unserer politischen Aktion auszuwerten, zieht mich Olaf zur Seite. Er hat etwas im Ärmel. Es ist ein ganz gewöhnlicher Sicherheitsschlüssel. Schieläugig versuche ich sein Baumeln vor meiner Nase zu verfolgen, während er mich gegen einen an der Wand hängenden Tennisschläger preßt.

»Weißt du, was das hier ist?«

»Das ist ein Schlüssel«, sage ich in meiner Unwissenheit.

»Hör zu, ich habe eine Wohnung gemietet. Eine Zweizimmerwohnung. In Kopenhagen ... Okay?«

Der Schlüssel hängt jetzt ganz still. Die verschwommenen Konturen werden zu einem wohligen Gefühl im Magen, bis Olaf ihn wieder mit einem Zauberkünstlergriff verschwinden läßt. Er hat mir eine weitere Herausforderung präsentiert, die ich mit Kußhand annehme.

»Okay! Wann ziehen wir um?«

»Am Montag.«

»Montag ist in Ordnung.«

Er sieht mich an. Dann strahlen wir auf wie Wunderkerzen und geben uns das Pilotenzeichen. Die Sache ist klar.

Wir ziehen zu Hause aus. Hinter der geschlossenen Tür baut Philip Alexander Michael weiter an den Büroräumen seiner Einsamkeit, während das Jahr zur Neige geht.

XII
Sister Kate

Nicht immer stehen die Sterne über einem so hoch. Aber zu dem Stern, der Olaf heißt, wird es immer ein weiter Weg sein. Olaf ist als Feuer und Flamme geboren. Eine mystische Dame, die er Sister Kate nennt, hat ihm den Schlüssel zu der Bude draußen auf Nørrebro überlassen. Dort ziehen wir ein. Zwei winzige Räume rechts im Parterre, die Fußböden mit zerschlissenem Linoleum belegt.

Wir verschwenden keine Zeit mit der Einrichtung. Olaf nimmt das Bett, bei dem die Sprungfedern durchkommen, und ich improvisiere in dem anderen Raum ein Lager auf dem Fußboden. Die Toilette ist im Flur und hat die Größe eines Besenschrankes.

Der Winter steht vor der Tür, und von den Fenstern pfeift es durch Ritzen und zerschlagene Scheiben. Ich verstopfe die Löcher mit Putzwolle und Zeitungspapier, während Olaf eine Runde durch das Viertel macht und mit einem Petroleumofen zurückkommt, den er beim Trödler eingetauscht hat. Wir zünden ihn an und sehen uns um; alles erscheint uns jetzt schon als Herrlichkeit, so wie wir dort stehen und unsere Hände warm hauchen, während man den Atem im Raum sieht und die Feuchtigkeit an den Wänden heruntersickert.

Wir trinken Tee aus alten Konservendosen. Es gibt eine einzige Gasflamme, auf der man Wasser kochen kann. Die Spüle ist mit Schmutz und Farbresten zugewachsen, das Wasser riecht nach dem gerissenen Schlauch, aus dem es herausfließt. Jedesmal, wenn eine Straßenbahn draußen auf der Nørrebrogade vorüberrattert, vibrieren die Dielenbretter.

Während die Wärme die Feuchtigkeit vertreibt und der aus dem Linoleum aufsteigende Geruch nach Eisen sich in der Wohnung ausbreitet, gehen wir in der neuen Umgebung auf Entdeckung. Es nieselt. Hinter der Kirchhofmauer brechen in den Baumkronen die Herbstfarben hervor. Die Gräber dort drinnen sprechen die Sprache des Goldenen Zeitalters; der Sandstein bröckelt, und die Urnen sind von Moos bedeckt. Olaf bleibt draußen, während ich eine Runde auf den Gehwegen drehe, wobei sich das Flüstern von Eiben und Wacholder in meinem Blut ausbreitet. Olaf haßt die Toten; ich habe mich immer als ihr heimlicher Mitwisser gefühlt.

»Du hast dir ja Zeit gelassen«, sagt er, als ich wieder am Eingang auftauche. Der Nieselregen hat sein Haar kraus gemacht.

»Jemand aus unserer Familie liegt hier begraben. Sagt Großmutter.«

Wir gehen weiter. Schon bei der nächsten Straße bleibt Olaf stehen und zieht mich am Ärmel.

»Mann, das gibt's doch nicht!«

Er zeigt nach oben.

»Das ist doch glatt gelogen!«

Ich folge seinem Finger mit den Augen. Dann fangen wir an zu lachen. *Solitudevej* steht da auf dem Straßenschild, und aus irgendeinem Grund sind wir völlig hinüber, weil es den Namen nicht nur als idiotischen Refrain im Radiosender *Giro 413* gibt.

»Wir stehen hier, und es ist Montag und Regenwetter auf dem *Solituuudevej*!«

Weiter kommen wir am ersten Tag nicht. Wir kehren um. Auf dem Nachhauseweg kaufen wir ein Weißbrot, das wir abwechselnd aushöhlen, und ich rufe meine Schwester von einer Telefonzelle aus an. Ich beschreibe die Wohnung in malerischen Wendungen, und ihr schaudert am anderen Ende der Leitung. In Wirklichkeit ist sie vor Neid dem Tode nahe.

Das rechts gelegene Zimmer in der Meinungsgade ist inzwischen lauwarm geworden. Olaf packt seine Pinsel aus und fängt an zu malen; ich finde ein für die Schreibmaschine geeignetes

Fensterbrett, ziehe einen Bierkasten als Stuhl heran und klappere los. Kurz danach gerate ich mitten in einer Liedzeile ins Stocken und schiele zu Olaf.

Er hält den Kopf schief. Das lange Haar reicht ganz hinunter bis zur Tischkante, und die Zunge ragt aus dem einen Mundwinkel. Vergeblich versucht er die Aquarellfarbe auf dem Silberpapier zu halten. Er ist in einer Periode, in der er nur auf Silberpapier malen will. Die Farben laufen wie Regen auf einer Scheibe; in dem einen Augenblick ist das Bild fertig, in dem nächsten ist es wieder verschwunden – zersplittert in Hunderte von Tropfen. Olaf bekommt tiefe Stirnfalten, während sich der Prozeß verselbständigt.

Ich erhebe mich und wandere auf und ab. Auf einem der Küchenborde finde ich eine feuchtfleckige Packung mit *Tørsleff's Vanila*. Als ich sie öffne, um das Pulver in meine Handfläche zu schütten, flitzt ein Kakerlak heraus, rennt über meinen Zeigefinger und verschwindet oben in meinem Ärmelloch. Ich schüttele ihn in das Abwaschbecken und zerquetsche ihn. Olaf langt nach der Packung mit dem abgebildeten Turban-Kopf und den Bambusstöcken, die wie grüne Regenstreifen fallen. Ich reiche sie ihm, und er zerreißt die Pappe zu Inseln.

»Hey, hör sofort auf!« rufe ich, «das ist das *Vanillemädchen!*«

Er wirft einen Blick auf sie.

»Das ist ein Mann«, konstatiert er kurz, und das Pulver in der Packung wird zu Stein, während ich ungläubig auf das Gesicht starre, das ich kenne, solange ich zurückdenken kann.

»Aber die Ohrringe – ein Mann geht doch – verdammt – nicht mit Ohrringen!«

»Doch«, sagt Olaf, »er ist Inder, siehst du das denn nicht?«

Mir geht ein Licht auf. Während Olaf die Überbleibsel in eine Collage verwandelt, die nach und nach die Farben auf dem Silberpapier festhält, versinkt die Insel der Kindheit im Meer. Draußen nimmt der Regen zu und schlägt gegen die Fenster, während der Wind zu einem Brandungsbrausen ansteigt.

Der Winter vergeht mit dem Bemühen, sich über Wasser zu halten. Wir gehen von einem beschissenen, kalten Job zum nächsten, arbeiten bei *Der Pelz*, und der Geruch der gegerbten Felle bleibt an unserer Kleidung hängen; an den frühen Morgen, wenn der Reif sich über den Bahnkörper legt und die Weichen sich nach allen Richtungen entflechten, waschen wir die Eisenbahnwagen der *Dänischen Staatsbahnen*. Mit sehnsüchtigen Augen folge ich dem Expreß, wenn er nach Süden fährt.

Das Geld, das wir verdienen, legen wir zum gemeinsamen Gebrauch in eine Keksdose. Wenn die Dose leer ist, nagen wir am Hungertuch und leben von Worten und Bildern.

Eines Tages kommt Olaf mit einem Ausstellungskatalog nach Hause: Bilder von Hundertwasser mit Titeln von Haikuartiger Schönheit. Die farbenprächtigen Drucke spiegeln Zwiebelkuppeln im Wasser, die grüne Haut der Prärie und zahllose Regentropfenpräludien. Erregt schlägt er die Nägel gegen die glitzernden Blätter: Hundertwasser hat es geschafft! Seine Labyrinthe haben Gänge aus Quecksilber, die Farben sind wie eine Lasur von Grünspan auf Kupfer und blaugeflammtem Stahl. Genau die Wirkung, die Olaf mit dem Silberpapier erreichen wollte.

Aus dem Katalogtext geht hervor, daß Hundertwasser sich in Venedig niedergelassen habe, auf einer Insel gegenüber vom Markusplatz. Zwischen den Bildern stehen einige Gedichte in englischer Sprache. Sie wurden von seiner japanischen Frau, Ikewada, geschrieben, und plötzlich sehe ich, daß sie es sein muß, die seine Bilder mit den symbiotischen Titeln versehen hat. Da ist eine Fotografie von ihr, aber keine von ihm. Entweder ist er scheu oder Mythomane – wahrscheinlich beides. Hundertwasser ist ein Komet am internationalen Kunsthimmel und schon Millionär.

Wir sehen uns an, getroffen vom Sternenglanz. Wir haben eine Trauminsel bekommen. Wir vermischen nicht mehr unser Blut und brennen auch nicht mehr Pergamentpapier an den Rändern an. Wir begnügen uns damit, zu schwören, daß wir die Besten sein wollen, und setzen uns Venedig als Ziel vor Ende des Jahres.

Aber Glanz allein tut es nicht. Uns fehlt Geld. In grellem Kontrast zu der Schönheit, nach der wir streben, schleppe ich in den Krankenhäusern Leichen. Unter den Lampen halte ich nach meinen eigenen Schritten Ausschau, während Bahren in den langen Gängen über die Betonböden poltern. Ich schreibe mich als Medizinstudent ein und bekomme feste Schichten. Pflege die Kranken, wechsele deren Tropfe und Windeln, ihre Beutel und Drains. Verwandele mich in den Augen der Sterbenden zu ihrem zurückgekehrten Verwandten oder längst verlorenen Freund. Ich bin der Enkel, der nie auf Besuch kommt, der Ehemann, der im vergangenen Jahr starb. Ich wasche die Alten und pudere ihre haarlosen Geschlechtsteile. Schließlich begleite ich sie auf ihrer letzten Reise hinunter zu der grünen Tür im Keller.

In dieser Zeit schrumpfen alle Gedichte zu anatomischen Präparaten, ich stinke aus dem Hals nach Formalin und leide unter nervösem Aufstoßen, wobei ich das Gefühl habe, als wären meine eigenen Eingeweide in Spiritus eingelegt. Aber der Inhalt der Keksdose nimmt stetig zu, und wenn es uns zu sauer wird, reisen wir in geheimer Mission in die Stadt unserer Kindheit, wo wir bei Mutter Severin baden und uns am Teetisch bedienen lassen. Hier sehe ich endlich Lulú wieder und frage sie aus. Was ist mit Vater? Hat er mich verstoßen?

Sie sieht mich mit einem Ausdruck größter Überraschung an. Er baut zuversichtlich draußen am Industrivej weiter und rechnet damit, mich Weihnachten zu sehen. Aber Mutter hat eine Bitte: Ob ich sie nicht anrufen wolle, nur hin und wieder mal!

Das tue ich bei der erstbesten Gelegenheit – von einem der Krankenhaustelefone aus. Tapfer erträgt sie die Entfernung – der Ton ist locker und liebevoll. Mutter ist glücklich darüber, daß ich Arzt werden will, und grüßt mich vielmals von Großmutter, die immer nach mir fragt.

Anschließend gehe ich zu der alten Dame hinein, unter deren

wundgelegenen Körper ich aufgeblasene Gummiringe lege. Ich halte ihre Hand bis Mitternacht. Da werden die Finger plötzlich welk, und ihr Mund öffnet sich, um Luft für einen Namen zu schöpfen, der nicht der meine ist, und sich danach nicht mehr zu schließen. Bis zum Schluß hat sie behauptet, daß ich ihr Sohn sei.

Ich klingele nach der Nachtschwester und gehe nach Hause. Meine Schicht ist vorüber.

Es ist Winternacht, und die Sterne klirren vor Frost. Auf den Seen ist Eis, die Enten ähneln abgestoßenen Wollflocken, so wie sie da sitzen und ihre Schnäbel verstecken. Ich ziehe Olafs schwarze Lederjacke dicht an den Körper, stöhne über die spitzen, dünnsohligen Schuhe, die Kälte und Feuchtigkeit von der Steinbrücke hereinlassen. Ich gehe dicht an den Häusermauern entlang. Die Straßen sind menschenleer.

Als ich am *Assistens Friedhof* bin, bleibe ich stehen. Eine Pforte ist angelehnt. Ein Ton schneidet sich in die Nacht, ein Ton, wie auf einer Nagelfeile gespielt, der sich mit dem Knarren der Gitterpforte vermischt, als ich die aufstoße und hineingehe. Der Granit glänzt im Dunkel, zwischen den fingernden Zweigen überall Schatten von wechselndem Schwarz. Über kiesbestreute Wege folge ich dem Ton zu einer Stelle dort oben, wo die immergrünen Bäume dichter stehen. Die Kälte dämpft den Herzschlag.

Dann erkenne ich das Instrument. Ich starre, bis die Augen brennen und eine Wolke sich vor den Mond schiebt. Hinter der Hecke steht eine Gestalt und spielt zwischen den Gräbern Geige. In dem weißen Gesicht ist die Umgebung der Augen schwarz angemalt, die Gestalt trägt einen Mantel mit Uniformknöpfen, einen hohen Hut und schulterlanges Haar. An den Händen Handschuhe, deren Knöpfe im Perlmuttlicht changieren.

Die Person ähnelt mehr einem Gaukler als einem Gespenst. Das Spiel ist an den Himmel gerichtet – den Himmel mit seinen fliegenden Wolken. Der Musikant hat die Augen geschlossen.

Ich stehe mäuschenstill mit angehaltenem Atem, aber meine Anwesenheit sickert ins Dunkel; Ton und Augenlider beginnen zu vibrieren. Als der Musikant mich erblickt, stockt der Bogen auf den Saiten. Der Arm senkt sich, eine Frostwolke steht vor dem Mund, und die Augen starren wild. Mein Blick flackert einen Augenblick, in dem der Wind die herabgefallenen Blätter hochwirbelt, und meine Wangen sind wie Glas. Ich bleibe im Schatten stehen, während wir einander in Schach halten. Dann registriere ich eine Bewegung, wie von Schultern, die unter dem Mantel zusammenfallen, bevor die Gestalt auf dem Absatz kehrtmacht und zwischen den Bäumen zu Nebel wird. Der Mond wirft seine Silberschuppen auf die Zweige der Lebensbäume.

Erst als ich wieder allein auf dem Friedhof bin, erfaßt mich das Grauen. Ich eile hinaus und ziehe das Tor hinter mir zu. Draußen auf der Straße beginne ich zu laufen, bis ich an der wohlbekannten Ecke bei der Meinungsgade angelangt bin.

Olaf hat zu Hause Damenbesuch gehabt und schläft tief. Er liegt allein im Bett. Den Bierkasten hat er zu sich herangezogen, ihn umgedreht und eine Kerze und einen Aschenbecher darauf gepflanzt. Die Kerze brennt noch, unter dem Bierkasten hat jemand eine Pessarschachtel aus rosa Plastik vergessen. Da ist etwas, was er mir nicht erzählt hat oder wonach ich vergessen habe zu fragen. Die mysteriöse Dame spukt wieder.

Ich puste das Licht aus und taste mich zu meiner Matratze auf dem Fußboden.

ALS ICH AM NÄCHSTEN TAG ERWACHE, ist es feuchtkalt. Ich stehe zähneklappernd auf. Im Raum ist es dunstig. Der Petroleumofen ist erloschen. Ich zünde die Gasflamme an, und während der Ofen wieder in Gang kommt, stampfe ich mit einer klammen Bettdecke über den Schultern herum. Ich bin allein in der Wohnung, Olaf ist zur Arbeit gegangen.

Ich habe dienstfrei, die Stunden liegen vor mir – leer und unverbraucht.

Ich braue mir Nescafé in der Konservendose, räume den Bierkasten ab und setze mich an die Schreibmaschine. Aber die Ereignisse der Nacht verschwinden zwischen den Zeilen, werden zu zerknitterten Blättern auf dem Fußboden. Der Zug vom Fenster macht mir kalte Finger.

Die Musik der Abwesenheit breitet sich zum Klang der Tasten aus. Draußen scheint die Sonne, und drinnen kommt langsam wieder Wärme in die Wände. Das Licht spinnt in den Staubstrahlen, und eine Katze an diesem Ort wäre glücklich und würde die besten Stunden des Tages verschlafen. Ich seufze und spanne neues Papier in die Schreibmaschine.

Gerade, als ich mit dem Schreiben beginnen will, heulen die Mittagssirenen über der Stadt. Das ist so einer von den gewissen Tagen; der Ton erstirbt über den Dächern, und die Stille senkt sich wieder herab. Kein Wort kommt auf Katzenpfoten angeschlichen, die Sirenen haben sie hinaus in eine himmlische Zisterne gespült, und das Papier leuchtet leer. Ich stehe auf und bereite mehr Pulverkaffee.

Eine Weile trete ich noch die Dielenbretter ab und führe laute Selbstgespräche. Dann setze ich mich wieder an die Maschine. Ich schlage ›Die San Francisco Renaissance‹ auf und beginne das Gedicht zu imitieren, das ich zur Zeit am liebsten mag. Spüre seinen Rhythmus im Anschlag der Typen auf die Walze. Spiele seine Musik wie ein Pianist, der seine Tonleitern übt, gerate ins Stocken und starre aus dem Fenster:

Hoch oben segelt ein verzauberter Dampfer, und das Schiff meiner Onkel nimmt mit seinem Tuten eine Stadt aus Glas ein. Zwei blonde Kapitäne gehen an Land, auf dem Kai winken Mädchen und werfen Kußhände, die wie rote Taschentücher flammen …

Es klopft an der Tür. Es klopft wieder, und ich erhebe mich widerwillig.

Ich öffne; ich weiß nicht, was ich erwartet habe – einen Postboten, eine Taube –, aber vor mir steht ein Mädchen, eingehüllt in ein Pelzcape, mit Netzhandschuhen, Kosakenstiefeln und einer Kalotte auf dem Kopf. Sie trägt eine Tasche über dem Arm, aber sie sieht nicht aus wie eine Dame, die mit Handtaschen zu gehen pflegt. Sie sieht aus wie eine, die sich mit geliehenen Federn geschmückt hat und versucht, diese mit Überzeugung zu tragen.

Sie ist ungefähr in meinem Alter.

»Darf ich reinkommen?« fragt sie jetzt, »ich habe gestern abend etwas vergessen.«

Mit einer einladenden Armbewegung trete ich einen Schritt zurück.

»Oh«, sagt sie, als sähe sie mich erst jetzt, »ist Olaf zu Hause?«

»Er ist gegangen.«

Sie steppt über die Schwelle und sieht sich um, als wäre sie hier zu Hause.

Im Laufe von Null Komma nichts hat sie die Pessarschachtel erspäht. Mit einer schnellen Bewegung läßt sie das Messingschloß der Handtasche über ihr zusammenschnappen.

»Spendierst du eine Tasse Tee?«

Sie hat etwas an sich. Wie ein Zauberkünstler, der die Aufmerksamkeit des Zuschauers ablenkt und währenddessen Dinge in seinem Ärmel verschwinden läßt. Meine Gedanken kreisen weiter um einen anderen Ort und verursachen mir ein ungutes Gefühl im Magen. Während ich mit Teebeuteln und einem Marmeladenglas hantiere, das die Tasse ersetzen muß, wächst die Unruhe. Das Gespenst der Nacht spukt.

Sie hat sich auf Olafs Bett gesetzt, während ich den Tee bereite. Eine Ahnung kriecht den Nacken hinauf. Ich drehe mich um, das dampfend heiße Glas in der Hand. Das beginnt zu zittern, und ich schwappe etwas auf den Fußboden. Jetzt kann ich es erkennen! Es ist das Gesicht vom Friedhof.

Der Uniformmantel und der hohe Hut haben mich gestern nacht einen Mann sehen lassen. Der letzte Rest Zweifel ist fort. Das Kostüm ist gewechselt worden, die Ankleidepuppe ist die gleiche. Ich habe plötzlich keine Ahnung, was ich sagen soll. Es ist klar, daß sie mich nicht wiedererkannt hat.

»Stimmt was nicht?« fragt sie. Sie sitzt da, die Wangen in einem schrägen Winkel, und versucht mich mit einem Lächeln zu fangen, das, bevor ich ihr den Tee reichen kann, zu Unsicherheit verwelkt ist. Es dampft. Sie schüttelt den Ärmel über den Handschuh und umfaßt das Glas. Wieder bricht sie das Schweigen.

»Habt ihr keine Tassen? Ihr könnt welche von mir haben!«

Als ich immer noch nicht antworte, fügt sie hinzu: »Ich bin die, von der ihr die Wohnung geliehen habt – Kate.«

Sie nippt am Tee und lacht.

»Ich beiße nicht!«

Allmählich gewinne ich die Sprache zurück. Die Wörter hallen nach wie ein Echo, bis ich mich geräuspert habe und von vorn beginne.

»Aha, du bist das. Olaf hat mir von dir erzählt. Ich hatte nur geglaubt ..., daß du älter wärst.«

Meine nächtliche Erscheinung verschweige ich. Was sie auf dem Friedhof tut, wenn andere schlafen, das soll ihre Sache bleiben. Sie ist trotz allem nur ein Gespenst aus Fleisch und Blut, die schwarzen Ränder unter den Augen sind angemalt, und der Mund glänzt von Lippenstift. Ich beginne sie zu betrachten. Wenn sie Tee trinkt, beschreibt ihr kleiner Finger eine Pagodenkurve, und das Marmeladenglas verwandelt sich in die Tasse eines chinesischen Services.

Ich spüre gut, daß hinter ihrer Haut dünnes Porzellan ist.

In der nächsten Stunde machen wir Konversation. Sie vergißt ganz zu fragen, wann Olaf nach Hause kommt. Ich erzähle ihr von unseren Reiseplänen, und sie sieht betreten aus. Venedig! Sie sitzt lange da und wiegt sich in der Gondel des Gedankens. Dann erhebt sie sich und geht in die andere Stube.

Ich folge ihr, eifrig und rotwangig. Sie geht herum und fingert an ihren alten vier Wänden. Fährt mit der Hand über die Paneele und sieht voller Abscheu auf den Handschuh, der schwarz geworden ist.

Vor der Schreibmaschine bleibt sie stehen, gefangen von dem weißen Papier. Sie dreht die Walze und liest laut. Die Stimme tastet die Gedichtzeilen mit kindlichem Ernst ab:

Sie versprachen uns Reisen auf Papierschiffen mit Clowns
und nahmen uns mit zum Karneval, zu den Gesichtern
alter Männer – mit aufgemaltem rotem Lachen,
bereit, in das Dunkel zu marschieren.
Während sie vergoldete Papp-Engel schlucken
von der halb aufgerüsteten Verrücktheit des Alptraumes,
bereit zu singen,
in den Tod zu tanzen
für das uneheliche Kind
von des Sonnenlichtes Bahn …

Die Stimme verebbt. Sie ist sichtlich beeindruckt.

»Ist das von dir?« fragt sie.

»Ja!« lüge ich. Ich bringe es einfach nicht übers Herz, ihr die Wahrheit zu sagen, denn der Augenblick ist so bedeutungsschwer, und die Erklärung gehört zu einer anderen Welt. Das Gedicht ist nicht mehr eine Kopie, sondern der Anfang von einer Musik, die uns beiden gehört.

»Das ist schön«, konstatiert sie nüchtern, »ich wußte nicht, daß es außer mir andere gibt, denen es so geht.«

»Wie?«

»Wie einem unehelichen Kind …«

Sie sieht lange aus dem Fenster. Ich glaube erst nicht, unwahrscheinlich, daß sie noch etwas hinzufügt, doch dann ergänzt sie: »… vom Sonnenlicht!«

Sie seufzt.

»Ich hasse den Winter. Ich bin ein Maikind, das sagt mein Mann.«

»Du bist verheiratet?« frage ich überrascht.

»Ja.«

Sie hält einen Goldring ins Licht. Steckt einen Finger hinein.

»Und was ist mit Olaf?«

»Er kümmert sich um mich!«

»Was sagt dein Mann dazu?«

»Der freut sich doch!«

Dieses Mal ist sie diejenige, die überrascht ist.

»Olaf kann mich immer finden, wenn ich weg bin.«

»Wie lange kennt ihr euch denn schon?«

»Lange«, sagt sie geheimnisvoll. Dann lächelt sie und legt eine Hand auf meinen Arm.

»Man kann nicht alles über seine Freunde wissen!«

Ich muß den Eindruck erweckt haben, daß ich verletzt bin, und versuche schnell, unberührt zu wirken. Sie lehnt sich an den nackten Fensterrahmen, zieht das Pelzcape über ihren Schultern zusammen. Die Damentasche tropft von ihrer Hand, die Spitzen an dem Netzhandschuh wirken unnatürlich weiß. Wieder ähnelt sie einem kleinen Mädchen, das sich verkleidet hat und dessen dünne Beine in Mutters Winterstiefeln stecken.

Sie sieht sich in der Stube um und schnauft.

»Ihr braucht Blumen – und Gardinen!«

Draußen auf der Straße hupt ein Auto. In die Augen des Mädchens, das sich Kate nennt, tritt ein gehetzter Ausdruck.

»Grüß Olaf und sage, daß ich an einem anderen Tag wiederkomme.«

Sie beginnt zu flattern. Hin zur Tür, zurück zu mir. Bevor sie auf die Straße hinausläuft, drückt sie einen Kuß auf meine Wange.

Ich presse meine Nase an die Scheibe, besessen von einer brennenden Neugierde.

Draußen wartet das Auto mit laufendem Motor.

Es ist eine *Ente*. Die Beifahrertür ist geöffnet worden, ich sehe ein Stück Wildlederjacke mit Fransen. Kate springt auf den Vordersitz, und die Tür wird zugezogen. Mich durchfährt ein Zucken, als der Gang eingelegt wird und das Auto in Richtung Nørrebrogade verschwindet.

In meinen Ohren saust es. Sie hat auf meiner Haut eine Visitenkarte hinterlassen, die noch brennt. Ich versuche meine Gedanken zu sammeln, aber die flüchten über die Dächer mit Gespenstern von Geigenspielern, Brautsträußen und weißen Clowns.

Es IST DUNKEL, als Olaf nach Hause kommt, und ich stürze mich auf ihn.

»Kate war hier!«

»Scheiße! Ich hab's gewußt – ich hätte den Job schmeißen sollen.«

»Sie will wiederkommen, hat sie gesagt.«

»Hat sie gesagt, wann?«

»Nee ...«

Er nimmt einen Malerlappen und reibt Hände und Arme mit Terpentin ab. Bis weit an den Hals hinauf ist er schwarz, und er stinkt nach Druckerschwärze.

»Stell dir vor, Mann, ich mußte die Walzen reinigen, bevor sie mit der Heuer rausrückten. Arschlöcher!«

Er trägt einen blauen Schlosseranzug, und aus der Tasche hängt Putzwolle. Eingestellt hat man ihn bei ›B.T.‹ als Boten, und er arbeitet da seit einer Woche. Sie verlangen alles mögliche von ihm. Olaf ist das geborene Faktotum.

»Hast du Geld gekriegt?«

Er grinst und stülpt die Tasche nach außen. Eine kleinere Batterie von Farbtuben fällt auf die Spanplatte, die er als Arbeitstisch benutzt.

»Ich hatte geglaubt, wir würden zusammen sparen.«

»Für was?«

»Für die Reise, zum Teufel – auf diese Weise kommen wir nie weg.«

»Du bist sauer.«

»Verdammt, bin ich nicht!«

Ich drehe ihm den Rücken zu.

»Du stinkst!«

Olaf könnte sich nicht im Traum vorstellen, die Badeanstalt in der Sjællandsgade aufzusuchen. Er ist davon überzeugt, daß man zwischen den Zehen Fußpilze bekommt und sich noch Schlimmeres holt. Er packt mich mit einer Hand am Kragen und dreht mich herum, so daß wir Angesicht zu Angesicht stehen.

»Was ist denn los? Du bist heute völlig unmöglich.«

»Du hättest mir wirklich von Kate erzählen können.«

»Du hast nie gefragt. Du wandelst doch in deiner eigenen Welt, Mann.«

Er zieht den Kopf zwischen die Schultern. Wedelt mit den Fäusten und macht ein paar Boxerschritte.

»Come on ...«

»Sie mochte meine Gedichte.«

Er landet einen Stoß an meiner Schulter.

»Come on ...«

Ich schlage ihm ins Zwerchfell. Ihm bleibt die Luft weg. Er läßt sich gegen die Wand fallen und sieht mich an, schüttelt den Kopf. Für gewöhnlich deuten wir unsere Schläge nur an. Er atmet schwer, taxiert mich von Kopf bis Fuß.

»Warst du mit ihr im Bett?«

»Bist du verrückt!«

Ich setze Wasser auf.

»Willst du 'ne Tasse Tee?«

Bevor das Wasser kocht, haben wir uns wieder versöhnt. Olaf gräbt in der Tasche und fördert eine in Silberpapier eingewickelte Streichholzschachtel zutage. Jetzt weiß ich, wofür der Rest der Heuer draufgegangen ist. Er rollt eine Tüte mit einem Mundstück aus Pappe, füllt sie mit Pot aus der Streichholzschachtel und dreht das dicke Ende zu einer Lunte. Er reicht sie mir und zündet sie an.

Ich behalte den Rauch lange in mir, nehme noch ein paar Züge, bevor ich ihm den Joint zurückgebe. Wir haben uns mit Kerze, Aschenbecher und ein paar Kissen an meinem Saxophonkasten niedergelassen.

Wenn Olaf raucht, klingt es wie eine Dampflokomotive, die sich in Gang setzt. Das Bein stempelt auf und nieder, Rauchstöße dringen aus seinen Ohren. Anschließend schüttelt er sich in Hustenanfällen. Wenn die Wunderkerzen versprüht sind, wirft er sich zurück, während ihn eine Lachkaskade überwältigt. Dann geht es richtig los –

Aber an diesem Abend bleibt es zwischen uns totenstill. Das liegt an Kate, die herumspukt. Ich habe die Episode vom Friedhof erzählt. Olaf stöhnt.

»Ich hätte sie nicht gehen lassen sollen. Verdammt! Ich bin eingeschlafen. Wer hat sie abgeholt?«

»Ihr Mann, denk ich mal. Weißt du überhaupt, daß sie verheiratet ist?«

»Natürlich weiß ich das. Jens ist in Ordnung.«

Olaf unterbricht sich. Sein innerer Spürhund hat Laut gegeben. Er lehnt sich über den Saxophonkasten: »Hast du das Auto gesehen?«

»Eine *Ente*!«

Ein Teil von Olaf sieht bei dieser Auskunft sehr erleichtert aus. Im allgemeinen ist er nicht ernst, wenn wir geraucht haben.

»Okay. Paß mal auf . . ., Kate ist krank.«

»Was?«

»Sie war gerade wieder eingeliefert worden. Das ist der Grund dafür, daß du sie vorher nicht gesehen hast.«

»Aha.«

»Als sie gestern kam, war sie wie eine Schauspielerin verkleidet – du weißt – wie die aus den ›Kindern des Paradieses‹.«

»Sie hat so schön gespielt . . .«

»Hör mal, wenn du Kate ein Instrument in die Hand gibst, spielt sie, daß die Engel weinen. Stellst du Kate vor einen Flügel, fängt sie an, Arien zu singen. Bekommt sie eine Schere in die Hand, schneidet sie Lappen zu und näht sie zusammen, daß den Inhabern der kleinen Geschäfte in der Stadt die Augen übergehen. Kate ist ein Verwandlungskünstler. Du weißt nie, wer sie gerade ist. Ihr Kleiderschrank ähnelt einem Kostümfundus.«

»Das Ganze nennt sich Persönlichkeitsspaltung. Sie sind gerade dabei, das mit einem neuen Präparat zu behandeln, das *LSD* heißt.«

»Das heißt Scheiße, das heißt es! Kate ist Kate. Sie wissen nur nicht, was sie mit ihr anstellen sollen. Sie nennt es *wegbleiben*. Hinterher ahnt sie nicht, was sie gemacht hat oder wo sie gewesen ist.«

Er sitzt eine Weile da und grübelt. Zieht sich am Bart.

»Was hatte sie heute an?«

Ich erzähle es ihm.

»Hat sie über Tassen und Gardinen geredet?«

»Ja. Das hat sie tatsächlich.«

»Die süße Hausfrau! Kate in der Rolle der süßen Hausfrau!« Er hat sich wieder zurück gegen die Wand geworfen. Sein Gesicht wirkt resigniert. Dann beugt er sich vor, wieder auf der Spur.

»Hast du was davon gesagt, daß wir nach Venedig wollen?«

»Ja, doch – ich glaube schon. War das falsch?«

»Das weiß ich nicht. Vielleicht.«

Ich bin es nicht gewöhnt, Olaf bekümmert zu sehen. Schon gar nicht mürrisch. Ich frage ihn weiter aus: »Wo habt ihr euch kennengelernt?«

»An der Hochschule.«

»War sie da schon verheiratet?«

»Nein, zum Teufel ...«

»Seid ihr Freunde geworden?«

»Ja, *on and off*. Ich war es, der *on* war, und sie war *off* – ab und zu. Aber sie kam immer zurück.«

»Was ist dann passiert?«

»Sie wollte um jeden Preis verreisen. Ich habe die Tickets besorgt und sie mit nach Rhodos genommen. Von dem Augenblick an, als wir aus dem Flugzeug stiegen, hat es sich bewölkt. Wenn wir an den Strand gingen, dann schob sich die einzige Wolke, die am Himmel war, vor die Sonne und blieb dort den Rest des Tages. Es regnete vierzehn Tage hintereinander. Erst als wir in das Flugzeug einstiegen, verzogen sich die Wolken. Sie glaubt, daß es ein Fluch ist. Als wir in Kastrup landeten, legte sich der Nebel dicht über das Land. Im Taxi auf dem Weg in die Stadt – ich hatte, verdammt, meine *Rollei* verpfändet –, drehte sie sich auf dem Rücksitz um und sagte: *Gratulierst du mir nicht? Heute ist mein Hochzeitstag ...*«

»Was?«

»Sie hatte Jens geheiratet! Ohne mir einen Dreck davon zu sagen! Als ich sie das nächste Mal sah, war sie nach Sibirien gezogen ...«

»Sibirien?«

»Ja, Sibirien in der Nansengade, verstehst du?«

Ich kapiere gar nichts. Da erfahre ich, daß das ein Wohnkomplex in einem der Hinterhöfe der Straße ist. Ich pfeife vor mich hin.

»Er studiert Psychologie«, fügt Olaf erklärend hinzu, bevor er fortfährt: »Für eine gewisse Zeit wohnten wir alle drei da. Wenn es ihr richtig dreckig ging, schliefen sowohl Jens als auch ich in ihrem Bett.«

»Warum nennst du sie Sister Kate?«

»Das weiß ich wirklich nicht. Schwester Paula, Sister Kate ..., verdammt, wie die sauer werden konnten!«

Das letztere kommt ganz ohne Übergang. Es ist ganz genauso wie mit Lulú – ich weiß sofort, woran er denkt. Er ist wieder auf der *Katholischen Schule*, wo er die ewige Flamme der Nonnen auspustet, nachdem er sein Fahrrad an die Vitrine mit der Jungfrau Maria und dem Jesuskind geschmissen hat.

Dann plötzlich läuft das Gespräch aus dem Gleis. Das heißt, es rasselt auf der berühmten Draisine des Stummfilms dahin, mit Buster Keaton an dem einen Handgriff und den Marx Brothers an dem anderen. Olaf reißt einen Zeichenblock an sich und bringt das Ganze zu Papier – jetzt und hier –, begleitet von seinem üblichen Repertoire an Zirkusgeräuschen. Ich beneide ihn um die Fähigkeit. Wenn ich mich an die Maschine setze, komme ich nur ins Grübeln. So machen wir weiter, bis wir umfallen, jeder auf seiner löchrigen Matratze.

Mitten in der Nacht klopft es an der Tür.

XIII
Der Prinz und der Schweinehirt

Im wilden Wein des Schlafes klingt es, als klopfte jemand auf einen Flügel und der Flügel wäre mit Wasser gefüllt. Gefangen in einem Flechtwerk gesprungener Saiten, versuche ich mich hochzukämpfen. Die Haut ist von Blättern bedeckt, die klebrig sind und nach Brunnen riechen.

Ich habe mich im Bettzeug verfilzt. Als ich hochkomme und das Laken von mir gleitet, steht die Tür noch offen und klappert wie ein loser Deckel.

Auf dem Saxophonkasten brennt die Kerze. Das Stearin ist flüssig geworden und die Kerze zu einer Pfütze geschrumpft. Ich muß eingeschlafen sein. Die Flamme flackert und droht zu erlöschen. Silberpapier und Tabakreste liegen überall herum; die Wohnung treibt in Dunstschwaden.

Olaf ist da wie ein Nagel. Sein nacktes Gesäß leuchtet im Mondschein, der durch das Fenster fällt. Er hat die Hand auf dem Türgriff.

»Das ist Kate«, flüstert er nervös, »dann rollt die Roulettkugel!«

Er knipst das Licht an und öffnet.

Sie ist es nicht. Es sind Walt und Max. Gott und seine Geisel. Sie stehen in der Türöffnung und blinzeln in die Birne an der Decke.

»Wir sind gerade vorbeigekommen, stören wir?«

Beim Anblick des nackten Olafs lächelt Walt holdselig. Walt steht auf junge Burschen, und Max ist sein einziger Gott. Walt ist in mittleren Jahren und trägt ein flachsfarbenes Toupet. Er ist Schauspieler – und steht für das gesamte Repertoire an Pennern und Bischöfen des absurden Theaters. Er kann lange Partien von Beckett auswendig, und er liebt es zu rezitieren. Jeden Abend spielt er in einem der intimen Theater der Stadt, steckt den Kopf aus einer Mülltonne und ist trotzdem der netteste kleine Mann der Welt.

Max ist in unserem Alter und Dichter. Er ähnelt einer griechischen Statue: großer Kopf, breite Schultern, schmale Hüften und fast keine Hoden. Er schreibt Gedichte in der französischen Art – von Rimbaud an aufwärts. Es ist möglich, daß sie gut sind. Nur können Olaf und ich sein Psalmodieren nicht ertragen. Wenn es in den Hallen der Kunst heilig zugehen soll, können wir nicht die Priester sein.

Selbstverständlich erhebt er sich und liest, bewegt stoßartig seinen Körper. Nasal und rhythmisch wird alles zu einem *Bimmel bammel beier* und *Lirum larum Löffelstiel.*

Hinterher bettelt er einen Augenblick um Lob, und im nächsten stinkt er vor Arroganz. Walt fällt jedesmal aus allen Wolken. Hockt sich vor ihm hin und wird der Gnade teilhaftig. Danach kriecht sein ringgeschmückter kleiner Finger den ganzen Weg an dem einen Hosenbein hinauf und hakt sich nach einem vertraulichen Sturzflug in der Gesäßtasche des Dichters fest.

Aber heute nacht können wir ruhig sein. Max ist ausgebrannt, fertig – er sieht totenblaß aus und hat schwere Schlagschatten im Gesicht. Jetzt steht er zudem unmittelbar unter der Glühbirne, die an der Zimmerdecke hängt.

Olaf macht eine einladende Handbewegung.

»Setzt euch!«

Walt läßt sich neben mir nieder. Ich trolle mich auf die Matratze, ziehe die Knie an die Brust und lehne mich an das rußgeschwärzte Paneel. Max besetzt die Fensterbank mit einer seiner Posituren. Olaf wuselt herum. Kratzt sich am Schritt, lacht unmotiviert und mag sich nicht anziehen. Er rollt einen Joint und läßt ihn die Runde machen.

Samen von Unkraut blühen in unserer Mitte.

Im Laufe des Gespräches reden wir über unseren Plan, nach Venedig zu reisen. Walt sieht pfiffig aus und schreibt eine Adresse auf die Rückseite des Silberpapieres. Er kennt einen Goldschmied auf Giudecca, wo Hundertwasser sein Haus hat. Der Goldschmied heißt Domingo. Er ist ein Flüchtling aus Kuba, wo die Revolution es so weit gebracht hat, ihre Kinder einzusperren, wenn sich einer für den nackten Hintern des anderen interessiert.

Er beschreibt Domingo als einen schwarzbärtigen Alchimisten, der Metall in die Ekstase der Fortpflanzung verwandelt, der seine Freunde vergoldet und Schwärme von Spermatozoen um die Hälse der Frauen hängt. Er spricht lange über Manina, eine surrealistische Malerin, deren fluoreszierende Leinwand im Dunkel leuchtet.

Wir saugen es in uns hinein. Walt hat eine von diesen Rundfunkstimmen, die auf ihre Umgebung hypnotisierend wirken. Während die Nacht voranschreitet, bekommt unser Fernweh Nahrung. Irgendwann muß ich ein Fenster öffnen, so daß der Stern in unsere Stube scheinen kann. Der Tintenhimmel des Novembers saugt meine Knochen als wirbelnden Laubfall in sich hinein.

Sie kommt an einem der Tage, an denen Olaf und ich zu Hause sind. Wir trauen unseren Augen nicht. Kate hat Besen und Eimer dabei. Um den Kopf hat sie ein schickes Tuch, an den Füßen ein Paar Galoschen und um die Taille eine blaukarierte Schürze.

Sie reißt alle Fenster und Türen weit auf, trällert ein Lied und spült die Wohnung unter unseren Füßen aus, wobei sie alles vollspritzt. Wir waten in Ammoniak und Seifenlauge; Olaf springt wie die Katze auf dem heißen Blechdach, um seine Aquarelle zu retten. Anschließend wischt sie den Ruß von den Paneelen und reibt die Farbreste aus dem Spülbecken.

Wir befinden uns in einer Art Schockzustand. In den Stuben herrscht sibirischer Winter, und Olafs Vollbart ist von Rauhreif bedeckt. Wir sind es gewöhnt, uns in den Rauch und Dunst aus dem Petroleumofen zu packen. Jetzt stehen wir da, ausgekehrt aus unserem guten Fell.

Olaf versucht mit Kate auf dem Seifensee Schlittschuh zu laufen, aber sie haut ihm auf die Finger und schickt ihn in die Stadt nach Reißzwecken und Schrankpapier. Ich stehe da, die Keksdose in der einen, die Schreibmaschine in der anderen Hand, während sie die Fenster mit Spiritus putzt und ihr kleines Lied summt. Von Zeit zu Zeit schickt sie mir ein Lächeln, so daß ich kurz davor bin, alles fallen zu lassen. Wenn sie sich zum Fensterkreuz hochreckt, umgibt das Gegenlicht ihren Körper, und der Schürzenzipfel wird zum Schmetterlingsflügel.

Irgendwann bleibt sie hängen, und ihr muß heruntergeholfen werden. Ich erwache aus meiner Trance, stelle die Sachen ab und fasse sie um die Taille. Es pocht in meinen Handflächen, in denen sich die Erinnerung an aufgeschreckte Vogelkörper versteckt hat. Ich hebe sie behutsam herunter.

Im selben Augenblick tritt Olaf in die Tür. Er knallt die Reißzwecken auf den Küchentisch und wirft mir einen Blick zu. Dann pflanzt er die Rollen in meine beiden Arme, so daß ich gezwungen bin, Kate loszulassen. Olaf ist sehr direkt in seiner Körpersprache. Solange er Kate hilft, das Schrankpapier zu befestigen, fühle ich mich wie der dumme Malergeselle in einem Film.

Eine neue Phase beginnt. Die Fenster werden geschlossen und Gardinen aufgehängt. Außer den Gardinen hat sie Geschirrtücher mitgebracht, Handtücher und saubere Bettwäsche. Der Duft wogt uns aus allen Winkeln entgegen, das Licht in den Räumen ist um mehrere Blenden stärker geworden.

Ich stehe da und genieße alles intensiv, als Olaf einen Absatz auf meine Zehen pflanzt und zischt: »Denk mal scharf nach!«

Das verletzt mich. Kate wendet sich uns zu.

»Was macht ihr da?«

»Nichts«, sagen wir wie aus einem Mund, während wir uns teuflische Blicke zuwerfen. Ich entscheide mich für den Rückzug, reiße ein Geschirrtuch an mich und falte es über dem einen Arm.

»Was für ein Mittagessen könnten sich die Herrschaften vorstellen?«

Ich verbeuge mich vor ihnen beiden. Jetzt ist Olaf an der Reihe, aus allen Wolken zu fallen.

»Du kannst doch gar nicht kochen!«

»Nein, aber vielleicht der Chinese um die Ecke. Was wollt ihr?«

Ich nehme ihre Bestellungen entgegen und greife einmal tief in die Keksdose.

»So long!«

DAS MITTAGESSEN ist ein absoluter Erfolg. Ich habe in ein paar Flaschen Sekt mit Kirschblüten auf dem Etikett investiert. Olaf und ich würden nicht im Traum daran denken, Alkohol mit *Unkraut* zu mischen, also halten wir uns an diesem einen Abend an die Perlen.

Kate ist bezaubernd. Sie hat sich wieder umgezogen. Wenn ich ganz ehrlich sein soll, mochte ich sie als Hausfrau lieber. Sie ist in ein Puppenkleid geschlüpft. Zum Ausgleich dafür hat sie ein Make-up aufgetragen, das sie alt macht und ihre Wangen hohl erscheinen läßt. Das ist ›Psycho‹ pur.

Ich biete ihr *Golden Delight*-Schokolade an. Anthony Perkins ist aus meiner Haut geschlüpft. Sie schleckt sich die Finger und senkt ihren Blick in den meinen. Gleichzeitig reibt sie ihren Schenkel an dem von Olaf. Die Luft sprüht Funken aus Katerpelz.

Olaf sitzt da und hat sich in die neue Bettdecke gehüllt. Darunter ist er nackt. Das heißt, ich sehe, daß er meine letzte saubere Unterhose angelegt hat. Kate hat ihm ein Stirnband gegeben, so daß er einem Häuptling ähnelt. Ich sehe, daß sein Haar gewaschen ist. Ich kann es mir ganz plastisch vorstellen – Olaf mit einem Handtuch über dem Nacken, und Kate, die ihn in das Abwaschbecken taucht, während sich der Schaum von ihren massierenden Händen löst.

Alles ist plötzlich völlig klar. Ich bin erfüllt von einem großen pochenden und verbotenen Gefühl. Nach außen bin ich nur lieb.

»Olaf«, sage ich, »weißt du noch, wie du mich dazu gebracht hast, einen Eisstiel aufzuheben und abzulecken, bevor du ihn in die Tasche stecktest?«

Er kneift die Augen zusammen, unsicher, worauf das Spiel hinauslaufen würde. An seinem Hals glühen die Sommersprossen. Kate stürzt sich in das Spiel, wendet sich mit vorgetäuschtem Abscheu von ihm ab.

»Hast du das getan, Olaf, ist das wahr?«

»Wir waren halt ziemliche Rabauken«, sagt er ausweichend, »und ich war der größte.«

»Das ist eklig«, konstatiert Kate und sieht ihn mit einer Miene an, die heißt: Jungs sind Idioten.

Die erste Runde geht an mich. Ich lehne mich zurück und zünde mir einen Joint an, strahle mit dem Extra-Glanz meines inneren Schauspielers. Füge eine Karte hinzu: »Der Garten hinter dem Fahrradschuppen? Da waren Goldfische im Bassin, weißt du noch?«

»Bist du dabei, deine Memoiren zu schreiben – oder was?«

»Nicht direkt ...«

»O.K. Ich passe!« sagt er.

Ich sitze mit meiner letzten Karte da. Der unsichtbare Joker reizt mich, aber im entscheidenden Augenblick zögere ich.

»Vergiß es«, sage ich statt dessen.

Man soll nicht alle seine Trümpfe ausspielen. Die Erziehung meines Vaters ist – trotz allem – nicht ganz vergeblich gewesen.

Aber ich habe Olaf in einer Zwangsjacke zurückgelassen. Er hat sich ganz in die Bettdecke eingeschnürt. Sein Gesicht ist wie der rollende Donner. Das veranlaßt Kate, sich erneut an ihn zu schmiegen. Jetzt haben wir wieder Gleichstand. Ich habe meine Karten aufgedeckt.

Wenn Olaf nichts anderes einfällt, grinst er. Das tut er jetzt. Und Kate, die sich während des Wortwechsels ausgeschlossen gefühlt hatte, schlägt die Hände zusammen und springt auf.

»Gott, ich habe eine Überraschung für euch. Wollt ihr sie sehen?«

Ohne auf eine Antwort zu warten, wirft sie sich auf die Hebammentasche. Sie wühlt ein wenig in ihr herum und taucht mit verschiedenen in Zeitungspapier eingewickelten Gegenständen wieder auf.

Es ist ein Service aus königlichem Porzellan – komplett mit Zuckerschale und Sahnekanne. Kate sitzt da und macht ein vornehmes Gesicht, während wir das Geschirr bewundern.

»Verdammt schön …«

»Das ist ein Erbstück«, erklärt Kate, »Großvater hat es von der Königin bekommen.«

»Wow…«

»Er ist Leibarzt des Königs gewesen«, fügt sie erklärend hinzu, »bis zum letzten Augenblick hat er bei ihm gesessen.«

Da platzt es aus mir heraus: »Aber der König ist doch gar nicht gestorben, also, soweit ich weiß.«

Kate mustert mich. Eiskalt.

»Der *König* hat bis zum letzten Augenblick bei ihm gesessen. Er hat meinen Großvater geliebt! Dummerjan …«

Olaf ist zur Stelle. Er buhlt mit dem Flaschenhals um ihr Glas, schenkt Sekt ein, der über das Tischtuch läuft und sich in ein Nichts verwandelt.

Das Service ist offensichtlich aus einem wohlhabenden Heim. Als Kate etwas später im Treppenhaus verschwindet, um aufs Klo zu gehen, drehe ich eine der Tassen um und entdecke das Preisschild auf dem Boden. Sie sind von dem Trödler gegenüber! Ich zeige Olaf die Tasse und klopfe mit dem Fingernagel auf das Preisschild.

»Du hältst die Klappe«, flüstert er.

»Was denkst du denn. Glaubst du, ich bin ein Idiot?«

»Ja!«

Es ist keine Zeit, um ihm eine zu kleben. Kate kommt zurück und ergreift mit einem Gähnen Besitz von dem Raum.

»Oh, ich bin so müde …«

Sie reckt die Arme über den Kopf, so daß ihr Kleid hochrutscht.

»Ist da einer unter euch, der mit mir ins Bett will?«

Wir springen beide hoch. Wenn Olaf töten könnte ...

»Reg dich ab«, sage ich und stupse ihn an, »ich muß nur aufs Klo!«

Als ich zurückkomme und mich auf das saubere Bettzeug werfe, haben sie die Tür zu dem anderen Raum geschlossen. Ich puste die Kerzen aus, rauche im Dunkeln Joints. Mein Gehirn befindet sich unter Krinolinen, und ich wälze mich in dem Seifenduft, der von dem Laken aufsteigt. Ihre Liebeslaute dringen durch die Tür zu mir herein und breiten sich mit einem Delta geschmolzener Lava in meinen Eingeweiden aus.

KATE ist gegangen.

Ich halte den Kopf ins Abwaschbecken, und der Wasserstrahl verwandelt meine Schläfe zu Eis. Eine Hand legt sich auf meine Schulter; als ich zusammenfahre, wird der Strahl nach hinten geworfen und trifft Olaf. Er flucht und tritt einen Schritt zurück, bürstet Wassertropfen vom Ärmel und erstarrt, als sie vom Halsausschnitt in sein Hemd laufen.

»Entschuldige«, murmele ich und reibe mich mit einem der neuen Geschirrtücher trocken, »ich habe nicht gehört, daß du gekommen bist.«

Ich nehme einen Zahnputzbecher und putze mir die Zähne. Ein bitterer Geschmack breitet sich auf der Zunge aus. Ich sprühe Schaum, der von Farbringen glänzt. Also hat Olaf den Becher wieder zum Reinigen von Pinseln benutzt, und ich schleudere die Zahnbürste weg.

»Pfui Teufel!«

Er betrachtet mich kühl. Reagiert mit keiner Miene auf meinen Wutanfall.

»Ich soll von Kate grüßen. Sie wollte dich nicht wecken.«

»Ich habe heute nacht kein Auge zugekriegt ...«

»Du hast aber gut geschlafen, als wir abgeschwirrt sind.«

»Ach ja ...«

Er hat sie nach Hause gebracht, selbstverständlich. Ich weiche seinem Blick aus und trockne mich länger im Geschirrtuch ab als nötig.

Olaf hat von der Kälte rote Hände. Draußen ist der Tag wollweiß. Die Platten des Bürgersteigs sind mit Raureif überzogen, und die Pfützen haben zersplitterte Oberflächen. Ich bleibe demonstrativ am Straßenbild hängen, als ich seinen Griff um meinen Arm spüre.

»Hör auf damit! Sieh mich an, Mann!«

Er schüttelt mich. Der Körper antwortet schlottrig, die Muskelknoten schmelzen im Arm, und ich fühle mich beschämt, als mein Blick schließlich auf die blauen Punkte in seinen Augen trifft.

Er läßt mich los, und seine Hände gehen mit einer offenen Frage in die Höhe. Immer noch kampfbereit.

»Was ist denn bloß los?«

»Tut mir leid wegen gestern abend. Ich weiß nicht, was mit mir los war ...«

»Das ist Kate! Verstehst du es jetzt?«

»Ich bin nicht ich selbst gewesen. Irgendwann war es fast so, als würde eine Puppenspielerhand meinen Nacken hochkriechen und dann ihre Finger bewegen ...«

»So wirkt sie nun mal. Sie macht alle verrückt. Wenn du mein Freund bist, hilfst du mir. Und wenn du überhaupt begreifst, um was es hier geht, dann hältst du die Finger weg!«

»Ich habe mich doch entschuldigt, nicht? Ich bin ganz auf deiner Seite. Okay?«

»Okay!«

Olaf hat aufgehört zu starren. Wir besiegeln den Pakt mit einer Tüte Frühstücksbrötchen und Faßbutter, die er von der anderen Seite der Brücke mitgebracht hat.

Ich brühe Tee auf, rühre für mich selbst einen Pulverkaffee zusammen. Wir weihen das Service ein und halten, bevor wir trinken, die feinen Porzellantassen in das Licht, das durch die Fenster fällt. Olaf hat die beiden Enden eines Hörnchens zusammengebogen und es in den Mund gesteckt, als er wieder zu reden beginnt. Die Krümel fliegen. Ich bringe ihn dazu, Butter hinterherzuschlucken und bitte ihn, von vorne zu beginnen. Zunehmend ungläubig, höre ich ihn bis zu Ende an.

Dann knalle ich die Tasse auf den Teller und drehe ihm den Rücken zu. Im Laufe der Nacht ist es dazu gekommen: er hat Kate versprochen, sie dürfe mit uns nach Venedig reisen. Die Dame will ihren Sonnenhut auslüften. Ich kann mich gut erinnern, daß ich irgendwann Weinen hörte, gefolgt von einem Jubelschrei. Sie kann ihn um ihren kleinen Finger wickeln, wenn es um Sex geht, und sie weiß das.

»Du bist keinen Deut besser«, murmele ich, außerstande, meine Enttäuschung zu beherrschen.

»Du warst es doch selbst, der ihr erzählt hat, daß wir wegfahren wollen.«

»Und was heißt das?«

»Nichts. Sie hat übrigens gesagt, *du* hättest ihr eine Reise versprochen.«

»Eine Reise *auf Papierschiffen mit Clowns* – das ist ein Gedicht. Sie ist voller Lügen, Teufel noch mal!«

»Sie ist voller Träume. So wie wir. Warum sollten wir sie nicht mitnehmen? Sie braucht nur Farben, Licht ..., so wie alle anderen auch.«

»Hm ...«

»Was hast du dagegen?«

»Nichts. Es wird nur anders werden. Du sagst selbst, daß sie Dynamit und Zuckerstange in einem ist ...«

»Du bist eifersüchtig!«

»Das habe ich doch zugegeben.«

»Weißt du auch – wenn es drauf ankommt –, auf wen von uns du am meisten eifersüchtig bist?«

»Halt jetzt ...«

Ich springe auf, trete gegen den Frühstückstisch, so daß das

Service Fandango tanzt. Danach hebe ich die Lederjacke vom Fußboden auf, wo Olaf sie hingeworfen hat, und knalle die Tür. Draußen auf der Straße sehe ich meinen stoßweisen Atem als lange weiße Wolken. Ich trotte zu den Seen. Der Winter unseres Mißmutes nimmt kein Ende, selbst die Schwäne sind weggeflogen.

WEIHNACHTEN steht vor der Tür. Sister Kate kommt und geht. Ich habe mich mit der Situation abgefunden. Man kann unmöglich ihrer Erwartung widerstehen, das wäre herzlos. Sie freut sich und spricht von nichts anderem. Alles funkelt, wenn sie auf Besuch kommt. Die Parterrewohnung rechts in der Meinungsgade ist zu einem Fahrzeug geworden, das zu jeder beliebigen Zeit vom Kai ablegen kann.

Es ist Kate, die die Wunschinsel herunter auf die Erde holt.

Sie sitzt stundenlang da, wenn Olaf malt, und macht Scherenschnitte. Ansichten von einer Stadt, deren Straßen aus Wasser bestehen und deren Kuppeln Gold am Himmel sind. Sie verwendet ganze Rollen Glanzpapier, schneidet Masken und klebt Pailletten und taubenblaue Federn darauf. Einige montiert sie auf Stangenlorgnetten, andere baut sie aus Gaze und Pappmaché auf und formt lange Vogelschnäbel dazu.

Ein freies Spiel mit Pinseln und Farben. Wie Olaf koloriert sie alles, während sie die Zungenspitze ganz außen in dem einen Mundwinkel hält, und wie er kennt sie keinen Unterschied zwischen dein und mein. Sein Blattgold, das zwischen Seidenpapier liegt, benutzt sie für eine Art Reisekalender. Mit jedem Türchen, das wir öffnen, nähern wir uns dem Tag der Abreise. Das Datum ist unter einem Perlentor verborgen.

Es kommt vor, daß ich sorgenvoll zur Keksdose schiele. Irgendwie gelingt es uns, das Geld ebensoschnell zu verbrauchen, wie es verdient worden ist.

Sie schmückt die Wohnung mit allem, was unter ihren Fingern wächst. Wo andere Weihnachtsmänner haben, stehen bei uns geflügelte Löwen, Greifen und Harlekine. Unter die nackte Birne an der Decke hat sie farbige Prismen gehängt, die mit Regenbögen nur so um sich werfen. Sie schafft Grotten für Stearinkerzen, sie legt Minen aus Apfelsinen mit Nelkenstielen und brennt Tannennadeln an, um den Petroleumgeruch zu überdecken. Es ist lange her, daß ich den Saxophonkasten geöffnet habe. Mein brüllender Stier von einem Bariton ist unter ein spitzenbesetztes Zierdeckchen gekommen.

Wir sind Bruder und Schwester geworden. Mein Versprechen an Olaf ist heilig. Zum zweiten Mal in meinem Leben bin ich der Bruder eines Wesens geworden, dessen Flügel die Sonne berührt haben. Wenn sie sich im Raum nebenan lieben, gehe ich immer noch auf Glaskugeln, aber ich passe auf, daß sie unter meinen Füßen nicht zu Scherben werden. Ich will unberührt sein vom Schmerz und mich in Unverwundbarkeit über alle anderen erheben. Zwischendurch fühle ich mich wieder wie der Malergeselle, der hinter den Kulissen steht und seinen Hut dreht.

Dafür erweist Kate mir grenzenloses Vertrauen. Es gibt Dinge, die ich nicht zu Olaf sagen darf, es gibt andere Männer, für die sie sich verkleidet und die sie in großen Autos abholen, wenn er auf der Arbeit ist. Er hat einen Job in einer grafischen Werkstatt bekommen, wo er in seinen freien Stunden seine eigenen Sachen drucken kann. Ich habe weiterhin feste Schichtdienste und betreibe nebenbei am *H.C. Ørsted Institut* meine Anatomiestudien, wenn mir auch die Formalindämpfe aus dem Halse hängen und ich die blaßblauen Präparate von Händen und Füßen hasse, in die ich mit einer Pinzette zwicke.

Kate nennt uns inzwischen *Prinz* und *Schweinehirt*.

Sie hat ihre Nähmaschine in die Meinungsgade gebracht. In dem einen Augenblick macht sie sich mit einem selbstgenähten Umhang aus Velours zu dem verführerischsten Geschöpf. Im nächsten sitzt sie in einem Hemd da, das ich aus dem Städtischen Krankenhaus mitgenommen habe. Sie hat den Mund voller Stecknadeln, während das Pedal durchgedrückt wird und die Maschine singt.

Wir brauchen Kleidung für die Reise. Besessen von unserer Karnevalssehnsucht, wird die Ausstattung entsprechend. Wir bereiten eine Expedition ins Schlaraffenland vor, wo man weder Stiefel noch Helme braucht. Wenn sie bei mir Maß nimmt und Flügel aus Papier an meinen Schultern anbringt, kommt es vor, daß sie mit Schmetterlingswimpern an meinem Blick hängenbleibt und die Finger über meinen Torso laufen läßt. Dann beiße ich die Zähne zusammen und fliege ohne Worte an die Orte des verbotenen Gedichtes.

Ich bin der Prinz. Olaf fühlt sich am wohlsten in seinem Monteuranzug.

An einem Abend sind wir alle drei ins Kino gegangen, um ›Modesty Blaise‹ zu sehen. Kate ist, wie sie sagt, *Natural Droogie*, während Olaf und ich so viel geraucht haben, daß wir high sind und wie üblich bei der Werbung vor Lachen heulen. Zu dieser Zeit ist es vor allem eine Reklame, bei der wir uns krümmen. Es ist die mit dem Schmutzkobold, der dasitzt und an den Fasern des Stoffes rüttelt, bis er von einer Riesenpackung *Persil* umgelegt wird. Der Dreckkobold läßt uns jedesmal die Fassung verlieren. Die Leute drehen sich voller Entsetzen um und versuchen uns zu beschwichtigen, während Olaf auf dem Plüschsitz auf und ab hopst. Hinterher während des Hauptfilms kann es schwierig sein, den Geysir in Gang zu halten.

Aber ›Modesty Blaise‹ bleibt hängen. Kate zieht mit einem Spiegel in die Meinungsgade ein, der vom Trödler zusammen mit einem Nachlaß aufgekauft worden ist. Der Spiegel hat einer älteren spiritistischen Dame mit Troddeltischdecke und Kristallkugel gehört. Er steht am Fußende meiner Matratze, und jedesmal, wenn das Licht gelöscht wird und die Dunkelheit sich herabsenkt, bekomme ich ein Gefühl, als würden mich Pantheraugen aus der Tiefe des Spiegels anstarren.

In den folgenden Tagen zieht Kate schwarze Slacks und Blusen an, die sie hoch über dem Nabel bindet, sie färbt ihr Haar schwarz und steckt es zu einer Pagode auf. Sie spricht nicht mit uns; sie schnurrt wie eine Katze in einem Sonnenstrahl.

Der Schurke im Film hieß Gabriel und war blondiert. Kate legt ein Handtuch über meine Schultern, schmiert den Inhalt einer Tube in mein Haar. Sie faltet das Handtuch zu einem Turban und läßt die Chemie die nächsten paar Stunden auf meiner Kopfhaut prickeln.

In der Zwischenzeit näht sie einen Anzug für mich, der an eine Uniform aus der Zukunft erinnert. Hinterher kann ich mich selbst im Spiegel nicht wiedererkennen. Ich bin Gabriel – ein Glanzbild in Kates Poesiealbum. Olaf kommt davon, indem er ihr getreuer Willie Garvin wird, und er muß sie nur *Princess* nennen.

Es ist der letzte Sonntag im Advent. Zu Hause warten Vater und Mutter mit der Gans.

XIV
Das Herz des Winters

Im Zug nach Roskilde balancieren die Leute mit ihren Weihnachtspaketen. Viel Papier mit Blumenschmuck, Kuchenformen und Pasteten, Schmalzgebackenes und Krimskrams. Kinder in Overalls, mit roten Halstüchern und Weihnachtsmannmützen. Die Vororte rauschen vorbei, gepeitscht von Bäumen und Telefonmasten. Im frühen Winterdunkel glänzen die Felder vom Regen, während in den Büchern, aus denen man den Kindern vorliest, der Schnee fällt.

Im Abteil ist es klamm von Mänteln und Hüten. Die Aschenbecher quellen von Mandarinenschalen über. Es ist wie eine Völkerwanderung in die Provinz – bis uns der Sog eines entgegenkommenden Zuges erreicht und wir durch die Fenster sehen, wie unsere Spiegelbilder Bahnhöfen entgegenfahren, die wir gerade verlassen haben.

Das elektrische Haar in der Scheibe gehört zu mir. Aufgehellt als Konrast zu den dunklen Brauen und einem schwarzen sprießenden Bart. Nicht überall ist die Blondierung gelungen. Ein mohrrübenfarbener Streifen zieht sich vom Nacken bis vor zur Stirn, und die Chemie hat meine angeborenen Wirbel unter Strom gesetzt. Aber genau betrachtet, bin ich kein bißchen aufsehenerregender als jeder x-beliebige Weihnachtsmann in der Strøget, der Hauptgeschäftsstraße von Kopenhagen.

Trotzdem wird hinter meinem Rücken getuschelt, und den Augen wachsen Stiele. Bloß ein Aufblitzen, denn wenn man versucht, sie festzuhalten, ziehen sie sich ebensoschnell zurück. Nur ein Junge starrt mit offensichtlichem Erstaunen. Dann zieht er eine Raumpistole aus Plastik, die er vorzeitig auspacken durfte, richtet sie auf mich und drückt den Abzug bis zum Anschlag durch. Die Birne blinkt, und der Mechanismus knallt wie vorgesehen.

»Stirb, du Hund von Mongo!«

Ich zucke auf meinem Sitz zusammen. Mein Nebenmann kriecht dicht in die Fensterecke.

»Verdammt, Blitz-Gordon ...«, stöhne ich gebührend, bevor ich meinen Atem aushauche. Als ich kurz darauf das eine Auge einen Spalt breit öffne, lächeln ein paar Leute. Der Junge ist begeistert.

Die Radbremsen kreischen. Als der Zug steht, nehme ich die Tüte mit den Weihnachtsgeschenken, steige auf dem Bahnhof Roskilde aus und lasse meine dünne Kleidung vom Regen durchweichen. Ich komme hinunter zur ›Dagbladet‹-Redaktion und habe schon hier den Eindruck, daß die Stadt geschrumpft ist. Die Autos sind auf merkwürdige Weise in allzu kleine und schmale Straßen gezwängt. Die Schule auf Gråbrødre liegt wie erloschen da. In den Wohnzimmern fegen die Fernseher ihr blaues Licht die Wände hinauf. Je näher ich der Ecke Bredgade komme, um so langsamer werden meine Schritte.

Vor mir geht die vermummte Gestalt eines Mädchens, den Rücken im Wind gestrafft. Anorak mit Pelzbesatz und Kapuze, eine wattierte Hose, die sich über ihrem Po bauscht, schmale Schultern und Lammfellfäustlinge.

Sofort wird der Dunst zum Schneetreiben, aufgesplittert vom Nordlicht. Wir sind auf dem Weg über das Inlandeis. Vor uns befindet sich ein Hundegespann, das an den Leinen zerrt und bellend und heulend durch die arktische Nacht hetzt. Aus ihren Schnauzen kommt der Atem in Säulen; ich beuge mich auf dem Schlitten vor und umhülle die Frau mit meinem Kutscherpelz. Mit der einen Hand lenke ich die Hunde, mit der anderen grabe ich mich unter ihre Fellhose, um mich an dem Speck zu wärmen, den das Blut für mich erhitzt hat ...

Meine Vision ertrinkt in Scheibenwischern und vorbeirauschenden Scheinwerferkegeln. Während ich sie noch immer verstohlen umarme, steuere ich auf die Hauswand zu und versuche mich bis zu ihrer Haut durchzublättern.

Das Mädchen ist an der Ecke stehengeblieben; während sie darauf wartet, über die Kreuzung zu kommen, verhalte ich mich hinter ihr mucksmäuschenstill, hole kaum Atem. Die Autos gleiten in einem gleichmäßigen Strom durch die Pfützen, die hochgestülpt werden, so daß sie die Füße weiter vom Bürgersteigrand wegzieht.

Aber jetzt habe ich sie so lange angestarrt, daß sie sich beobachtet fühlt. Sie wird unruhig, dreht sich plötzlich im Regen um, mit ihren Eskimowangen und den Schlitzaugen.

Es ist Lulú.

»Schwes. . .«, stottere ich, sofort total verlegen. Sie ist frisch und munter unter dem Anorak, das dunkle Stirnhaar ist ganz gerade geschnitten, und unter dem Babyspeck zeichnen sich die Wangenknochen ab. Das Fleisch meiner Schwester ist reif geworden, und meins brennt vor Scham bei dem Gedanken, daß ich vor einem Augenblick in meiner Phantasie dabei war, sie bis auf die Haut auszuziehen.

Sie öffnet den Mund, schließt ihn wieder, ohne etwas zu sagen, während Ungläubigkeit von kichernder Verlegenheit abgelöst wird. Dann beißt sie sich auf die Lippe, um nicht lachen zu müssen, verschlingt mein blondiertes Haar mit den Augen und läßt den Blick weitergleiten zu dem Zickzack der Reißverschlüsse in dem glänzenden Satin-Hosenanzug. Sie bekommt einen roten Kopf und versucht wegzusehen.

Sie hält sich gut. Eine halbe Minute. Dann kommt das erste Prusten, und schließlich lacht sie, bis die Tränen kullern –

Ich bin baff und leicht gekränkt. Schließlich lache ich mit, denn alles ist, wie es sein soll, und ich fange sie in einer Umarmung auf, bevor wir umdrehen, nachdem wir die ganze Tour zurück zu Großmutters Haus unter Schluckauf und Schluchzen zurückgelegt und uns gegenseitig den Rücken geklopft haben, um wieder Luft zu bekommen.

Wir gelangen über die Kreuzung, euphorisch vom Wiedersehen. Ich habe sie eingehakt. Worte kommen und gehen und sind ebensoschnell vergessen, wie sie gesagt sind. Wir stehen vor der Villa und schauen hinauf zum ersten Stock, wo der Kronleuchter brennt. Das Rollo ist heruntergezogen, der Weihnachtsbaum steht als Silhouette unter dem Stern, und irgendwann sehen wir, wie sich Vaters Schatten beugt und aus der Stube geht. Er stellt für gewöhnlich einen Eimer mit Wasser unter das Fensterbrett – für den Fall, daß der Baum Feuer fängt.

Lulú hat über die Wiedersehensfreude eine Stirnfalte wachsen lassen.

»Mutter ist in der Domkirche«, sagt sie.

Sie sieht mich noch einmal an, bevor sie zögernd fortfährt: »Wollen wir raufgehen?«

»Tja«, sage ich, »was wird Vater deiner Meinung nach ...«

Weiter komme ich nicht. Das Lachen droht wieder loszubrechen, und der bloße Gedanke daran steht wie ein brennender Weihnachtsbaum zwischen uns.

Wir einigen uns zu warten und finden im Garten gegenüber eine Bank. Die Bibliothek ist Gemeindebüro geworden, das Schild wurde von der Fassade entfernt, Buchstabe für Buchstabe, aber sonst sieht das Gebäude mit dem sägeförmigen Mauersteingiebel und den Wildweinranken genauso aus wie immer. Die Bäume glänzen – naß und schwarz im Winterdunkel –, ein einzelner Hundebesitzer ist draußen, um sein Tier auszulüften.

Wie steht es mit der Liebe, Schwesterchen?

Sie hat sich in einen bärtigen Isländer verliebt, der malt und sein restliches Geld in *Malteser*-Schnaps anlegt. Das Ganze pendelt zwischen Freude und Zerstörung; er trägt den Namen eines Apostels, aber jedesmal, wenn er zu tief in die Flasche geguckt hat, kommt der Affe zum Vorschein.

»Ich verstehe nicht, wie Leute Alkoholprobleme haben können«, fauche ich, »warum rauchen sie nicht einfach ein bißchen Pot?«

In Wirklichkeit bin ich wütend, daß das Herz meiner Schwester jedem offensteht, der ein Problem hat. Und unglücklich, weil sie zwischen Himmel und Hölle hin und her schwingen muß – sie, die in ihrem Körper das Wasserzeichen eines Engels trägt.

»Was ist mit dir?« fragt sie jetzt, »bist du auf jemanden scharf?«

Sie hat den linken Arm auf mein Knie geklatscht, wie sie es zu tun pflegt.

»Das ist etwas kompliziert. Ich glaub schon, daß ich auf Schwester Kate scharf bin ...«

»*Schwester...*«

Sie spuckt es förmlich aus.

»Ja, also Kate, Olafs Mädchen – das ist diejenige, die meinen Raumanzug genäht hat. Sie ist verheiratet!«

»Mit Olaf?«

Aus ihrem Mund kommt weiße Luft; sie ist ein offenes Fragezeichen.

»Nein, das ist es ja, was ich sage. Das ist etwas kompliziert. Sie macht aus allem eine Zirkusnummer, aber wir haben Spaß.«

»Hat sie dich deshalb als Clown geschminkt?«

»Nun hör auf, das wollte ich selbst. Übrigens ist das keine Schminke. Ich bin blondiert.«

Sie singt *Oh mein Papa*, und ich entferne wütend ihre Hand.

»Kate ist ein sehr feiner Mensch; es gehört so gut wie nichts dazu, um sie zu zerbrechen. Sie sagt, ich sei der einzige auf der ganzen Welt, der sie versteht.«

»Was ist mit Olaf?«

»Er ist ...«

Sie tippt mich an.

»Was ist er?«

»Ihr Knappe. Olaf ist derjenige, der das Ganze zusammenhält.«

In Wirklichkeit weiß ich nicht, was ich sagen soll. Lulú bohrt sich mit ihrem Starren zwischen meine Stirnfalten. Ihre Art zu fragen tut physisch weh. Sie sieht geradewegs durch mich hindurch; ich friere unter meiner dünnen Chamäleonhaut, die im

Schein der Straßenlaterne changiert. Die Reißverschlüsse springen am Körper auf wie Spalten im Eis.

»Kate ist krank«, verteidige ich mich und verstumme wieder. Lulú läßt mich mit einem Seufzer in Ruhe. Wir reden ein bißchen über das Studium und Mutter. Die ist sehr zufrieden damit, daß ich Arzt werden will, aber sie muß sich zurückhalten. Es gibt einen Mann im Haus, dem man möglichst nicht auf die Zehen treten sollte. Der Bau draußen im Industrivej geht wie geplant voran. Ich entnehme Lulús Worten, daß er sich nach einem Käufer für die Räume unten in der Skomagergade umsieht.

Unsere Reisepläne mit Kate verschweige ich.

Vor Zähneklappern kann ich kaum noch reden; es wird ein Stottern. Ich reibe die Hände zwischen den Knien, beuge mich vor und stoße die Schultern ein paar Male nach hinten. Lulú sitzt mit roten Apfelwangen da und hat es warm und gemütlich in ihrer Eskimoverpuppung. Ich bekomme Lust, ihr in die Nase zu beißen und reibe statt dessen meinen Hintern an ihrem.

Die Domkirchenglocken beginnen zu läuten und dröhnen über die Dächer. Von der Bank aus sehen wir die beleuchtete Turmspitze. Die Schweinwerferkegel fangen den Regen als Gespinst ein. Er sieht aus wie weißer Rauch und wirft lange Streifen hinauf in die Nacht. Lulú legt eine Hand auf meine Wange.

»Du frierst!«

»Zum Teufel, komm!«

Wir erheben uns, sehen zum Rollo und der sägeförmigen Silhouette hinauf. Ich nehme die Tüte mit den Weihnachtsgeschenken. Als wir über die Straße gekommen sind, zögere ich auf der Treppe. Lulú ist kurz davor, etwas zu sagen, schluckt es aber herunter. Sie sieht plötzlich sehr besorgt aus. Ich wische das mit einem Lachen weg.

»Komm nun, zum Teufel, wir sind doch keine Kinder mehr!«

Das ist zu komisch. Wir stehen mit roten Ohren da und haben den Kopf voll dummer Streiche. Vor uns türmt sich die Haupteingangstür zur Höhe des Jüngsten Gerichts. Ich hole tief Luft und klingele.

Hinter der Milchglasscheibe wird Licht sichtbar. Er ist mit dem Schlüssel auf dem Weg ins Parterre. Ich habe den Eindruck, daß die Schritte meines Vaters seit dem letzten Mal schleppender geworden sind. Als er aufschließt, wird es hinter dem dicken Glas wieder dunkler. Das macht der Schatten.

Vater schaut hinaus.

Er ist in Schlafrock und Pantoffeln; ein Duft von Fichtennadelbalsam strömt uns entgegen. Das Haar ist zurückgestrichen, noch naß nach dem Bad, und es ist grauer, als ich es in Erinnerung habe. Er öffnet die Tür ganz und tritt einen Schritt zurück. Das Licht fällt schräg vor unsere Füße. Ich strecke ihm die Tüte mit den Weihnachtsgeschenken entgegen.

»Fröhliche Weihnachten, Vater«, sage ich und räuspere mich gleich darauf.

Es ist, als ruhten seine hellen Augen auf mir, ohne mich zu erkennen. Mit schiefgezogenem Mund schätzt er meine Erscheinung ab. Er saugt an den Zähnen und mustert mich von Kopf bis Fuß. Dann macht er die Tür genauso bedächtig wieder zu.

»Mein Sohn ist kein Homo«, hört man ihn sagen, kurz bevor der Lichtstreifen abgeschnitten und der Schlüssel wieder im Schloß herumgedreht wird.

Lulú und ich sehen einander an. Sie lacht als erste.

»Da schlag doch einer lang hin«, sagt sie kurz darauf, als wir auf dem Weg hinunter zu Olaf und Mutter Severin sind, »mich hat er überhaupt nicht gesehen!«

IRGENDWANN zwischen Weihnachten und Neujahr geht es schief.

Kate hat den ganzen Nachmittag an der Nähmaschine gesessen. Stücke von königsblauem Velours, markiert mit Schneiderkreide, kommen unter dem Stoffdrückerfuß hervor, Spiegelstücke und silberfarbenes Nappa werden der Kreation beigegeben und verwandeln sich in ein Neujahrsgewand. Olaf durfte es für sie entwerfen.

Das Kleid ist ultrakurz und hat lange Zungen, die sich von der Hüfte an dem einen Oberschenkel herunterziehen. Eine Schulter ist nackt, von der anderen läuft ein silbernes Nappaband, in das tropfenförmige Spiegel eingenäht sind, schräg über ihre Brust. Weinende Wolke und Himmel nenne ich sie, während ich als ihr Ankleider fungiere, die teilweise zusammengenähten Stücke drapiere, Nadeln setze und korrigiere.

Sie hebt einen Arm, schiebt die Hüfte vor, zieht den Bauch ein, schreit auf, wenn sie die Nadel auf ihrer nackten Haut fühlt. Bei jeder Bewegung setzt sie Düfte von einer Palette frei, die mich schwindlig macht. Die Strumpfhose bedeckt ihre Haut mit Perlmuttschimmer.

Im nächsten Augenblick rattert sie weiter, das Pedal bis zum Anschlag durchgedrückt, während sich Stoff und Nappa und Bergseen zu einer Landschaft mit Einhorn fügen und der Fußboden sich mit dem Seidenpapier vom Zuschneiden bedeckt; die gestrichelten Linien lassen die Schnitte wie Landkarten erscheinen.

Als das Kleid fertig ist, näht sie aus einem Silberstreifen ein Stirnband. Probiert es und ist plötzlich unzufrieden mit dem schwarzen Dutt auf dem Kopf, den sie getragen hat, seit wir ›Modesty Blaise‹ gesehen haben. Sie öffnet ihre Theaterschachtel, wühlt zwischen Schminke, Eyeliners und Tuben mit *Polycolor*. Sie findet eine rote, stibitzt eine Rasierklinge von Olafs Arbeitstisch und beginnt das Haar in Büscheln abzusäbeln. Sie färbt die neue Frisur mit Flammenzungen und taucht die Augenwimpern in Kohle. Wie gewöhnlich klopft mir bei ihrer Verwandlung das Herz ganz oben im Hals, und – wie gewöhnlich – endet es damit, daß ich über das Resultat die Hände zusammenschlage. Sie ist schwarz wie Ebenholz und rot wie das Blut im Schnee. Der Spiegel des Trödlers hat sie zu neuen Zeiten wiedergeboren und mich als ihren begeisterten Zwerg mit in den Rahmen gesetzt.

Sie schließt alles mit einer ordentlichen Kriegsbemalung ab, legt Schatten auf die Wangen und saugt den Lippenstift an die richtigen Stellen.

Dann wird sie abgeholt. Mitten im Spiel. Die Autohupe klingt heute anders als sonst und bringt die Scheibe leicht zum Klirren.

»Das ist Jens«, sagt sie nervös, »ziehst du mir mal im Rücken den Reißverschluß hoch?«

Und während meine Finger in einer Rille aus Samt gleiten, schließt sich der Stoff um ihre Figur. Ein einziges Mal stampft sie mit dem Absatz auf die nackten Dielen, weil es zu langsam geht, dann wendet sie sich zu mir um und drückt einen Kuß auf meine Nase. Indem sie sich dreht, fangen die Spiegelstücke die Prismen an der Decke, und das Licht um uns herum wird zu Konfetti.

Ich helfe ihr in den Pelz und werfe einen Blick aus dem Fenster. Der läßt mich zusammenzucken. Auf gar keinen Fall ist das Jens. Das Auto, das da hält und wartet, ist ein grüner *Jaguar*. Der Scheich ist in Tweed gekleidet, mit Lederflecken auf den Ärmeln, und er trägt eine karierte Sportmütze. Ich schätze ihn sofort zehn Jährchen älter, als wir es sind. Er hat eine kräftig gebogene Nase, die über dem Lenkrad schwebt, und während er die Hupe bis zum Anschlag drückt, sieht er geradeaus.

»Das ist doch nicht Jens«, sage ich atemlos, »bist du sicher, daß der auf dich wartet?«

Meine Hände schweben noch immer, der Pelz ist längst an seinem Platz und das Gesicht zur Straße gewandt. Die Pantomime hat mich gepackt.

Kate sieht mich bittend an.

»Du darfst Olaf nichts sagen, versprichst du das?«

Sie zupft mich am Ärmel. Als die Antwort nicht prompt kommt, zupft sie noch einmal.

»Versprichst du das?«

»Kate, ich mische mich nicht in das ein, was bei dir läuft. Das ist doch eine alte Abmachung, nicht?«

Ich versuche locker und cool zu klingen und hasse mich selbst, weil ich dieses Mal verletzt bin. Kate hat alle möglichen Affären, ich weiß das ja genau, habe mich obendrein mit ihrem Vertrauen geschmückt, wenn sie mir auch nie Details erzählt.

Aber der Kerl da draußen ist mir zuwider; er hat Hamiltons schmalen Schädel. Schließlich setze ich ein dünnes Lächeln auf, um nicht das Gesicht zu verlieren.

»Wollt ihr zu einer Party?«

»Du bist süß«, sagt Kate.

Dann ist sie weg. Draußen friert es, und es hat angefangen zu schneien. Ich höre das Klappen der Tür. Das Auto verschwindet im Schneetreiben.

Auf dem Bett liegen ihre schwarzen Jeans, die Bluse und der breite Lackgürtel. Kate hat ihn ausrangiert. Man merkt es erst, wenn sie weg ist. Bis dahin gibt sie den Kleidungsstücken Glanz. Sobald sie sie ablegt, liegen sie wie Schuppen da, grau und undurchsichtig.

Um die Unruhe zu dämpfen, räume ich hinter ihr auf. Die abgeschnittenen Haarlocken bereiten mir Übelkeit wie gewisse Gerüche im Krankenhaus. Ich fege sie zusammen und trage sie hinaus zum Mülleimer.

Das nächste lebende Bild ist Olaf.

Er hat eine Mappe unter dem Arm, die neue Grafik enthält. In der Druckerei hat er den ganzen Tag für sich gehabt, und er hat ihn dazu benutzt, seine eigenen Sachen durch die Walzen laufen zu lassen. Ich werfe mich über die Bögen, die noch blank von der Schwärze sind und auf das Zwischenpapier abfärben.

Sein Schiff verwandelt sich. Das Spinnengewebe der Takelage fliegt mit Fischgräten und Blattadern über einen Sternenhimmel, der Rumpf vertieft sich zu einer Kathedrale von versunkenen Mosaiken.

Über das Ganze ziehen sich Tierspuren. Fuchspfoten. Abdrücke einer gespaltenen Klaue, Nägelspuren. Olaf druckt mit dem ganzen Körper und allem, was im übrigen zur Hand ist.

Der Druck ist gespenstisch. Von derselben Wirkung wie Röntgenbilder. Da Olaf im Kopf spiegelverkehrt ist, erscheinen seine Visionen als Negative, bei denen alle Strukturen durchleuchtet sind und feste Formen schweben.

Ich bin plötzlich wieder im Fahrradschuppen, wo wir als Jungen gespielt und mit Taschenlampen die Handknochen zum Leuchten gebracht haben. Olaf hat damals gesagt, daß das Skelett im Wasser liegt, und wenn man die Augen schließt, kann man es ringsum schwappen hören. Und er kennt einen Jungen, der sein Spielzeug nicht hergeben wollte. Eines Tages hat er einen dünnen Bauch bekommen und das Skelett mit seinem Arschloch *ausgeschissen*, so daß er zu einem Wassermann geworden ist, und sie mußten ihn im Krankenhaus in einen Tank legen und mit Wasserflöhen füttern. Die Knochen waren zu Kalk im Klosettbecken geworden.

Freude. Das Gefühl breitet sich über das ganze Gesicht aus.

»Scheißgut, Olaf!«

Er legt die Bögen zusammen, sehr zufrieden mit der Reaktion. Dann sieht er sich in der Stube um und wittert mit seinen Nasenlöchern. Man sieht es Olaf immer an, wenn er eine Spur aufnimmt.

Die Wohnung ist aufgeräumt. Allzu aufgeräumt. Wir gehen doch täglich um Stapel herum. Ich habe den Deckel auf die Nähmaschine gesetzt, die Schnittmuster und Kates Kleidungsstücke weggeräumt. Er wittert etwas und marschiert mit knallenden Absätzen auf und ab.

»Ist Kate hiergewesen?«

»Ja, sie ist mit dem Kleid fertig geworden.«

»Warum hast du nichts gesagt?«

»Ich gehe mal davon aus, daß du mir gleich die Mappe zeigen wolltest.«

»Ist es lange her?«

»Äh, was?«

»Daß sie hier war?«

»Sie ist gerade gegangen.«

»Gegangen?«

»Ja also, sie ist abgeholt worden. Wie immer.«

»Von Jens?«

»Davon gehe ich mal aus. Ich sollte grüßen ...«

In demselben Augenblick ertönt auf der Straße ein Hupen. Ein verschlafenes leises Hupen, gefolgt von dem Klappen einer Tür, das nach Wellblech klingt. Ein *2-CV-Citroën*. Ich schließe die Augen. Zum Teufel! Das ist Jens.

Für gewöhnlich bleibt er in seiner ausgefransten Wildlederjacke drinnen an der Türschwelle stehen, während sich Kate anzieht. Die Märchenhöhle ist nicht gerade seine Welt, sie macht ihn unbeholfen. Er scharrt mit den Füßen, brummt ein paar Bemerkungen und sieht über die auffälligsten Dinge hinweg. Trotzdem hängt er wie eine Klette an Olaf und behandelt ihn sowohl mit Respekt als auch mit Wärme. Ich wundere mich jedesmal von neuem. Olaf kann etwas, was ich nicht kann: Aus den Wolken herabsteigen, wenn jemand ihn braucht.

Heute ist Jens anders. Aufgeregt. Fein angezogen in Mantel und Anzug. Leicht aggressiv geht er umher und steckt obendrein seinen Rotzlöffel in Olafs Raum. Er kommt zurück und zündet sich eine Zigarette an. Die Feuerzeugflamme zittert in seiner Hand.

»Wo ist Kate? Sie hat gesagt, sie will hier sein.«

Olaf gibt den Ball mit einem Nicken an mich weiter. Ich räuspere mich.

»Ja also, da ist einer gekommen und hat sie abgeholt. Ich hatte geglaubt ...«

»Sie hätte vor über einer Stunde zu Hause sein müssen. Meine Eltern sitzen da und warten mit dem Essen. Sie hat selbst die Verabredung getroffen und gesagt, daß es richtig fein sein soll.«

Kate liebt weiße Tischtücher und Kandelaber.

»Okay«, sagt Olaf und wendet sich mir zu, »also raus mit der Sprache, Kumpel!«

Ich vergesse ganz, mich quer zu stellen. Jens saugt die Zigarettenglut violett. Das Bild von vorhin, das leichte Zittern der Hand mit der Flamme, hat sich in meine Netzhaut gebrannt.

Ich bin bereit, für sie durch Feuer und Wasser zu gehen. Das tue ich jetzt: »Ich weiß nicht viel. Sie ist von einem Kerl abgeholt worden, den ich nicht richtig gesehen habe, weil er draußen im Auto sitzen geblieben ist.«

Olaf sieht zu Jens, der sich an mich wendet: »Hast du das Auto gesehen?«

»Ein grüner *Jaguar*.«

»Große Nase?«

Er faßt an seine eigene, die sich fein unter den engstehenden, braunen Augen krümmt.

»Ja!«

Ich sehe Jens erstaunt an. Er pflegt in solchen Situationen herumzufaseln. Jens läßt den Zigarettenrauch an den Zähnen vorbeizischen, saugt ihn hinunter in die Lunge und stößt ihn wieder aus.

»Das ist Povl. Kate hat ihn zum Geburtstag getroffen. Er studiert Jura. Das *muß* er sein. Er ist scheißreich und wohnt in einer Villa im Strandvej. Er hat ihr nach der Feier Blumen geschickt.«

Olaf unterbricht ihn: »Hast du die Karte aufbewahrt?«

»Nee. Kate hat sie genommen.«

»Wie heißt er außer Povl?«

»Nymann, glaube ich. Ja, genau. Kate hat gesagt, sie habe mit Paul Newman getanzt.«

Klingende Unruhe erfüllt die Stube. Das ist die Stubenfliege, die sich in den Prismen verirrt hat. Sie knallt gegen die Birne, und es riecht nach verbranntem Chitin. Olaf hat schon die Lederjacke angezogen und ist aus dem Haus. Eine Minute später kommt er mit einem Blatt zurück, das er in der Zelle an der Ecke aus dem Telefonbuch gerissen hat. Er gibt mir einen Klaps.

»Komm, wir müssen los! Jens, warte hier auf uns! In der Keksdose liegen Münzen, wenn du deine Eltern anrufen willst.«

Jens wirft ihm die Schlüssel hin. Wir laufen raus zum Auto. Olaf setzt sich hinter das Lenkrad. Als er die Scheinwerfer einschaltet und startet, erhebt sich das Schneegestöber vor uns wie eine lebendige Mauer. Wir fahren im Schrittempo um die Ecke zur Nørrebrogade und folgen dem Jagtvej, während der Matsch den *2CV* durchweicht. Ich schalte die Innenbeleuchtung ein und finde die Strandvejsadresse unter Nymann, Povl, stud. jur.

Olaf kämpft mit Gängen und Bremsen und preßt den *Citroën* auf die Überholspur. Ich friere in meinem Raumanzug; das Dunkel wirbelt in Sternennebeln davon. Die große Bierflasche draußen bei der Tuborg-Brauerei ist erleuchtet und trägt einen Schneemantel auf den Schultern. Wir flitzen durch Hellerup und weiter in Richtung Bellevue.

Olaf lacht häßlich, nachdem das Auto gerutscht ist. Mit den Knöcheln der rechten Hand schlage ich in die Handfläche. Dann sind wir da. Der Bremsvorgang endet an der Stoßstange eines grünen *Jaguars*.

Wir befinden uns in der Einfahrt einer größeren Villa. Die Gartenlampen leuchten in vergittertem Gelb, längs der Wegkanten sind Fackeln aufgestellt, und über der Eingangstür hängt ein Weihnachtsherz. Das Klappen zweier Türen verschmilzt zu einem. Mit einer koordinierten Bewegung haben Olaf und ich das Auto verlassen und nehmen Kurs auf das rote Herz an der Milchglasscheibe.

Die Tür ist offen. Die Diele riecht nach nassem Fuchs; diskretes Tröpfeln von den Pelzen, dort, wo der Schnee geschmolzen ist; zwischen ihnen hängt der Mantel von Kate und sieht struppig aus. Da sind ein Gestell für Golfschläger und eine ganze Reihe von Schuhen, darunter welche mit weißem Oberleder und zwei Paar Reitstiefel. Das kommt mir bekannt vor. Wie Bilder, die in einem Alptraum zurückkehren.

Aus der Stube hört man Stimmen. Ein Summen über hohen Cocktailgläsern, ungehemmtes und flatterhaftes Lachen. Sie spielen die *Beatles*. Wir stehen auf *Kinks* und *Rolling Stones*. Als wir die Tür öffnen und hineinschauen, stocken die Gespräche.

Es ist eine kleinere Gesellschaft, Smokings und Ballkleider.

Ein Servierwagen wird hereingefahren. Auf der schwarzen Glasplatte stehen eine Batterie Flaschen, ein Siphon für Whiskysoda, ein Shaker und Eiswürfeleimer. In der Stube nebenan setzen die Paare unter einem Kristallkronleuchter, der hoch unter der Decke hängt, den Tanz fort.

»Ihr habt euch bestimmt verirrt«, äußert einer der Herren, »das hier ist kein Karneval.«

Wir ignorieren ihn. Weder Kate noch der Scheich sind unter den Gästen zu finden; Olaf checkt die Tanzenden und das übrige Erdgeschoß, während ich als Schießscheibe für verschiedene muntere Bemerkungen stehenbleibe. An mir prallt alles ab. Ich antworte auf nichts.

Die Munterkeit verblaßt.

Wir machen sie unsicher. Zeigen keine Reaktion. Die Damen beginnen zu flüstern, Blicke flackern.

»Kennt ihr hier jemanden? Wen sucht ihr?«

Ich erbarme mich, weil ihre Stimme so nervös klingt. Das Mädchen, das gesprochen hat, richtet die Blumen in einer Vase und versucht wie eine Gastgeberin auszusehen. Ich blicke freundlich auf sie herab und sage: »Kate! Du weißt vielleicht, wo sie ist?«

Sie zieht die Lippen zu einer kleinen Kirsche zusammen. Ich sehe, wie sich Eifersucht auf ihrem Gesicht spiegelt, und begreife, daß sie selbst es auf den Wirt angelegt hat. Sie senkt die Stimme zu einem Flüstern.

»Sie sind nach oben gegangen.«

Dann wendet sie den Blick ab und dreht sich auf dem Absatz herum. Die Absätze trommeln auf dem Parkett.

»Olaf!« rufe ich über die Gesellschaft. »Komm!«

Als er herbeigehastet ist, sage ich so laut, daß alle es hören können: »Sie ist nicht hier. Laß uns gehen!«

Was zum Teufel hast du nun vor? fragen seine Augen. Ich zerre ihn aus der Stube und schließe die Tür. Die Musik spielt wieder.

»Halt's Maul«, flüstere ich und zeige die Treppe hinauf.

Er versteht mich im selben Augenblick, und wir nehmen die Treppe mit langen Sprüngen. Schon Tür Nummer zwei gibt ein Resultat.

Das Schlafzimmer ist voll erleuchtet. Ein Bett mit nappabezogenem Kopfteil und Messingnieten dominiert den Raum. Er ist wie ein französisches Café eingerichtet, mit Glasplatten an der Decke und bronzefarbenen Zierleisten. Auf dem Nachttisch steht eine Flasche Whisky. Kate verträgt keinen Alkohol.

Wie eine halb entkleidete Flickenpuppe taumelt sie uns entgegen, das Spiegelkleid ist zerfetzt. Sie hat einen Schlips um den Hals, blutige Lippen und in der Hand ein Glas, aus dem sie trinkt. Es ist ein Wunder, daß sie sich auf den Beinen hält. In ihren Mundwinkeln ist der Speichel zu Krusten eingetrocknet, und die Augen verdrehen sich wild.

Der Scheich ist in Unterhosen, blutet am Handrücken und hat Kratzspuren unter den Augen. Er bleibt auf der Bettkante sitzen, wie gelähmt. Unser Erscheinen macht keinen größeren Eindruck auf ihn. Er ist seit langem verschreckt.

»Sie ist verrückt«, murmelt er, »total verrückt ...«

Olaf kümmert sich um Kate. Sie schreit ihn an. In ihrem Blick ist kein Wiedererkennen. Sie schleudert das Glas, trifft aber nicht. Es fliegt weiter durch die Balkontür, deren Scheibe klirrt, und fällt dann zusammen mit den Scherben ins Dunkle. Ein paar Schneeflocken tanzen herein.

Ich starre entsetzt auf ihren Hals. Der Schlips ist so eng gezogen, daß sich blutunterlaufene Male abzeichnen. Während Olaf ihren Arm nach unten hält, löse ich den Knoten. Ich drehe mich mit dem Schlips in der Hand um und halte ihn dem Mann auf dem Bett hin.

»Was ist das hier?«

»Ein Schlips«, sagt er blöde, »sie hat es selbst getan ...«

Ich lege ihn um seinen Nacken, halte ihn wie eine Schlinge und ziehe ihn vom Bett hoch.

»Hoch jetzt und bleib stehen!«

Er holt aus, um mich zu schlagen. Ich lasse den Schlips aus

der Hand laufen, werfe ihn um, greife ihm ins Haar und knalle seinen Kopf auf den Bettrand. Ich schlage systematisch, bis das Blut wie ein Wasserfall aus seinem Gesicht springt.

Wieder ist da der Puppenspielerhandschuh. Die Schläge kommen wie aus einem Rohr gewirbelt. In einem roten Nebel sehe ich eine Sekunde lang seine Nase, bevor sie zu einer Knorpel- und Knochenmasse zerquetscht ist.

Kate ist in Olafs Armen still geworden. Bei jedem meiner Schläge entspannt sie sich mit einem kleinen Ruck. Unten wird die Musik immer lauter. Der Mann auf dem Fußboden jammert. Er dreht sich halb herum und zieht die Beine an den Bauch, während er sein Gesicht mit den Händen abschirmt. Außer der Nase habe ich seine beiden Augenbrauen aufgeschlagen. Auf dem Teppich ist Blut. Schnee, der vom Balkon hereinstiebt, legt sich darüber.

Olaf nickt mir zu.

Wir gehen, kommen die Treppe herunter. Kate lehnt sich an Olaf. Ihre Verwandlung ist total. Die verzerrten Züge haben sich geglättet, das Gesicht ist zur Ruhe gekommen. Sie sieht aus, als würde sie einer fernen Brandung lauschen, gesättigt von den Lichtreflexen des Sommers. Als ich den Pelz über ihre Schultern lege, schenkt sie mir ein Lächeln. Wir gehen hinaus zum Auto.

Ich setze mich hinter das Lenkrad. Olaf will protestieren, aber ich fertige ihn kurz ab. Scheiß auf den Führerschein – es ist wichtiger, daß er sich um Kate kümmert. Er hilft ihr auf den Rücksitz, legt die Arme um sie und zieht die zarte Gestalt dicht an sich.

»Wohin wollen wir nun?« murmelt sie schläfrig.

»Nach Hause«, sagt Olaf und versucht meinen Blick im Rückspiegel einzufangen.

Ich starte das Auto. Wir hängen an dem *Jaguar* fest. Ich gebe Gas und fahre rückwärts, freue mich über das Geräusch, das entsteht, als seine Stoßstange abgerissen wird und hinter uns auf die Straße poltert. Dort bleibt sie wie ein verchromtes Gebiß liegen.

Als wir in die Stadt fahren, höre ich Kate trotz des Geräusches der Scheibenwischer, die den Matsch kaum bewältigen können, tief seufzen. Sie streckt einen Arm aus und krault mich im Nacken. Dann rutscht sie in einer Kurve an Olaf heran, und ihr Kopf fällt auf seine Schulter.

»Goodnight, sweet prince«, flüstert sie.

»Schlaf gut, Prinzessin«, antworte ich flüsternd und schicke ihr über den Rückspiegel einen Handkuß, »wir passen auf dich auf.«

XV
Das Perlentor

Wir haben das Perlentor passiert, ohne es zu öffnen.

Den Reisekalender mit seinen Türchen aus Blattgold zum Abzählen der Tage verbrennen wir in einem gemeinschaftlichen Ritual, dem Kate, indem sie sich auf die Lippe beißt, im entscheidenden Augenblick den Rücken zuwendet. Die letzte Tür bleibt geschlossen, bis sie sich in der Flamme wölbt und in Rauch aufgeht.

In Dänemark ist immer noch Winter; ein neues Jahr wurde mit Feuerwerk in den Himmel gebrannt, und der Karneval von Venedig gerät von Tag zu Tag mehr aus unserer Reichweite. Die Keksdose ist leer.

Ich tröste Kate. Führe Bräuche des chinesischen Neujahrsfestes an, bei dem man Geld zusammen mit dem Symbol für *Glück* verbrennt, so daß die Götter die Wünsche der Menschen lesen können. Mein Jadebuddha sagt, man solle seine Wünsche erst in Asche verwandeln, damit sie in Erfüllung gehen. Ich zeige in das Abwaschbecken, aus dem Boote von Ascheflocken aufsteigen und im Wärmedunst schweben, bis die Flammen verlöschen und sie als Ruß niederfallen.

Kate lächelt blaß.

Sie fühlt sich in der kommenden Zeit matt, wohnt meistens bei Jens. In nächtlichen Alpträumen frischt sie die blutunterlaufenen Flecken an ihrem Hals auf, kratzt sich neue Stigmata, so daß Jens ihr Baumwollhandschuhe anziehen muß, wenn sie schlafen wollen. Sie bekommt Pillen und geht zur Therapie. Dann erhebt sie sich langsam wieder aus der Asche und beginnt sich besser zu fühlen.

Olaf und ich sorgen dafür, daß wir unter Dampf bleiben. Wir schinden uns wie kleine Pferde, um die Keksdose wieder zu füllen – Olaf arbeitet in der Druckerei rund um die Uhr, ich übernehme im Krankenhaus zusätzliche Schichten. Wir schlafen zu unmöglichen Zeiten und essen selten gemeinsam. Der Traum hat seinen Charakter verändert; die Kunst muß warten. Nun geht es darum, daß Kate rauskommt, hinunter in die Wärme und das Licht und zu den sonnengoldenen Ziegeln, an die wir mehr glauben als an alle Pillendreher der Welt.

Meine Antipathie gegenüber dem Medizinstudium wird stärker. Im Anatomieinstitut gibt es Schränke mit aufgeschnittenen Männern und Frauen, Torsos, Köpfe und ganze Körper. Die Männer und Frauen meiner Kindheit, die man mit Herz, Lunge und freigelegter Muskulatur aus dem Lexikon klappen konnte, sind zu Fleisch in Spiritus geworden. Der Schnitt wird vom Schädel aus gelegt. Die Haut flattert ein wenig in der Flüssigkeit, unter der Schädeldecke aus porösem Knochengewebe entfaltet sich das Gehirn, und am Stamm des Rückenmarks hängen die Organe wie überreife Früchte, die gegen das Glas gepreßt werden. In den Schränken herrscht eine Stille, die nicht von dieser Welt ist.

In einem sich wiederholenden Traum stehe ich selbst im Schrank, während die Gesichter der Studenten Revue passieren. Ich schmecke den Spiritus auf meiner Zunge, sehe mit meinem halben Auge und spüre, wie die Flüssigkeit auf mein Gehirn drückt, während das Geschlechtsteil wie ein Tropfen hängt, der sich nie lösen wird. Aber ich kann nichts hören. Ich bin auf der anderen Seite der Stille.

Über mir, in einem Rahmen, der dem meinen gleicht, steht Sister Kate.

IM DUNKELSTEN MONAT des Jahres werde ich neunzehn. Ich habe mich kaum durch einen Schrei aus dem Traum befreit – wenn ich meine eigene Stimme wieder hören kann, bin ich wach –, als es klopft. Schlaftrunken und in die Bettdecke gehüllt, öffne ich.

Es ist Mutter. Mit einer Bäckertüte, einem Blumenstrauß und einigen Paketen in den Händen, trippelt sie nervös auf der Türschwelle. Ihre Unsicherheit hat etwas Rührendes. Die großen Augen sind froh und fragend zugleich, der Mund ist von einem Lächeln gekräuselt, in ihrer Haltung liegt ein Zögern. Komme ich ungelegen?

Aus irgendeinem Grund hat sie ihren uralten Persianer angezogen, mit Schapka und Muff, die längst aus der Mode sind. Die Rückkopplung ist total: Man kommt aus einem Alptraum und findet seine Mutter vor Ort. Ich drücke sie an mich, so daß sie die Päckchen fallen läßt, finde ihre Halsgrube und vergrabe meine Nase in der Haut, die mich geschützt hat, bevor ich eine eigene hatte.

So stehe ich da, bis sie sich befreit hat, überwältigt von meinem Empfang. Ihre Erleichterung reicht bis hinauf zur Russenmütze, die einen Schubs bekommen hat, so daß sie schräg sitzt. In ihr Haar sind mehr weiße Funken, in ihre Wangen tiefere Falten gekommen. Sie hat die gute Farbe des Sommers bewahrt und strahlt mich an: »Herzlichen Glückwunsch zum Geburtstag!«

Mir dämmert es. Ich hasse Geburtstage, murmele eine Antwort und tupfe mir mit dem Arm den Schweiß ab. Mit einer unbeholfenen Bewegung befühlt sie meine Stirn. Sie blickt mich besorgt an.

»Bist du krank?«

»Nein, nein ...«

»Hast du geträumt?«

»Ich glaub' schon«, antworte ich ausweichend.

»Du bist ganz naßgeschwitzt«, stellt sie fest, »bist du sicher, daß du kein Fieber hast?«

»Mutter ...«

Wir fangen an zu lachen. Ich drücke sie wieder, dieses Mal mehr erwachsen. Dann hebt sie die Geschenke auf und reicht mir die Blumen. Ich zerre Mutter ins Zimmer, lege ein Kissen auf den Bierkasten und lasse sie Platz nehmen, während ich Wasser für den Kaffee aufsetze und mich anziehe. Bald darauf sitzen wir bei Gebäck und Kerze da und trinken aus Kates feinen Tassen, während Mutter alles mit den Augen einsaugt.

Sie vermeidet es, meine Frisur anzuschauen, und die Haarfarbe kommentiert sie mit keinem Wort.

»Hier wohnt ihr doch schön.«

Das klingt nur eine Spur hohl. Was die Unordnung betrifft, sind wir wieder auf dem Weg zur Junggesellenbude, aber sonst ist die Dekoration im großen und ganzen in Ordnung. Scherenschnitte und Masken prägen noch immer die Wände, eine Collage bedeckt den am Schornstein herunterlaufenden Sott, der durch die Tapete schlägt. Die Apfelsinen haben wir gegessen und die Nelkenstiele in einem Mörser zerstampft und geraucht, als das Marihuana aufgebraucht war. Der Rauch hängt noch immer als exotischer Duft in den Gardinen.

Ich packe die Geschenke aus und bedanke mich für jedes einzelne mit einer tolpatschigen Umarmung. Das Ronson-Feuerzeug mit den Initialen ist von Vater. Sie solle mich vielmals grüßen und ausrichten, daß es ihm leid tue, was am Heiligabend passiert sei, aber er habe so viel um die Ohren gehabt. Im Industrivej ist Richtfest gewesen. Der Bau wird zum Frühjahr fertig, und die Einweihung wird im Mai zu Vaters Geburtstag sein.

Sie legt die Hand auf mein Knie.

»Versprich mir, daß du kommst – nur an diesem einen Tag. Das bedeutet so viel für ihn.«

Mutter wartet die Antwort nicht ab, sie fährt fort: »Ich soll dir das hier von Großmutter geben.«

Sie reicht mir eine Schachtel mit Silberscharnieren. Ich öffne sie vorsichtig mit dem Fingernagel. Die Scharniere wirken zerbrechlich, der Samt ist blankgewetzt, und aus dem Inneren der Schachtel steigt ein altertümlicher Geruch auf. Als ich das Wattestück entferne, konmt ein Schmuck zum Vorschein, und ich blicke verblüfft auf. Es ist Papa Viggos schwarze Perle, die ich das letzte Mal gesehen habe, als ich einen Matrosenanzug trug und bei Großmutter in der Clermontgade zu Besuch war.

Die Goldeinfassung ist dieselbe, aber der Verschluß, der die Perle zu einem Ohrring machte, ist entfernt und durch eine Öse für eine Halskette ersetzt worden. Der schwarze Raum des Tropfens hat ein Fenster hinaus zur Welt bekommen, wo sich das Licht kreuzförmig bricht. Ich schließe die Schachtel wieder und stecke das Kleinod in die Tasche.

»Grüß sie und sage danke«, murmele ich. Ich habe Schwanenflügel gehört und möchte nicht teilhaben an den Visionen, die Großmutter dazu brachten, sich in der Nacht, als Viggos Schiff mit Holländersegeln durch ihre Stube glitt, mit den Augen eines Gespenstes aus dem Schaukelstuhl zu erheben.

Es ist jemand auf der Treppe, und im nächsten Augenblick geht die Tür auf. Ein zerzauster Kopf wird hereingesteckt. Es ist Kate – die zweite Überraschung des Tages. Sie trägt einen Pullover, der bis zu den Knien reicht, ist ganz ohne Make-up und duftet wie ein Rekonvaleszent nach Bett und warmer Milch. Unter ihrer Haut sind Schatten, ein Schimmer von Durchsichtigkeit, und sie flüstert nahezu, daß sie mir zum Geburtstag gratuliere.

Ich ziehe sie herein.

»Das ist Kate«, stelle ich sie vor und fahre fort: »Kate, sage meiner Mutter guten Tag.«

Kate hat ein Geschenk mit, das in braunes Packpapier eingewickelt ist. Der Trödler von gegenüber hat wieder zugeschlagen. Dieses Mal ist es ein Reisegrammophon, genauso wie jenes, das in meinem Jungenzimmer stand. Es hat einen Lautsprecher in dem gelben Deckel. Außerdem bekomme ich eine nagelneue LP der *Rolling Stones*. Ich schalte das Gerät an und lege die Platte auf. *Time, time, time is on my side* läßt die Prismen in der Unruhe laut klirren.

Ich ergreife Kates Hand und tanze die Hymne mit ihr zu Ende. Ein Teil vom Inventar des Raumes wird durch unsere Verrenkungen zu Boden gerissen. Mutter schirmt sich aus Spaß ab und bricht in ein plötzlich befreites Lachen aus.

»Puh«, stöhnt sie, als ich Kate wieder loslasse und an die Wand taumele, »bei euch beiden gerät man schon vom Zuschauen außer Atem.«

Ich mag die Art, wie sie das sagt. *Euch beiden.*

Als ich die Nadel von der Rille hebe, geht mir auf, daß Kate uns die Musik zurückgegeben hat. Jetzt kann die Stille im Zimmer jeden Augenblick, wenn wir es wünschen, gebrochen werden, und die Rhythmen können uns zum Herumstampfen bewegen, während der Stuck in die Ecken rieselt. Olaf wird hingerissen sein, wenn er nach Hause kommt und sieht, was wir bekommen haben. Kate ist eine Geschenkefee. Es ist seltsam, wie ihr Finderglück andere froh macht, während sie selbst immer mehr dahinschwindet.

Sie kommen ins Gespräch. Bald klingt Kate ganz so wie eine von Mutters Freundinnen aus der Zeit der Hutnadeln. Sie ahmt hier eine Betonung, da einen Ausdruck nach, pickt zerstreut an den Kringelkrumen und den gebrannten Mandelstücken – wie jemand, der ewig auf Diät ist, und sie hebt die Untertasse mit hoch, wenn sie trinkt. So diskret, daß Mutter es kaum bemerkt; die fühlt sich ganz geborgen, so als wäre sie von vertrauten Gegenständen aus der Stube in der Bredgade umgeben.

Ich liebe es, Frauen zu beobachten. Man kann sich selbst so zurücknehmen, daß man unsichtbar wird. In meinem inneren Ohr verebben die Stimmen in einem Klirren von Teelöffeln, und ihre Worte werden zu platzenden Seifenblasen. Ich zucke zusammen, als mich Mutter mit einer Bewegung an den Geburtstagstisch zurückholt.

Die Unterhaltung mit Kate hat ihr Mut gegeben, in meine mohrrübenfarbene Tolle zu fassen. Sie reißt ihre Zwetschgenaugen auf und schnalzt weich mit der Zunge.

»Das *ist wirklich* nicht besonders schön! Wenn du ein Mädchen wärst, würde ich sagen, daß es ausgesprochen billig aussieht.«

Sie läßt den Blick schnell weiter zu Kate gleiten.

»Was meinst du?«

Kate legt den Kopf schief und betrachtet mich. Die kühle

Distanz in ihrem Blick verwirrt mich. Ihre Antwort ist lähmend.

»Deine Mutter hat völlig recht. Es sieht fürchterlich aus!«

Das ist so ungerecht, daß mir die Luft wegbleibt, um es sagen zu können.

Die beiden Frauen nicken einander zu. Eine Sache ist entschieden. Und Kate ist nicht diejenige, die es bei Worten läßt. Aus ihren Requisiten wühlt sie eine Friseurschere hervor, das alte Handtuch wird über meine Schultern gelegt, während Mutter mit einer Plastiktüte beiträgt, die mir in den Kragen gestopft wird. Ich bin kurz vor dem Ersticken, als die Spitzen der Schere hinter meinen Ohren zu klicken beginnen. Die Arme sind an den Körper gepreßt. Sie haben ein Zauberhemd über mich geworfen.

Alles, was ich mit meinen Protesten erreiche, ist, daß ich Haare auf die Zunge bekomme.

Als Kate die Frisur auf Schläfenhöhe zurückgeschnitten hat, findet sie unter ihren Tuben eine mit dunklem Kastanienbraun. Ich bin noch dunkler, fast schwarzhaarig, aber das hier kommt meiner Farbe am nächsten. Mutter nickt beifällig.

Während die Chemie noch einmal ihre Wirkung tut und es hinter der Plastiktüte in meinen Kragen sickert, reden sie weiter, als wäre nichts geschehen. Ich hätte ebensogut zwischen den Fußbodendielen verschwinden können.

Endlich werde ich abgetrocknet und frisiert. Ich bin so schön, daß es zum Kotzen ist. Die Frisur erinnert mich an Walts Toupet. Aber Sister Kate besitzt das Herz meiner Mutter für immer.

Als ich mich, früh genug, daß Mutter zu Hause das zweite Frühstück servieren kann, draußen am *Valiant* von ihr verabschiede – seine roten Lederbezüge rufen in mir ein nostalgisches Gefühl hervor –, faßt sie mich um das Kinn und sagt: »Das ist bestimmt ein wunderbares Mädchen. Du mußt mir versprechen, daß du die behältst.«

Ich kann nicht antworten. Mutter fährt unverdrossen fort: »Dann grüße ich deinen Vater und sage, daß du gerne kommst, wenn er sein neues Geschäft einweiht.«

Als der *Valiant* die Straße entlanggleitet, ohne daß man das Schalten bemerkt, sage ich – einfach so ins Blaue hinein und mit piepsender Stimme: »Ich habe überhaupt nicht gesagt, daß ich das will!«

Zurück in der Stube, pfeift der Wind aus einem anderen Loch. Dieses eine Mal bin ich wütend auf Kate, die unangefochten mit der Abwäsche begonnen hat. Mit einem Fußtritt verteile ich die abgeschnittenen Locken.

»Was zum Teufel sollte das?«

Sie dreht sich um und lächelt; ein Kuchenteller in ihrer Hand zerfällt in Schauminseln.

»Deine Mutter hat sich so gefreut. Jetzt fährt sie nach Hause zu deinem Vater. Der freut sich auch.«

Sie zuckt die Schultern.

»Ganz einfach!«

»Schon möglich. Aber ich bin total sauer.«

Sie läßt den Kuchenteller zurück in den Schaum gleiten. Fixiert einen Punkt hinter meinem linken Ohr. Dann holt sie die Schere und schneidet noch ein paar Locken ab. Faßt mich unter das Kinn und betrachtet ihr Werk. Bürstet mit den Fingerspitzen das Haar von meinen Schläfen.

»Wart' nur ab. Du wirst noch froh darüber sein. Die Blondierung war – gelinde gesagt – mißlungen. Wir haben es nur nicht fertiggebracht, es dir zu sagen.«

Das verletzt mich fast noch mehr als das andere. Ich fühle mich hintergangen. Kate ist ohne Reue und läßt den Rest des Abwasches stehen. Sie schnuppert an unseren Laken und reißt sie mit allen Anzeichen von Abscheu herunter.

»Flitz schnell mal zum Waschsalon und setz die Maschinen in Gang, dann kümmere ich mich um den Rest.«

Ich kenne die Tage, an denen sie alles halb tut. Als ich zurückkomme, ist sie – wie erwartet – weg. Der Wasserhahn läuft, und sie hat vergessen, das Gas auszumachen. Der Geruch stülpt sein Bittermandelaroma in den Raum.

VON DIESEM TAG an lasse ich den Prinzenstaat liegen. Der Raumanzug landet in einer Ecke, wo er Staub sammelt. Durchgestrichen von seinen Reißverschlüssen, verkommt er zu einem Mottenschutz für Gespenster. Statt dessen schaffe ich mir eine Seemannsjacke und eine Schirmmütze an, die ich draußen und drinnen trage, während das Haar wächst. So vergeht der Winter.

Kate ist in ständiger Behandlung bei einem Psychiater im *Frederiksberg Krankenhaus*. Er repräsentiert den neuesten Erkenntnisstand in dem Fach. Jens ist hoffnungsvoll, Olaf kontra, und ich ertappe mich dabei, daß ich Kate vermisse, so wie sie ist.

Das Perlentor schließt sich hinter ihr.

3. Teil

XVI
Frühling in der Meinungsgade

Bei dem ersten Anzeichen von Frühling in der Meinungsgade befestige ich ein Mickymaus-Medaillon an der Mütze, gehe auf den Friedhof und suche mir eine Bank in der Sonne. Die ist schwach und schneidend zugleich in dieser Jahreszeit, prickelt auf der Haut und bringt die Haarwurzeln zum Sprießen. Ich nehme die Schirmmütze ab und werfe mich zurück. Die Arme werden wieder zu Flügeln.

Ich strecke die Beine aus. Lasse meinen Fuß dort, wo sich das Oberleder gelöst hat, ein wenig auf und ab wippen. Die spitzen Stiefel sind vom Schneematsch und dem Salz auf dem Straßenpflaster fleckig geworden.

Die Augen baden im bläulichen Licht, pickende Amseln bringen Leben zwischen die Gräber. Bäume und Büsche stehen noch nackt, aber im Geäst wimmelt es. Ringsherum auf weiter entfernten Bänken sitzen die anderen Wiederauferstandenen und spüren das Knospen auf Gesicht und Händen, während die Körper sich in Mäntel hüllen. Mich fröstelt, und ich strecke die Beine aus.

Wer warten kann, zu dem kommt langsam die Seligkeit. Die Zirbeldrüse spinnt im Schädel und setzt unsere Drüsen unter Strom. An diesem einen Tag im Jahr meldet sich, allein abgestimmt auf die Wirkung des Lichtes, in unseren Hirnen die Ewigkeit.

Ich gehe zwischen den Gräbern herum und nehme mein Suchen wieder auf. Ich forsche nach einem Soldaten der Reiterei. Großmutter hat erzählt, wie er – in seinen alten Tagen – unsere Ururgroßmutter aufgesucht hat. Sie hatte ihr achtzigstes Lebensjahr vollendet und kränkelte sehr. Jahreszahlen und Namen lagen zusammen mit den Schlössern der Jugend in Trümmern.

Er hatte einen Brief bei sich – unsere Ururgroßeltern nannten sie *Himmelsbriefe*, weil die Soldaten sie im Deutsch-Dänischen Krieg von 1864 bei sich trugen. Meistens waren die Briefe vom Pfarrer aufgesetzt und traten im Falle eines gewaltsamen Todes auf dem Schlachtfeld an die Stelle des Abendmahls. Aber es konnten auch mehr persönliche Mitteilungen sein, ein letzter Gruß an die Hinterbliebenen, eine testamentarische Verfügung oder – wie in seinem Fall – ein schwerwiegendes Familiengeheimnis.

Die Handschrift war vom Schweiß des Reiters fleckig, und der Staub einer phantastischen Reise hatte auf dem Papier rotbraune Ränder hinterlassen. Er suchte nach den Wurzeln eines adoptierten Bruders. Sein eigenes Leben war nach einem märchenhaften Anfang auseinandergefallen. Im Auf und Ab des Zufalls war er um sein Schicksal betrogen worden.

In seinen späteren Jahren, nachdem er sich nur mit der Entstehung der Arten in Flora und Fauna beschäftigt hatte, wandte er sich der Familienforschung zu, um Licht in die Herkunft seines Halbbruders zu bringen. Gerade hatte er die Kirchenbücher in der Sankt Jørgensbjerg Kirche durchstöbert. Es war Ururgroßmutters zweiter spanischer Familienname, der ihn auf die Spur brachte.

Der Mann war sonnengegerbt und dürr wie Windbruch. Er besaß eine Plantage in einem Land mit Indianern und tiefen Dschungeln, trüben Flüssen und eisigen Hochebenen. Das klang zu phantastisch, um nicht wahr zu sein.

Was er bei der Gelegenheit herausfand, davon erzählt die Familiengeschichte nichts. Er stellte einen dreibeinigen Kasten mit einer Linse in einem Messingrohr auf und begann Bilder zu machen – für das Familienarchiv, wie er sagte –, von der Alten, ihren Kindern und Enkeln, von denen viele den dunklen Teint und die markante Nase geerbt hatten. Nur nicht Viggo, der war hellhäutig und blond wie Vater Laurids vom Berg.

Und bis zu dem Tag, an dem er starb – auf der Reise zwischen seinem alten und neuen Vaterland –, sandte er in regelmäßigen Abständen Grüße in Form exotischer Postkarten an die Kinder im Waldhüterhaus. Eines schönen Tages schickte er auch den Himmelbrief als handgedruckte Kopie – *um Licht in gewisse Dinge zu bringen, über die ich mit Eurer Mutter gesprochen habe* –, aber da war Rie tot, und die Kinder waren aus dem Haus. Großmutters Kusine, Katrine in Gershøj, hatte die Korrespondenz von ihrer Mutter geerbt und sie als Vorlage für ihre Verse und Rätsel benutzt.

Sein Grab ist es, das ich jedesmal, wenn die Jahreszeiten in Dänemark wechseln, auf dem Friedhof suche. Der Name ist Eggers; ich blättere mich durch die Vergoldungen der Zeiten, trabe Pfade entlang, vorbei an Hecken, Mausoleen und vergitterten Winkeln, ohne seinen Stein zu finden.

Auf der Nørrebrogade poltern die Straßenbahnen. Als ich wieder auf der Steinbrücke stehe, den Kies vom Friedhof unter den Stiefeln, sind die Leute auf die Treppenstufen vor ihren Häusern gekommen. Das erste Mal im Jahr in Hemdsärmeln draußen vor der Tür und dazu das erste Bier des Jahres im Freien.

OLAF HAT EINE GALERIE in der Knabrostræde gefunden, die seine Sachen ausstellen will. Es ist die gleiche Galerie, die im Herbst den Goldschmied aus Venedig eingeladen hatte, was wir für ein gutes Omen nehmen. Olaf schneidet Passepartouts und hämmert Rahmen zusammen. Wieder verwandeln sich die Zimmer in eine Werkstatt. Heftklammern, Nägel und Pappwinkel liegen überall herum.

Er hat seinen Job aufgegeben; das Geld rollt nur so aus der Keksdose, während sich die Malerkiste mit Tuben und Temperafarben füllt. Es muß in einen neuen gedruckten Katalog investiert werden, und Olaf sucht eins von meinen Gedichten aus, das dort mit hinein soll. Die alten Leinwände schneidet er heraus, oder er übermalt sie. Aus seiner Grafik wählt er eine Serie von Schiffen aus, die über den Nachthimmel schweben und für das Auge neue Milchstraßen schaffen.

Die meisten sind entstanden, während ich ihm Geschichten über den schönen Alexander erzählt habe. Er stieß bis an die Grenzen des Raumes vor, um mit seinem Schwert die Ankervertäuungen der größten Sternbilder zu kappen, so daß sie zur Erde drifteten, ein Kielwasser von thermonuklearen Silberbomben hinter sich.

Der Leuchtturm der Ideen hält uns vierundzwanzig Stunden lang wach, während er Licht über die Welt wirft, die wir erobern wollen.

Bevor das Öl trocken ist, hängen die Bilder an den Wänden der Galerie, und wir gehen mit einem Stolz zur Vernissage, als hätten wir zusammen die Malerkunst erfunden. Olaf hat für diesen Anlaß einen weißen Smoking angezogen, den sein Vater als Schiffskaufmann irgendwo im Osten hatte anfertigen lassen. Ich halte an der Kapitänsmütze und der Seemannsjacke mit den Ankerknöpfen fest, die aus Anlaß des Tages mit *Brasso* geputzt worden sind.

Kate erscheint im Kostüm, an ihrer Seite Jens. Sie ist gedämpft und lächelt. Nach den ersten zwanzig Minuten wechselt sie hinüber an Olafs Arm und bleibt den Rest des Abends da hängen. Mit Begeisterung spricht sie von ihrem Psychiater, der ihren Fall in der Wochenzeitschrift für Ärzte beschrieben hat. Von den einander abwechselnden Gesichtern hat er ihr eins gegeben, das beständig ist: das des Patienten. Sie hat eingewilligt, an einer Versuchsreihe im *Frederiksberg Krankenhaus* teilzunehmen, und begonnen, mit Fachausdrücken über ihre Krankheit zu reden.

In den letzten paar Wochen hat sie sich von uns entfernt. Ich spüre das wie einen Schnitt durch das Herz und halte meinen Mund. Jetzt redet sie mit hektischen Flecken auf den Wangen und leert einen Plastikbecher Weißwein nach dem anderen.

An dem Glanz der Augen läßt sich ablesen, daß sie unter Medikamenten steht, aber niemand sieht es. Sie verschlingt Komplimente. Wie blendend sie doch aussieht! Jens ist in einer Ecke gelandet und fühlt sich unwohl. Ich bin auf dem Weg zu ihm, um mit ihm zu reden, als Walt erscheint. Neben ihm ein immer mehr ausgebrannter Max sowie ein Kunstkritiker mit Nietenweste und breitem Ledergürtel. Allmählich fühle auch ich mich schlecht, stoße sauer vom Wein auf, und in meinen Ohren saust es vom Geschwätz der Leute. Ich höre weniger als die Hälfte von dem, was gesagt wird.

Die Galeriebesitzerin hält mich an. Eine Dame in einem Kasack mit kurzgeschnittenem Haar und mütterlichen Wangen. Ihre Sternenaugen strahlen, und sie fragt mich, ob ich es sei, der das Gedicht für den Katalog geschrieben habe. Danach bietet sie mir an, für eine Zeitschrift zu schreiben, die sie planen. Ich fühle mich geehrt und registriere, wie das Schwindelgefühl neue Dimensionen annimmt.

Als ich wieder Kurs auf Jens nehmen kann, hat er sich unsichtbar gemacht. Olaf wird gerade fotografiert. Der weiße Smoking leuchtet im Blitzlicht auf. Es liegt etwas in der Luft, womit wir nicht gerechnet haben.

Plötzlich sehe ich es. Mit den schulterlangen Locken, dem Musketierbart und Sister Kate am Arm ist er das perfekte Bild zwischen seinen Leinwänden – gerade angekommen auf dem Parnaß, mit einem Feuerwerksheuler von Jugend im Kielwasser.

Die ersten roten Punkte – für die verkauften Bilder – sind schon an der Wand.

Zu einem Zeitpunkt, da ich mich ganz besonders verlassen fühle und Kate in einem Taxi nach Hause geschickt worden ist, zieht mich Olaf zur Seite.

»Hast du Kate gesehen?«

Ich beschränke mich darauf zu nicken.

»Wenn wir überhaupt den Arsch hochkriegen wollen, dann jetzt. Entweder wir schaffen es, sie mitzunehmen, oder sie ist fertig!«

Meine Erleichterung ist total. Ich falle ihm um den Hals. Den Rest der Nacht verbringen wir in der Stadt und feiern sein Debüt, das genau in jenen Kreisen Aufmerksamkeit erregt hat, von denen sich die Ringe ausbreiten.

DIE KRITIKEN sind überwältigend. Die Zeit schreit nach Halluzinationen. Die Nietenweste, die auch Rockkonzerte bespricht, orientiert über eine neue Kunstrichtung, die die *Pop Art* ablösen wird. *Psychedelic* ist das Wort, und Olaf wird zu ihrem dänischen Exponenten gekürt. Im übrigen handelt der Artikel nicht so sehr von seinen Bildern; er betrifft mehr den Kult, der um die Droge *LSD* entsteht. Man stellt sie in illegalen Laboratorien in den USA her. Olaf und ich fühlen uns nahezu verpflichtet, die Galoschen des Glücks zu probieren, aber wir ahnen nicht, wie wir an den Stoff herankommen können.

Olafs Lachen wurde mit Druckerschwärze festgehalten, sein Porträt ist in der Zeitung. Die ›Roskilder Tidende‹ folgt ein paar Tage später mit einem ganzseitigen Interview. Der Fahrradbote von der *Katholischen Schule*, Schwester Paulas Plagegeist, ist zum Kind der Stadt avanciert.

Einige Kunstsammler investieren in seine Bilder, der Rest wird von seiner weitverzweigten Familie aufgekauft. Alles Geld geht in die Keksdose, und zum ersten Mal in der ganzen Zeit haben wir einen Überschuß, der weiter reicht als für das Nötigste.

Er reicht für eine Welt in Venedig, aber Kate müssen wir vergessen. Jens und der Psychiater meinen, daß es ihr zur Zeit mit einem Fieberthermometer im Mund am besten geht. Für uns ist sie unsichtbar geworden. Nichtsdestotrotz beschließen wir, auf sie zu warten. Würden wir jetzt reisen, nähmen wir ihr den Traum, und die Wunschinsel mit ihren Brücken und Türmen würde im Meer versinken.

EINES TAGES komme ich von einer verlängerten Schicht, in der alles schiefgegangen ist, nach Hause. Olaf ist wach. Er beugt sich über ein Aquarell und bemerkt mich kaum. Ich habe die ganze Nacht lang mit lebenswichtigen Infusionsgeräten und Kanülen herumgepfuscht, einen Patienten aus einem Glas Desinfektionslösung trinken lassen und das erst entdeckt, als ihm das Gebiß auf die Nase rutschte, ein Becken zur Hälfte über einer unschuldigen Frau aus Hellerup geleert und der Oberschwester meine Meinung über die Unterbesetzung auf der Intensivstation kundgetan. Mir zittern die Hände, und ich kippe eine Tasse Tee über das Aquarell.

Olaf schaut auf. Er denkt ein bißchen nach. Dann sagt er:

»Hör damit auf! Wir haben genug Geld …«

Danach taucht er den Pinsel in die Pfütze mit Teeblättern und läßt aus der beginnenden Auflösung des Bildes den Anfang zu etwas Neuem werden.

DABEI BLEIBT ES. Ich gebe den Job auf und genieße das Tageslicht, pfeife auf die Doktorbücher und studiere statt dessen die Anatomie in den Parks der Stadt. Schlafe von Zeit zu Zeit bei einer Liebsten, denke an Kate und rauche mit Olaf mein Pot.

Als alle anderen Osterferien haben, arrangiere ich mit Lulú ein heimliches Stelldichein. Wir gehen in den *Gershøj Krug* und essen Speckeierkuchen. Sie kommt auf mich zu, das Gesicht dem Licht entgegengestreckt. Wir kennen das beide. Im Winter erntet das Dunkel unsere Lebensfreude, im Frühjahr kehrt sie erneuert zurück und wächst unter dem Segel der weißen Nächte.

Spannung und Saft sind in ihre Muskulatur zurückgekehrt. Sie manövriert den linken Arm und rückt dem Essen mit einem Mordsappetit zu Leibe. Ihre Wangen glänzen, das Haar ist lang geworden und reicht ihr fast bis zur Taille. Das ist so ein Haar, das man in Märchen aus seiner Jungfrauenkemenate hängen läßt, so daß Prinzen daran hochklettern können.

Ich frage, wie es mit Johannes geht, ihrem isländischen Apostel. Sie seufzt. Von den beiden Personen, aus denen er besteht, liebt sie die eine und verabscheut die andere. Seine Sauftouren machen sie fertig, seine Liebe hebt sie auf einen Sockel, auf dem sie – wie alle Säulenheiligen – aus Mangel an täglicher Nahrung dahinsiecht. Pure Anbetung ist magere Kost; sie ist sein Modell, seine Mutter und junge Schwester. Bis zu dem einen Tag im Quartal, an dem er in Rage kommt.

»Schlägt er dich, Lulú?«

Sie sitzt stumm und verbissen da, bis die Gabel auf den Teller fällt und der Tränenspiegel überquillt. Sie dreht den Kopf und sieht weg. »Mach Schluß mit ihm!«

Ich lege vorsichtig die Gabel wieder zurecht und streichele ihre Hand. Der Wille, der sie damals veranlaßt hatte, ihre Beine zu gebrauchen, verschwindet ebensoschnell, wie sich eine Wolke vor die Sonne schiebt. Dann läßt sie sich voll gehen – die Schulter wird schief, und der Kopf hängt.

Wolken kommen und gehen, aber die Sonne brennt. Kurz darauf strahlt sie wieder. Nicht so sehr, weil ich ihr von Kate erzähle, gegen die sie sich instinktiv sträubt, sondern nur, weil ich mich ihr anvertraue. Ich muß mich nur davor hüten, Kate jemals wieder in ihrer Gegenwart *Schwester* zu nennen.

Zum ersten Mal erzähle ich ihr von unseren Plänen. Sie wird etwas verlegen. Für Lulú könnte Venedig ebensogut das Ende der Welt sein. Das einzige, an was sie sich aus Italien erinnert, ist die Milch, die sie nicht mochte, und dann auch noch, daß sie im *Herculaneum* Zustände bekam, weil die nicht einmal die Häuser wieder aufgebaut hatten.

Zum Nachtisch essen wir Pfannkuchen. Philosophieren lange darüber, warum man immer zuerst Brotsuppe bekommt. Wir gehören einem Volk an, daß in vollem Ernst der Meinung ist, das Saure solle dem Süßen vorausgehen. Die meisten bleiben für den Rest ihrer Tage bei der Brotsuppe.

Dann kommt es. Der Blitz fährt von der Stirn über die rotkarierte Tischdecke:

»Warum darf ich euch in der Meinungsgade nicht besuchen?«

»Was denn …, wer in aller Welt hat das gesagt?«

»Niemand! Ihr habt mich nur nicht eingeladen.«

»Aber – du brauchst doch bloß zu kommen! Bei uns ist immer Betrieb. Mutter war da.«

»Das ist nicht dasselbe.«

»Dasselbe wie was?«

»Wie sich willkommen fühlen.«

»Lulú …«

»Sag es nur, wie es ist.«

»Lulú, ich bin von zu Hause weggezogen. Was hat dir die Petersilie verhagelt? War es Vater?«

»Du glaubst, daß es immer Vater ist. Er ist zur Zeit irrsinnig süß. Ich sollte grüßen und sagen, daß er sich so freut.«

»Auf was?«

»Darauf, daß er sein neues Geschäft eröffnet. Er hat einen Bankkredit aufgenommen.«

»Der und seine Finanzgeschäfte!«

»Er glaubt, alles steht und fällt mit dem Industrievej. Du auch.«

»Was meinst du damit?«

»Er ist unten beim Eisenwarenhändler gewesen, um ein Schild anfertigen zu lassen, auf dem *Junior* steht. Du bekommst dein eigenes Büro. Mutter sagt, er liegt nachts wach und phantasiert. Im *Lomber-Club* tut er so, als solltest du dir nur die Hörner abstoßen. *Mit dem Kopf, den der Bengel hat, muß er wahrhaftig nicht auf die Handelsschule.*«

»Ich kann ihn direkt hören.«

»Du hörst dich nur selbst!«

»Was zum Teufel ist los mit dir, Schwesterchen? Ich hatte geglaubt, wir hielten zusammen.«

»Du brauchst nur zu kommen und ihm richtig zu sagen, was Sache ist. Kommst du, oder kommst du nicht?«

»Habe ich dir nicht gerade eben erzählt, daß wir verreisen?«

»Du läßt immer Olaf alles bestimmen ...«

»Hör doch auf! Sie stopfen Kate Tag und Nacht mit Pillen voll, gelben, roten und blauen. Sie wird mehr und mehr farblos – wir müssen sie wegbringen.«

»Ihr träumt. Ebenso wie ›Die schwarzen Schafe‹ von Jan Dingsda. Der Roman handelt von Dreien, die sich ihre eigene Welt machen und auf den Rest scheißen. Sie wohnen in einem Haus mit Spiegeln und schwarzen Laken und lügen einander – und sich selbst – die ganze Zeit etwas vor.«

»Jean Cocteau! Davon handelt der Roman überhaupt nicht. Du liest Bücher wie der Teufel die Bibel.«

Lulú sieht mich verletzt an. Sie haßt es, wenn ich sie korrigiere. Die Wendung des Gespräches hat mich besänftigt, und ich lasse die Dinge im Raum stehen.

»Hei, ich habe ein Geschenk für dich mit!«

Ich wühle in den großen Taschen und finde das Buch, das ich antiquarisch gekauft und in Seidenpapier eingewickelt habe. Überwältigt packt sie es aus. So viel Aufmerksamkeit von meiner Seite ist sie nicht gewöhnt. Es ist ›Die San Francisco-Renaissance‹.

Kristus kletterte in diesem Jahr von seinem nackten Baum herunter und lief dorthin, wo es keine wurzellosen Weihnachtsbäume, behängt mit hohlen Herzen und zerbrechlichen Sternen, gab ...

Ich summe die Litanei zu Ende, während sie unter lautem Gekicher unseren Heiligabend schildert und meine Kapitänsmütze aufprobiert, Vanillemädchen bis zum Stengel.

»Kannst du nach dem Eierkuchen noch ein Eis essen?«

Sie nickt entzückt. Das kann sie zwar nicht, aber so haben wir das Vergnügen, das Eis auf dem Teller schmelzen zu sehen, während die schwarzen Punkte in einer Insel aus Zucker und Sahne schwimmen, die so aussieht wie Elleore. Als ich die Rechnung bezahle, sieht sie mich mit einem offenen, strahlenden Blick an.

Der Rest des Tages steht für mich in einem Elvira Madiganartigen Schimmer. Wir gehen zu Tante Katrines Haus mit den Sonnenblumen und dem Storch, der auf seinem Spiralfuß nickt. Es gehört ihr nicht mehr; nach einigen Jahren im Pflegeheim ist sie weiter in das Land gereist, aus dem niemand zurückkehrt – es sei denn als Gespenst. Seitdem ist Großmutter nicht mehr bei sich.

Wir vergewissern uns vorsichtig, daß niemand zu Hause ist. Ich sehe durch die Fenster und stelle die Hände wie Scheuklappen auf. Die Schlafbank steht noch da, aber das Kissen mit dem gestickten Vers ist weg. Ich kann ihn auswendig.

»Weißt du, daß es in unserem Geschlecht einen gibt, der gleich nach seiner Geburt adoptiert wurde? Seine Mutter war adlig, aber sie wollte ihn nicht anerkennen. Er wuchs bei einer vornehmen Familie in Kopenhagen auf und verschwand in Mexiko. Das war der Bruder unserer Ururgroßmutter und ein Sohn des Soldaten von Koldinghus ...«

Ich ziehe das Gesicht mit einem Ruck vom Fenster weg.

»Lulú, woher weißt du das?«

»Von Großmutter natürlich. Du solltest sie mal im Pflegeheim besuchen.«

Das letzte ignoriere ich. Ich stehe in Gedanken versunken da, bis sich die kleine Fähre mit einem Tuten aus der Hafeneinfahrt meldet. Wir brechen auf. Ich begleite Lulú und sorge dafür, daß sie gut an Bord kommt. Als wir uns trennen und die Fähre ablegt, sehe ich ihr lange und wehmütig nach, während das Schiff im Fjordnebel verschwindet. Ich winke, bis der Arm von selbst herunterfällt.

»Ciao, ciao, Bambi!«

XVII
Brennende Clowns

Alles ist ruhig in Kopenhagen. Die Goldäpfel auf den Spitzen der grünen Türme glänzen, in den Nischen halten Engel mit Waage und Schwert Wache, und die Bronzefiguren in den Parks der Stadt tragen keine andere Schrift als die der Vögel. Noch leuchtet die amerikanische Botschaft wie der weiße Prinz im Märchen, und die Flagge weht über dem Gebäude mit Sternen und Knattern in den waagerechten Streifen, während die Matrosen Ehrenbezeigung machen und die Leute in respektvollem Abstand vorübergehen.

Anfang Mai kommt Olaf atemlos in die Wohnung in der Meinungsgade und beginnt in seiner phonetischen Zeichensprache einen längeren Bericht. Ich verstehe die Hälfte, und den Rest malt er mir in Clips von filmischer Präzision aus.

Es ist etwas mit einem Kerl, der Pete heißt. Er hat ihn im *Pilegården* getroffen. Pete ist aus den USA geflohen, um nicht in den Krieg zu müssen.

»Was für ein Krieg?«

Olaf starrt mich an, verstört durch einen Augenblick der Fassungslosigkeit.

»Der Krieg in Vietnam, Mann – welcher denn wohl sonst?«

»Na und, was ist damit?«

»Es sind amerikanische Truppen da drüben.«

»Das ist nichts Neues für uns, die wir Zeitungen lesen. Sie sind nur da, um Saigons gesetzlich gewählte Regierung zu beschützen.«

»Pete sagt, daß das eine große Lüge sei. Wir würden hinters Licht geführt. Das entwickelt sich da zu einem Gemetzel, und wir erfahren nichts. Seine Kameraden kommen in Zinksärgen nach Hause.«

Olaf senkt die Stimme: »Sie sind hinter ihm her; plötzlich während wir dasitzen und reden, erblicken wir einen Kerl mit solcher Sonnenbrille hier ...«

Olaf malt Kreise um die Augen. Sie werden seltsam groß und machen für mich das Bild völlig ungefährlich.

»Das ist bestimmt er, der *Cai*, das wirst du sehen ...«

Olaf fährt unangefochten fort: »Du hättest ihn sehen sollen.«

»Wen? Den Agenten?«

»Nein, zum Teufel, Pete. In dem Augenblick, in dem er den Mann in der Ecke erblickt, ist er kurz davor, sich in die Hosen zu scheißen. Da sage ich: *Hau doch ab, Mann, ich werde schon bezahlen*. Er sieht völlig hilflos aus, und ich puffe ihn. *Geh aufs Klo*, sage ich, *da ist ein Fenster zum Hinterhof – easy!* Und dieser Kerl, der sich Pete nennt, fällt mir fast um den Hals. Als er aufsteht, steckt er mir dieses hier zu ...«

Eine Apothekertüte baumelt von Olafs Fingern. Unter der Watte liegt ein Nest mit pinkfarbenen und gelben Kapseln. Ich weiß nicht, warum, aber ich denke an Schlangeneier und spüre einen Stich in der Nackenregion.

»Was ist das? Speed?«

Olaf schüttelt den Kopf, hält meinen Blick fest. Seine Augen werden zu goldenen Spalten.

»Probier mal ...«

»Mann«, sage ich und schlage mir vor die Stirn, »das ist doch nicht wahr!«

Der Sonnenschein funkelt auf unseren Scheiben; vom Fensterkreuz breitet sich eine Hängematte aus Straßenschmutz aus, und ganz oben, in dem Feld mit dem Sprung, flammt ein Spinnengewebe. Es ist erst Nachmittag, und die Sonne liegt blank über den Dächern der Stadt.

Olaf schüttet die Pillen aus der Tüte in die Keksdose. Sie glitzern wie Konfekt mit Zuckerkruste, als er sie mir hinhält.

»Schnapp dir eine!« sagt er.

Er hat einen Handschuh geworfen. Ich spüre das Sausen im Zwerchfell und nehme die Herausforderung an. Er nimmt selbst eine, und wir spülen mit einer Tasse Wasser aus der Leitung nach. Das Wasser schmeckt nach Terpentin, aber ich habe mich seit langem an die Regenbogenringe gewöhnt, mit denen Olaf unsere Tassen vollferkelt. Olaf benutzt das ganze Service als Palette.

Wir stehen da und ähneln zwei übertölpelten Bauernjungen, während wir auf das Wunder warten. Olaf läßt ihm eine Minute Zeit; als sich da der Himmel nicht geöffnet hat und weder Jungfrau Maria noch der Weihnachtsmann oder gar Krishnamurti, der auf dem Regal in der Skomagergade steht und seinem Vater zum Verwechseln ähnlich sieht, auf goldumrandeten Wolken erschienen sind, faucht er: »Nicht ein Dreck passiert!«, und er beginnt zu malen.

Ich nehme eine mehr abwartende Pose ein, während der Staub im Raum sein Ballett tanzt. Lasse die Zeit verstreichen, rolle einen Joint für uns und spüre, wie das Papier an den Fingerspitzen knistert. Alles ist, wie es zu sein pflegt. Abgesehen von ein paar Wachstumsbeschwerden in der Schulterregion, die das Skelett unter der Haut anspannen.

Fuck!

Olaf schreit über seinem Aquarell auf und zieht den Pinsel an sich, als hätte er sich verbrannt. Ein Gespinst von hitzigen Farben steigt vom Papier auf. Längs der Wände und unter der Decke verläuft ein Lichtspiel aus Harlekinkaros, und Kates Unruhe unter der nackten Glühbirne ist zu so vielen Mobiles geworden, daß das Auge sie nicht erfassen kann. Ich habe ein Gefühl, als würde das Aquarell, falls ich das Licht einschaltete, in drei Dimensionen ausströmen und das Aquarium des Raumes füllen.

Plötzlich ist alles sehr physisch. Der Faden zwischen Handlung und Bewußtsein ist gekappt; es geschieht ganz ohne Aggression, daß ich eine der Untertassen nehme, sie in einen Sonnenstrahl halte und mit einem Unterhandwurf an die Wand schicke. Sie zieht einen Kometenschweif von Farbresten hinter sich her, ehe sie in Sternenscherben explodiert. Ich fühle mich wie Gott und starte noch ein paar Galaxien, ehe ich das Spiel satt habe.

Olaf hat den breiten Tuschpinsel ergriffen. Die Farben sind schon zu zahlreich, um sie unter Kontrolle zu behalten. Er taucht den Pinsel in ein schwarzes Tintenfaß und zieht eine Linie vom Aquarell, das Tischbein hinunter und weiter über den Fußboden. Dort, wo die letzte Tasse die Wand getroffen und ihre Iris abgesetzt hat, verharrt er und zeichnet das Oval des Auges. Nachdem die Wand sehend geworden ist, bevölkert er sie mit zahllosen Pygmäen. Als die einander bei den Händen nehmen und anfangen zu tanzen, sind wir bereit.

Ein unbezwingbares Lachen stößt vom Zwerchfell nach oben. Olaf hat mich von hinten gepackt, und indem er meine Arme an den Körper preßt, stehen wir aufrecht da und springen auf den Dielen wie eine Handramme, die Amok läuft. Wir enden an der Wand, brauchen japsend eine Pause.

»Starker Tobak«, stöhnt Olaf.

»Yes!«

Es prickelt in den Fingerspitzen. Ein Schwungrad von Rastlosigkeit ergreift unsere Glieder. Wir haben mehr Arme und Beine, als wir steuern können, und draußen lockt die Straße mit Sonnenschein und Vogelgezwitscher.

»Laß uns gehen!«

Sobald Olaf aus der Tür ist, tauche ich in die Keksdose und schnappe mir eine von den hellroten Kapseln. Das ist reine Pfefferminze, und ohne einen anderen Gedanken lutsche ich sie in mich rein. Dann folge ich ihm hinaus in den Frühling, der die Haut entflammt. Getroffen von den Gegenlichtringen der blendenden Sonne, hole ich ihn ein.

Wir haben die Nørrebrogade erreicht, bevor der Bürgersteig

zu rollen beginnt. Von Nørrebro bis zur Innenstadt brauchen wir nur die Füße zu heben, und die Leute ziehen vorüber wie Schatten aus Glas, jeder umgeben von seinem Strahlenkranz. Ich habe einen Spinnaker im Auge und lenze mich breit zwischen Fußgängern und Kinderwagen hindurch. Eine Weile glaube ich, daß es Olaf ist, der wie ein Verrückter hupt, dann werde ich von einem vorderen Kotflügel gestreift, und Olaf zerrt mich wieder auf den Bürgersteig.

Auf der Königin Louise Brücke verschwinden die Fahrräder in Wasserreflexen; als ich mich über das Geländer lehne, sehe ich, daß sie auf dem Grund des Sees landen, von wo aus sie mit Kettenschirmen und Kleiderschonern aufragen. Dann stehen sie wieder auf Pontons, und die Leute radeln unangefochten weiter – durch Scharen von Schwänen, die Silberstreifen hinter sich herziehen –, hinunter zu dem weißen Schloß am Ende des Sees.

Es ist ein ganz gewöhnlicher Werktag im Kopenhagen des Königs.

Wir beschließen, ins *Tivoli* zu gehen.

Auf dem Weg durch die Købmagergade bleibt Olaf an einem Modegeschäft stehen. Bevor eine Sekunde der Ewigkeit verstrichen ist, steht er wieder auf der Straße – gekleidet in eine Jacke mit Bonbonstreifen, figurbetont und mit breitem Revers. Der Prinz und der Schweinehirt haben ihre Rollen vertauscht; ich schiebe die Schirmmütze in den Nacken und pfeife, während Olaf in seiner Damenjacke wie eine frisch geprägte Münze strahlt. Sein Gesicht wirkt wie verkupfert, und die Wangenknochen heben sich mit Metallglanz über die ziselierten Streifen des Bartes.

Ich sehe nach oben. Ein Mann mit Flügeln an Hut und Absätzen taucht im Sturzflug über die Dächer. Die Stafette in seiner Hand hat die Form einer Fackel und ist mit Grünspan überzogen, und ich habe seit langem aufgehört, mich über die Wirklichkeit zu wundern.

Kurz danach bekommen wir Lust auf Süßigkeiten. Süßigkeiten in Hülle und Fülle. Als wir beim Schellen der Türglocke eintreten, bin ich wieder im Kaufmannsladen an der Ecke der

Bredgade, wo Olaf Kaugummikugeln stibitzt hat. Auch dieses Mal lasse ich ihn das Wort führen.

»Was darf es sein?« fragt die Verkäuferin im hellblauen Kittel.

Bei uns beiden wird es zappenduster. Der gläserne Ladentisch mit Schokoladenstangen, Rumkugeln, Lutschern und kandierten Äpfeln explodiert auf der Netzhaut mit einem Feuerwerk von Tivoliraketen. Der Lachanfall trifft uns diesmal hart, wirft uns zu Boden und setzt uns außer Gefecht, während die Dame entsetzt zusieht. Lakritzbänder, Pinocchiokugeln, Goldkaramellen ...

Es dröhnt in Aladins Höhle, wo der Geist in einen Glaskrug mit Bismarck-Stangen gefahren ist, und wir krabbeln auf allen vieren aus dem Geschäft, ohne Hand an den Schatz gelegt zu haben. Ein Berg von gebrannten Mandeln blinkt in der Abendsonne wie Rubine.

Wohlbehalten draußen auf der Strøget, entdecken wir unsere Beine wieder. Wir stellen uns hin und fließen mit dem lauwarmen Asphalt ins Zentrum.

DER ROLLENDE BÜRGERSTEIG setzt uns vor dem Eingang des *Tivolis* ab, und ich habe eine Idee und ziehe Olaf am Ärmel.

»Laß uns Kate anrufen!«

»Was quatschst du da?«

Seine Stimme klingt verzerrt. Ich versuche es wieder, indem ich jedes Wort einzeln ausspreche.

»Was soll schon passieren, wenn wir sie ins *Tivoli* einladen? Sie wird sich verdammt freuen!«

»Du nuschelst fürchterlich«, sagt er. Aber die Idee hat gezündet. Er wühlt in der Hosentasche nach Fünfundzwanzig-Øre-Stücken und sieht sich nach einer Telefonzelle um. Das nächste, was ich von ihm sehe, ist ein Schatten hinter Milchglas in grüner Umrahmung.

»Was hat sie gesagt?«

»Okay, sie kommt. Mann, hab ich Durst!«

Wir finden hinter dem Bahnhof einen Kaufmann, bei dem die alten Reklameschilder für *Richs Kaffee-Ersatz* noch intakt sind. Olaf kommt mit einer Flasche Orangeade heraus, setzt sie an den Mund und trinkt in großen Schlucken. Er reicht mir den Rest. Die bernsteinartige Substanz flammt in der tiefstehenden Sonne auf, als die Linie 10 angedröhnt kommt und das Leitungsnetz durchlöchert, so daß der Himmel ausläuft.

Ich werfe einen Blick auf die Flasche. *Muß mit 5 Teilen Wasser verdünnt werden* steht da auf dem Etikett. Ich starre Olaf an, als hätte er Gift getrunken, und schleudere die Flasche weg. Dann gehe ich rein und hole ein paar Biere. Das ist leicht; ich zeige nur auf eine Kiste mit *Hof* und halte zwei Finger hoch.

Olaf leert seine sofort, wischt sich den Mund mit dem Handrücken ab. Er sinkt auf die Treppenstufe vor dem Kaufmannsladen.

»Verdammt noch mal«, sagt er kurz darauf, »was zum Teufel hast du in den Joint getan?«

Wir warten noch auf Kate, als die Rathausuhren zu schlagen beginnen. Das Geräusch schnarrt in meinen Schädelnähten. Die Welt bimmelt und bammelt, und Olaf steht Kopf mit einer Zuckervergiftung, die sich in den Sommersprossen auf seiner Nase in Form von gelben und blauen Punkten niedergeschlagen hat. Hinter den Ohren hat er hitzig pochende Schwellungen. Er streicht an der Taxi-Haltestelle auf und ab und reißt die Türen auf, um nachzuschauen, ob es Kate ist, die gerade vorfährt. Er verbrennt Kohlenhydrate, und während die Energie in ihm wie kosmischer Schaum rast, beschränke ich mich darauf, die Dämonen an den Toren des *Tivolis* zu zählen.

Vor dem Eingang steht ein Leierkastenmann. Ich werfe Münzen in seine Schirmmütze, und er beginnt die Kurbel zu drehen.

Die Töne wohnen in einer Spieldose von ganz früher. *Ach du lieber Augustin, Augustin …*, und ich höre eine zarte Stimme aus dem Orgelwerk, und ich sehe seinen spitzen, weißen Hut zwischen den Pfeifen aufragen. Es ist nur ein Stoffclown mit Pailletten in den Augen; die Melodie steht auf dem Regal in meinem Kinderzimmer, wo Großmutter sie zur Schlafenszeit abstaubt, während sie am Gebiß saugt und die Spucke aus ihrer Mundharmonika klopft.

Die Sonne ist hinter das *Royal-Hotel* geglitten, der Himmel liegt wie eine durchgeschnittene Aubergine über der Stadt. Ich sehe Kate lange vor Olaf. Sie kommt zu Fuß vom Rathausplatz, das Hutband flattert in der Sonne, dort, wo sie wieder hinter dem Gebäude hervorbricht und Kates weißen Hosenanzug mit der verzögerten Ausbreitungsgeschwindigkeit des Lichts färbt. Sie ist sommerlich gekleidet und hält die Hutkrempe aus Stoff, als sie vom Wind getroffen wird.

Kate erblickt mich und winkt, leicht nach vorn gebeugt. Ich gehe ihr entgegen, getrieben von einer unsagbaren Sehnsucht. Als ich nach Worten dafür suche, verstummt der Leierkasten in einer letzten Stromschnelle, und die Welt ist ohne Laute, als sie mir um den Hals fällt und eine Runde herumgeschwenkt wird.

Olaf ist zur Stelle, ehe die Füße noch richtig vom Bürgersteig Besitz ergriffen haben. Ich setze sie vor ihm hin, mit einer Miene, als hätte ich sie geradewegs vom Himmel heruntergeholt, und biete sie ihm dar: *Voilà!* Kate geht auf das Spiel ein und knickst mit einem Schritt nach hinten, indem sie sich gleichzeitig leicht verbeugt. Das ist die Pantomime des Wiedersehens, und Olaf fällt mit einer Musketierverbeugung in die Choreographie ein. Ihm fehlt zu der Jacke nur noch ein federgeschmückter Hut.

Als Kate die Jacke in Augenschein nimmt, schlägt sie sich mit der Hand auf den Mund, um ein Kichern zu unterdrücken, aber Olaf ist schneller. Olaf ist der schnellste Mann, den ich kenne. Die Jacke ist abgestreift und über dem einen Arm zusammengelegt, ehe noch jemand einen Gedanken fassen kann.

»Bitte sehr, das ist ein Geschenk«, sagt er und reicht sie ihr.

Sie zieht sie an, verdutzt. Sie ist nur eine Spur zu groß, und sie paßt perfekt zu ihrer übrigen Kleidung, macht sich außerdem gut zum Hutband; und sie streicht glättend über die Jacke, während sie ein paar seitliche Stepschritte vollführt und sie betrachtet.

»Dann frierst du heute abend nicht«, fügt er galant hinzu.

Ich spüre, wie das Lächeln hervorbricht. Gleichgültig, was Kate trägt, in einem kann man sich sicher sein: Ihre Kleidung ist zu jeder Jahreszeit dünner, als von der Temperatur her angebracht ist.

Das ist schon ein vollendeter Anfang. Hinter Kates Rücken zwinkern wir einander zu. Sie gehört uns – und wir wissen das. Wir sind auf dem Weg zu einer neuen und glasklaren Erkenntnis. Die Muster, die Leute binden und wieder trennen, liegen an diesem Maiabend offen. Wir nehmen die Zügel auf und reiten auf einem weißen Roß durch das Tor in den alten Garten.

Sie ist noch immer in Behandlung, aber niemand von uns erwähnt das mit einem Wort. Die Prinzessin hat ihren freien Tag.

Wir gehen über Pfade, die sich teilen. Nur im Spiegelsaal sind wir kurz vor einem Rückfall. Und als Olaf vor dem Zwerg mit dem dicken Bauch und den kurzen Armen und Beinen, der seit dem Morgen aller Zeiten in den Lianen hängt, zu prusten beginnt, wirft uns Kate einen Blick zu.

»Seid ihr high?« fragt sie mit einem säuerlichen Unterton.

Ich packe Olaf am Nacken und leugne, während ich ihn eine halbe Runde in der Mannigfaltigkeit herumdrehe und dabei gegen eine Ausgabe von mir selber kämpfe, so daß ich an *Pat und Patachon* denken muß. Ansonsten ist unser Rollenspiel perfekt, und wir bringen das mit dem Spiegelsaal wieder in Ordnung, indem wir sie zu Garnelen ins *Wivex* einladen.

Wir sitzen da mit weißen Servietten, Silberbesteck und moussierendem Wein im Kühler. Die Feuchtigkeit, die das Glas beschlägt, bekommt mir besser als der Wein, und ich schlecke sie von einer Fingerkuppe. Und selbst wenn der Wein wie gewohnt in der Nase prickelt, scheint mir die Kühle Ausdruck seiner größten Qualität zu sein. Ich konstatiere, daß der Alkohol wirkungslos ist und direkt ins Blut perlt, ohne eine Wirkung zu erzeugen.

Als die Garnelen auf den Tisch kommen, muß ich die Augen schließen. Das, was ich vor mir sehe, ist nicht eßbar. Es soll auch nicht beschrieben werden – in demselben Augenblick stelle ich einen Mann unter meinen Schutz, der am Nebentisch an Austern würgt, und finde eine passende Entschuldigung, um mich zu erheben.

Draußen auf der Toilette wird mir wieder schwindlig; ich drehe den kalten Hahn auf, klatsche mir Wasser ins Gesicht und zucke zusammen wie ein Zitteraal, als der Spiegel mir Haut und Haar in einem Flimmer von Meeresleuchten zeigt. Von den Augen sind nur die Pupillen übrig, umgeben von dem dünnsten blauen Rand.

Als ich zurückkomme, kämpft Olaf noch mit Dill und Zitronenscheibe. Einen Teil der Garnelen hat er hinüber zu Kate geschaufelt, der Rest befindet sich in seiner Serviette, zusammen mit den weißen Sporenpilzen des Brotes. Falls Kate etwas bemerkt hat, so sagt sie nichts – auch nicht, als ich das Essen hinausbringen lasse, unberührt.

Kate ist in ihrem Element. Sie präsentiert sich mit dem Sommerhut, flirtet mit dem Kellner, mit dem Austernmann vom Nachbartisch, der gerade hinter der Serviette würgt, und mit dem Pikkolo an der Tür. Sie sticht die Garnelen auf eine Silbergabel und quillt über von Bemerkungen, die, abgesehen von einem Glücksgefühl, selig sinnentleert sind.

Wir sitzen da und knutschen sie für all das ab. Das Licht legt lange Glasschatten über das Lokal, und die Palmen fächeln in Kübeln aus gediegenem Kupfer.

Ich winke dem Kellner zu und bestelle noch eine Flasche Mineralwasser. Er öffnet sie am Tisch, der Schaum schießt über seine Hand, so daß Kate errötet. Als er ihr eingeschenkt hat, legt er den Kopf schief und entblößt einen Goldzahn.

»On the house!« sagt er mit einem Akzent, der aus Kopenhagens altem Arbeiterviertel stammt, und Kate wirft uns einen triumphierenden Blick zu. Olaf lacht nur. Eifersucht gehört in eine andere Welt, und es sieht nicht so aus, als würde die Karawane in diese Richtung reiten. Er hält dem Kellner nur das Glas hin und läßt ihn einschenken. Wir stoßen an und leeren es geräuschvoll.

Anschließend machen wir einen Spaziergang am Schwanensee und fühlen uns durch eine unsichtbare Schleife verbunden, während sich unter unseren Füßen eine gewölbte Holzbrücke und Wolken vom Land China spiegeln. Kate und Olaf halten Händchen. Das Bild hat eine Schlichtheit, die mich zum Weinen bringt.

Der Himmel ist dunkelblau geworden, mit starken Tupfen; die Stadt mit ihrem fernen Grollen und ihrem hohen Gitterwerk aus Neon liegt außerhalb des Gartens. Alles ist mild an diesem Abend, und die Bäume streuen Pollen auf meine Hände, so daß sie voller Goldstaub sind.

Ich hauche auf den Spiegel des Sees und reise mit den Ringen zu einer Insel in der Mitte mit Pagode und Riedgras. Stehe ganz still und freue mich, daß ich nicht in die Scooter muß, um die Eitelkeit von irgend jemand zu befriedigen. Wenn man erwachsen ist, entscheidet man selbst über seine Vergnügungen, und das erscheint mir wie ein großes Wunder.

In diesem Moment räuspert sich Kate. Sie möchte einmal mit der Achterbahn fahren. Olaf und ich sehen uns an. Willst du oder soll ich? Als uns aufgeht, daß sich hinterher ein paar Runden mit dem Riesenrad anschließen werden, ist es gehupft wie gesprungen. Wir pfeifen auf eine Entscheidung und begleiten sie beide zum Fahrkartenschalter.

Hinter uns hallt die Schlange von den üblichen Höflichkeiten:

Wenn du so blöd' bist, wie du aussiehst ... u.s.w. Ich höre die Laute zusammenschlagen, wie damals, als ich als Kind in der Geisterbahn saß und das Klappen der Papptüren beim Hinausschleusen einen größeren Eindruck auf mich machte als alle selbstleuchtenden Hunde und Hexen der Welt.

Plötzlich hat Olaf die Nase voll. Er haut ab und kommt mit einem *Tivoli*-Stock und Strohhut zurück. Kate macht sofort mit bei dem Spiel, streift die Jacke ab und zieht sie ihm an.

Er fängt an herumzukaspern. Sein schauspielerisches Talent ist nicht zu verleugnen, und bald haben alle, die ihn angesprochen haben, Antwort bekommen, ohne daß eine einzige unverschämte Bemerkung über seine Lippen gekommen wäre. Er nimmt die Leute direkt aufs Korn, und das Lachen breitet sich aus, während die Schlange weiter vorrückt.

Bevor wir in die Wagen steigen, tauschen wir die Rollen. Am Kiosk hat er sich mit einer dunkelblauen, runden Sonnenbrille ausrüsten lassen. Die gibt er mir; ich setze sie auf die Nase, fuchtele mit der einen Hand in der Luft und taste mich mit dem Stock wie ein Blinder vorwärts. Es wird still um uns herum. Kate nimmt meinen Arm und lächelt die Herumstehenden zuvorkommend an. Die Leute treten respektvoll zur Seite, und Sister Kate ist entzückt. Wir haben den vordersten Wagen ohne Schwerthieb erobert.

Als sich der Zug in Gang setzt, kitzelt es wie früher im Bauch. Ich habe die Sonnenbrille aufbehalten. Sie beschützt mich vor einer Welt, die sich allmählich in ein Farbnegativ verwandelt. Als wir über den ersten Buckel gesaust sind und der Wagen wieder polternd Kurs auf den Gipfel nimmt, haben sich Magen und Hirn zum ersten Mal gewendet, und die Knöchel sind auf der Eisenstange zu Marmorwürfeln gepreßt worden. Ich weiß, daß ich in einem Mahlstrom von grüner Galle sterben muß, und rülpse verzweifelt.

Olaf macht den Eindruck, als wäre er kurz davor, sich zu erheben, um an der Innenseite des schleifenförmigen Holzwerkes hinunterzulaufen. Kate duckt seinen Nacken und hält ihn unten. Wir tauchen wieder hinab, und die Schreie dringen durch Mark und Bein – balancierend auf der Messerschneide zwischen Angst und verzweifelter Verstellung.

Kate erweist sich als eine Schreierin von Gottes Gnaden, ein heulendes Gör macht sich in ihr Luft und durchlöchert mein Trommelfell. Das Geschrei ist echt. Es ist der Appell, der den Nachtschlaf der Mütter zerfetzt. Als das Schreien endlich verstummt, wird es zu Bildern auf einem Schirm, wo Fliegen in allzu großen Kinderaugen krabbeln. Ich spüre, wie ihr Oberschenkel an meinem brennt, und reiße das Bein an mich.

In der letzten gewaltigen Kurve stoßen wir drei abwechselnd aneinander. Ich sitze in einem Mörser mit ganz verschiedenen Ingredienzien. Übelkeit, steifer Pimmel, Nackenschmerzen, kalte Hände und Schweiß auf der Stirn. Jede einzelne Schwelle trifft einen Knochen im Rückgrat, die Stöße, die an einem Ellenbogen ausgelöst werden, sind plötzlich an allen Punkten lokalisiert, an denen das Skelett hervortritt. Die Zähne werden zu Silberpapier, und die Zunge schmeckt nach Eisen.

Der letzte Sturz von den Gipfeln endet in einem Mahlstrom. Es sind Fetzen und Lumpen meines ursprünglichen Zustandes, die in das Loch hineingesaugt werden. Ein Gespenst ist unter der Haut hervorgekrochen, ein Landsknecht in voller Rüstung. Die Insektenkörper der Väter krabbeln am Rückgrat entlang und zappeln auf den Nadeln. Vom Gaslicht bin ich innen blau und verzinnt, und aus meinem Mund kommt Brandgeruch. Von einem Punkt unter der Schwanzwurzel laufen Stichflammen und werden zu einem Sodbrennen, so daß ich den Mund öffnen und den Kopf unter dem Druck des Windes zurückwerfen muß. Eine Träne wird hervorgepeitscht. Die Reise beginnt von neuem – zu Orten, von denen niemand zurückkommt.

Als wir an die Plattform rattern, ich mich unversehrt erhebe und ohne einen Gedanken an Kate oder Olaf aus dem Wagen steige, habe ich das Bewußtsein eines Fakirs. Das Lächeln in meinen Augen ist kalt; ich nehme direkt Kurs auf die Harlekinfigur an der Toilette, knalle die Tür hinter mir zu und breche über einem Ausguß zusammen, der Rost ausscheidet. Im Pissoir haben die Raubvögel ihre gelben Eier gelegt, und die Pinkelmadam sitzt zwischen den Fliesen und zählt ihre Münzen, die älter sind als die Eisenzeit und das römische Profil des Königs tragen. Ich höre, wie das Wasser aus den Rohren in die Bucht bei Køge strömt.

Auf dem Weg hinaus sehe ich Olaf witternd hinter mir herkommen, grünblau vor Sorge.

»Bist du okay?«

Er macht mich mit Servietten frisch, und ich kneife wie ein Kind die Lippen zusammen.

»Mmm, mmm ...«

»Jesus Maria, ich hab' geglaubt, wir müßten sterben!«

Ich werfe ihm einen erloschenen Blick zu. Als wir die Treppen hochgehen, auf denen sich die Schritte zu dröhnenden Halbmonden aus Metall verdoppeln, will er mich unter dem Ellenbogen stützen und bekommt einen Klaps auf die Finger. Er sieht mich erstaunt an, sagt aber nichts. Er hütet sich vor dem Landsknecht und hält seine blanken Waffen unten.

Oben in der frischen Luft geht es mir besser. Kate hat wieder die Bonbonstreifen übergezogen und erkundigt sich nach meinem Befinden. Ich beherrsche mich, um nicht zu fauchen.

»Das waren diese Garnelen. Ich kann Garnelen nicht auf leeren Magen vertragen!«

»Du hast sie doch gar nicht angerührt ...«

»Klar hab' ich das!«

In dem Augenblick, als sie mit Olaf erstaunte Blicke tauscht, bemerke ich zum ersten Mal, daß ihre Pupillen ebensogroß wie meine sind, und mir geht auf, daß das schon immer so gewesen ist. Menschenskind, wenn sie sich täglich in dieser Welt aufhält ...

Ich habe Sommerhut und wechselnde Frisuren einen Schritt hinter mir gelassen. Sie windet sich unter dem Blick und zittert während meiner inneren Konsultation wie ein Vogeljunges. Ich spüre, wie eine Königskobra unter den Haarwurzeln hervorkriecht und zubeißt: »Ach, verpißt euch!«

Ich wende ihnen den Rücken zu; Olaf legt die Hand auf meine Schulter und bekommt einen Schubs.

»Macht 'ne Tour im Riesenrad, in der Liebesgrotte – wo auch immer, und laßt mich in Ruhe!«

Kurz darauf drehe ich mich um, besänftigt durch ein Lüftchen, aber da sind sie gegangen. Bald schweben sie in der Ballongondel in Höhe der Rathausuhr, Olaf drückt ihre schmächtigen Schultern und legt ihr die Stadt zu Füßen. Ich gehe und warte auf sie bei dem niedrigen Zaun, wo die Leute aus den Schaukeln aussteigen.

Weit drinnen im Garten höre ich die Nachtigall, und die Vergoldung kehrt zurück.

ALS SIE vom hellen Maihimmel herabsteigen, habe ich für mich Soft-Eis und für Kate und Olaf Waffelherzen gekauft. Zwischen meinen Fingern klebt Konfitüre, und unter der Nase hängen Schokoladenstreusel. In die Schlagsahne habe ich zwei Pfeile gezeichnet, die ich ihnen auf Papierservietten reiche.

Sie lesen meine Zeichen mit einem Gurren und starren einander verliebt an, während sie die Waffeln in sich hineingleiten lassen. Anschließend spuckt Kate auf den Zipfel der Serviette und rubbelt seinen Bart – etwas länger als nötig. Es endet damit, daß sie seinen Hemdkragen reibt und dessen Ecken richtet. Das Alphabet des Glücks enthält nur die elementarsten Buchstaben, und Kummer bekommt allein derjenige, der ständig glaubt, daß das Leben kompliziert ist.

Sobald ich eine Gelegenheit dafür sehe, werfe ich das Soft-Eis in einen Metallkorb, ohne daß sie es bemerken.

Ich taumele weiter in meinem großen, roten Lächeln – auf dem Weg zum Pantomimetheater. Wir können die letzte Abendvorstellung schaffen, bevor das Feuerwerk beginnt. Kate und Olaf haben nur Augen füreinander und folgen ohne Widerspruch. Die Person, die sich in meinem Nervensystem niedergelassen hat – wie ein Iltis auf einem Hochspannungsnetz –, kontrolliert noch immer meine Schritte.

Ich bahne uns einen Weg durch die Bankreihen. Die vorderen Reihen sind schon voller Kinder, die ihren Eltern erwartungsvoll zuwinken. Tausend Augen starren von dem Pfauenschwanz herunter, dessen Bemalung voller Risse ist. Ich bezweifele, ob ich etwas hätte finden können, das mehr in Richtung ›Psycho‹ geht.

Als sich der Schwanz öffnet und die üblichen Possen beginnen, muß ich Olaf mit dem Ellenbogen anstoßen, bevor er zuschaut. Er hängt über Kate, vertieft in ihre Hutschleife und einen anmutigen kleinen Knochenhügel, der mit dem Rest zusammenhängt. Nach der ersten Minute ist er im Begriff, sich die Kiefer aus den Gelenken zu gähnen. Kate ist schon völlig gefesselt. Theater und Kulissen faszinieren sie nun mal mehr als die Wirklichkeit, und für diesen einen Abend bin ich geneigt, ihr recht zu geben.

Kolombine kommt auf die Bühne. Während sie mit den künstlichen Augenwimpern klappert, tupfen ihre geschnürten Füße auf die Dielenbretter und ähneln – mit einer unbedeutenden Variation in der Choreographie – rosa Tulpenblüten, die von den Stielen gerissen werden. Der Lümmel kommt mit dem Schwert. Und Pierrot, der große Kopfhänger mit allzuviel Mehl auf den Wangen, wartet noch in der Kulisse.

Sie turteln lange miteinander. Selbst die Kinder langweilen sich, und Olaf rutscht fast von der Bank. Der Kopf ruht ganz auf der einen Schulter. Ich bringe ihn wieder in die richtige Position und piekse ihm in die Rippen. Mit meiner blauen Brille und dem dünnen Spitzbart ähnele ich aufs Haar den Zeichenserienfiguren Professor Bienlein und Doktor Strangelove.

Tripp, tripp, tripp – hin zu einem Tisch und wieder zurück. Tischdeckchen aufgelegt und Kerzen angezündet. Der Lümmel tanzt mit einem Stuhl. Der Fächer wedelt. Nicht da, dummer Mann! Sie tut nur so. Der erste Blick zögernd über den Rand des Fächers. Sie decken mit Geschirr und Gabeln. Eine Person wird mit ihrem Hinterteil von einem hohen Stuhl erwartet. Hinter den Falten der Gardine finden sie Zeit für einen Theaterkuß.

Jetzt kommt Pierrot und will alles anders machen. Er zeigt auf die Gabel rechts von der Platte, schraubt mit dem Finger an seiner linken Schläfe und wendet sich an die Kinder. Die Aufgeweckten rufen im Chor: »Da muß ein *Meeesser* hin!«

Er holt es und springt mit dem Stuhl zur anderen Seite des Tisches. Der hat mehr Beine als er, und so fällt er krachend in Richtung Orchestergraben, wo die große Trommel ihn zu einer Kohlweißlingraupe klopft und dann mit einem Kantenschlag wieder auf die Beine bringt.

Die Kleinen lachen. Andere sehen nach den Mücken. Ich bohre die Finger in meine Handflächen und konzentriere alle meine Kraft.

Von der Gardine her zeigt der Lümmel nun sein Holzschwert. Kolombine hat ihr eines Bein vorgestreckt und hält die Hand vor den Mund. Als Pierrot die Kerzen wegnehmen will, sprühen sie bengalisches Feuer, und ein Funkenregen legt sich über die Bühne.

In diesem Augenblick fängt Pierrots Kostüm Feuer. Seine großen Puderquastenknöpfe verkohlen, rote Flammenzungen lecken von seinem Kostüm auf, und der Hut steht plötzlich in hellen Flammen.

Er zerfällt zu Ascheflocken. Über dem weißen Gesicht kommt etwas Rotes zum Vorschein – eine echte Glatze. Der Mann springt herum und schlägt die Arme kreuzweise um den Brustkorb, was die Flammen noch stärker auflodern läßt. Ehe jemand klatschen kann, herrscht in den Kulissen wilde Panik. Braun Bekittelte laufen mit Eimern auf die Bühne und kippen Wasser über den Clown.

In dem Augenblick sehe ich Kate an und weiß, daß wir einander gefunden haben. An dem Schrecken in ihren Augen kann ich sehen, daß sie – wie ich – die Fäden gezogen hat.

Sie ist fortan kein Rätsel mehr für mich. Ich nehme ihre Hand und flüstere die Formel, die den Fluch aufheben soll. Sie versucht mir nachzusprechen, memoriert mit starren Lippen. »*Das ist nur etwas, das geschieht, Kate, das bist nicht du, die das macht.*«

Ich weiß, wie ihr zumute ist. Sie muß die Wörter im Mund stapeln, bevor sie in der richtigen Reihenfolge kommen.

Ihr Gesicht hellt sich auf, als die Worte erst gesagt sind. Olaf versteht nichts. Er ist gerade von seinem eigenen Schnarchen wach geworden.

Die ersten Reihen sind in Aufruhr geraten. Kinder rufen in Panik nach Pierrot. Einige kleine Mädchen wenden sich mit schreckensstarren Augen um und strecken ihren Müttern die Hände entgegen, während das Weinen ihre Lippen beben läßt.

Nach einem Intermezzo, bei dem sich der Pfauenfächer geschlossen hat, wird Pierrot an die Rampe geschubst, mehr schwarz als weiß. Es tropft aus seinen Ärmellöchern, und die Schminke läuft in Streifen über sein Gesicht, als er die Arme in einer ohnmächtigen Geste ausbreitet.

Alle Kinder schreien: »Sag etwas, Pierrot, sag etwas!«

Aus seinem rot gemalten Mund kommt kein Ton.

XVIII
Ein Schlüssel für Sister Kate

Als wir draußen am Assistens-Friedhof aus der Straßenbahn steigen, haben wir das Feuerwerk im Rücken. Es detoniert über dem Zentrum – Sekunden bevor uns das Krachen erreicht und auf der Netzhaut mit Rauchtrauben ausbrennt. Auf dem ganzen Weg hierher hat Kate das Straßenbild mit neu erwachtem Erstaunen betrachtet und die Wörter stumm wiederholt. Verkehrsampeln wechseln die Farben, Autos fahren, Fahrräder klingeln, und die Leute wagen sich hinaus auf die Fußgängerüberwege, ohne daß sie ihre Hand mit im Spiel hat.

Sie hat die Todessteilwand, an der sie Tag und Nacht hing, überwunden. Nie habe ich ihre Züge so friedvoll gesehen wie an diesem Abend. Hinter der Sonnenbrille behalte ich sie im Blick – heimlicher Mitwisser und blinder Kumpel. Olaf hat nur dagesessen und genickt – die ganze Zeit über schwankend zwischen Aufleuchten und Erlöschen. Er wirkt total ausgebrannt.

Ich schlucke und lasse mir nichts anmerken. Der Mahlstrom wirbelt mich noch herum, vor mir liegt die Reise einer unendlichen Nacht. Ich bin nicht einmal müde. In wiederkehrenden blitzartigen Bildern sehe ich die Hand, die Kapsel Nummer zwei in meinen Mund warf, noch bevor wir die Meinungsgade verlassen hatten. Städte und Landstraßen brennen sich abwechselnd in mir ein, während Vergangenheit und Zukunft zusammenfließen.

Wieder zu Hause, setze ich Wasser für Tee auf, und Olaf rollt sich einen Joint, den er vergißt, bevor er fertig ist. Kate ist in der Tür stehengeblieben. Ihre Kiefer zittern und zerschneiden ihr Gesicht, der Blick, Rückfall signalisierend, gleitet voller Grauen über die Wände.

Sie ist dem Vandalismus des Nachmittags zum Opfer gefallen. Olafs Tuschpinsel ist in Blitzen über ihrer Dekoration explodiert. Collagen, Pfauenfedern und venezianische Masken sind verschmiert, Farbstreifen trocknen noch auf der Tapete, und ägyptische Augen betrachten uns aus den Ecken.

Als der Tee fertig ist und ich einschenken will, hat sie das Service aus *Der Königlichen Porzellanfabrik* erblickt, das in Scherben auf dem Fußboden liegt. Sie ist kurz davor, in Tränen auszubrechen.

»Was habt ihr gemacht?«

»Uns geschlagen«, antwortet Olaf grob.

»Weshalb?«

»Deinetwegen, mein Schatz!«

Das ist Licht in der Dunkelheit, und ich bringe blitzschnell ein Marmeladenglas mit Tee, Zitronenscheibe und Honig. Die Pinsel habe ich ins Waschbecken gekippt.

»Genauso wie beim ersten Mal, als wir uns getroffen haben ...«, sage ich und lasse es offen, ob ich Olaf und mich oder das Teeglas meine. Kate ist besänftigt, aber eine nachdenkliche Falte hat sich über der Nasenwurzel festgesetzt. Sie erinnert an jemanden, der einen Tag zu spät zum Karneval gekommen ist.

»Können wir jetzt nicht weg?«

Die Frage erlöst alles. Bald wetteifern wir wie früher um ihre Gunst, malen abwechselnd die Glückseligkeiten der Reise aus, und Olaf faltet ein Schiff aus Zeichenblockblättern. Es wächst unter seinen Händen mit Buntstiften als Masten, Segeln aus Silberpapier und einer Galionsfigur mit allzu großen Brüsten. Kate darf es mit Glitzerglanz taufen, den er in die Farbe mischt, und ich soll ihm einen Namen geben. Wir nennen es nach dem Schiff meines Großonkels, mit dem er Vanille zu den Inseln brachte.

Damit ist Zauberpulver über das Ganze gestreut, und wir fliegen wieder. Der Tee darf im Glas kalt werden, während sich Kates und Olafs Lachen wie Glockenspiel und Trompetenstöße abwechseln. Das Mobile, das in meinem Kopf pausenlos herumsurrt, ist ein Engel auf allerdünnster Spitze, und den Glockenklang steuere ich selbst bei.

Die Nacht hat unser Fenster blaugefärbt, als sie ihre Glieder strecken und sich in Olafs Zimmer zurückziehen wollen. Kate muß am Morgen früh aufstehen und in die Klinik.

Ich habe auf meinem Aussichtspunkt gesessen, gefangen von dem Mienenspiel in ihren Gesichtern. Olaf in kräftigen Farben und mit Pferdehaar, wie man es auf Masken von Bali findet, Kate in Pastell und mit hochgezogenen Linien – in einem ewigen Fingertanz mit sich selbst.

Jetzt werde ich von Panik gepackt. Ich will nicht wieder allein in der Stube zurückbleiben. Mir scheint es der beste Einfall der Welt zu sein, als ich in die Keksdose tauche und Kate das gelbe Ende einer Kapsel hinhalte. Sie ist an Pillen gewöhnt und nimmt sie entgegen, ohne an anderes zu denken als an die Flüssigkeit, mit der sie hinuntergespült werden soll. Ihre Hand hat sich schon um das Marmeladenglas mit dem kalten Tee geschlossen, als Olaf in Aktion tritt.

Er knipst ihr die Pille aus der Hand und trampelt sie mit dem Absatz breit. Dann wirft er mir einen funkelnden Blick zu und zieht Kate an sich. Sie wird in seinen Armen zur Schlenkerpuppe, gähnt und fragt mit schläfrigem Schnurren: »Schlagt ihr euch jetzt wieder?«

Dann legt sie den Kopf auf seine Schulter.

»Ich kann bestimmt einschlafen«, sagt sie und schenkt mir einen dankbaren Blick, »es war aber lieb von dir!«

Sie zupft ihn am Bart und sieht ihm vorwurfsvoll ins Gesicht, in dem die Nasenlöcher vor Zorn vibrieren.

»Du sollst ihn in Ruhe lassen, du Hitzkopf«, sagt sie, »sonst will ich nie mehr mit dir schlafen. Er ist der einzige, der mich versteht.«

Mit gesenktem Kopf nehme ich die Gnade entgegen.

Kurz darauf gehen sie zu Bett. Der freie Tag der Prinzessin ist vorüber.

Es vergeht geraume Zeit, bevor der Fandango der Pritsche hinter ihrer geschlossenen Tür verebbt. Ich habe meinen Körper auf der Matratze geparkt und liege – wie vorauszusehen war – schlaflos, während das Knochengewebe für das Sausen ferner Quasare einen Detektor bildet und die Augen sich weiten, um das Ende der Nacht zu erspähen.

Irgendwann höre ich die Bettfedern ächzen; Olaf erhebt sich nebenan und rumort herum. Er stößt im Dunkeln gegen einen Schemel, dann geht die Tür auf, und er kommt in die Stube. Das Weiße in seinen Augen ist nach außen gekehrt, als er mit blinden Händen die Wände abtastet.

Er tappt zu meinem Lager, schlägt eine Hand auf meine Schulter und schüttelt sie.

»Sie sind ganz schwarz«, stöhnt er, »die Wände sind schwarz!«

Ich springe auf und knipse das Licht für ihn an. Wieder steht er vor der Wand und betastet sie wild.

»Kohlrabenschwarz!«

»Das ist doch nur – verdammt, Olaf –, weil es dunkel ist. Sieh mal ...«

Aber er sperrt nur die Augen auf und geht seinen Blindengang weiter – durch die ganze Stube. Die Wände liegen in Licht gebadet da, aber er sieht es nicht. Seine Wände sind immer noch schwarz. Ich begreife, daß es ernst ist, und lege den Arm um ihn.

»Olaf, entspann dich.«

Ich schüttele ihn. Sein Kopf wackelt hin und her; er hat den erloschenen Blick des Schlafwandlers. Ich sehe mich unwillkürlich nach Hilfe um, aber Kate schläft. Ich schüttele ihn wieder.

Jetzt steht er still. In seinem Blick ist noch immer kein Erkennen. Der Spitzbart sträubt sich. Die Hand, die ich halte, ist kalt und schlapp. Wenn ich ihn anspreche, antwortet er nicht.

Ich rede beruhigend auf ihn ein, während ich ihn – überzeugt davon, daß er jetzt im Gehen schläft – zurücklotse, ihn auf sein Bett setze, seine Beine anhebe und ihn in die richtige Position bringe. Ich halte eine Hand auf seine Stirn, bis er ruhig atmet und seine Augen zufallen. Nach ein paar Zuckungen ist er wieder weggetreten, und ich lasse ihn langsam los, um seinen unruhigen Schlaf nicht zu stören.

Ich schiele zu Kate. Sie schläft ruhig auf dem Rücken wie ein Kind. Das Geschlecht hebt und senkt sich in einer rauhen kleinen Welle auf ihrer nackten Bauchhaut. Herrgott, sie ist doch nur ein ganz gewöhnliches Mädchen, ein wenig dreieckig im Gesicht, die blonden Haarsträhnen über dem Kopfkissen. Ich stehe auf und lasse die Tür einen Spaltbreit offen.

Die Schwester schläft, und ich bin allein auf der Welt.

AM FÜNFTEN TAG nach Beginn unserer Phantasiereise kommt Jens vorbei. Er ist nahezu demütig. Die Kate, die er zurückbekommen hat, ist nicht wiederzuerkennen, und Geert – ich konstatiere, daß er den Psychiater inzwischen beim Vornamen nennt – ist bereit, sie mit uns nach Venedig reisen zu lassen. Es ist die Rede von so markanten Fortschritten, daß sie ihr die Medikamente nicht mehr geben und die Behandlung mit Elektroschocks vorläufig ausgesetzt haben.

Olaf hört nur die Einleitung, dann ist er aus der Tür. In der Stube bleibt ein Seufzer der Erleichterung zurück. Jens sitzt da und bietet mir eine Zigarette an. In seinen braunen Augen ist eine tiefe Dankbarkeit. Ich begreife, daß sie viel über mich und den Abend im *Tivoli* gesprochen hat, von dem sie als neuer Mensch heimgekehrt ist.

Ich schlage seine *Kings* ab, und er sieht mich an: »Hast du aufgehört zu rauchen?«

»Die wachsen zwischen meinen Fingern«, murmele ich. Eine plötzliche Schärfe kommt in seinen Blick. Man vergißt glatt, daß er selbst Psychologe ist. Er fragt nach meinem Studium. Jens ist sehr lieb, und in der folgenden Stunde reden wir über Medizin, ohne daß er Unheil wittert. Er ist ausgesprochen nett, als er zu einem Zeitpunkt beteuert, daß die ärztliche Wissenschaft Leute wie mich dringend braucht! Die Zeiten haben sich geändert.

Da ertönt ein Fanfarensignal von der Meinungsgade. Draußen hält ein naturweißer Mercedes, und wir sperren Mund und Nase auf, als Olaf aussteigt. Er war im Zentrum und hat ein Auto von der Mietwagenfirma *Pitzner* geholt, das nach Milano gebracht werden soll. Wir müssen nicht einmal das Benzin bezahlen. Unterwegs hat er bei der Galerie reingeschaut, die ausverkauft und ihm den Rest für seine Bilder in bar ausgezahlt hat. Wir haben dreimal vierundzwanzig Stunden, dann müssen wir mit dem Wagen dort sein.

Das Reisefieber hat uns gepackt. Der Maihimmel strahlt, und Jens bricht sofort auf, um zu Hause zu sein, wenn Kate von der Behandlung kommt, so daß er ihr Bescheid sagen und beim Packen mithelfen kann. Wir reisen übermorgen. Olaf liebt es, wenn die Dinge Schlag auf Schlag passieren.

Als wir allein in der Wohnung sind, ziehe ich das Deckchen vom Saxophon.

»Wo willst du hin?« fragt Olaf, als ich es aus der Tür schleppe.

»Zum Trödler.«

Als ich den Bariton versetzt habe, fühlen wir uns reich und gleichzeitig besitzlos. Nun können wir reisen, wohin wir auf der Welt wollen, und ich tänzele aus der Tür, um meine Eltern von der Telefonzelle aus anzurufen.

Meine Mutter ist am Apparat.

»Du klingst froh«, sagt sie überrascht. Es rauscht in der Leitung, und ihre Stimme hört sich an, als käme sie von weither.

Begeistert weihe ich sie in unsere Pläne ein. Die Muschel an meinem Ohr fühlt sich kalt an, und ich registriere ihr Zögern.

»Wann, sagtest du, wollt ihr reisen?«

»Übermorgen ...«

»Ich gebe dir gleich mal deinen Vater!«

An das Gespräch habe ich keine Erinnerung. Mit hängenden Schultern gehe ich zurück zur Meinungsgade. Olaf merkt sofort, daß etwas nicht in Ordnung ist.

»Was ist los?«

»An dem Tag, an dem wir fahren ...«

»Ja?«

»... das ist der elfte?«

»Das stimmt. *Time, you know* –«

Er lacht idiotisch.

»Das ist der Geburtstag meines Vaters.«

»Gratuliere!«

»Das ist der Tag, an dem er sein neues Geschäft einweiht.«

Jetzt wird Olaf ernst. Er stellt sich sofort um.

»Und was machen wir jetzt?«

Es ist still in der Meinungsgade 21, rechte Seite, abgesehen von dem Summen der Schmeißfliege, die die Rauchorgien des Winters überstanden hat und noch nicht vom Frühjahrsputz erwischt worden ist, weil Sister Kate krank war.

»Fahren!« sage ich ebenso ruhig.

Bevor er durch das Zimmer stürzt und unsere Platte auflegt, schafft er es gerade eben, meine Schulterblätter lose zu klopfen. Er gibt für mich einen *Jitterbug* zu ›Under the Boardwalk‹. Ich lande in der Ofenecke, wo es noch nach Petroleum riecht.

»Das Grammophon«, sage ich atemlos, »was wird damit?«

Ich bin Steinbock und ewig in dem Streß, nichts zu vergessen.

»Das nehmen wir einfach mit – hast du den Wagen gesehen? Das ist ein Camper, Mann, ein Palast auf Rädern!«

Ich stehe da mit meinem Wenn und Aber.

»Milano, was machen wir von Milano aus?«

Olaf vergißt manchmal, daß *er* der Analphabet ist.

Er sieht mich wirklich an, als hätte er nie etwas Dümmeres gehört.

»Per Anhalter weiter, was denn sonst?«

Ich stehe schon auf der Landstraße und schlucke Staub, während die Autos vorüberrauschen und Olaf Sack und Pack, Malerkiste, Staffelei und Reisegrammophon, auf dem Kopf balanciert.

»Es kann doch sein, daß uns die Firma einen *Alfa* weiter zum Lido gibt.«

»Tolle Idee. Du weißt aber schon, daß in Venedig keine Autos fahren?«

Mit einem wohlgezielten Schulterstoß werfe ich ihn auf die Matratze, drücke ihn in das Kopfkissen, daß das Inlett reißt und der Raum sich mit Federn füllt.

11. Mai. Der Sonnenschein hat den Dänen ans Herz gerührt. Die Luft summt von der heimlichen Erwartung, daß er nie mehr verschwinden möge. In der Meinungsgade ist alles gepackt und bereit und die Wohnung bis auf die nackten Dielen ausgeräumt. Olaf hat, wer weiß wie viele Male, an der Ecke der Nørrebrogade Ausschau gehalten, aber Kate läßt auf sich warten.

Damit die Zeit schneller vergeht, tragen wir die Sachen hinaus ins Auto. Wir haben nicht mehr mit, als im Gepäckraum Platz hat. Zum Schluß stellen wir die Keksdose auf eine Borte in der Küche. Es sind nur Münzen übrig; das andere ist in die Reisekasse geflossen. Die Pillen hat Olaf in der Toilette heruntergespült – abgesehen von ein paar LSD-Trips, die ich ohne sein Wissen zur Seite gelegt habe.

Es vergeht eine Stunde, in der wir dasitzen und in einem vor Sauberkeit glänzenden, kahlen Raum herumtrippeln. Alles ist abgerissen, und wir haben die Wohnung als Dankeschön für das Ausleihen gestrichen. Die Wände sind weiß und die Fenster frisch verkittet. Wir haben es nicht geschafft, den Fußboden abzuschleifen, aber er ist mit Seifenlauge gescheuert und zum Lackieren vorbereitet.

Es vergeht eine weitere Viertelstunde, in der Olaf bis oben zum Assistens-Friedhof war und wieder zurückgekommen ist.

Dann klopft es an die Tür.

Draußen steht Jens in seiner Wildlederjacke. Er hat das Antiatomabzeichen im Knopfloch, und die Fransen bewegen sich in der Zugluft vom Korridor.

»Wir sind fertig«, sagt Olaf und öffnet weit die Tür.

Jens ist allein. Olaf wartet nicht. Er stürzt auf die Straße, um zu sehen, ob Kate in der Ente geblieben ist. Aber Jens' Haltung ist eindeutig. Er ist gebrochen, hat schwarze Ringe unter den Augen, und als er sich eine Zigarette anzünden will, zittern seine Hände.

Wir müssen es aus ihm herauslocken. Als es endlich kommt – stoßweise und unter Schluchzen –, ziehen Tränen Streifen über sein Gesicht. Kate ist eingeliefert worden. Nach einem Gespräch im Keller von *Frederiksberg*, bei dem der Psychiater ihr LSD gegeben und sich danach zurückgezogen hatte, um Notizen zu machen, war sie völlig ausgeflippt. Als er sich mit einer Gruppe von Pflegern näherte, hatte sie ihm in die Hand gebissen.

Jens unterbricht sich selbst und sieht weg.

»Da ist etwas mit Kate und ihrem Vater ...«

Letzteres hat er geflüstert. Er schweigt und starrt direkt an die Wand. Wir fragen ihn nicht weiter aus. Seine Erklärungen bereiten mir Übelkeit. Er sagt es nicht direkt, aber es liegt in der Luft, daß sie ein Glas mit Tabletten geleert und versucht hat, sich aus dem Staub zu machen.

Meine geballten Hände werden so weiß wie die Welt, die ich verlassen habe. Mit geschlossenen Augen schlage ich mit den Knöcheln gegen eine Fenstersprosse, wieder und wieder, während Olaf ...

Olaf steht still. Die Uhren ticken, und Olaf steht still.

Als er sich endlich rührt, ist es, als bewegte er sich in einem Film. Er zieht etwas aus der Tasche und läßt es vor Jens hin und her baumeln.

»Was ist das?«

»Der Schlüssel. Der Schlüssel zur Meinungsgade. Gib ihn Kate und sag, sie kann zu uns kommen, sobald sie gesund ist.«

Er ist beinhart und geht, ohne sich in der Tür umzudrehen. Jens sitzt mit dem Sicherheitsschlüssel da und ähnelt einem geprügelten Hund. In all der Zeit, die wir hier gewohnt haben, war die Tür niemals abgeschlossen.

Ich bleibe auf der Schwelle stehen und fummele mit dem Blick, bis wir Augenkontakt haben.

»Paß gut auf dich selbst auf«, sage ich leise. Dann folge ich Olaf hinaus zum Auto.

XIX
Das Papierschiff

Wir verschlingen Europas Autobahnen in weniger als vierundzwanzig Stunden – pur.

Ich habe noch immer nicht den Führerschein zurück, und Olaf fährt, als hätte er die Lizenz zum Töten bekommen. Ganz oben auf dem Lenkrad klopft unaufhörlich sein Zeigefinger, und wenn er die Hupe betätigt, hämmert er die ganze Handwurzel darauf. Wir fahren *nonstop* und wechseln uns mit dem Schlafen ab.

Er bleibt stumm und verbissen, bis wir auf der anderen Seite von Hamburg sind, wo ich für die nächsten vielen Stunden das Fahren übernehme, während er sich auf dem Rücksitz zusammenrollt und in Schlaf fällt – immer noch ohne ein Wort gesprochen zu haben.

Irgendwo in der Nacht überhole ich jemanden trotz einer Fahrbahnmarkierung, die unserer doppelten Sperrlinie entspricht, und ein Volkswagen mit stark frisiertem Motor kommt mit Blinklicht und Signal aus einer Rastplatzausfahrt gefahren. *Eins, zwei, Polizei.* Sie stoppen uns, und ich rolle die vordere Scheibe herunter. Hinten auf dem Rücksitz hebt Olaf den Kopf und schüttelt mit einem schläfrigen Murmeln seine Locken.

»Hast du die Sache im Griff?«

Dann erfaßt er die Situation und ist hellwach. Er bleibt klugerweise liegen. Wenn sie meinen Führerschein sehen wollen, ist die Reise hier zu Ende.

Der Polizist grüßt. In meinem besten Schuldeutsch entschuldige ich mich für meinen Fehler. Ich habe ein Verkehrszeichen übersehen und erkundige mich nach Details ihrer Straßenverkehrsordnung, die er mir bereitwillig erläutert. Am Ende legt der grüngekleidete Mann eine Hand an den Mützenschirm. Er lobt mein Deutsch und wünscht uns eine gute Reise in Richtung Süden!

Die Räder summen wieder auf dem Asphalt, und Olaf reckt den Daumen hoch. Dann rollt er sich wieder zu einer Puppe zusammen und läßt ein Schnarchen emporsteigen.

Die vielen nächsten Kilometer fahre ich, Flügelspitze an Flügelspitze mit meinen Fliegerträumen. Nach einem Trip auf der Autobahn sind die LSD-Blasen erneut im Rückgrat aufgestiegen, und das grauende Morgenlicht wird zu Flitter und Konfetti.

Jedesmal, wenn ich unter einer Brücke durchfahre, ist dort ein *Tivoli*-Restaurant mit weißen Tischen und karierten Tüchern. Damen mit Sommerhüten, fast haarlose Pudel und Kinder mit Matrosenkragen. Ein Herr mit Zeitung und weißen Handschuhen, dessen Gesicht verdeckt ist. Wenn ich brüllend unter die Brücke fahre, wechselt das Bild mit der Schnelligkeit eines abstürzenden Flugzeugs, die Flügel brechen, und Körper und brennende Metallstücke fliegen um mich herum.

Wenn ich dann zur nächsten Brücke komme, sitzen sie da wie zuvor.

Es gibt viele Brücken auf der Strecke. Der Rhythmus und die Auflösung der Vision sind immer die gleichen. Mit jeder Durchfahrt bekommen die Körper mehr Kontur. Die Vision ist ebenso real wie die karierten Tischdecken an einem Sommertag im Garten. Sie nippen an ihren Teetassen, ohne den Motorenlärm zu beachten.

Der Herr mit der Zeitung hat sich vorgebeugt und füttert den Hund mit einem Stück Würfelzucker. Anschließend klopft er die Krümel von seinen weißen Handschuhen und beginnt diese auszuziehen, Finger für Finger.

Das Muster der Wiederholung macht mich wahnsinnig. Ich fahre Schlangenlinien. Olaf stöhnt im Schlaf und stößt sich den Nacken am Türgriff. Als ich mich der nächsten Brücke nähere und sie wie zuvor dasitzen, hat der Herr die Zeitung zusammengefaltet und sieht mit einem von Gerechtigkeit blitzenden Blick vom Tisch auf. Ich keuche, bremse – das ist der weiße Richter. Der Wagen bricht aus, und Olaf hüpft vom Rücksitz wie ein Springteufel.

»Hast du die Sache im Griff?« ruft er.

Ich drehe mich um. Reiße am Lenkrad.

»Selbstverständlich!«

Im selben Augenblick rauscht der naturweiße Mercedes über den Grabenrand, das ohrenbetäubende Bremsgeräusch ist um das Chassis herum zu einem Zischen geworden. Wir schweben geraume Zeit einer ständig tieferen Gewichtslosigkeit entgegen, und die Klarheit kehrt zurück. Ich lasse das Rad mit der einen Hand los und schalte die Zündung aus. Der Mercedes-Stern auf dem Kühler ist mein Zielkreuz, als wir tauchen. Die Notlandung auf dem Feld des Bauern endet in einem furchtbaren Gepolter, ehe der Wagen still steht und wir aus unserer jeweiligen Tür taumeln, ohne eine Schramme abbekommen zu haben.

Gleich neben uns steht eine Weide, und inmitten der Grünfläche sind große Felsbrocken. Wir befinden uns auf der Höhe der Alpen.

Olaf rennt um den Wagen herum, rüttelt an den Kotflügeln und sucht nach Kratzern im Lack. Da ist kein einziger. Er reißt mir die Schlüssel aus der Hand und setzt sich hinter das Lenkrad.

»Du kannst nach hinten gehen!«

Er knallt mir die Tür vor der Nase zu, startet mit einem Ruck, fräst quer über die Furchen und findet weiter unten einen Feldweg, wo der Graben aufgefüllt ist. Er gibt Vollgas und rammt mit dem vorderen Kotflügel einen Zaunpfahl.

Ich humpele die acht Meter zum Grünstreifen und stelle mich dorthin, wo die Bremsspur endet. Erst jetzt spüre ich den Schmerz. Das Lenkrad hat mir einen Bluterguß im Oberschenkel verpaßt, die Jeans reibt wie Sandpapier über der pochenden Ader.

Olaf kommt im Rückwärtsgang zu mir und schlägt während der Fahrt die Tür zum Rücksitz auf.

»Idiot!« heult er, »du fährst wie 'ne Wildsau.«

ALS ICH AUFWACHE, haben wir die Berge hinter uns gelassen; die tiefen Farbschatten der Po-Ebene umgeben uns. Bald prägen Pinien die Landschaft und sanftere Hügel. Meine eine Wange ist von der Sonne warmgeleckt, und der Schlaf flüchtet sich in die Haarnadelkurven unruhiger Träume. Ich gähne und wickele mich aus der Decke. Die Autobahn ist schon ein Flechtwerk von Schildern, die nach Milano zeigen, und Olaf fährt – einen Ellenbogen aus dem Seitenfenster und mit peitschendem Haar –, während er seinen ewigen Rhythmus auf das Lenkrad trommelt.

Die Benzintanks sind zu feuerspeienden Wölfen geworden, und mit einem Anflug von Wehmut lehne ich mich zurück in den Fahrtwind. Ich habe unsere Tour nach Italien geliebt; seit ich mit Maiken geritten bin, sind drei dürftige Sommer und ein langer Winter vergangen, und die Sehnsucht hängt noch in mir wie ein gehäuteter Fuchs.

Als wir die Vororte erreichen, geht die Jagd erst richtig los. Ich bin auf den Vordersitz geklettert und sitze da mit einem Stück Papier und einer Karte von der Großstadt. Olaf wechselt die Spur und benutzt die Hupe wie ein Südländer, während er das Lenkrad mit beiden Händen losläßt und sich mit einer vielsagenden Geste auf den Unterarm schlägt. Er heftet sich an das Hinterteil eines Taxis, das uns über alle möglichen Schleichwege ins Zentrum lotst. Als wir schließlich bei der angegebenen Adresse landen, ist der Tag noch lang, und uns trennen Stunden von dem Termin, zu dem wir mit dem Auto dort sein sollten.

Es ist kein Tropfen Benzin mehr im Tank. Die letzten paar Meter rollen wir im Leerlauf eine Rampe hinunter. Olaf steigt sofort aus und zeigt auf die Beule im vorderen Kotflügel, bevor man sie dort selbst entdeckt.

Der verantwortliche Meister der unterirdischen *Pitzner*-Garage klopft uns den Nacken, dann teilt sich sein Schnurrbart in einem Lachen, und er verdreht die braunen Augen.

Olaf fühlt sich wie zu Hause. Er zeigt durch die Frontscheibe auf das Tachometer, danach auf mich, bevor er einen Finger auf der Stirn dreht. Ich mache mir Mühe mit meiner flapsigen Bemerkung, daß Jugend und Benzin eine gefährliche Mischung sei und daß wir beide eine hohe Oktanzahl hätten. Dann streife ich die Jeans herunter und zeige einen blauen Abdruck von der Größe eines Hufeisens. Der Meister schmatzt mit den Lippen. Wir könnten seine eigenen Jungs sein.

Wir räumen das Auto aus, und als wir – immer noch das Singen der Autobahn im Blut – mit dem Gepäck nach oben ins Licht wanken, um einen Trolleybus zurück zu den Vororten zu nehmen, ist er bereits dabei, den Kotflügel auszubeulen.

»Fa niente, fa niente!« ruft er uns nach. »Ciao amici.«

Ich habe mir das Reisegrammophon unter den Arm geklemmt, um Olaf milde zu stimmen.

Ferrari, Alfa Romeo, Lamborghini, Maserati –

Der Staub ist der gleiche. Als wir eine Stunde an der Abzweigung nach Venedig gestanden und ein Pappschild in die Luft gehalten haben, schmeißt sich Olaf auf meinen Koffer und gibt auf. Ich beharre auf einer weiteren Viertelstunde. Dann werden wir von einem *Bedford* mit Milchkannen auf der Ladefläche aufgelesen und dürfen uns im Fahrerhaus zusammenquetschen. Die vorderen Kotflügel klappern mit den Milchkannen um die Wette, dem Chauffeur fehlt ein Zahn, und er hat schwarze Mundwinkel vom Kautabak.

Er spricht mit uns voller Stolz deutsch, und ich lasse ihn in dem Glauben. Er will nur bis Verona. Nach einer Beratung mit

Olaf im Flüsterton erkläre ich ihm, daß wir gern am Bahnhof abgesetzt werden wollen.

»Auf Wiedersehen, liebe Freunde aus Deutschland!« singt er und winkt aus einem Fenster, an dem sich die Gummilitze gelöst hat. Die Italiener sind ein freundlicher Menschenschlag.

Wir kommen bei weitem nicht so standesgemäß in Venedig an, wie wir es uns vorgestellt hatten. Olaf schläft im Stehen, eine Hand in der Lederschlaufe, und ich bin im Begriff, mich in meiner aufzuhängen, während der Zug durch die Landschaft stampft.

Die Sonne steht noch hoch am Himmel, als wir durch ein Industrieviertel mit qualmenden, hohen Schornsteinen und Wärmespiegelungen über den Schwellen fahren. Auf den letzten paar Kilometern über den Damm bin ich selbst eingenickt, und die Welt kommt mir überbelichtet vor. Als wir – mit Bremsen, die durch Mark und Bein gehen – in den Bahnhof einfahren, erwacht Olaf mit einem Ruck.

»Kate!« ruft er und starrt mich mit Augen an, die in seinem Kopf herumschießen wie zwei verirrte Fliegen.

Wir erholen uns auf der Treppe vor dem Bahnhof, während wir auf ein Boot warten, das uns hinüber nach Giudecca bringt. Die Sonne glüht herab und läßt alle Farben mit doppelter Intensität leuchten. Da gibt es Buden mit Stöcken, Hüten und Glastieren – genauso wie im *Tivoli* –, und Olaf gewinnt allmählich seine gute Laune zurück. Er hat hintereinander fünf Dosen Pfirsichjuice geleert und sich einen Hut gekauft, aus dem die Ohren herausstechen. Er sieht genauso dänisch aus wie ein Brauereipferd von *Tuborg* mit einem Strohhut.

Wohlbehalten drüben auf Giudecca angelangt, suchen wir umgehend die Werkstatt des Goldmachers auf. Wir klopfen an, unsere Habseligkeiten als Bukett zu den Füßen ausgebreitet. Domingo kommt mit struppigem, kohlrabenschwarzem Haar und Vollbart in der Tür zum Vorschein. Er trägt einen Kimono aus schwarzem Brokat mit Phönixen und wirkt in der letzten Stunde der Siesta schlaftrunken. Wir haben einen Gruß von Walt und einen Brief von der Galerie in der Knabostræde zu überbringen. Das ist genug, um die Tür weit zu öffnen.

Er bittet uns herein. Von Anfang an ist Olaf von seinen Werkzeugen fasziniert – von der Lötpistole, den Tiegeln, den Flaschen mit Königswasser und Totenköpfen. Gold in Drähten, Silber in Platten und Riegeln. Olaf setzt sich sofort an den Tisch mit dem v-förmigen Ausschnitt und dem Fellsack – dem Werkbrettfell, das die Späne auffängt, die bei der Verwandlung des Goldes entstehen.

Er dreht und wendet einen Bauchschmuck, dessen Arabesken sich zwischen Ketten und Schlössern verschlingen, um zu sehen, wie er zusammengesetzt ist. Das erinnert mich daran, wie fasziniert ich als Junge war, als ich beim Schmied in der Grønnegade Messingbarren zu Gold feilen und völlig nutzlose Löcher in Stücke von Eisenstangen bohren durfte. Das Gewicht von bearbeitetem Metall wiegt schwer in unseren Händen.

Als ich entdecke, daß der Schmuck für eine Frau bestimmt und dafür gedacht ist, das Geschlecht mit einem goldenen Sattel zu umschließen, erröte ich seit langem zum ersten Mal, und ich frage nach der Toilette. Domingo gibt mir den Schlüssel für die darüberliegende Wohnung, die sein privates Domizil ist. Ich erleichtere mich in einem Badezimmer mit dicken Handtüchern, Fliesen mit blauen Fischen und Korallenwäldern.

Da ist ein Sickern unter dem Terrazzofußboden. Vom ersten Augenblick an wirkt Venedig erregend. Die Hure des Adriatischen Meeres trägt ihren Namen mit Stolz. Ich habe nie so viele Cremes und Öle in dem Badezimmer eines Junggesellen gesehen – Parfümflaschen und Pulver in kräftigen Farben als reine Dekoration. Es duftet nach verschiedenen Schaumbädern. Naturschwämme liegen auf dem Rand der Sitzwanne, und an einem Porzellanhaken hängt ein Gästekimono für Herren.

»Nimm ruhig ein Bad, wenn du Lust hast!« ruft Domingo

draußen vom Korridor. Ich werde sofort verlegen und komme eilig heraus.

Inzwischen hat er in der Stube, die mit hohen Fenstern und Fensterläden auf den Kanal hinausgeht, handgemalte Espressotassen und in Puderzucker gewälzte Kuchen aufgedeckt. Sie schmecken wie gepreßte Sukkade. Er bereitet Sandwiches mit Eiern und stellt ein Tablett mit Melone und Parmaschinken bereit.

Nachdem wir reingehauen haben, räuspert Olaf sich und macht ihn mit unserer Situation vertraut. Er nimmt ein paar Aquarelle aus seiner Mappe und zeigt sie Domingo. Sie werden durch die Goldbrille beäugt, während die Finger mit langen Strichen durch den Bart fahren. Das hier ist keine Pfuscherei; Domingo sagt seine ehrliche Meinung, und die ist positiv. Wir wollen gern einen Platz haben, wo wir uns die nächsten Monate aufhalten und arbeiten können. Gut, gut –

Während er nachdenkt, flicht er eine Locke des Nackenhaares. Dann nimmt er das Telefon und wechselt in fließendes Spanisch. Aus seinem Lächeln entnehmen wir, daß die Aussichten gut sind.

Wir können Zottis Atelier mieten, Zotti ist gerade Professor an der Akademie geworden, und man hat ihm großzügigere Verhältnisse geboten. Er ist Mexikaner und Mauermaler aus der revolutionären Schule. Er male lieber auf den Fassaden als hinter ihnen, fügt Domingo mit einem stubenreinen Lächeln hinzu.

Wir akzeptieren sofort, und er ruft wieder an. Vor heute abend will er den Schlüssel herüberbringen. Das Atelier liegt auf Giudecca; das ist fast zu schön, um wahr zu sein.

Olaf hat noch eine Frage. Er will gern lernen, wie man Schmuck macht. Ich sehe Domingos Gesicht in einem Spiegel aufleuchten, der von den Strahlen einer gehämmerten Blechsonne umgeben ist. Aber die Miene, mit der er seinen neuen Lehrling mustert, ist ausgesprochen professionell.

Sie besiegeln den Pakt mit einem Handschlag.

»Du kannst damit anfangen, den Tisch abzuräumen«, sagt der Kubaner, worauf er uns beiden den Rücken zukehrt.

Eine Weile betrachtet er von dem offenen Fenster aus die Sonnenreflexe auf dem Kanal. Dann dreht er sich wieder um.

»Und noch was: Nimm den Hut ab, solange du bei Leuten zu Besuch bist.«

Olaf, der gerade das Service auf das Tablett gestellt hat, sieht etwas verblüfft aus. Dann schüttelt er das mit einem Lachen ab, reißt den Hut von der Mähne und schickt ihn mit einem wirbelnden Unterhandwurf aus dem Fenster. Wir sind zu dritt, als wir uns hinauslehnen, um seinen weiteren Weg den Kanal hinunter zu verfolgen.

Domingo klopft ihm auf die Schulter und trägt selbst das Tablett hinaus.

KURZ DARAUF verlassen wir zusammen die Wohnung. Wir sollen den Schmuck abliefern. Was den Kunden betrifft, ist Domingo geheimnisvoll, und er hat beide Augenbrauen hoch auf der Stirn geparkt.

»Aber sie ist reich«, fügt er hinzu, »und mit dem Krösus der Insel verheiratet ...«

Wir klingeln an der Tür des Nachbarn. Das Haus hat Erker und Türme; eine lange Mauer erstreckt sich längs des Seitenkanals und umgibt einen Garten, wo die Zypressen wie grüne Pinsel aufragen. Die Mauer ist alt und klotzig und hat Risse vom Moos. Sie ist weder mit Glasscherben noch mit Nägeln bestreut, sondern mit farbigen, lasierten Ziegeln besetzt, die an Raku-Keramik erinnern. Ganz unten an der Mauer, wo das Wasser vorbeifließt, haben sich Algen mit Wellenschlick abgesetzt.

Als die Tür aufgeht, müssen wir nach Luft schnappen. Vor uns steht Ikewada, Hundertwassers japanische Frau, an deren Bilder und Haiku-artigen Titel ich mich noch vom Katalog erinnere, der unseren Traum in einem windig kalten Herbst beflügelte. Sie ist eine Schönheit um die Zwanzig; ihr Gesicht besteht aus hohen Bogen, und Papiermonde leuchten unter ihrer Haut.

Das ist mehr, als wir erbeten haben. Olaf und ich sehen einander an.

Ein Kopf mit dickem, exakt geschnittenem Pagenhaar nickt uns herein.

Domingo begrüßt sie wie ein alter Bekannter. Sie geht voraus und verschwindet auf der Treppe. Ihre strammen Jeans können jedem den Atem rauben, und ich bekomme bei dem Gedanken an die Plazierung des Schmucks erneut heiße Wangen.

Domingo winkt uns hinter sich her. Von einem Löwen, durch dessen Nase ein Ring geführt ist, plätschert ein Wasserstrahl und läßt das Licht auf den Wänden flimmern. In der Diele hängen original japanische Holzschnitte und – an einer Wand für sich – Aquarelle von Sonnenstern, dessen Fabelwesen das Auge dämonisch anziehen.

Im ganzen Haus findet sich nicht ein einziges Bild von Hundertwasser. Er sei nie zu Hause flüstert Domingo, immer unterwegs mit seinen Ausstellungen und zur Zeit in New York. Olafs Augen bekommen einen enttäuschten Ausdruck.

Wir sind bei einer Matte mit zwei Paar weißen hochhackigen Schuhen und japanischen Pantoffeln in allen Größen angelangt. Sie ähneln Schwänen und Schilfbooten auf einem See. Domingo bückt sich und zieht die Schuhe aus. Wir folgen seinem Beispiel und streifen jeder ein Paar Pantoffeln über. Mit unseren Schuhen gleicht der See mehr einem Ententeich. Dann werden die Salontüren aufgeschlagen, und Lady Ikewada – verwandelt als Wirtin in einem Kimono – empfängt uns, indem sie die Hände an die Stirn führt.

Der Salon hat weiße Wände, und abgesehen von den Krügen mit Zwergbäumen, die wir zunächst für künstlich halten, gibt es hier nichts außer Papierschirmen und einem niedrigen Tisch mit Sitzmatten. Uns wird ein Platz am Tisch angewiesen.

Man hört Schritte, und ein Schatten gleitet hinter einem der Schirme hervor. Es ist Kimiko, Ikewadas Freundin. Sie ist etwas jünger und trägt ebenfalls einen Kimono. Ihr Gesicht ist runder, während Ikewadas aufgrund der stark ausgeprägten Wangenknochen fast dreieckig wirkt. Sie serviert den Tee in Tassen, die so dünn sind, daß wir es fast nicht wagen, sie anzufassen. Wir sitzen in der Hocke, Domingo unbeschwert englisch und italienisch konversierend, Olaf und ich mit ächzenden Gliedern.

Schließlich nehmen wir auf der Matte eine Art Lotosstellung ein, während Ikewada den Schmuck mit natürlicher Würde bewundert. Olaf und ich werden abwechselnd rot und weiß. Die Farbe von Pfingstrosen erreichen wir erst, als sich Wärmewellen von unseren Islandsocken verbreiten und das Reispapier am nächststehenden Schirm vergilben lassen. Fast vierundzwanzig Stunden war die Wolle in den Stiefeln zusammengedrückt gewesen; nun richtet sie sich auf, und die übelriechenden Fasern geben ihren Dunst an den Salon ab.

Der Gestank verbreitet sich.

Domingo beginnt zu husten und wedelt Luft unter die Nase. Ikewada und Kimiko wechseln ein paar japanische Worte. Dann erheben sich Kimiko und Olaf zur gleichen Zeit. Kimiko wird wieder zu einem Schatten hinter dem Schirm. Olaf sieht mich auffordernd an, aber ich bin völlig hilflos.

Domingo versucht uns mit einer hilfreichen Bemerkung beizustehen und wechselt wieder ins Italienische. Mit meinem Gymnasium-Latein weise ich darauf hin, daß wir aus einem Land mit Eisbergen und Eskimos kommen und über tausend Kilometer gereist sind, und Ikewada strahlt voll höflichem Interesse.

»Oh yeah?«

Kimiko hat den Raum verlassen. Die Peinlichkeit ist fühlbar. Olaf versucht Haltung zu bewahren und fragt nach der Toilette. Die Beschreibung klingt, als wären die Nasen zugeklemmt. Auf dem Rand der Badewanne sitzend, zerren wir die Socken herunter und werfen sie in einen Eimer mit Chromdeckel, ähnlich denen, die in Krankenhäusern verwendet werden.

Als wir wieder eintreten, haben wir frisch gewaschene Füße. Kimiko kommt mit einem Holztablett zurück und bietet jedem von uns ein Paar japanische Socken an, bei denen die Zehen wie die Finger in einem Handschuh ausgeformt sind. Olaf beginnt mit ihnen zu wippen. Das entwickelt sich zu einem kleineren Puppentheater, in dem der rechte und linke Fuß miteinander konversieren. Zuerst ein klein wenig, dann wird es ein Streit von steigender Hitzigkeit.

Längere Zeit über ist kein Wort gesagt worden. Jetzt bricht sich das Lachen auf allen Gesichtern Bahn, und Domingo heult für uns alle, daß die Tränen hervorspringen. Das Eis ist gebrochen, und die Wasser fließen wieder frei in Hundertwassers Haus.

Alles ist gut. Das beste ist beinahe, daß Zotti einen Boten mit dem Schlüssel schickt. Wir hatten es bisher nicht geschafft, unseren neuen Umgangskreis, der sich schon zur Zukunft geöffnet hat, um den mexikanischen Mauermaler Zotti zu erweitern. Wir steigen die Treppe hinauf und betreten das Atelier, das mit seinen Terazzofußböden und den auf den Kanal hinausgehenden Fenstern dem von Domingo ähnelt. Es ist nur kahler, ganz ohne Schmuck an den Wänden. Hier fallen wir in den Schlaf – jeder auf seiner Pritsche wie ein Stück Holz.

DAS TUTEN des Nebelhornes läßt die Fensterscheiben klirren. Wir werden wach – mit einem Hungergefühl im Körper – und wehren uns gegen das Licht. Es ist früh für uns, unser Tagesrhythmus hat sich um viele Stunden verschoben. Wir öffnen die Fenster und lehnen uns hinaus.

Morgennebel treiben über dem Giudecca-Kanal; dort drüben liegt Venedig mit seinen schiefen Campanilen. Wir gähnen und kneifen uns in den Arm. Es ist kein Traum mehr.

Wieder ein Tuten, aber dieses Mal viel näher. Ein Schatten gleitet aus dem Dunst und wächst mit einer grauschwarzen Kontur.

Ein Schiff mit Bullaugen, Reling und Seeventilen, auf Höhe unserer Fenster in der ersten Etage, gleitet vorüber. Wir können die Nieten in den Schiffsplatten sehen, so dicht kommt der Rumpf. Das Muster tanzt in den Linien, bildet Arabesken zwischen Bullaugen, die in unser Gesichtsfeld geraten und wieder verschwinden. Plötzlich ist da ein Gesicht, das mit dem gleichen Erstaunen zu uns zurückschaut, und gleich darauf sieht man direkt in den Salon, wo Messer und Gabeln gesenkt werden und einzelne Passagiere winken.

Wir winken zurück, stoßen einander mit den Schultern. Der Unterschied zwischen fest und fließend ist aufgehoben; wir sind zwei Dimensionen, die mit einem Schauer zusammengleiten.

Langsam sich zum Klang des Hornes wiegend, gleitet das morgendliche Schiff vorbei, und es vergeht eine Ewigkeit, bis der Passagierdampfer wieder aus unserem Gesichtsfeld verschwunden ist. Das letzte, was ich sehe, ist der Name, der zwischen Roststreifen vom Heck tropft.

Wir stehen einen Augenblick da und sammeln uns. Dann fallen wir einander um den Hals. Kurz danach stürmen wir die Treppen hinunter auf die Kaistraße, auf der Suche nach einer Morgenmahlzeit. Brot und süße Bananen sowie etwas Käse und Wurst tragen wir aus dem Delikatessengeschäft nach Hause.

Wir richten uns ein. Am Fenster, in einer Wandnische, steht ein Schreibtisch. Den bekomme ich. Olaf erhält das große Zimmer zum Malen. Die eine Pritsche stelle ich in eine Kammer, die zur Seitenstraße längs eines schmalen Kanals liegt. Hier gibt es keine Fenster, nur ein Guckloch, wodurch der Raum an eine Krypta erinnert. Ich kann die Tür zumachen und allein sein; das paßt Olaf nicht. Er weiß überhaupt nicht, wozu die Tür da sein soll.

In einem staubigen Winkel finden wir eine Kochplatte mit kaputtem Stecker. Olaf bringt ihn in Ordnung. Eine Pfanne und eine Kasserolle tauchen aus dem Schreibtisch auf, als ich die Tür vom Schrankteil öffne. Wir benutzen eine Fensterbank als

Küchentisch, und damit hat es sich. Olaf stellt die Staffelei auf und beginnt seine alten Bilder zu übermalen.

Als ich mich an den Schreibtisch setze, habe ich ein Kollegheft und einen schwarzen *Bic*-Kugelschreiber vor mir. Gedichte soll man mit der Hand schreiben. Die ersten Zeilen eröffne ich mit Violinschlüsseln; dann werde ich unruhig und muß wieder runter auf die Straße. Olaf folgt mir.

Mehrere Geschäfte haben inzwischen die Rolläden geöffnet. Die Türen werden durch Vorhänge ersetzt: rote, grüne und gelbe Plastikstreifen, die unmittelbar vor der Straße hängen. Wir kaufen Kaffee, Tee, Eier und Zucker. Die Morgennebel sind verdunstet und liegen wie ein Schleier in der Luft, die Sonne ist am Himmel emporgestiegen, und der Tag strahlt von Lichtblitzen und Reflexen auf den Wassertreppen.

Ich habe die Kapseln in der Mickymaus-Schirmmütze versteckt. Sie sitzen im Schweißband wie kleine bunte Patronen in einem Gurt. Während Olaf die Einkäufe nach oben bringt, nehme ich die Schirmmütze ab und knipse die Kapseln, eine nach der anderen, in den Kanal. Venedig braucht das nicht. Dann mache ich einen Spaziergang in meiner neuen Nachbarschaft.

Ich finde die Stelle, an der die Boote anlegen. Man kann zum Markusplatz hinübersehen. Die Vaporettos verkehren Tag und Nacht und verbinden uns durch Silberstreifen mit den Kirchen und Palästen der Stadt. Auch Giudecca ist von Kanälen durchschnitten und wird wiederum durch Brücken verbunden. Auf einem vertäuten Holzfloß entdecke ich ein Restaurant, *Da Mario*, und trinke dampfendheißen Espresso und Eiswasser mit Zitronenscheiben. Die Pergola mit den grünen Trauben ist genug, um mich vollkommen glücklich zu machen.

Zu Hause im Atelier hat Olaf seine Leinwand fertig grundiert, und während die trocknet, stürzt er sich über ein Aquarell. Ich atme tief durch und öffne erneut das Kollegheft. Punkte werden zu Kreisen, und Spiralen wachsen blitzschnell zu einer grafischen Figur, die mit schwarzem Kugelschreiber ausgefüllt werden soll.

Es klingelt an der Tür. Unsere Glocke hat einen spröden rostigen Klang, als würde sie keine Besucher ertragen. Wir schließen nie die Haupttür ab. Olaf steckt den Kopf aus dem Fenster und ruft hinunter. Dann zieht er ihn wieder herein.

»Ein großer Bär steht da unten und brummt«, sagt er lachend.

Ich erhebe mich, um unseren Gast zu empfangen.

»Verdammt«, sage ich, »jetzt war ich gerade so gut in Gang.«

Der Mann füllt unsere Türöffnung ganz aus. Weiße, hochgekrempelte Ärmel, Strohhut, Stirnlocke und einen Hosenbund vom Ausmaß einer Tonne.

»Zotti!« stellt er sich vor, »Professore ...«

Er tritt ein und mustert Olafs Aquarell mit Kennermiene.

»Ah, pintor!«

Er zeigt zuerst auf Olaf, dann auf sich selbst.

»Como yo!«

Letzteres kommt mit einer ganz anderen Betonung und mit Selbstbewußtsein. Zotti artikuliert sich in einer Mischung aus Italienisch, Spanisch und Englisch. Er schnüffelt weiter, fummelt an dem Stecker von der Kochplatte und strahlt, als sie funktioniert. Erst als er sich über meine Schnörkel beugt, Violinschlüssel und Seepferdchen, die auf dem Schwanz stehen, kommt er in Zweifel. Er sieht mich mit ungläubiger Miene an.

»Pittore anche tu?«

»No«, sage ich, »I'm a poet.«

»Oh«, sagt er, um freundlich zu sein, »it looks more like music to me. Música, sabes? El viento de los dioses ...«

»Was sagt er?« ruft Olaf.

»Er sagt, ich schreibe, daß man die Götter singen hört ...«

»Wie kann er das wissen?«

»Halt's Maul und kümmer dich um dein Malheft!«

Zotti lacht verschmitzt, während wir uns auf dänisch streiten.

»You two, Crazy Horse and The Sundance Kid ...«

Ich bin sprachlos. Wie kann er das wissen? Uns fällt die Miete ein. Olaf fummelt das Geld heraus.

»Don't pay me now«, brummt er, und das klingt nach einem Hinausschieben auf unbestimmte Zeit, »vamos!«

Das letzte ist ein Befehl. Wir erheben uns wie auf Kommando und folgen ihm. Ehe wir es uns versehen haben, hat er uns zum Essen eingeladen. Er kennt ein Restaurant, das etwas ganz Besonderes ist und das er uns gern zeigen will.

Kurz darauf sitzen wir bei *Da Mario*.

EINES TAGES – die Zeit ist wie im Fluge vergangen – nimmt uns Zotti mit in die Kirche auf der Nachbarinsel. Ezra Pound soll lesen, und das Fernsehen ist da, um die Veranstaltung zu übertragen. Auch ein Filmteam hat sich eingefunden. Der alte Dichter war für geisteskrank erklärt worden, und dieses ist seit langem sein erster öffentlicher Auftritt. Haikus, Ideogramme, Sonette, Oden und Zueignungen – Pound ist der Meister der Form, und er trägt viele Masken. Die Menschen der Kriegszeit hatten ihn verurteilt; die der Nachkriegszeit sind seit langem wieder zur Bewunderung erwacht. Ezra Pound besteht aus mehr Personen, als ein Mensch fassen kann.

Flüsternd führt uns Zotti in die Kirche. Der Marmorfußboden ist in Schachfelder eingeteilt, die Orgel wird von Säulen getragen, und ganz oben auf dem Altar steht eine Messingkugel. Dort hängen an Ketten rote Lampen von der Decke, im Kirchenschiff steht ein Kreuz mit einer mittelalterlichen Kriegsfahne, und der Raum ist mit großen Ölgemälden alter Meister ausgeschmückt.

Wir sitzen unter der Kuppel, als Pound eintritt und man ihn den Mittelgang entlangführt. Das bärtige weiße Gesicht ist auf Greisenart zu einem Wirrwarr von Falten zusammengeschrumpft, der Anzug ist zu groß und erinnert an ein Kleidungsstück, das der Leichenbestatter im voraus geliefert hat; die Gestalt wirkt gebrechlich, aber ungebeugt.

Pound stolpert durch einen Gang helfender Hände – das Gesicht ist starr auf das durch die oberste Kuppeldecke fallende Licht gerichtet. Man erwartet jeden Augenblick eine Taube, die auf den Strahlen herabschwebt. Erst als man ihn an einem Tisch mit einem Wald von Mikrofonen untergebracht hat und die Scheinwerfer eingeschaltet werden, senkt er den Kopf und betrachtet das gesammelte Aufgebot an Technik mit dem Blick eines Mannes aus der Steinzeit.

Dann beginnt er zu lesen. Er ignoriert die Klappe der Filmleute, legt die Hände auf das Buch und läßt die Worte in seinen Kopf steigen, ohne ein einziges Mal in den Text zu sehen. So hat er sich auswendig in englischer Sprache halb durch einen Abschnitt seiner *Cantos* gearbeitet, als er – nach einem unmerklichen Nicken – verstummt. Ein Murmeln breitet sich aus. Er sitzt aufrecht in dem hochlehnigen Stuhl und schläft.

Ein Literaturprofessor springt auf und spricht mit großen Armbewegungen direkt in die Kamera über Pounds Bedeutung. Die Show darf – um Gottes willen – nicht ins Stocken geraten. Der Greis schnarcht nun hörbar, und ein friedlicher Schimmer ruht auf seinem Gesicht.

Dann erwacht er mit einem Ruck, schüttelt den Kopf und fährt in seinem Psalmodieren fort – in einem Chinesisch, das aus der Zeit stammt, als der Fürst Chou seine Heerscharen in das Zentrum des Reiches schickte.

So geht es weiter. Nach jedem Einschlafen wacht er in einer anderen Sprache auf. Die Verse verwittern in seinem Mund zu Griechisch, Latein oder Provenzalisch aus der Troubadourzeit . . .

Alle Unruhe hat sich gelegt. Das Erstaunen wächst mit steigender Verzauberung; die Stimme des Dichters erklingt von einem Turm zu Babel in verschiedenen Zungen und erstirbt wieder im Vergessen. Mit jeder Schlafphase ähnelt er mehr und mehr einem Kind in einer Landschaft von Sandschlössern, die von den Wellen zu Steinen und leeren Schalen eingeebnet worden sind. Pound ist ein seliges Opfer der Entropie des Alters geworden.

Ich bin weg. Seine Anwesenheit spüre ich wie ein schwarzes Loch von wunderbarer Zerstreutheit, und sein Schnarchen ist der Baum, der von einem unsterblichen Herzen aufsteigt und sich mit Kirschblüten im Raum verzweigt.

Plötzlich sind die Scheinwerfer erloschen, und wir sickern mit der Menge hinaus. Alle Gesichter haben einen lauschenden Ausdruck und feuchte Augen. Jeder Mann und jede Frau sind irgendwie abwesend. Die Poesie ist weder in den Bildern, im Rhythmus noch im Zusammenhang der Sprache. Sie ist an einem dritten Ort, verloren in Kadenzen, die verschwunden sind. Sie erfüllt den Raum. Pound hat sich erhoben oder richtiger: er ist benommen anwesend – mitten in einem Wald von Händen, die sich ihm hilfsbereit entgegenstrecken, ohne ihn zu erreichen.

Ich gehe rückwärts und stoße gegen ein Kamerastativ, ängstlich, nicht alles mitzubekommen. Auf den letzten flüchtigen Bildern, die ich von ihm auffange, hat er die Nase wieder zur Kuppeldecke erhoben, und ich folge seinem Blick. Das von oben einfallende Licht wirft durch die Prismenwirkung der Scheiben Mosaike auf die Wand.

Draußen auf dem Platz atme ich wieder durch. Ich habe mich im Kirchenraum wie ein Taucher verhalten, nicht durch den Mund eingeatmet und meinen Herzschlag extrem verlangsamt. Die Sonnenscheibe tanzt in schwarzen und violetten Lichtflecken über den Platz, der in Felder verschiedenfarbigen Marmors unterteilt ist. Da weiß ich, daß ich das Ganze erlebt habe, denn länger dauert es auch nicht, einen Film zu belichten.

Am selben Abend lassen wir eine Party bei Domingo sausen und gehen allein auf Sauftour. Wir sitzen an einem runden Caféhaustisch unter den Arkaden am Markusplatz und arbeiten uns mit dem Zeigefinger durch die Flaschen auf der Borte des Barkeepers. Als die Namen durcheinandergeraten, gehen wir nach den Farben. Wir füllen den Tisch mit Gläsern – von der Peripherie aus nach innen.

Da der Kellner die Rechnung anhand der von uns geleerten Gläser macht, dürfen sie stehenbleiben. Wir arbeiten uns systematisch zum Zentrum vor, und als da nur noch Platz für ein Glas ist, verstummt das Gespräch um uns herum, und mehrere Augenpaare richten sich auf unseren Tisch.

Daß wir zu diesem Zeitpunkt mehr als betrunken sind, steht außer Frage.

Mir fällt plötzlich eine Nummer ein, die ich von Großmutter gelernt habe. Ich bitte um eine Karaffe mit Wasser, schenke in die Gläser ein und befeuchte einen Finger. Eine gellende Version von O *sole mio* schwebt in die laue Nacht. Der Kellner zeigt auf ein Schild über der Bar. *Sono proibiti canti e suoni*. Spielen und Singen verboten. Man hört Lachen um uns herum – danach herrscht Stille.

Olaf ist aufgestanden. Nach einem einleitenden dramatischen Schwanken ergreift er den Tisch am Bein und trägt ihn zur Bar, ohne ein einziges Glas zu verlieren. Alles, was man hört, ist ein unheilverheißendes Klirren. Er überläßt dem Kellner das Zählen und bezahlt unsere Rechnung.

Alkohol kann jeden dazu bringen, auf dem Seil zu tanzen, aber nicht alle kommen so ungeschoren davon wie Olaf. Die Italiener klatschen; sie rufen sowohl *bravo* als auch *bravissimo*, während ich dasitze und mich an den Steigerungsmöglichkeiten der Sprache weide.

Auf Gummibeinen erreichen wir die Schiffsanlegestelle und fallen wie leere Säcke auf der Bank zusammen. Alles dreht sich. Sie sind dabei, ein Schiff an den Kai zu treideln. Es wird mit ganzen Rollen von Kreppapier, Pappmaché und bunten Lampen geschmückt. Während wir dasitzen und es anstarren, verwandelt es sich von einem ausgedienten Seelenverkäufer in ein Fahrzeug für Fürsten. Wir versuchen an Bord zu gehen, werden aber auf das Vaporetto verwiesen, das in diesem Augenblick anlegt.

Als wir vom Kai abbiegen und Kurs auf Giudecca nehmen, machen sie eine Beleuchtungsprobe; die Lampen blinken kreuz und quer, ein Blasorchester spielt auf und verebbt im Bandsalat. Das erinnert an Vorbereitungen zu einer größeren Festlichkeit. *Carnevale?* fragen wir hoffnungsvoll einen Mitpassagier, aber der Karneval ist vorbei.

Mitten auf dem Kanal zweifele ich, ob es wirklich am Kai gelegen hat, das Schiff mit den bunten Lampen – oder war es nur eine Halluzination? Als ich den Kopf nach dem Kielwasserstreifen wende, ist der Kai im Meer versunken, und es herrscht dort Dunkelheit. Ich will Olaf fragen, aber ein Aufstoßen hindert mich daran.

Die Worte auf dem Schild haben sich mir ins Hirn geprägt, nun kommt der Rhythmus hinterher. *Sono proibiti canti e suoni*. Das ist es doch, worum sich alles dreht. Die Pest, die die Farben von den Gondeln entfernte, und die Umzüge der kreischenden Flagellanten sind in der Formel enthalten. Man darf weder tanzen noch singen, und wenn man zu fröhlich wird, dann kommt der große Nikolas und tunkt dich in sein Tintenfaß, so daß du rote Ohren hast.

Ich zerre den Block heraus und beiße auf den Kugelschreiber. Dann schmiere ich los. Und während die Bilder durcheinandergeraten, schaukeln die Sterne in immer höheren Wellen über meinem Kopf. Ich habe Wind im Haar, und ein Triumphgeheul erfüllt mich. Endlich habe ich den Anfang des Liedes.

Am nächsten Tag sind die Buchstaben so verzerrt, daß ich sie nicht lesen kann.

XX
Das Schlaraffenland

Es ist Hochsommer in Venedig; in wenigen Tagen und Nächten hat sich das Wetter geändert – die kühle Glassonne ist von dampfender Wärme abgelöst worden. Die Kanäle quellen von gegorenen Früchten über, Salatblätter rotieren mit Restöl-Kronen, die von den Booten stammen, und das Wasser schlürft mit Katzenzungen auf den algenbesetzten Steintreppen.

Von einer Dachterrasse hört man Cellotöne; eine verbissene Etüde, immer wieder unverdrossen derselbe Melodiefetzen, der einem das Gehirn zersägt. Das Stück für Cello vermischt sich zunächst mit Vogelgezwitscher, danach mit einer Radiostimme, die von einem Fensterbrett in der dritten Etage »Tor!« schreit, und schließlich mit dem Dröhnen der Glocken aus den schiefen Türmen, die alle die gleiche Stunde zu unterschiedlicher Zeit schlagen.

Ich schlendere – in demselben langsamen Tempo, den Kopf nach oben auf die Wäsche gerichtet – durch Giudeccas Hinterhöfe, wo unter dem Himmel von Fenster zu Fenster Leinen gespannt sind. Leinen mit Lappen, Hemdsärmeln und Laken, die vom Wind gebläht werden. Das macht die Luft blaustichig, gibt ihr einen Hauch von Kühle und verwandelt die Häuser zu Schiffen auf dem Weg hinaus in die Lagune, die sich mit Seezeichen und Stellnetzpfählen von der Rückseite der Insel aus erstreckt.

Das ist das Viertel der Hafenarbeiter und Fischer, die Fenster stehen offen. Alle Zurufe werden in einem Italienisch beantwortet, das ich in der Gosse aufgelesen habe, und die Seemannsmütze mit ihrem fettigen Stoff und den Rissen im Lack des Schirms paßt haargenau ins Straßenbild.

Es ist Mittag. Ich bin gerade aufgestanden und auf dem Weg zu Olaf, der die ganze Nacht in der Goldmacherwerkstatt an seinem Projekt gearbeitet hat. Als ich in das Halbdunkel eintrete, hat Olaf gerade die Lötpistole angemacht und die Flamme auf etwas gerichtet, das mit seinen hohen Zacken einer Krone für eine Prinzessin oder einer gotischen Kathedrale auf einem Bild von Hieronymus Bosch ähnelt, das wir vor kurzem in der Kunstkammer des Dogenpalastes gesehen haben.

Er verstärkt die Flamme zu einem schneidenden Blau und kneift die Augen zusammen. Als das Silber zu glühen beginnt, rutscht mir ein warnender Ruf heraus. Olaf wendet den Kopf über der Zange, mit der er den Schmuck hält. Im selben Augenblick beginnt die Silberkrone zu schmelzen, die hohen Spitzen sinken zusammen und bilden oben Tropfen von leuchtendem Metall. Einen Augenblick lang ähnelt der Schmuck einer Wasserpflanze mit gläsernen Stengeln, dann fällt der Metalltropfen auf seine Jeans und brennt sich durch den Stoff. Er stößt einen Fluch aus und taucht die ganze Zange in ein Gefäß mit Flüssigkeit.

Es zischt und siedet in dem Becken, während der Dampf aufsteigt und Olaf die Glut vom Hosenbein klopft. Als er etwas später den Schmuck herausfischt, ist seine Miene resigniert.

»Da ging mein Gesellenstück flöten«, sagt er, »Scheiße!«

»Was machst du da?«

»Ein Armband für Kate.«

»Für Kate?«

»Yeah ...«

Er sieht aus wie einer, der etwas weiß, was ich nicht weiß. Er dreht und wendet das geschmolzene Armband, das sich von seinen Fingern spreizt. Er versucht, die gebogenen Zacken aufzurichten, putzt sie am Ärmel nach.

Plötzlich hat ihn der Eifer wieder gepackt; er nimmt erneut die Lötpistole, wärmt mit dem Feuerstrahl und klopft abwechselnd mit dem Goldschmiedehammer. Er schmiedet lustig weiter. Bald hat er die Kathedrale von vorhin wieder aufgerichtet, und sie ist durch die Verwandlung des Feuers nur noch schöner geworden.

Mit einer Punze arbeitet er Muster in das Silber, völlig konzentriert. Er verziert die Türme. Die Tropfen auf den ursprünglichen Spitzen oder Zacken läßt er so, wie sie sind, und als er zum Schluß die ganze Herrlichkeit mit Domingos Poliermaschine putzt, glänzt sie wie ein seltener Schatz.

Als Schmuck betrachtet, ist das Armband, gelinde gesagt, mordsgefährlich. Es ähnelt einer Wurfwaffe, die durch die Luft gewirbelt wird.

Olaf ist zufrieden. Er sucht sich in Domingos Lager eine Schachtel aus und legt den Schmuck auf Watte. Dann hängt er das Werkzeug an seinen Platz, schaltet die Lötpistole aus und vergewissert sich, daß kein Gas ausströmt. Domingos kleine Werkstatt ist wie das Innere eines Schmuckkästchens, und abgesehen von dem Nachtlämpchen und ein paar Mosaikfenstern, die das Licht durch farbige Windrosen hereinlassen, ist es hier in dem Augenblick, da die Lampen gelöscht werden, dunkel. Unter dem Steinfußboden hört man es unablässig tröpfeln.

Wir schließen hinter uns zu und gehen hinaus in die Nachmittagssonne, die vom Wasser des Kanals aus goldene Jo-Jos wirft.

Und ich weiß nicht, warum, aber ich habe Schmetterlinge im Bauch, als wir zur *Redentore*-Kirche kommen und sehen, daß das Schiff von gestern nacht über die Wasserstraße gesegelt und an unserem Kai vertäut worden ist. Das Schiff mit den bunten Lampen, dem Kreppapier und den Meeresungeheuern aus angemalter Pappe.

In dieser Nacht kreuzt eine Dame mit weißgepuderter Perücke den *Santa Maria Formosa-Platz.* Sie trippelt über die Holzbrücke, die ihren Rücken über das Wasser wölbt, und geht hinunter in eine Gasse, die an einer kleinen Steintreppe endet. Den ganzen Tag über hat sie, wie der Kioskverkäufer am Markt beteuert, abwechselnd die Tauben mit Maiskörnern gefüttert und dann versucht, sie wieder wegzuscheuchen, wenn sie sich – und das hatten sie die ganze Zeit über getan – auf ihrem fischgrätgemusterten Mantel niederließen.

An der Steintreppe bleibt sie stehen, gurrt auf Taubenart und läßt die eine Hand aus dem Mantel gleiten, worauf sie mit dem Finger in der leeren Luft lockt. Die wenigen, die das gesehen haben, schwören, daß sich der Schwarm im selben Augenblick von dem Platz erhob und sich auf ihrem Arm und ihren Schultern niederließ, sich an ihrem Haar festkrallte und ihr den Hals sowie die Handrücken blutig kratzte, als sie sich zum Glockenturm umdrehte und die Stadt verfluchte, in der Vögel und Fische Nahrung finden, während Menschen sterben müssen.

Derart in ein Stativ für geflügelte Wesen verwandelt, steigt sie die Treppe hinunter, die in dem grünen Wasser verschwindet. Das Wasser hebt den Mantel an und enthüllt ein Paar braune, altmodische Nylonstrümpfe, die sich um ihre Beine ringeln. Sie wird von dem Mantel wie von einem schwellenden Kissen umschlossen. Dann saugt der Stoff Feuchtigkeit, wird dunkel, und die Lufttaschen leeren sich.

Es sprudelt an der Oberfläche, eine nach der anderen verlassen die Tauben ihre durchnäßte Kleidung und ihr Haar, schlagen mit den Flügeln und steigen im Mondschein der Nacht silbertropfend auf. Als das Wasser ihr bis an den Hals geht, schaukelt noch eine letzte Taube mit verschrecktem Flügelschlag und ruckweisen Kopfbewegungen in ihrer Frisur, und erst als die Federn eintauchen, schwingt sie sich auf und landet auf einem Pfahl, der aus dem Kanal aufragt.

Sie tritt die letzte Stufe hinunter, und das Wasser schließt sich über ihrem Kopf. Noch schwebend wird sie hinuntergesaugt und wechselt die Position. Wie eine Tänzerin. Man sagt, sie habe die Taschen mit Steinen gefüllt. Sie gleitet in einem Spiegel fort, dessen Glas dunkel und fleckig ist, und zurück bleibt die

Steintreppe mit ihrem grünen Algenbart. An der Oberfläche zerplatzen die Blasen. Eine ganze Traube findet rauschend ihren Weg, ehe die Stille kommt.

Schwarze Schwanenhälse beugen sich im Dunkeln. Das ist eine Anlegestelle für Gondeln. Mit ihren überdachten Ruderbänken und der kleinen Vase am Vorsteven ähneln sie Sarkophagen und schaukeln mit einem seltsamen, saugenden Geräusch zwischen den Pfählen. Zurück bleibt ein Gefühl, daß Häuser auf den Grund einer großen Glasglocke sinken, wo sie sich mit schwebendem Schlick vor den Fenstern zur Ruhe legen . . .

In der Nacht, in der das geschieht, liege ich wach – ans Lager gefesselt von gräßlichen Bauchschmerzen. Ich habe die von Domingo verordneten Kohletabletten eingenommen, jede einzelne von ihnen so groß wie ein Zweiörestück, und wenn ich mich auf der Matratze umdrehe, knirscht es im Magen. Sinn der Sache ist es, daß die Kohle den Durchfall aufsaugt und mir Ruhe gibt, statt dessen flitze ich jeden Augenblick auf die Toilette und erbreche schwarzen Schleim in das Handwaschbecken.

Es ist klamm in dem gekalkten Raum, der auf die Gasse hinausgeht, und das Bild aus der Kunstkammer verfolgt mich weiter mit Farben von Schlamm und Meeresleuchten. Hieronymus Bosch ist wie eine elektrische Birne im Gehirn. Die Glaskolben, die Sackpfeifen, die menschenscheißenden Ungeheuer und seine Engel mit Insektenflügeln sind im Glühdraht gefangen. Der Frosch auf dem Doppelbett der Eheleute, die Haut, die eine nackte und leuchtende Jungfrau umschließt, und der große Globus, der die Bildfläche dominiert. Ist es die dunkle Rückseite des Mondes, eine schwarze Kristallsphäre oder ein Fahrzeug mit Reisenden aus dem Weltraummeer?

Mir wird klar, daß die Kunstkammer in Nächten wie dieser ein Leck hat und ihre Formen wie Pilzsporen abwirft. Sie greifen das Fundament der Gebäude an – die in die Lagune gerammten Lärchenholzpfähle, so daß die Häuser allmählich versinken. Auf dem Grund des Kanals, in Fenstern, die vom Fußboden bis zur Decke reichen und deren Rahmen von französischen Balkontüren stammen, werden die Gemälde seines Triptychons aus schwebendem Schlick neu geschaffen, entflammt von leuchtenden Organismen –

Der Garten der Lüste in der Mitte. An den Seitenflügeln, die einander spiegeln, Himmel und Hölle.

Ich muß etwas von der Kohle gegessen haben, mit der sie in der Hölle feuern. Sie verwandelt den Kot in den Därmen in glühende Lava. Erst gegen Morgen geht es mir besser. Ich krieche aus meiner Krypta und stehle mich an Olaf vorbei, der ruhig auf dem Sofa im Atelier schläft, öffne die Läden dem Licht und spüre auf meiner Haut einen weiteren warmen Tag, der mit Nebeln vom Kanal aufsteigt.

Vorsichtig stütze ich meinen empfindlichen Bauch gegen die Fensterbank und lehne mich hinaus. Das Boot, das regelmäßig zwischen Giudecca und Zattere pendelt, ist auf dem Weg hierher. In dem kleinen Fährmann haben wir einen Freund gewonnen; jedesmal, wenn er unsere geöffneten Fensterläden sieht, stößt er ins Horn. Er ist daran gewöhnt, in unseren Fenstern die ganze Nacht Licht brennen zu sehen. Sein Name ist irgendwas mit Pier und Paolo, aber das ist zuviel für Olaf, der ihn deshalb Pinocchio nennt. Er tutet, so daß wir uns zeigen und winken können. Wir fühlen uns wie Könige, die sich auf dem Balkon präsentieren.

Heute lehnt er sich mit dem halben Oberkörper aus dem Führerhaus und winkt. Ich winke zurück. Zu meinem Erstaunen bleibt der Oberkörper draußen, und sein Arm flattert weiter, bis ich sehe, daß er etwas in der Hand hat, das wie Taubenflügel schlägt. Briefe vielleicht? Ich springe in die Hosen und streife ein T-Shirt über den Kopf. Blitzschnell bin ich die Treppe hinunter und erreiche die Anlegebrücke in demselben Augenblick, in dem Pinocchio mit einem Schnarren vom Rückwärtsgang der Schraube anlegt. Das Papierschiff wippt wild in seinen Vertäuungen.

Er lädt jeden Morgen am Kai einen Sack mit Post ab, die der Briefträger verteilt. Ich springe mit den ersten Passagieren an Bord und stecke den Kopf in das Führerhaus.

»Buon giorno«, sagt Pinocchio und reicht mir die Briefe.

Es sind zwei. Der erste ist von Lulú. Sie schreibt schön, fast erotisch entrückt, über den neuen Schatz, den sie hat.

Der *Ich-will-Kinder-haben-Typ*. Ich entnehme ihren Zeilen, daß er etwas von einem Troubadour hat, der mit seiner Gitarre um die Welt gereist ist.

Beide haben sich einer Wohngemeinschaft angeschlossen – sie erklärt nicht näher, was das im einzelnen bedeutet. Er heißt Peter und beginnt nach den Sommerferien mit dem Medizinstudium. Sie nennt mich ihren *wandernden Bruder*, genauso wie es Onkel Viggo tat, wenn er Großmutter von seiner Südseeinsel schrieb. Das führt mich in einer nostalgischen Welle zum Ausgangspunkt zurück. Das Leben hat seine eigene Weise, Kreise zu schließen.

Ich muß schlucken, bevor ich den Blick wieder auf ihre Druckschrift richte, die mit großen, deutlichen Buchstaben, ausgefüllt mit lachenden Sonnen, auf die Linien gemalt ist. Eine einzige Sonne zieht die Mundwinkel nach unten: Großmutter ist operiert worden; die Ärzte haben ihr ein Bein abgenommen.

Ihr *PS* ist zu einem Extra-Brief angewachsen. Sie hat von Vater geträumt; er hat sich in das Schlafzimmer zurückgezogen und die Tür hinter sich geschlossen, genauso wie er es immer tut, wenn er beleidigt ist. Hinter dem Rokokospiegel war eine weitere Tür, und dort sah sie seinen Rücken verschwinden. Der neue Raum war ein Wohnzimmer aus den Vierzigern. Er ging durch die französischen Türen in das Eßzimmer – und landete in einem Hotelzimmer in der Provinz, wo er das ganze Sortiment von Waren aus seiner Zeit als Vertreter durchsah. Dann suchte er sich eine Tür, die nur auf die Tapete gemalt war, und schließlich stand er in einem nackten Raum, ein Greis mit einem hellblauen Blick und Schulterblättern, so scharf wie die eines Vogels. In dem Raum befanden sich ein Bett, das mit Heu gestopft, und eine Waschschüssel, in der das Wasser zu Eis gefroren war. Der Raum der Kindheit. Hier kommt er nie heraus.

Sie benutzt Wälder von Ausrufezeichen – ebenso wie sie ihre Schilderung des Troubadours mit Herzen versehen hat. Noch ein *PS* folgt – als wäre das etwas, was ihr gerade eingefallen ist:

Nach nur wenigen Monaten im Industrivej ist Vater am Rande des Konkurses. Er hat die ganze Herrlichkeit per Annonce zum Kauf angeboten. Die Räume in der Skomagergade sind von der *Irma-Kette* übernommen worden. Eine Sache ist, daß er sich beim Bau finanziell übernommen hat; schlimmer ist, daß der Funke erloschen ist. Am Einweihungstag stand er im Büro des *Juniors*. Es war das erste und einzige Mal, daß jemand ihn hat weinen sehen. Als es soweit war, hatte er es nicht lassen können, das Schild an der Tür anzubringen.

Ich rechne nach. Das war zur gleichen Zeit, als wir die Fernverkehrsstraße Nummer 1 entlangdonnerten, um die Fähre zu erreichen. Es gilt Leben oder Tod; Träume sind hartnäckig – wir haben unsere wahr gemacht.

Der zweite Brief ist ein Umschlag mit perforiertem Rand.

Es ist ein an Olaf adressiertes Telegramm. Ich reiße es auf.

Ankomme Marco Polo 12.20 Uhr. Stopp. Kate.

Ich checke das Datum, und die Welt steht still. Das ist heute! Völlig durcheinander kehre ich ins Atelier zurück und wecke Olaf. Alle möglichen Gedanken kommen angewimmelt – was nun mit Ikewada und Kimiko? Wir haben sie wie Göttinnen auf einem Altar wachsender Verliebtheit verehrt, haben nachts unter ihrem Balkon gestanden und laut Gedichte gelesen, während Olaf dazu auf der Maultrommel gespielt hat.

Er sitzt auf der Bettkante und gähnt. Ich wedele ihm mit dem Telegramm unter der Nase herum, außerstande, meine Erregung zu steuern.

»Kate kommt!«

»Was habe ich gesagt ...«

Er gähnt erneut und wühlt in dem Pagenhaar. Er war mit dem Stirnband eingeschlafen; nun schüttelt er den Kopf, bis sich das rote Tuch aus den Locken gelöst hat und in seinem Schoß landet. Er rollt es auseinander, zieht es fest über die kräftig markierten Augenbrauen und bindet die Zipfel im Nacken zusammen. *Crazy Horse* angelt nach den Mokassins und steht auf.

»Wann, sagtest du, landet sie?«

»Kurz nach Mittag auf dem *Marco Polo-Flughafen.*«

Er wirft einen Blick aus dem Fenster.

»Menschenskind, das wird knapp. Wie kommt man überhaupt dahin?«

»Es geht eine Fähre vom Markusplatz. Wir können es gerade so schaffen!«

Er läßt seine Augen zwischen Stapeln von herumliegenden Sachen und schmutzigem Geschirr hin und her rollen, pufft mit dem Fuß nach ein paar Staubflocken, die in der Morgenbrise lebendig geworden sind. Ich seufze.

»Okay. Das Aufräumen erledigen wir zusammen, du holst Kate ab, und ich wische inzwischen den Fußboden.«

»Stark.«

»Wir brauchen Bettzeug ...«

»Scheiß drauf!«

»Was ist mit unserem Picknick morgen?«

»Das macht Eindruck.«

Er kaut auf den Fingernägeln und tritt nach der Malkiste.

»Shit! Ist das morgen?«

Wir haben diesem Tag entgegengefiebert; seit wir uns an einem Nachmittag in Hundertwassers Garten verabredet hatten, lag über ihm eine Art mystischer Verklärung. Wir haben vergessen, welchem Heiligen der Tag geweiht ist, aber Kimikos Verlegenheit, als Lady Ikewada uns zu einer Bootstour hinaus zu den Inseln einlud und uns aufforderte, Badehose und Handtuch mitzunehmen, haben wir nicht vergessen.

»Es kommt wohl auf das Wetter an«, sagt er zögernd. Es ist

nicht eine Wolke am Himmel, und ich quittiere das mit einer Grimasse.

Dann fangen wir an zu lachen. Wir sind durch Feuer und Wasser gegangen, haben der Prinzessin im Glashaus gehuldigt – ihr Postkarten, Aquarelle, Gedichte geschickt –, und im selben Augenblick, in dem sie ihre Ankunft ankündigt, diskutieren wir über den Abwasch. Wir klatschen unsere einzige Platte auf das Reisegrammophon und stürzen uns auf die Haufen von herumliegenden Sachen.

SIE SIND immer noch nicht zurück, als die Siesta ihre Reuse über die Insel zieht und es still zwischen den Häusern wird. Ich gleite in einem schwungvollen Bogen über den polierten Marmorboden, der nach dem Wischen gebohnert worden ist. Außer Atem vom Schlittschuhwalzer, sitze ich mäuschenstill da und horche auf Schritte draußen von der Treppe, und jedesmal, wenn ich das Boot anlegen höre, hänge ich den Oberkörper aus dem Fenster, um zu sehen, ob sie mitgekommen sind.

Es gibt keine Nippsachen mehr, die gerichtet werden müßten, keine Bilder, die schief an der Wand hängen. Olafs Farben liegen wie Projektile in der Malkiste, die schmutzige Wäsche habe ich in meiner weißgekalkten Zelle unter der Pritsche versteckt, und ihr Telegramm ist mit Reißzwecken über meinem Schreibtisch befestigt.

In schwülheißen Dünungen rollt der Nachmittag heran, und mit der Wärme wächst meine Rastlosigkeit. Wo bleiben sie? Halten sie Händchen an einem Caféhaustisch, während sie ihren neuen Schmuck bewundert? Sind sie weiter oben bei der Zitadelle ausgestiegen, oder haben sie sich in die Pergola von *Da Mario* gesetzt, der um diese Zeit Weißwein in kühlen Keramikkrügen serviert?

Ich schaue den Kanal entlang. Ein Silberstreifen ist auf dem Weg hierher, das Vaporetto vom Markusplatz. In einer langsamen Kurve nähert es sich der Insel, und ich trommele auf das Fensterbrett. Es dauert noch eine Weile, bis es hier ist, denn die Sonne hat in ihrem Lauf über den Himmel innegehalten, alles unter ihr steht still und glüht.

Noch immer ist keine Wolke am Himmel, aber es rummelt am Horizont, und in der Nähe des Hafenbeckens rammt eine Maschine Pfähle in den Boden, so daß die Schläge über die Lagune hallen.

Als die Wasser sich endlich teilen und Kate auf Giudecca absetzen, streifen mich wieder die Bauchschmerzen mit ihrer Rabenschwinge, aber dieses Mal haben sie andere Ursachen, und der erste Kuß verwandelt mich in geschmolzenes Gold.

Ich nehme sie an der Fußgängerbrücke in Empfang. Mit ausgebreiteten Armen, die Zehenspitzen geschlossen zu dem Schritt, der den Partner in die abschließende Pirouette des Schlittschuhwalzers einbezieht, spüre ich, indem sich ihre Füße von den Planken lösen, wie sich die Dornen des Schmucks neben meinem Halswirbel einbohren. Sie hängt an den nackten Armen an meinem Hals, während ich mich zu drehen beginne und die ganze Welt sich mitdreht.

Als ich sie absetze, stellt sie sich auf Zehenspitzen und drückt ihre Nase gegen meine.

»Ich bin gesund«, flüstert sie, während wir unsere Stirnen verschmelzen lassen, »wenn du wüßtest, was deine Briefe für mich bedeutet haben!«

ICH SCHENKE IHNEN die Nacht. Wir haben in *Den Kleinen Gärten* in einer Gasse hinter dem Markusplatz, wo das Weinlaub dicht um die karierten Tischtücher hängt, gegessen, hatten Fisch bestellt, den sie Sankt Peter nennen, weil er hinter seinen Kiemen noch den Abdruck von der Hand des großen Fischers trägt. Ich führe das Wort, erfinde Venedig für jemanden, der noch nie hier war, bestelle auf italienisch die Speisen und diskutiere mit dem Kellner über den Wein. Sister Kate ist verblüfft. Mein Gestikulieren im Blick, stößt sie Olaf an, der nur dasitzt und zu allem *Bon!* sagt. Er ist so verliebt, daß ihn die Sprache verlassen hat.

Das größte Wunder ist Kate. Sie ist verändert; der siebente Schleier ist von ihr genommen, ihr Blick ist klar, und ihr ganzes Wesen strahlt Ruhe aus. Ich wußte es in dem Augenblick, als sich unsere Stirnen berührten, denn ihre Erregung überträgt sich sofort auf mich, und unsere Gedanken kommunizieren durch eine kegelförmige Spitze. Ihr Kopf ist ein Sommerabend, ein Strand mit gedämpft ans Ufer schlagenden Wellen.

Ich lese in ihr ohne Schwierigkeiten. Selbstverständlich streift mich der Gedanke, ob sie unter Medikamenten steht, aber das glaube ich nicht. Die verändern für gewöhnlich ihre Stimme, und man sieht, wie sich die Welt um sie herum in Grautöne hüllt. Jetzt betrachtet sie uns mit einer ganz neuen Form brodelnden Miterlebens.

Nein, sie ist keine andere geworden, und niemand hat – offenbar – den Schmetterlingsstaub auf ihren Flügeln berühren dürfen. Die brennende Frage bleibt unausgesprochen, bis sie diese selbst anschneidet. Das geschieht, als sie einen Schlüssel zwischen uns auf den Tisch legt, den Schlüssel zur Meinungsgade. Sie ergreift Olafs Hand: »Ich habe deine Nachricht in einem Bett im Krankenhaus bekommen. Das, was ich an dir liebe, ist, daß du durch Gegenstände sprichst.«

Ich registriere einen Schmerz am Brustbein, wo sich der kleine Stachel der Eifersucht einbohrt. Dann sieht sie uns beide mit triumphierendem Blick an: »Ich bin bei Jens ausgezogen! Im letzten Monat habe ich allein in der Meinungsgade gewohnt, und zum Herbst bin ich für das Fach Design an der Kunstgewerbeschule angenommen. In der ganzen Zeit habe ich keine anderen Götter neben euch gehabt!«

O Kate, wie wir dich lieben. Unsere Hälse sind wie zugeschnürt, und als wir die Gläser erheben, um anzustoßen, sehen wir die Welt durch Regenbogenprismen. Wieder sind wir drei, die eine unzertrennbare Einheit bilden, und es gibt keine Träume, die wir nicht hinunter auf die Erde holen könnten. Alles ist in Erfüllung gegangen. Wir verdienen das Schlaraffenland, die Weintrauben, den Wein und ihr verlegenes Entzücken über Apfelsinen und Zitronen, die an Bäumen hängen und mit der Hand gepflückt werden können.

»Willkommen im Süden«, sage ich und lehne mich in dem Flechtstuhl zurück, »willkommen im Land meiner Väter.«

Ich nehme es mit der Geographie nicht so genau, erzähle ihnen die Geschichte vom Soldaten, der bis an das Ende der Welt ritt, ohne zu wissen, warum. Wir sind längst fertig mit dem Dessert und bei dampfendem Kaffee mit Schlagsahne und Kakaostreuseln angelangt – Espresso für mich, danke –, als ich mich vorwage: »Wissen *die*, daß du hier unten bist?«

Darauf antwortet sie nicht. Olaf legt den Arm um sie und zieht sie an sich, als ich weitermache: »Und die Therapie ..., was ist mit der Therapie? Lassen dich die Ärzte in Ruhe?«

»Sie haben mich für gesund erklärt«, kichert Kate.

Etwas später fügt sie hinzu: »Oder sie haben mich aufgegeben.«

Das klingt aus ihrem Mund, als käme das auf dasselbe heraus.

Nichts kann diesen Abend zerstören. Wir sind unverwundbar. Wir verlassen *Die kleinen Gärten* und verirren uns zwischen Straßen und Brücken, die sich zum Verwechseln ähneln. Als wir endlich die Köpfe aus der Gasse stecken, durch die wir das Labyrinth betreten hatten, befindet sich eine Seiltänzerin in Silberlamé auf dem Weg über den Markusplatz.

Auf einem Drahtseil, das schräg zur Kirchenkuppel ansteigt, bewegt sie sich auf gleitenden Fußballen mit einer Balancierstange, die von Zeit zu Zeit unheilverkündend schwingt, während die Musikanten eine Festpolonaise spielen. Als sie die Fahnenstangen mit den goldenen Löwen an den Spitzen passiert, dröhnt ein Viertelstundenschlag über den Platz.

An der Uhr mit Sonne und Mond auf einem Hintergrund mit Sternen ist der Zeiger ein Stück weitergerückt, und in dieser Sekunde bleibt die Seiltänzerin stehen und beginnt selbst zu schwingen, getroffen von dem Schlag.

Ein Scheinwerfer fängt sie ein. Wir halten alle drei die Luft an – bis die Seiltänzerin das Gleichgewicht zurückgewinnt und den Aufstieg zur Kuppel fortsetzt, die in Licht gebadet daliegt. Das ähnelt einem Tanz auf Messern. Auf dem restlichen Weg begleiten sie unsere Bauchschmerzen. Ich drücke die Daumen und hoffe, daß es ihr hilft.

Plötzlich ist sie auf der Plattform angelangt, an der das Seil befestigt ist. Hier stellt sie die Stange in einen Halter und streckt die Arme aus, um den Beifall entgegenzunehmen.

Kate, die vor Nervosität auf den Nägeln gekaut hat, steckt einen Finger in den Mund und befreit sich mit einem gellenden Pfiff von dem Druck, der sich in ihr aufgebaut hat, und ich spüre, wie bange sie während des Aufstiegs war. Wir haben die gleichen Empfindungen und können es nicht lassen, an Vorzeichen zu glauben.

Mit unseren Blicken folgen wir dem Kegel des Scheinwerfers. Ein wenig Abendnebel verbreitert die Bahn. Fünf Kuppeln mit byzantinischen Kreuzen bilden den Hintergrund für sie, während die Pauken dröhnen. Dort oben zwischen Himmel und Erde leuchtet ein Silbertrikot und läßt die anderen Heiligen verblassen. Wie eine Seejungfrau, die nicht mehr Schaum auf dem Meer sein muß, sondern ihren Sockel zwischen Kirchenvätern und Prinzen eingenommen hat.

Das Lächeln, das wir miteinander tauschen – Kate und ich –, sagt alles. Wir lauschen denselben Trommeln.

Als wir zum Boot schlendern, fragt sie mich, ob Stadtfest sei.

»Abwarten und Tee trinken!« sage ich nur.

Etwas kündigt sich an. Ich habe Kisten mit Feuerwerkskörpern auf dem Kai gesehen und freue mich wie ein Kind, ihr das Papierschiff zu zeigen

Auf der Fahrt hinüber nach Giudecca kehren die Magenkrämpfe zurück. Ich fluche still vor mich hin, lasse mir aber im übrigen nichts anmerken. Ich hätte mich an den Fisch halten sollen, der ist gesegnet. Ich weiß nicht, ob der Karamelpudding oder der Espresso den Ausschlag gegeben hat, aber ich hätte nicht geglaubt, daß man im Schlaraffenland Bauchschmerzen bekommen kann. Kate und Olaf sind in einer Umarmung verschwunden, die aussieht, als sollte sie ewig dauern.

Wir steigen bei der Zitadelle aus. In Domingos Wohnung brennt Licht, und durch die geöffneten Fenster hört man Stimmen und Partylachen. Die Tür steht offen. Ein Mauerstein ist eingeklemmt; offensichtlich erwartet er noch mehr Gäste.

Hier geschieht es, daß ich ihnen die Nacht schenke und die Sterne der Nacht noch dazu.

»Geht nur«, sage ich, indem ich mich durch die Tür klemme, »wir sehen uns morgen!«

Ich fange gerade noch einen Schimmer von ihren Gesichtern ein. Sie sehen beide höchst erstaunt aus. Bevor noch jemand von ihnen etwas tun kann, habe ich mit dem Fuß den Mauerstein an mich gezogen, so daß die Tür zuschlägt. Ich schalte kein Licht im Treppenhaus an, setze mich auf die Steintreppe und halte mir den Bauch, während ich wie ein Klappmesser über dem Schmerz zusammenknicke.

Domingo findet mich Stunden später, als die Sterne kalt geworden sind, vor Kälte zitternd auf der Treppe. Er hilft mir nach oben, legt eine elektrische Wärmedecke über mich und stapelt Kissen hinter meinem Rücken. Dann bereitet er Kamillentee und legt Lappen auf meine Stirn. Er ist ein schwarzbärtiger Engel, sachlich wie eine Krankenschwester. Mit einem Mundthermometer mißt er meine Temperatur und schlägt das Fieber danach mit Pillen aus dem Medizinschrank nieder. Ich weigere mich, noch mehr Kohletabletten zu schlucken, und er fügt sich resigniert.

Die Nacht ist sanft; mir geht es allmählich besser. Domingo plaudert, während er in der Wohnung aufräumt, Aschenbecher leert und lüftet. Der Raum ist hoch und von einer kühlen Schönheit. Domingo hat die Beleuchtung auf ein Minimum gedämpft, so wird das Auge nicht von Formen bedrängt. Seine Möbel und Spiegel liegen im Dunkeln.

Domingo kommt mit einem Tablett aus der Küche. Und nachdem er den Lappen auf meiner Stirn gewechselt hat, soll ich mit einem silbernen Trinkrohr aus einer Kalebasse trinken. Mate aus Argentinien. Dieses Mal wirkt die Mixtur; in hohen Tönen preise ich Dr. Domingo und seine Wunderkuren.

Er setzt sich auf den Bettrand; ein Band von Vertrauen wächst zwischen uns. Er seufzt über den treulosen Gianni, saugt für ein längeres Geständnis Luft zwischen den Zähnen hindurch, als ich – ohne jede Vorwarnung – zusammenbreche.

Es endet in einem Aufschrei, der die Tauben dazu bringt, vom Dach abzuheben: »Ich liebe sie, Domingo, was zum Teufel soll ich tun?«

Er tröstet mich, schöpft aus einem balsamischen Herzen, während die Nacht zur Neige geht. Gott sei Dank ist er zu klug, um mit Lösungen zu kommen. Irgendwann wechselt er in sein karibisches Spanisch, und ich bitte ihn, nicht aufzuhören, während ich die Augen zu der Musik in einer Sprache schließe, die ich nicht verstehe.

Erst als ich mich ausgeweint habe und der Kopf mir auf die Brust sinkt, entfernt er die Kissen hinter meinem Rücken und klopft die Decke glatt. Er löscht das Licht und verläßt den Raum auf Katzenpfoten.

AM NÄCHSTEN MORGEN bin ich mit den Vögeln auf; die Wohnung ist leer wie ein Echo. Draußen in der Küche steht ein Tablett für mich bereit, mit Kräutertee, der unter der Haube lauwarm geworden ist, ein wenig dünn bestrichenem

Toast und Juice. *Liebe Grüße, Domingo.* Er muß gegangen sein.

Unmittelbar bevor ich sein Haus verlasse, habe ich eine Idee und öffne leise die Tür zur Werkstatt. Er liegt auf seiner Pritsche – in schwarzem Brokat, zusammengerollt unter Phönixen – und schläft. Der Bart steht hoch, so daß er wie ein assyrischer Kaiser aussieht – oder wie der Zwerg, der im Innern des Berges zwischen Haufen von Gold und Silber und glitzernden Steinen ruht – *Domingo von der Höhle.*

Ich grabe im Taschengrus nach der schwarzen Perle, die ich von Großmutter bekommen habe, putze sie sauber und puste Tabakskrümel aus dem Auge für die Halskette, die ich nie gekauft habe. Ich schreibe einen Zettel für Domingo, auf dem ich ihn bitte, eine Kette für mich auszusuchen – oder anzufertigen. Er hat ganze Tabletts voller Ketten und Tüten mit Schlössern und Ösen. Es soll ein Geschenk für Kate sein, und der Preis ist von untergeordneter Bedeutung.

Ich schließe mit einem freundlichen Gruß und lege den Zettel neben die Perle auf den einen Flügel des Goldschmiedtisches.

Drei Brücken und einen tiefen Atemzug später stehe ich vor unseren geöffneten Fensterläden und rufe hinauf. Kate und Olaf kommen im Fenster zum Vorschein, morgenverliebt, rosa und zerzaust.

Olaf ist splitternackt und die Fensterbank tief genug, daß er an einem Feiertag Anstoß erregen kann. Als ich versuche, ihn wegzuscheuchen, verschwindet er, aber nur, um kurz darauf auf die Straße zu galoppieren – ausgelassen wie ein Fohlen und immer noch ohne einen Faden am Körper. Er umschließt mich mit einem Wirbel von Begeisterung. Ich sei ein toller Freund, und das wolle er mir nur sagen! Ich lächele blaß zu Kate hinauf, die ihn ebensowenig bändigen kann.

Als wir zusammen im Atelier sind und Kate mich wie eine richtige Frau gedrückt hat, sehe ich Olaf in einem unbewachten Augenblick fragend an. Was ist mit dem Ausflug? Kate beugt sich über ihren Koffer, und bevor er antworten kann, zieht sie eine Strandkombination samt Bikini hervor und hält sie an den Morgenmantel: »Was ist mit diesem hier?«

Da weiß ich, was die Glocke geschlagen hat, und wünsche mir nur, daß dieser Tag glücklich werden möge.

Eine Stunde später klingeln wir bei Hundertwasser.

XXI
Die Stadt der toten Kinder

Enzo öffnet; ein Hauer von einer Nase, sonnengegerbte Haut und breite Hände. Enzo ist im Haus das Mädchen für alles und der Gärtner. Er ist auch ihr Chauffeur, was hier dasselbe ist wie der Bootsführer. Er bringt uns durch die Diele hinaus in die Gartenstube, wo wir warten sollen.

Kate legt inmitten der Pflanzen den Kopf zurück und saugt die Luft ein, die von der Erdwärme säurehaltig und schwer ist. Palmen und Hibiskus, ein Wirrwarr von Stengeln mit Gummiglanz; von hängenden Keramiktöpfen schäumen die Blumen hinauf ins Licht. Man hört rieselndes Wasser. Ein Bambusstock wippt und entleert sich, mit einem Geräusch wie von hohlem Holz, in ein Bassin mit Seerosen.

Der Schweiß tüpfelt sich durch die Haut, und die grünen Blätter sind von der Sonne, die durch die Glasscheiben dringt, gesprenkelt. Die Photosynthese verdrängt den Raum und macht uns stumm. Olaf räuspert sich und scharrt mit den Füßen. Er haßt es zu warten. Kate lächelt erwartungsvoll, streicht glättend über ihr rotes Kleid, macht ein paar Tanzschritte in ihren roten Schuhen. Als der Bambusstock wieder auf die Steinkante knallt, zuckt sie zusammen.

Aus dem Salon wird nach uns gerufen. Lady Ikewada und Kimiko sind heruntergekommen. Beide stammen aus der Tempelstadt Kyoto. Ihre Vorväter waren abwechselnd Samurais und meditierende Mönche in Gärten aus Stein und Sand.

Sie haben vor den Doppeltüren, die zum Kanal hinausführen, Aufstellung genommen – Kimiko im hellen Sommerkleid und mit einem Strohhut, der unter dem Kinn gebunden wird. Ikewada in einem schwarzen, engen Kostüm und mit einem Strauß weißer Lilien im Arm.

Sie sieht blaß aus, und ich tausche mit Olaf Blicke. Haben wir etwas falsch verstanden? Sie ist eher wie zu einer Beerdigung gekleidet als zu einem Picknick; der größte Teil von Ikewadas Gesicht wird von dunklen Sonnenbrillengläsern verborgen. Hinter ihr steht Enzo, die Arme über Kreuz. Er ähnelt einer Statue im Gegenlicht.

Ich halte mich zurück und lasse Olaf Kate vorstellen. Keiner von ihnen verrät mit einer Miene, was er denkt. Das Lächeln sitzt auf ihren Wangen wie in Wachs gegossen.

»Andiamo!«

Ikewada wendet sich Enzo zu, der die Türen weit aufschlägt. Ein Lüftchen füllt den Salon, und Kate fährt zum zweiten Mal zusammen, als sie von dem Wassergeflimmer getroffen wird. Es überrascht sie, daß die Türen auf den Kanal hinausgehen. Das einströmende Sonnenlicht ritzt sie schmerzhaft, aber das Erschrecken wird zu Entzücken, als sie über die Schwelle auf die Planken tritt.

Am Ende der Brücke liegt ein vertäutes Motorboot. Feines, blankes Mahagoni, lackierte Sitze und ein Verdeck, das über dem Cockpit aufgeschlagen werden kann. Wir setzen uns in das offene Boot. Handtücher und Badehosen werden zusammengerollt und in eine Bank mit Tauwerk, einem Gasprimuskocher und einem Kessel gelegt, der vom Ruß schwarzgebeizt ist.

Enzo nimmt die Taue, stellt das eine Bein auf die Reling und stößt ab. Er springt an Bord, faßt um das Rad und läßt den Motor an. Wir steigen auf der Bugwelle, die die Hausmauern spiegelt und sie in derselben Sekunde zerbricht.

Die Sonne strahlt herunter und läßt die Wasserstraße leuchten. Keine Wolke ist am Himmel, und es sieht nach dem vorläufig wärmsten Tag des Jahres aus. Trotzdem schauern wir im Fahrtwind, das Spritzwasser fliegt über unseren Köpfen, und wir drücken uns im Schutz des Verdecks zusammen. Kate klammert sich an den Sitz. Ihre Knöchel sind weiß, und das Lächeln, das sie uns schickt, signalisiert Tapferkeit. Sie ist bereit, über das Seil zu gehen, und sie verbeißt sich die Seekrankheit. Ich lege eine Hand auf ihren Arm, und sie wendet mir ihr Gesicht zu und schauspielert. Ein Gesicht, durchlöchert von blauen Augen und bedeckt von Wasserstaub.

Wir nehmen Kurs auf das Arsenal. Erst als wir drüben auf der anderen Seite des Kanals sind, verlangsamen wir die Fahrt und können wieder unser eigenes Wort verstehen. Ikewada sitzt immer noch kerzengerade da, mit verschlossenem Gesichtsausdruck unter der Sonnenbrille. Kimiko unterhält sich leise mit Olaf, der nickt und zu Ikewada hinübersieht. Ich kann nicht verstehen, was sie sagen.

Wir segeln durch das Kanalsystem mit der Flottenkaserne, den Werften und Depots für die Seeverteidigung, machen eine Kurve und kommen an der nördlichen Seite von Venedig heraus.

Bald sind wir auf dem Weg in die Lagune, mit Kurs auf eine der Inseln.

Wir erhöhen die Geschwindigkeit. Die überall stehenden Pfähle und Seezeichen rasen an uns vorbei. Wir gleiten mit angehobenem Rumpf dahin, schlagen gegen die Wellen mit einem Geräusch, das es unmöglich macht, sich zu unterhalten. Man kann gerade noch Olafs Jauchzen durch den Motorlärm hören. Enzo dreht sich um und lacht. Er ist in seinem Element und drückt den Gashebel durch. Um uns herum spritzt der Gischt. Wir schlagen mit dem Steven Regenbogen aus dem Wasserspiegel, und hinten spaltet sich der Kielwasserstreifen zu einem Keil.

Vorn taucht die Insel auf, umgeben von einer Mauer aus roten Steinen, hinter der die Zypressen inmitten von Bündeln aus dunkelgrünem Laub aufragen. Wir sind ganz dicht an der Insel, als Enzo die Geschwindigkeit des Bootes drosselt und wir mit einem Schwanenrauschen anlegen.

Auf einer sachten Dünung und mit ausgeschaltetem Motor nähern wir uns der Anlegebrücke. Vor uns wiegt sich eine

Gondel mit vergoldeten Löwenköpfen. An der Stelle der eingelassenen lederbezogenen Sitze befindet sich in der Mitte eine Erhöhung und über ihr ein Baldachin mit schwarzen Samtquasten.

Das ist eine Beerdigungsgondel. Auf einem Katafalk steht ein blumenbedeckter Sarg, umgeben von einer kleinen Gruppe Menschen. Die Frauen tragen Trauerschleier. Fast im selben Atemzug geht mir auf, daß Sonntag ist und die Insel San Michele heißt – die Insel der Toten. Das muß Ikewadas Anliegen sein – ein Besuch auf dem Friedhof.

Wir warten, bis der Sarg an Land getragen und das Begräbnisgefolge von einer Pforte in der Kirchhofsmauer verschlungen worden ist. Dann legen wir neben der Gondel an. Ikewada hat sich erhoben und steht starr da, den Lilienstrauß an das schwarze Kostüm gepreßt. Sie betritt die Brücke, Olaf ist aufgesprungen, aber Enzo macht uns anderen ein Zeichen, daß wir an Bord bleiben sollen.

Olaf setzt sich wieder hin und legt den Arm um Kate. Von ihren Augen sind nur die Pupillen übrig, und ihre Nasenflügel vibrieren nervös.

Kimiko beugt sich vor und spricht zu ihr. Sie legt eine Hand auf ihr Knie, und Kate starrt unablässig auf die Hand, wobei sie sich auf die Lippe beißt. Es dauert lange, bis ich die Worte erfassen kann.

Ikewada hat vor einem Jahr ein Kind verloren; jeden Sonntag legt sie Blumen auf sein Grab. Auf dem Friedhof gibt es einen besonderen Abschnitt für tote Kinder, eine ganze kleine Stadt von Mausoleen in der Größe von Puppenhäusern. Auf den Gräbern liegen vergoldete Puppen, Teddybären, Fußbälle und Klappern. Man sieht die Porträts der Kinder hinter Glas und Rahmen, oder sie sind von einer besonderen Glasur überzogen, die verhindern soll, daß die Farben mit der Zeit verblassen.

Kate weint jetzt unverhohlen. Sie hebt das Gesicht und sieht zur Insel, hinauf in die Kronen der Zypressen, wo die Vögel in Kreisen flüchten. Sie atmet stoßweise.

»Das ist so schön«, versichert sie uns, während sie sich in den Daumenballen beißt, »so schön, so schön …«

Sie wiegt sich unablässig zur selben Litanei vor und zurück, bis Olaf sie stoppt. Kimiko hat die Hand zurückgezogen. Ihre Körpersprache drückt Diskretion aus; sie hat sich hinter einen unsichtbaren Papierschirm zurückgezogen, wo man nichts sieht und nichts hört.

Ich fühle mich hilflos und schiele zu Enzo, der vorn noch einen Anker befestigt. Und plötzlich ist Ikewada zurück, befreit von ihrem Blumenbukett und mit einem ganz anderen Gesichtsausdruck. Ich deute ihn als Erleichterung.

Wir machen los. Enzo hat wieder Wind im Haar, und alle Gedanken werden weggeblasen, während die Zypressen mit der Heckwelle zusammenfließen und die Insel im Meer versinkt. Ich stelle mich neben Enzo, stecke den Kopf unter dem Verdeck hervor und spüre mit einem altbekannten Gefühl die Salzwasserspritzer auf meinen Wangen. Die Windschutzscheibe füllt sich mit zerstäubenden Tropfen.

Die Speerspitze des Stevens wirft uns nach vorn, wir fliegen über die Wellen wie auf einem tanzenden, unruhigen Untersetzer. In der Luft gleiten die Seevögel mit scharfen Schreien einem Ziel entgegen: dem Fischplatz auf einer kleinen Schäre, die aus dem Meer ragt.

Hier werfen wir Anker. Der Auftrieb verwandelt den Mahagonirumpf – für die nächsten paar Stunden – wieder in eine Wiege, ein Glucksen längs der Wasserlinie, während das Boot herumschaukelt, am Ankertau zerrt und sich im Auge des Windes zurechtlegt. Enzo lacht und breitet die Arme aus. Das gehört alles uns. Die Sonne, die ihren mittäglichen Höchststand erreicht hat, die grünen Glasschatten im Wasser und die Fayencekuppel des Himmels.

Wir genießen noch eine Weile die Stille und die besonderen Geräusche des Meeres, lauter Augen, die gegenseitig die Gesichter lächelnd mustern. Dann erhebt sich Ikewada und geht mit ihrer Freundin nach achtern. Und während Kimiko ein großes Badehandtuch hochhält, streift Ikewada das Kostüm ab und zieht sich um. Als das Handtuch gesenkt wird, steht sie in einem baumwollenen Anzug mit halblangen Beinen und Streifen da, anmutig wie eine Badenymphe aus den Zwanzigern.

Kimiko löst die Schleife unter dem Kinn und nimmt den Strohhut ab, schüttelt das Haar aus. Unter dem sommerleichten Flor trägt sie einen Badeanzug, der fast genauso aussieht wie der von Ikewada. Jetzt bückt sie sich über dem Korb mit dem Flechtdeckel und kommt mit zwei Taucherbrillen, die an Gummibändern baumeln, wieder hoch.

Jede von ihnen setzt eine Brille auf. Wir anderen staunen nur; ihre Bewegungen verlaufen wie nach einer Choreographie, die sich Schritt für Schritt realisiert. Kimiko bindet ein Seil an den Korb, befestigt es an der Reling und wirft den Korb hinaus. Er schwimmt mit der Strömung nach achtern. Sie stellen sich auf das Heck und springen zur gleichen Zeit, wobei das Boot nach der entgegengesetzten Seite schwingt. Noch immer ist kein Wort gesprochen worden.

Ihre Körper haben den Wasserspiegel ohne ein Plätschern durchbrochen und werden zu Schatten. Wie Delphine tauchen sie etwas später schnaufend auf und schöpfen Luft, dann verschwinden sie wieder in einer U-förmigen Wendung, gleiten längs der Klippe hinunter, bis wir sie nicht mehr ausmachen können. Sie bleiben lange unten, unbewußt halte ich die Luft an. Unmittelbar bevor die Welt untergeht, tauchen sie beim Korb auf, jede mit einer Handvoll Miesmuscheln, die mit Tang und Seegras versponnen sind.

Wie zwei Meerestiere setzen sie das Spiel fort, bis der Korb voll ist. Dann rufen sie zu uns hinauf und winken. Ich wickele ein Handtuch um die Taille und ziehe meine Badehose an, zitternd vor Verlangen, es selbst zu versuchen. Olaf hat keine Lust, und Kate kann nicht schwimmen. Sie möchte sich lieber sonnen. Bald liegt sie in ihrem Strandanzug auf dem Vorderdeck mit zitternden Augenlidern und einem seligen Lächeln um den

Mund, während das Licht sie von allen Seiten badet. Ich springe hinunter zu den Taucherinnen, rutsche auf der Reling aus und knalle flach auf das Wasser. Es ist nicht zu sagen, was mehr brennt – der Bauchklatscher oder die Schande –, als ich zu den Mädchen schwimme. Sie machen Wassertreten, und die Ovale der Taucherbrillen verbergen ihre Augen.

Ikewada leiht mir ihre Brille. Wieder und wieder versuche ich hinunterzukommen, aber es ist, als hätte ich Kork im Leib, der mich sofort wieder hinaufträgt. Als ich mich endlich ein paar Meter hinuntergestrampelt habe, spüre ich einen starken Druck auf den Ohren, und der Schmerz läßt mich keuchen und Wasser schlucken. Ich schieße in Panik hoch.

Kimiko schiebt die Brille in die Stirn und zeigt mir, daß ich den Druck in den Ohren ausgleichen kann, indem ich mir die Nase zuhalte und Schluckbewegungen mache. Sie hält einen Arm dicht an meinen Nabel; man knickt in der Taille ein und schießt wie ein Pfeil hinunter in die Tiefe, getrieben vom Eigengewicht des Körpers. Ich probiere es ein paar Male, fasziniert und irritiert zugleich.

Fasziniert bin ich von diesem neuen Element, das mich anzieht, von dem Schimmer der unterseeischen Welt, die ich zum ersten Mal durch das Plastik der Taucherbrille sehe: Muschelformationen, die sich in der Strömung öffnen, die Reflexe auf dem Meeresboden und der Schatten eines Fisches, der sich zwischen Pflanzen verstecken will, deren Stengel in einem fremden Licht schweben.

Irritiert, weil ich mich wie ein tolpatschiger Hund zwischen Robben fühle. Ich steche mich an den Stacheln des Seeigels, bekomme keine Luft und tauche mit einer Handvoll Blasentang anstelle von Muscheln wieder auf.

Ich gebe nicht auf, verschiebe den Versuch nur auf bessere Zeiten. Wir schwimmen zum Boot zurück und kommen an Bord. Enzo hat den Petroleumkocher und den Kessel bereitgemacht. Wir säubern den Fang, und nach kurzer Zeit dampft die Suppe, die mit Weißwein versetzt wird. Dazu essen wir

Brot, trinken die Blaumuscheln aus den offenen Schalen und stoßen miteinander an. Tief in Kates Augen sehe ich, daß alle ihre Erwartungen erfüllt sind, und ich entspanne mich zum ersten Mal seit Anbruch dieses Tages. Die Bauchschmerzen sind verschwunden.

Wir plaudern, während der Kessel summt. Kate ist um die Träger herum ziemlich rot geworden, und ich warne sie vor zu viel Sonne. Wir haben ja genug Zeit. Ich schiebe Olafs Schmuck ein Stück an ihrem Arm hinauf, um den Kontrast in der Hautfarbe zu demonstrieren. Sie ist sofort einsichtig und zieht das Kleid über.

Ein wenig später berührt sie meine Schultern. Ich bin jetzt ebenso braungebrannt wie Mutter damals, als sie aus Afrika nach Hause kam, ganz im Gegensatz zu Olaf, der – obwohl die Sommersprossen flammen – seine milchweiße Haut bewahrt hat. Die Stunden, in denen ich unter freiem Himmel dahintreibe, verbringt er im Atelier oder in Domingos Werkstatt.

Ikewada und Kimiko kümmern sich um Kate. Sie tauschen untereinander ihre Zigaretten und Lippenstifte. Kate ist voll von putzigen Formulierungen und drückt sich hemmungslos in einem Englisch aus, das ganz und gar ihr eigenes ist. Enzo bedient sie auf italienisch, zunehmend bezaubert von dem lichten Wesen aus dem Norden. Er nennt sie *La Bionda*, und sie ist davon ganz begeistert. Kate liebt es, neue Namen zu bekommen. Das verändert ihr Gesicht.

Die Sonne steht schon tief am Horizont, und wir machen uns bereit für die Heimfahrt. Als der Anker festsitzt, taucht Ikewada mühelos hinunter und bekommt ihn frei. Geborene Perlenfischerinnen, denke ich, während sie einen Hut, von der gleichen Art wie Kimiko ihn trägt, so bindet, daß sich die Krempe ihrer Kopfform anpaßt. Sie setzt sich hin, um an der Luft zu trocknen. Enzo startet das Boot und gibt langsam Gas. Der Tag hat einen anderen Rhythmus bekommen, wir haben Meergeschmack im Mund, salzige Körper und ein schläfriges Surren in den Gliedern.

Das Boot gleitet über die Lagune, deren bronzefarbene Dünung den Himmel spiegelt.

Auf der Höhe von Murano, der Insel der Glasbläser, wechselt plötzlich das Wetter. Es grummelt am Horizont, und die ersten schwarzen Wolken jagen über den Himmel. Der Wind frischt auf, die Wellen türmen sich, und Kate stöhnt, den grünen Schimmer der Seekrankheit in den Augen. Ich sehe, daß sie Angst hat, führe es aber – dieses eine Mal – auf natürliche Ursachen zurück. Sie bringt Neptun ihr Opfer, und ich halte sie an der Taille fest, so daß sie nicht über Bord fällt. Hinterher tupfe ich ihren Mund mit dem unteren Teil meines T-Shirts ab.

Olaf geht es auch nicht allzu gut. Ich erinnere mich plötzlich an unseren Ausflug nach Elleore, als wir am Roskilde Fjord ein Boot ausgeliehen hatten und er das eine Ruder verlor. Ehe wir es uns versahen, war das Unwetter über uns, und er saß da, totenblaß, und erbrach sich in meinen einen Schuh, während ich versuchte, mit dem anderen zu schöpfen …

Der Gedanke daran gibt mir Ruhe; ich fröstele, getroffen von einem Windstoß, der den Seenebel dazu bringt, sich an meinen Körper zu heften, so daß mich Kälteschauer schütteln.

Bei San Michele, wo die Stellnetzpfähle wieder dicht stehen, peitscht ein Schauer über das Wasser. Wir kriechen unter dem Verdeck zusammen. Plötzlich flucht Enzo, kurz davor, eine Gondel mit einer Totenbahre zu rammen. Er dreht im letzten Augenblick bei; die Pflugschar der Dünung läßt die Gondel krängen, so daß der Sarg zu rutschen beginnt. Durch den Schauer und den Wind höre ich Kate schreien: »Ich will nicht mehr!«

Dann springt sie.

Bevor jemand reagieren kann, bin ich im Wasser. Das Tempo des Bootes bewirkt, daß ich ein gutes Stück von Kate entfernt gelandet bin. Ich sehe ihre Arme auf der Oberfläche flattern, während sie versucht, sich über Wasser zu halten. Ich rufe sie, aber sie hört mich nicht. Ich beginne zu kraulen. Der Himmel ist jetzt blauschwarz von Wolken; es donnert, und der Regen prasselt auf das Wasser. Kleine, hitzige Tropfen von Süßwasser, die wie Hagel von einer Scheibe zurückprallen.

Ihr Kopf versinkt. Ich zähle die Sekunden. Er taucht mit einem Ausdruck von Entsetzen wieder auf: Falls sie sich den Tod gewünscht hatte, weiß sie jetzt schon, daß sie seine Maske nicht ertragen kann. Das Haar schlängelt sich medusenhaft, der Mund schnappt nach Luft, und die Hände greifen ohnmächtig ins Nichts.

Ich lege mich ins Geschirr. Arme, Beine und Atem arbeiten wie eine Maschine, um sie zu erreichen. Der Kopf geht wieder unter – dieses Mal für längere Zeit als vorher. Ich mache mich auf der letzten Strecke ganz flach, tauche das Gesicht ins Wasser und verstärke meine Schwimmstöße. Als sie auftaucht, präge ich mir einen Pfahl mit einer Möwe ein, um mir die Stelle zu merken. Ich bin so dicht an ihr dran, daß ich ihr Keuchen höre. Dann verschwindet sie; das Meer schließt sich um eine Hand, und sie bleibt unten.

Ich tauche nach ihr. Nur Schatten auf einem dunkelfleckigen Spiegel, und die Panik des Auftriebs treibt mich mit strapazierter Lunge zurück. Tropfen von Zeit stürzen aus dem Himmel; es brodelt und platscht um mich herum, während ich Wasser trete und Luft trinke. Da unten war es still, ein anderer Pulsschlag, Dämmerlicht und verwischte Konturen. Plötzlich sehne auch ich mich dorthin. Ich bekomme den Atem unter Kontrolle, tanke Sauerstoff und versuche es wieder.

Der Schauer wird zu einem fernen Flüstern an der Oberfläche. Ich gleite hinunter, gleiche den Druck aus und sinke mit wachsendem Erstaunen. Ich habe Gespür für das Wasser bekommen. Die Zeit ist mit dem Atem stehengeblieben, der

Schmerz ist weg. In dem gewichtslosen Raum und ohne Taucherbrille sind alle Konturen immer noch verwischt, aber das Denken hat sich klar, fast mit einem Glücksgefühl, gemeldet, und ich richte die Aufmerksamkeit auf den Bewuchs eines Pfahls, den ich gerade erahnen kann.

Es ist mir klar – und ich weiß nicht, woher das kommt –, daß ich alles langsam machen muß. Sogar das Sinken geschieht fast ohne Bewegungen. Die Langsamkeit, und nur die Langsamkeit, hält die Zeit in der Schwebe. Jeder Versuch, mich anzustrengen, beschleunigt sie. Ich bin Herr über jede der Sekunden, die mit der Welt da oben, wo der Himmel zu einem Ausschnitt schrumpft, normal verrinnen.

Es wird heller unten im Wasser. Die Wolken lösen sich wohl auf, das Zischen des Regenschauers hat nachgelassen. Eine Nähmaschine surrt in meinen Gehörgängen, und es dauert eine Weile, bis mir klar wird, daß es die Schiffsschraube ist, die ich höre, zusammen mit dem Motorlärm von unserem Boot, das begonnen hat zu kreisen.

Mir ist ganz leicht ums Herz, ein schmerzloses Schweben an dem Pfahl hinunter, wobei ich mich um meine eigene Achse drehe. Dann sehe ich es: Einen Zipfel ihres mattroten Kleides ohne Kontur, eine Beule nur, die sich glockenförmig hebt, und ich ändere die Richtung, gleite hin zu ihrem weißen Gesicht und dem zusammengepreßten Mund, aus dem eine Silberkette hervorbrodelt. Kate wirkt unnatürlich groß, die Augen sind unter dem Wasser weit aufgerissen, und etwas hält sie fest. Sie hängt an dem einen Arm und bewegt sich mit der Strömung.

Mit einer Krümmung meines Körpers überwinde ich den noch verbleibenden Abstand, fasse sie um die Taille und fahre mit der Hand suchend an ihrem ausgestreckten Arm entlang. Die Finger stoßen auf kühles Metall.

Das ist der Schmuck. Er hat sich in einem Netz verfangen, das ich nicht sehen kann, und ich reiße daran. Ein Augenblick von Panik bringt die Ohren wieder zum Klingen, und ich schlucke und spüre Linderung.

Dann packe ich zu. Ich nestele an dem Schmuck, um sie freizubekommen. Ihre Gliedmaßen sind kalt wie die einer Seejungfrau, und ich kann nicht spüren, ob ihr Herz schlägt. Jetzt sehe ich die Silberkrone leuchten und streife sie ab. Indem ich ihr Handgelenk davon befreie, läßt der Schmuck das Netz los. Er sinkt mit blauflammenden Spitzen und verschwindet in der Tiefe.

Ich fasse sie fest um ihre Taille und beginne aufzusteigen, indem ich mich von dem Pfahl abstoße und den Bewuchs unter meinen Zehen knirschen höre. Alles in mir jubelt, als sie zu zappeln beginnt. Ich donnere der Oberfläche entgegen, und ein einziger Gedanke treibt mich hinauf. Sie gehört mir! So primitiv – und so befreiend – ist die Kraft.

Wir brechen durch das Wasser, zwei Köpfe und ein Triumphschrei. Kate hustet heftig und schlägt um sich. Salzwasser und Erbrochenes – und wieder Salzwasser. Aber sie lebt. Es ist Schaum auf dem Meer, aber sie lebt! Ich habe mich nie in meinem Leben so allmächtig gefühlt. Ich halte sie mit eisernem Griff, hebe sie hoch, so daß sie das Strömen der Luft spürt und sieht, wie die Wolken aufreißen. Wir treten nicht länger Wasser, wir gleiten auf blauen Rolltreppen in den Himmel.

Sie findet mich mit Augen wie Seesterne und gewinnt die Sprache zurück. Alles, was sie sagt, ist: »Ich liebe dich! Liebe dich, liebe dich, liebe dich ...«

Sie schlingt die Arme um meinen Hals und saugt sich in einem Kuß fest, während unsere Körper unter Wasser mit immer größerer Gier zusammenstoßen. Ich schäme mich nicht für mein steifes Glied, das frei gegen ihren Nabel klopft, während der Kleiderstoff wie eine Mohnblumenblüte oben treibt. Es ist der Puls des Glücks, der uns zusammenfügt über der Tiefe, der wir gerade entkommen sind.

So liegen wir noch, als das Boot mit langsam laufendem Motor an uns herangleitet. An Bord herrscht Durcheinander, Arme strecken sich aus, um uns hinaufzuhelfen, Stimmen, die Fragen stellen, schlagen über unseren Köpfen zusammen. Sie helfen Kate aus den nassen Sachen und packen sie in Decken; ich stehe in dem aus den Wolken hervorbrechenden Licht und klappere mit den Zähnen, während das Wasser an mir herabläuft und sich auf den Planken zu Pfützen sammelt.

Handlung zählt mehr als Worte. Olaf weiß das und drückt mich hart, bevor er sich neben Kate niederläßt und mit ihr flüstert. Sie ist jetzt frostig blaß um die Nasenspitze, plagt sich mit dem Gedanken an das, was sie ausgelöst hat. Aber sie trifft auf keinen Vorbehalt, nur auf ausgestreckte Hände – Kimikos Hand mit der Zigarette, Enzos Hand hält die Feuerzeugflamme bereit.

Ich quäle mich aus dem nassen T-Shirt und den Jeans, lehne die Decke ab, die sie um meine Schultern legen wollen. Ich will lieber nackt und frei sein. Einen Augenblick lang haben die Blicke aller auf mir geruht, so als sähen sie mich zum ersten Mal. Mehr Wärme braucht niemand.

Die japanischen Freundinnen mit den Perlenfischerhüten wetteifern, wer als erste mit dem Verbandskasten da ist. Ich habe mir den Fuß an den Muscheln aufgeschnitten, als ich mich vom Stellnetzpfahl abstieß.

Es blutet jetzt stark, und ich muß mich hinsetzen, schwindlig vom Tauchen. Ikewada pinselt Jod auf die Wunde und deckt sie mit Watte ab, während Kimiko die Gaze hervorholt und sie stramm um den Fuß wickelt. Das passiert, während sie mich abwechselnd ansehen und eine kleinere Salve auf Japanisch abfeuern.

»You learn fast«, konstatiert Ikewada, so als wäre das die Schlußfolgerung des Gesprächs, das sie geführt haben. Ich fühle mich in eine geheime Triade der Leute vom Meer aufgenommen, die einst das Reich erben sollen.

»Kimiko likes you!«

Ihre Augen explodieren in einem verzückten Kichern. Ein Sonnenstrahl drängt sich unter das Verdeck und vergoldet diesen Augenblick.

Das Boot setzt sich in Bewegung. Es blitzt immer noch am Horizont, aber wir hören keinen Donner mehr, und die Sturmböen fegen mit ihren Regenvorhängen weiter hinaus über die Lagune. Wir liegen in einem Wolkenloch; die späte Nachmittagssonne brennt sich ihre Bahn und bringt die Luft zum Glänzen. Enzo steigert die Geschwindigkeit. Unmittelbar vor uns liegen Venedig und die Brücke, die uns erneut in das Labyrinth der Kanäle führen soll.

NUR ZWANZIG MINUTEN SPÄTER sind wir auf der Höhe der *Santa Maria Formosa-Kirche* und des Platzes mit den Tauben, der zum Stadtkern gehört. Ich liege achtern auf dem Bauch und blicke in das Wasser, während wir langsam zwischen den anderen Booten vorangleiten.

Wir fahren unter ein Gewölbe, wo die Vögel gurrend beieinander auf dem Steinrand sitzen. Mir fällt einen Augenblick lang die feuchtkalte Luft auf, als das Wasser rülpst und Trauben von Seesternen mit dem Bauch nach oben sichtbar werden. Sie rotieren langsam zwischen Quallen, strömen vom Boden nach oben und erstrecken sich zu einem stetig wachsenden Gürtel. Ich versenke mich, wie so oft, in das Muster der Schöpfung.

Und während ich starre, reißt der Schlick im Kanal auf. Ein Kopf kommt hoch, wiegt sich mit dem Nacken an der Oberfläche, die Hängeschultern vom Mantel verborgen. Getragen von ausbrechenden Gasen, ist die Taubendame als Tochter des Schlammkönigs wieder emporgestiegen. Ich ersticke einen erschrockenen Ausbruch und wende mich den anderen zu. Niemand hat sie gesehen. Ich setze mich auf die Ruderbank und blicke geradeaus, während die Erscheinung nach achtern wegtreibt. Die Blasen platzen auf dem Wasser.

Wir kommen auf der anderen Seite hinaus – unter der Seufzerbrücke hindurch, die sich vom Dogenpalast zu dessen Bleikammern spannt – und geben Gas. Giudecca liegt in Rot gebadet da, als wir ankommen. Es ist der Sonnenuntergang, der die Fassaden längs der Kaigasse rot leuchten läßt.

Wir werden an der Steintreppe unmittelbar vor unserem Haus abgesetzt und bedanken uns für einen herrlichen Ausflug. Kate ist immer noch in die Decke gehüllt, und Olaf stützt sie. Sie ähnelt einer Roten-Kreuz-Patientin, einem Flüchtling aus der Wirklichkeit des Tages. Sie macht einen Arm frei und winkt dem Motorboot matt hinterher, als es vom Kai ablegt und sich in Richtung Ponte Lungo bewegt.

Enzo wirft ihr einen Handkuß zu, und unsere japanischen Freundinnen schauen – wie zu einem letzten Gruß – unter dem Verdeck hervor, jede eine Hand an der Hutkrempe, während der Wind ihr Haar bewegt. Aus dieser Entfernung erinnern ihre Gesichter an Masken des *No-Theaters*.

Kate zieht den Arm an sich. Sie zittert trotz des lauen Abends und läßt Olaf die Decke um ihre Schultern zusammenraffen. Er zieht einen Zipfel wie eine Mönchskutte über ihren Kopf und beschattet ihr Gesicht. Wir stehen eine Weile da und sammeln uns, bevor wir nach oben gehen. Sie ist unsicher auf den Beinen, so daß ihr Schritt für Schritt geholfen werden muß – eine zarte Hülle, der alle Kräfte entzogen sind. Und ich spüre, wie die Zärtlichkeit erneut aufsteigt.

Wir haben in denselben Abgrund gesehen und den Pakt mit salzigen Küssen besiegelt. All meine Unruhe ist zur Gewißheit geworden: Ich muß mit Olaf reden. Meine Gefühle kann ich nicht länger verbergen.

Im Atelier ist es schwül. Das Gewitter des Tages steht noch zwischen den Wänden. Wir nehmen ihr die Decke ab und frottieren ihre Glieder mit Handtüchern, bis der Kreislauf wieder unter der Haut aufflammt. Ich spüre die Meereskälte in ihren Wangen. Sie sieht mich so ernst an, während ich ihr Haar bürste, und ihre Lippen zittern bei der stummen Wiederholung der

Worte, die sie mir in der Lagune sagte. Ein Schauer durchläuft sie, als Olaf, der hinter ihrem Rücken steht, Talkum auf ihre verbrannten Schulterblätter streut – niemand sagt etwas. Die nackte Kate zwischen uns sagt alles.

An diesem Abend essen wir auf *Da Marios* Holzfloß. Wir haben die Zungen gelockert, und jeder von uns redet wie ein Pfingstwunder. Auf dem Weg hierher wollte ich ihr das Papierschiff zeigen, und siehe da: Es hatte sich im Verlauf des Tages formiert, war zu einer ganzen Regatta geworden. Seite an Seite liegen die Schiffe, alle auf die gleiche Weise geschmückt und von vorn bis achtern illuminiert. Und von Zattere, der anderen Seite des Kanals, blinken die Lämpchen in einem Wald von Masten, ähnlich wie dieser hier.

Wir ahnen noch immer nicht, was sich da anbahnt, und raten auf Teufel komm raus. Kate meint, es sei ein Wasserzirkus – mit Artisten aus der ganzen Welt, Seiltänzern und Jongleuren, Clowns und Dompteuren. Sie malt eine Robbenschau aus, läßt alle Bälle auf ihren Schnauzen surren und wirft ein festliches Licht über die Gesellschaft.

Olaf hat noch nie etwas von einem Wasserzirkus gehört, er phantasiert von Seezigeunern, und ich finde, daß da genug Schiffe sind, um den schlangenförmigen Canal Grande zu füllen, der die Stadt in Yin und Yang teilt. Ich verrate, daß ich stapelweise Feuerwerkskörper auf den Kais gesehen habe, und bald haben wir einen Drachen entzündet, der beim Bahnhof *Santa Lucia* beginnt und bis zum goldenen Globus der *Zollkammer* reicht.

Indessen serviert uns Mario die hausgemachte Pasta und füllt die Karaffe mit Wein vom Faß. Es ist ein Mordsappetit, der sich unter der Pergola, wo die Trauben reif geworden sind, austobt. Wir haben überhaupt keinen Boden mehr in uns, selbst Kate bedient sich an den Freuden des Lebens und spricht kräftig dem regionalen Rotwein zu.

Ich bin in Fahrt und zitiere für Kate T. S. Eliot:

We have lingered in the chambers of the sea
By sea-girls wreathed with seaweed red and brown
Till human voices wake us, and we drown

Sie fängt an zu weinen, und das war auch die Absicht. Hinterher schickt sie mir einen herzerweichenden Blick, und Olaf hämmert mit seinem leeren Glas auf dem Tisch, bis Mario mehr Wein bringt.

Als letzte Gäste torkeln wir nach Hause.

Unmittelbar bevor wir hinaufgehen, sehe ich, wie ein Mann in schwarzem Mantel – mit dreieckigem Hut und Casanova-Maske – um die Hausecke biegt und die Gasse hinuntergeht. In meinem umnebelten Zustand wundert mich das nicht. Vivaldi komponierte hier seine ›Jahreszeiten‹, dann können wir wohl auch unsere komponieren und mitten im Juli Karneval veranstalten.

Auf schwankenden Fußsohlen will ich ihn den anderen als Kuriosum der Nacht zeigen, aber die sind schon hineingegangen und steigen die Treppe nach oben.

Außerdem ist der Mann weg. Die Gasse hat ihn verschluckt.

Wolken jagen wieder über den Himmel und verstecken den Mond. Er ist fast voll und zerstreut seinen Schein angelaufenen Silbers überall dort, wo die Wolkendecke dünn wird. Katzen schreien im Dunkel, ebenso liebeskrank wie ich selbst.

Ich stehe da und halte mir bedrängt den Schritt. Dann trippele ich zur Mole und gehe ein paar Schritte die Steintreppe hinunter. Ich halte die Zunge gerade, denn die Stufen sind von den Algen glatt wie Schmierseife. Ich fasse fest in den Eisenring, ziehe mit der anderen Hand den Reißverschluß runter und pinkele. Hier ist ja niemand. Anstelle des wohlbekannten Plätscherns klingt der Strahl hohl. Ich blicke verblüfft hinunter und sehe, daß ich ein vertäutes Motorboot getroffen habe, ein Boot von der gleichen Art wie das von Hundertwasser. Ich bekomme einen Schluckauf und werfe einen Blick über die Schulter. In unseren Atelierfenstern ist Licht; ich denke mit Widerwillen an meine Mönchszelle da oben, dann geht das Licht aus. Sie sind schon zu Bett gegangen. Die Nacht stülpt sich plötzlich wie eine Narrenkappe aus Pessimismus über meinen Kopf. Vergessen ist das Wunder des Tages, zurückgeblieben sind Einsamkeit und eine schlafende Stadt.

XXII
Der Spiegel

Schlaflos liege ich in meiner Krypta.

Das Laken ist abgestrampelt, das kleine Fenster steht offen, und draußen in der Gasse tropft es. Ein Geruch nach Tang und Schalentieren treibt auf der Höhe der ersten Etage vorüber. Mir ist, als würde der Fußboden unter meiner Pritsche leicht schaukeln, aber das ist ein Gefühl, das man in Venedig häufig hat – auf Plätzen und in Straßencafés.

Die Legende erzählt, daß die ersten Häuser aus Holz waren und auf Flößen errichtet wurden. So birgt das Fundament die Erinnerung an ein schwankendes Deck. Wir sind Passagiere in der letzten Arche der Welt, und die sinkt in jedem Jahrhundert, das vergeht, um ein paar Zoll. Wenn die Katastrophe endlich eintrifft, werden alle Schornsteine der Stadt wie Dampfpfeifen heulen.

Die Tür zu meinem Raum wird geöffnet. Jemand steht da im Dunkeln, ein Schatten tastet sich die Wände entlang, ein Seufzen, das durch Mark und Bein geht. Ich liege mucksmäuschenstill. Ein Fuß stößt an das Bein des Bettes, Metall quietscht auf dem Terrazzoboden, dort, wo die Schutzkappe fehlt. Ich schließe die Augen und stelle mich schlafend – mit einem Herzklopfen, das die Pritsche jeden Augenblick Fandango tanzen lassen könnte.

Man or ghost? möchte ich am liebsten fragen, so wie es die Seeleute in vergangenen Zeiten taten, wenn sich der Klabautermann, der Fliegende Holländer oder Kapitän Ahab während der Hundewache zeigten. Ich bin nicht der einzige, der in dieser Nacht keinen Schlaf findet.

Es ist ein Gespenst. Jedenfalls habe ich Olafs Stimme noch nie so hohl gehört; er setzt sich schwer auf die Bettkante, legt die Hand auf meine Schulter und sagt mit brüchiger Stimme: »Schläfst du?«

Ich brumme etwas, gewinne Zeit, bevor ich mich im Bett aufrichte und mir die Augen reibe.

»Was ist denn los?« frage ich.

Ich höre meine Stimme als Echo auf die Verteidigungsposition, die ich unbewußt eingenommen habe.

Er sitzt lange da und wiegt sich auf dem Bettrand. Niemand kann wie Olaf stöhnen. Er pumpt die Worte wie aus einem Brunnen herauf: »Das war so verdammt cool..., als du ihr nachgesprungen bist...«

Dann wird es still. Lange.

»Ich habe noch nie erlebt, daß du so schnell sein kannst. Wir haben bloß dagesessen, völlig *flappergastet*...«

Flappergastet ist *das* Wort zur Zeit. Wir haben es aus dem Englischen aufgetakelt und benutzen es in den unmöglichsten Zusammenhängen.

»Chip und Chap trugen ihre Mandelaugen wie auf Stielen, und der Rettungsschwimmer sah aus wie ein Hund, der sich nicht naß machen will...«

Ich hasse es, wenn er unsere Freundinnen Chip und Chap nennt. Mit Enzo ist es okay; er sieht mit seinen weißen Zähnen, der Sonnenbrille und der strammen Badehose tatsächlich wie ein Rettungsschwimmer aus. Sein Rumpf und seine Beine sind die eines Gewichthebers.

Jetzt komm zur Sache, denke ich, außerstande, noch länger auf die Entscheidung zu warten.

»Ihr hättet ertrinken können, alle beide...«

»Olaf, zum Teufel, du bist nicht gekommen, um mir das zu erzählen. Mitten in der Nacht!«

Er stöhnt. Die Hand, die auf meiner Schulter liegt, ist zu einem Abdruck seiner selbst geworden; sie wirkt seltsam resigniert! Man kann sein Flüstern fast nicht hören.

»Es ist Kate...«

»Ja?«

»Sie sagt...«

Sein Atem wird plötzlich normal.

»..., daß ihr euch liebt!«

Das letzte ist mit normaler Stimmlage gekommen, wirkt aber trotzdem wie ein Schrei im Dunkeln. Dieses Mal ist das Schweigen auf meiner Seite, und die Fesseln haben nur den Brustkorb gewechselt. Ich schlucke.

»Ich hätte es dir selbst gesagt«, beginne ich zögernd, »aber da wart ihr zu Bett gegangen.«

»Du hattest versprochen...«

»Jetzt hör mal zu, es ist absolut nichts passiert, okay? Ich habe meine Pfoten bei mir behalten, klar? Halt die Klappe, Mann, ich krieche völlig auf dem Zahnfleisch, zum Teufel noch mal!«

Ich stehe auf und fange an umherzugehen.

»Und was soll ich deiner Meinung nach tun?«

Er klopft sich an die Schläfe: »Denk nach!«

»Ich habe mir – verdammt noch mal – das Hirn zergrübelt. Ich kann nicht mehr schreiben noch schlafen, scheißen oder trommeln. Es ist die Hölle!«

Er geht ganz dicht an mich heran, langt hoch und schlägt mir leicht mit dem Knöchel zwischen die Augenbrauen.

»Wessen Hölle?«

Ich falle – ganz nach unten – auf die Matratze, so daß die Federn nachgeben.

»Und was machen *wir* nun?«

Er geht zur Fensterluke; da ist kein Fensterbrett, nur ein abgerundetes Loch – wie geschaffen für Gitterstäbe, denke ich, während er am Putz pult, so daß ganze Fladen abfallen. Es ist dunkel, draußen wie drinnen – wieder die Tiefe mit zwei konturlosen Körpern. Er dreht sich um. Ich höre das am Schritt.

»Okay. Ich schicke Kate zu dir rein!«

»Olaf...«

Er patscht auf seinen nackten Füßen aus dem Raum. In der Türöffnung dreht er sich um: »Dein Stich jetzt, paß auf den Strohmann auf!«

Ich bin sprachlos. Er läßt die Tür einen Spalt breit offen –

NACH LÄNGEREM FLÜSTERN NEBENAN kommt Kate herüber. Sie müht sich ein wenig mit der Tür ab, um sie zu schließen, dann legt sie sich neben mich und ergreift meine Hand. Sie ist nackt. Mein Blut brennt durch die Haut.

Ich will etwas sagen, aber das Herz klopft mir bis in den Hals; es ist plötzlich eng im Raum, und ich bekomme keine Luft. Sie legt einen Finger auf meine Lippen und beißt mir in das Ohrläppchen.

Ich sehe mich selbst in der Horizontalen abgelichtet, die Hände steif an den Seiten und mit Augen, die an die Decke starren. Sie drücken dieselbe Art von Angst aus, die man auf Fotografien von früher sieht.

Sie rückt näher heran. Wie eine Sichel spüre ich ihr eines Knie über meinen Schenkel gleiten, hinauf zu meinem Bauch. Sie schiebt sich dicht an mich, ihr Schamhaar berührt mein Hüftbein, ihr Geschlecht öffnet sich und setzt Feuchtigkeit ab.

Ich zittere am ganzen Körper; er ist abwechselnd Feuer und Eis. Ich wünschte nur, die Decke würde sich öffnen, daß das Wasser einströmen und uns wieder gewichtslos machen würde, während sich die Welt über unseren Köpfen schlösse.

Als sie versucht, mich zu küssen, fahre ich zusammen.

Das ist nicht diejenige, die ich kenne. Sie weckt nicht länger Zärtlichkeit, sondern namenloses Grauen. Zwei hart gespannte Lippen treffen jeweils auf zwei Zahnreihen.

Ich denke an Munchs ›Pubertät‹, an Dornengebüsch im Oktober und an Klematis, eingeflochten in ein Gittertor.

Sie senkt den Kopf und pustet in meine Halsgrube; ich ertrinke in dem feinen Shampoo-Duft des Haares, während sich ihre Hand nach unten tastet. Eisblumen splittern hinter der Stirn; sie hat ein Loch in mein Eis gehaucht, ein verschwommener Anfang. Das Nordlicht der Nerven wogt erneut hervor.

Dann schaltet Olaf nebenan das Licht an und beginnt mit der Malerkiste zu rumoren. Jetzt ist sie es, die erstarrt; ihr Griff wird unwillkürlich fester. Der Schmerz, der wie gelbe Natternflecke heraufschießt, überzieht mich mit Gänsehaut; der Unterleib sträubt sich auf Marterpfählen.

Das Atelier – in dem Olaf auf und ab geht, mit den Tuben klappert und sich mit hörbaren Pinselstrichen über die Leinwand wirft – sitzt uns buchstäblich im Nacken. Wir sind zwei, die sterben, und wir sinken jeder auf seine Seite des Kissens.

Wir sind wieder dort, wo wir angefangen haben. Kate nimmt meine Hand. Sie liegt da und streichelt sie lange, bis sie sich auf den Bauch dreht. Es dauert ein wenig, bis mir aufgeht, daß sie den Kissenzipfel in den Mund gesteckt hat und ihre Schultern beben.

Ich rühre sie nicht an, gelähmt von dem Gift, das Romeo dazu brachte, seine Geliebte vor der Zeit abzuschreiben. Wie eine Ertrinkende gleitet sie von mir, sinkt auf den Grund eines dunklen und traumlosen Meeres. Da liegt sie still, während ich brenne.

Irgendwann zuckt es in ihren Gliedern. Sie spricht im Schlaf, wirft den Kopf auf dem Kissen hin und her. Das meiste geht in einem Murmeln unter; nur ihr *Daddy!* taucht in Abständen auf und klingt wie ein Ruf aus dem Abgrund. Und jedesmal ertrinkt er in einem ebenso gellenden *Nein*. Wie unheimlich das wirkt.

Erst gegen Morgen ist das Blut zu Asche geworden, und ich falle in einen unruhigen Schlaf.

Die Scheintoten erwachen mitten am Tag. Wir stoßen in der Türöffnung zusammen.

»Wo ist Kate?«

Wir haben es beide wie aus einem Mund gerufen. Mit spiegelverkehrten Bewegungen senken wir die Schultern, und jeder sieht in seine Richtung: Olaf zu seiner Pritsche, ich zu meiner. Kate ist weg. Zwischen unseren Händen durchgeschlüpft.

Ich starre angestrengt auf das Bett. Kein Zettel, nichts. Da sind Schminkereste auf dem Kissen, und der Bezug ist fleckig.

Olaf ist dabei, in seinem Raum nachzusehen, ob ihr Koffer noch dort ist. Alles ist da: Tasche, Geld, Paß ...

Er senkt den Kopf, fährt die Hörner aus und schmeißt mit dem Bettzeug herum, während er mich in die Hölle wünscht. Dann wird er plötzlich ruhig, setzt sich hin und fällt in sich zusammen.

Wir halten uns im Niemandsland auf, während die Zeit unsere Rücken krümmt. Als wir das Haus verlassen, um draußen nach ihr zu suchen, reden wir immer noch nicht miteinander. Der Kai hallt wider von unseren Schritten, die Brücken verstärken ihre Lautstärke. Wir versuchen es bei Hundertwasser, aber niemand öffnet. Dann durchkämmen wir sowohl mondäne als auch armselige Orte, fragen in Hotels, lassen uns im *Café Florian* zwischen Glasmalereien und Marmortischen nieder. Zwischen Pfauen in Jugendstilgärten suchen wir einen Sperling.

Aber der Faden ist gerissen. Wir haben die Nadel unseres Kompasses verloren, und Flüssigkeit liegt zitternd und blank über einer Windrose, die in alle Richtungen zeigt.

Den Rest des Tages flattern wir in den Straßen herum – wie unsere eigenen Schatten. Das Finderglück hat uns verlassen.

Als wir das Boot zurück nach Giudecca nehmen, ist die Sonne untergegangen. Während der gesamten Überfahrt hängt jeder von uns über seiner Reling und starrt verbissen hinunter in das Wasser. Wir durchsuchen das Atelier, um zu sehen, ob sie in der Zwischenzeit aufgetaucht ist. Noch immer kein Lebenszeichen von Sister Kate.

Wir befestigen einen Zettel an der Tür, bevor wir die Nachforschung wieder aufnehmen. Als wir erneut bei Hundertwasser klingeln, wissen wir, daß wir uns in Kreisen bewegt haben. Wir werden zu dem Summen neuer Stimmen eingelassen.

Sie haben Besuch. Enzo legt den Finger an die Lippen und führt uns hinauf in eine Etage, in der wir vorher noch nicht gewesen sind. Ein Opernensemble aus Wien befindet sich auf einer Gastspielreise. Der Raum ist düster; Klappbänke an den Wänden, Caféhausstühle um einen runden Mahagonitisch, schwere Schränke und Regale mit Blumenborten. Die Gemälde passen zu dem Bauernstil. Die Motive in den geschnitzten Holzrahmen sind Edelweiß und Alpenglühen. Wir befinden uns in Hundertwassers österreichischer Stube.

Es stehen Gerichte auf dem Tisch. Zwischen den Weißweinflaschen in Sektkühlern segeln Schwäne aus Papierservietten.

In der Ecke ist der Flügel aufgeschlagen. Donna Fiora ist bei dem Vorspiel zu einem von Schuberts ›Liedern‹. Die Gäste stehen andächtig um den Sänger herum, einen dicklichen, kleinen Bajazzo im Frack. Er bläht die Brust und intoniert, während er eine ringgeschmückte Hand vor das Zwerchfell hält.

Nach den Liedern folgt eine Reihe Arien. Unruhe breitet sich in dem Kreis aus, und der Beifall wird immer spärlicher. Olaf und ich fühlen uns entsetzlich. Es ist offensichtlich, daß der Sänger nicht müde wird, sich selbst zu hören, und es ist ebenso einleuchtend, daß die Gesellschaft nach der zwölften Arie genug hat. Er schöpft gerade Luft für eine neue. Die Forellen auf dem Tisch werden kalt.

In diesem Augenblick betritt Kimiko den Schauplatz, im Kimono und mit klassischer Geishafrisur. Sie trägt ein Lacktablett mit einer roten Rose und – einem Glas Wasser. In ihren miteinander flüsternden Sandalen gleitet sie über den Parkettfußboden, überreicht dem Bajazzo die Rose und bietet ihm das Wasser an. Der Bajazzo sieht keine andere Möglichkeit, als die Arie sausen zu lassen und sich tief zu verbeugen. Sie hat ihm einfach die Luft abgeschnitten. Der Beifall ist tosend und die Gesellschaft erlöst. Niemand hat sein Gesicht verloren.

Das war genial, denke ich inmitten meiner Verzweiflung, und Olaf sieht es ebenso. Es tut nur weh, daß wir aufgehört haben, so etwas einander mit Gebärden und Mienenspiel zu signalisieren. Es ist das erste Mal, daß wir zusammen allein sind.

In der anderen Ecke der Stube steht ein Mann. Eine große, schlanke Figur, eingehüllt in einen Mantel und mit einer Russenmütze. Er ist dunkelhaarig, hat tiefliegende Augen und schmale Wangen – der einzige von den Gästen, abgesehen von uns selbst, der sich in dieser Gesellschaft sehr fremd fühlt; deshalb bemerke ich ihn. Ich gewinne den Eindruck, daß er eine Verabredung mit jemandem hat, der noch nicht aufgetaucht ist. Die ganze Zeit über blickt er zur Kuckucksuhr, deren Gewichte bronzene Tannenzapfen sind, oder sein Blick gleitet mit einem merkwürdigen Brennen in der Stube herum.

DOMINGO UND ZOTTI sind aus dem Kreis ausgebrochen und schließen sich uns an. Zotti landet je eine Bärentatze auf Olafs und meiner Schulter – und versucht uns zusammenzuschütteln.

»Who stole your horses?« fragt er. Mit wenigen Worten informieren wir die beiden. Er schüttelt den Kopf, *poor young kids*, schnappt sich von einem Tablett zwei Gläser mit *Tequila sunrise* und reicht sie uns. Nach mehreren Versuchen, uns aufzumuntern, zieht er sich zurück. Domingo bleibt stehen und denkt nach, die Finger in seinem schwarzen Bart begraben. Er fährt morgen zu einer Ausstellung nach New York. In einem unbewachten Augenblick steckt er mir verstohlen einen Schlüsselring in die Hand. Es sind die Schlüssel zu seiner Wohnung.

»Just in case«, sagt er augenzwinkernd.

Übrigens hat er eine Kette zu der Perle angefertigt. Sie liegt in der Werkstatt bereit, und ich kann sie holen, wann es mir paßt. Das ist ein Geschenk – und ich drücke ihn dankbar. Domingo ist ein Freund in der Not, wenn alles andere versagt.

Ich frage ihn, ob er wisse, wer der Fremde sei, und ich nicke zu der Ecke hinüber. Wer? fragt Domingo erstaunt. Der Winkel ist leer. In demselben Augenblick höre ich – durch das offene

Fenster – ein Motorboot starten und wegfahren. Das Geräusch bricht sich oben zwischen den Häuserwänden.

Ich beschreibe ihn, Russenmütze und Mantel. Oh, das muß Hundertwasser gewesen sein – ob wir das nicht gewußt hätten? Er sei zurückgekommen, und die Gesellschaft mit den Mitgliedern der Oper, die sich gemeinsam mit den anderen Gästen auf die Gerichte gestürzt haben, wird ihm zu Ehren gegeben. Er ist ohne ein Wort zum Abschied verschwunden.

Für eine Weile kehrt Olaf in das Land der Lebenden zurück.

»Fuck!« sagt er und schlägt sich gegen den Ellenbogen, daß die Faust hochfährt. Das hatte gerade noch gefehlt. Er war doch vor allem auf die weite Reise gegangen, weil er den Meister in Venedig treffen wollte.

Kurz danach gehen wir nach Hause. Dasselbe tiefe Schweigen wie auf dem Weg hierher. Kate ist noch immer nicht aufgetaucht, und ich grübele wie ein Verrückter, ob sie überhaupt den ganzen Klamauk wert ist.

Das ist ein ketzerischer Gedanke, und ich richte ihn, in der klaren Nacht fröstelnd, gegen mich selbst. Ein gewaltiger, mandarinenfarbiger Mond ist auf dem Weg über die Dächer.

DER NÄCHSTE TAG bringt keine Linderung. Kate ist wie von der Erdoberfläche verschwunden. Olaf stattet mich mit einem Telefonbuch aus und – als eine Art Buße – rufe ich Unfallstationen und Krankenhäuser an, obwohl ich das hasse. Allein schon die Handlung wirkt unheilverheißend. Ich habe im Geschäft des Glasermeisters ein Telefon ausgeliehen. Die Nummernscheibe ist gerissen, und der schwarze Hörer stinkt nach Bakelit. Draußen brennt die Sonne unbarmherzig auf den Kai.

Ich sitze mit Schweißflecken auf dem Rücken da, als der Glasermeister aus dem hinteren Raum kommt, wo er seine Werkstatt hat. Er reibt Kitt in kleinen Würsten von den Fingern, pusselt herum. Die letzte Nummer ist ohne Ergebnis gedreht.

Er wendet sich mir in geschliffenem Deutsch zu. Ob ich wisse, daß es ein Glasbläser von hier war, der schon im 14. Jahrhundert den Spiegel erfunden hatte. Muzio von Murano?

Ich schüttele abwesend den Kopf. Ein wenig später hat er mich mit dem Licht der Lesebrille eingefangen. Ob mir klar sei, was der Spiegel heute bedeute? Optische und wissenschaftliche Instrumente – vom Sextanten, der uns über die Weltmeere brachte, bis zu den hohlgeschliffenen Giganten im *Mount Palomar-Observatorium*, die uns das Licht der Sterne mit der gesamten Verzögerung der Zeit bringen, so daß wir in den Raum hineingucken können.

Wenn der Spiegelreflex das Licht durch die Welt des Mikroskopes wirft, sehen wir das Detail, das letztlich zu der ständigen Erweiterung des Raumes beiträgt. Die Materie teilt sich auf allen Ebenen. Schaum. Kein Anfang und kein Ende. Es ist nur eine Inszenierung von Muzios Magie, wenn die Kamera klickt und das Bild gefriert.

All dieses, weil ein Handwerker, wie er selbst, vor über sechshundert Jahren einen Belag aus Zinn und Quecksilber auf eine Glasplatte brachte. Er zitiert einen Dichter, der glaubt, daß Spiegel und Beischlaf abscheulich seien, weil dadurch die Anzahl der Menschen zunehme; ich muß unwillkürlich lächeln.

Masken und Spiegel sind miteinander verbunden, *persona* ist die gemeinsame Bezeichnung für sie beide …

Während der Pest wurde der Karneval verboten. Keiner durfte mehr eine Maske tragen, nur die Ärzte trugen eine, zusammen mit ihren langen, kräutergefüllten Schnäbeln. Noch einmal später im Laufe der tausendjährigen Geschichte Venedigs hat man den Leuten verboten, sich zu maskieren – während der Zeit des Faschismus, als ein früherer Schullehrer das Gesicht wechselte und sich nach den Dogen *Il Duce* nannte.

Aufgrund der genialen Erfindung Muzios wurden die Einwohner von Murano von der Umwelt isoliert. Das beschloß der Rat, dessen Mitglieder auf den Tafeln des *Goldenen Buches*, in dem die führenden Geschlechter aufgeführt wurden, verzeichnet sein müßten.

Für das Verlassen der Insel wurde die Todesstrafe eingeführt, denn der Tod behält immer die größten Geheimnisse für sich. Man wollte die Rezeptur nicht preisgeben; die Muraner erhielten das Monopol auf die Herstellung von Spiegeln, die das hervorragendste Erzeugnis der Glasbläserkunst waren. Deshalb überlebten sie auch die Pest, als die Stadt und die anderen Inseln verödeten.

Man sagt, daß sich Muzio auf seine alten Tage mit einem Spiegel beschäftigte, der die Zeit anhalten konnte. Man sagt auch, daß während des Erlöserfestes zur überwundenen Pestepidemie, das heute abend hier beginnt, Muzios Antlitz in Spiegeln auftaucht, deren Silberbelag vor langer Zeit schwarz geworden ist. Einer hängt in der *Redentore-Kirche*, die aus Dankbarkeit dafür, daß die Geißel von den Menschen genommen worden war, errichtet wurde, und deshalb wird das Fest unmittelbar nach Sonnenuntergang von Giudecca aus mit Böllerschüssen eröffnet.

Ich spitze die Ohren. Das ist der erste Schlüssel, den ich zum Verständnis der Vorbereitungen bekomme, die seit langem im Gange sind.

Aber nun könne ich es ja selbst sehen, sagt er abschließend und nickt lange wie eine chinesische Spielzeugschildkröte. Die Leute wallfahrten faktisch von nah und fern, wenn die Insel und die Stadt – in einer symbolischen Geste – wieder verbunden werden ...

Was das letzte betrifft, läßt er mich mit einer offenen Frage zurück, aber desto größer ist die Erwartung. Für eine Weile ist es ihm beinahe gelungen, daß ich unsere Sorgen vergessen habe. Jetzt trollt er sich wieder in das Hinterzimmer. Ich lege reichlich Geld neben das Telefon und verlasse das Geschäft.

In der Zwischenzeit war Olaf auf der Polizeistation. Er ist so aufgebracht, daß er schnaubt, tödlich gekränkt, weil die Behörden nicht sofort eine größere Suchaktion veranlassen, wenn sich ein Touristenmädchen aus Dänemark – in einer Stadt, die voll ist von italienischen Liebhabern – für ihren Scheich etwas über achtundvierzig Stunden unsichtbar gemacht hat!

Nach dem Ausbruch ist er wieder kalt und abweisend. Es liegt mir auf der Zunge: *Wir waren doch nicht mal zusammen*, aber ich sage es nicht. Ich spüre, wie die Wörter am Rand welken, noch bevor sie herauskommen. Statt dessen mache ich ihn mit den Festbräuchen vertraut. Es interessiert ihn einen feuchten Kehricht. Dann verlasse ich das Atelier, um doch wenigstens mit mir selbst allein zu sein.

Als eine Art Unabhängigkeitserklärung habe ich im letzten Augenblick meinen Paß in die Gesäßtasche gesteckt und die Hälfte unseres gemeinsamen Geldbestandes an mich genommen.

Bis zur Heiligenprozession sind es noch ein paar Stunden, und die Regatta beginnt erst nach dem Feuerwerk. Olaf will lieber zu Hause bleiben – für den Fall, daß Kate auftauchen sollte. Dann hat er sie auch für sich, und das soll ihm gern gegönnt sein; ich habe die Bescherung so satt, die sie uns dieses Mal bereitet hat. Drei Tage mit Sister Kate, und die Welt steht auf dem Kopf! Ich habe kein Liebeslied mehr in mir, im Gegenteil, ich nähere mich einer gefühlsmäßigen Flaute.

DIE SONNE hängt an Feuerfäden und verstreuten Wolkenfächern. Sie ist auf dem Weg hinunter in einen Sack und verwandelt den Himmel über Venedig in eine wäßrige Qualle. Gewitterschwüle liegt in der Luft, und ich drängele mich mit Hunderten von Pilgern draußen vor der Kirche, um einen Schimmer von Muzios Spiegel zu erhaschen, der hinter dem Heiland hergetragen werden soll. Als die Prozession herauskommt, angeführt von Priestern im Meßgewand, mit Velourskäppchen und Weihrauchfäßchen, die sie in den Händen schwingen, werde ich von der Menge nach vorn geschoben. Mit seitlich ausgestreckten Armen – ich fühle mich von dem Druck wie gekreuzigt – gleite ich um das Kruzifix herum und stehe plötzlich vor einem Ständer, dessen Wimpel sich mit den Rauchstreifen mischen.

Eine Sonne aus einer silbernen Schale und mit Strahlen aus gehämmertem Gold ist an dem Ständer befestigt. Im Mittelpunkt befindet sich der Spiegel. Auf dem Glas sind dunkelviolette Flecken, unterbrochen von Inseln, wo der Belag intakt ist. Der Spiegel wirkt inmitten seiner soliden Einfassung antik und zerbrechlich. Er ist rund und zeigt eine verzerrte Gesichtsmaske – von der Art wie der Mann im Mond.

Ein Ministrant trägt den Ständer, der in einem Lederfutteral steckt, wie man es auch für Fahnen verwendet.

Ich stehe zwischen den anderen Schaulustigen und recke den Hals, werde an den Schultern und in den Rücken gestoßen und versuche das Gleichgewicht zu halten, während ich konzentriert auf den Spiegel starre. Der Metallkranz blendet, die Spiegelfläche gibt nur das Licht wieder. Erst als der Ständer von dem Ministranten eine Spur nach vorn geneigt wird, sehe ich es.

Das Gesicht – weiß mit dunklen Löchern anstelle der Augen – ist von einem dreieckigen Hut gekrönt. Es leuchtet wie ein Katzenschädel und hat fast dieselbe Form. Ich kann gerade noch ein Schwindelgefühl registrieren, bevor ich mich mit einem Aufschrei umdrehe.

Es ist der Mann von gestern nacht. Er steht direkt hinter mir. Die Halbmaske unter dem Hut ist mit weißen Pailletten bedeckt, die Augen sieht man nicht. Er wirkt unheimlich groß und mager, der Mantel hängt lose über Schultern, die so dünn sind wie Kleiderbügel. Er hat mir die ganze Zeit über in den Nacken geatmet; jetzt dreht er sich auf dem Absatz um und bahnt sich einen Weg aus der Menge.

Okay, ich kenne genau die Geschichte vom Tod und dem Karneval, aber erstens ist keiner von den anderen für das Fest kostümiert, und zweitens trägt der Tod keine *Rolex*.

Ich habe genug gesehen und lasse die anderen nach vorn. Den

katholischen Heiligenwundern haftet reichlich viel vom Scherzartikel-Geschäft an. Ich zucke zusammen, als mich ein Tropfen auf der Nase trifft. Regen und Blitz brauen sich zusammen, kein Zweifel daran. Ein Windstoß fährt über die Fondamenta.

Nun läuten die Campanile den Sonnenuntergang im Westen ein; ich bahne mir einen Weg hinaus zum Kai. Auf den Armen habe ich Gänsehaut, aber auch das ist kein Wunder: es ist einfach zu kühl geworden für ein kurzärmeliges Hemd. Ich habe keine Lust, nach Hause zu gehen und die Kleidung zu wechseln. Olafs griesgrämiges Gesicht hängt über dem Ganzen. Ich werde erst wieder froh, als ich bei den Papierschiffen ankomme.

Da verstehe ich, was er gemeint hat, der alte Glasmacher. Alle Schiffe sind hinausgezogen und aneinandergelegt worden, so daß sie eine Brücke über den Kanal bilden – den ganzen Weg nach Zattere. Das ist ein phantastischer Anblick. Die bunten Lampen brennen, und der Wind rüttelt an der Takelage, daß die Papierstreifen flattern.

Eine Gangway führt hinüber zum Heck des nächsten Schiffes. Noch ist der Weg mit Papierschlangen abgesperrt; die Idee nimmt mich sofort gefangen. Bald werden die Papierschlangen zerrissen sein, und die Leute können – an diesem einen Abend – von Giudecca hinüber nach Venedig wandern.

Die ersten Schirme werden aufgespannt. Der Regen nimmt zu, aber es ist der Regen des Südens, und ich zucke mit den Schultern. Aufschreie kommen aus der Menge, und ein Teil sucht Schutz an Hausmauern und unter Markisen. Ich genieße die dramatische Beleuchtung vor dem Wolkenbruch – den metallischen Schimmer, der sich auf der Erde spiegelt. Es blitzt am Horizont, und in Richtung der Pulverkammern des Arsenals rollt der Donner – bislang noch schwach und fern. Das Hemd ist durchgeweicht, und das Haar tropft, *so what?*

Ein Windstoß zerreißt die Papierschlangen, und der Geistliche, der mit der Schere bereitstand, sieht etwas einfältig aus, als der Wind die Streifen ergreift und sie an seinem Ornat hängenbleiben. Mit den Schlangenresten an der spitzen Mütze ähnelt er eher einem Diener Neptuns als einem Bischof des Herrn. Ich bin nicht der einzige, der sich amüsiert.

Meine Munterkeit erstarrt erst, als ich wieder den Mann mit der Maske erblicke. Und dieses Mal gilt meine Aufmerksamkeit weder ihm noch seiner albernen Kostümierung. Mein Blick wird von einem Sommerhut mit flatternden Bändern eingefangen, der sich an seiner Seite befindet und von einem schmächtigen Arm festgehalten wird. Der Hut gehört Kate.

Sie stehen in der vordersten Reihe, um auf die Schiffe zu kommen.

Ich rufe und werfe mich gegen Körper, die im Wege stehen. Ich rufe erneut, und die Menge schließt sich kopfschüttelnd. Ich kann nur meinen Platz halten. Als ich zum dritten Mal ihren Namen rufe, höre ich es selbst: Er ertrinkt im Regen. Langsam beginnen sich die Leute in Bewegung zu setzen; ich drängele und drücke vergeblich.

Ein verrücktes *Tivoli* bricht über meinem Kopf los.

XXIII
Schwarze Wände

Mitten auf dem Kanal beginnen die Schiffe mächtig zu schaukeln. Ich habe die Spur der beiden verloren. Aber irgendwo da vorn in der Menge drängeln sie – so wie ich –, um auf die andere Seite zu gelangen.

Es herrscht jetzt fast Sturmflut. Ich schlängele mich mit Ellenbogen und Armen nach vorn, beachte kaum die riesengroßen Glashäfen mit Goldfischen, die an Deck aufgestellt worden sind und durch ihre Glaswände vergrößerte Fischaugen in unsere Gesichter projizieren. Jedesmal, wenn die Wellen über die Reling schlagen, schwappt es in den runden Aquarien.

Mit einem Schwall landen ein paar Goldfische vor unseren Füßen, und das Wasser sprudelt durch die Speigatts hinaus, während das Zappeln der Fische die Panik spiegelt, die bei einem Ausflug entsteht, der von den Elementen eingeholt wird.

Bahnen aus Krepp flattern im Sturm davon, die Leitungen mit den bunten Lämpchen sprühen Funken. Vergebens blasen die Sirenen auf ihren Muscheln, die nach dem aussehen, was sie sind: Theaterrequisiten. Unter der Galionsfigur aus Pappmaché kommt der Seelenverkäufer zum Vorschein, und die Leute schreien vor Angst, daß die Boote untergehen könnten.

Die Regatta wird abgesetzt. Die geschmückten Gondeln können gar nicht vom Kai ablegen.

Himmel und Erde gehen ineinander über, als Feuerwerk und Gewitter über unseren Köpfen zusammenstoßen. Raketen ändern ihre Bahn, während die Feuertrauben versagen. In den letzten Minuten bestand der Himmel aus einem Zischen von nassen Schlangen. Nun erstirbt es, und der Wind wächst sich aus zum Orkan. Ich erreiche die Fondamenta auf der anderen Seite in demselben Augenblick, als die erste Flutwelle schaumspritzend über den Kai bricht.

Ich habe die beiden noch nicht gesehen, aber der Platindraht in meinem Rückgrat leuchtet. Ich nehme nichts anderes wahr; die Augen zu Schlitzen zusammengekniffen, starre ich in den Regen. Nun komme ich allmählich vorwärts; alle anderen haben Schutz gesucht. Ich schreite zielbewußt über die Holzbrücke bei der *Accademia* und dringe in das Herz Venedigs vor.

Schaum fliegt von der Lagune herein und legt sich über den Dogenpalast. Die wie geklöppelt wirkenden Fassaden formieren sich, die Salzsäulen erstarren unter dem Druck des Windes. Das Meer brodelt siedend am Fuß der Zwilling-Säulen empor und spült bis zu den schmiedeeisernen Laternenpfählen. Die Birnen erlöschen in ihren Fassungen; nur eine brennt noch und blinkt ihr Morsesignal in die Nacht hinaus.

Auf der Markuskirche landen Schaumflocken, die wieder wegfliegen. Trotzdem werden es immer mehr; es ist, als würde es aus den Kuppeln unter Druck hervorbrodeln; die goldenen und blauen Mosaike lösen sich und verlaufen ineinander. Schokoladenkrümel, die zu lange in der Schlagsahne gelegen haben. Mehr als je zuvor erinnert das Gebäude – mit seinen Märtyrern ganz oben, den Bronzepferden und den tiefen Säulengängen – an eine Hochzeitstorte, hervorgebracht von einem verrückten Hirn.

Das Wasser steht schon hoch auf dem Markusplatz. Vorm *Florian* beendet das Promenadenorchester seinen Auftritt, als das Wasser die Smokinghosenaufschläge des Cellisten erreicht und in sein Instrument läuft. Tische und Stühle liegen umgestoßen da, irgendwo rollt der Wind etwas fort, das nach dem Deckel eines Mülleimers klingt.

Die Scheinwerfer sind eingeschaltet. Unter dem stehenden Wasser leuchten die hellen Marmorfliesen, während sich das Ornament auflöst. Für gewöhnlich bilden die Linien ein Spiel, das an *Dame* oder *Mühle* erinnert. Man denkt unwillkürlich an eine Hand, die alle Steine vom Brett gefegt hat.

Gleichzeitig beginnt über den Dächern ein Heulkonzert. Alle Schornsteine der Stadt stimmen auf einen Schlag ein –

Der Wind wird im Mauerwerk eingefangen und schafft dort drinnen Turbulenzen, wobei ein Ton erzeugt wird. Er erinnert an die Holztrompeten, in denen die australischen Eingeborenen Geister einfangen. Der versteinerte Wald von Rohrblattbläsern verwandelt sich in eine Gespensterorgel, an der alle Register gezogen sind.

Das Geräusch meiner Schritte ertrinkt im Unwetter.

An der Rialtobrücke wird es plötzlich still. Regen und Donner hören auf; übrig bleiben ein Sickern und Tropfen von Dachrinnen und Vordächern.

In den Straßen riecht es aus den abgedeckten und mit Hängeschlössern und Eisenkreuzen gesicherten Brunnen streng nach Feuchtigkeit. Ich bin auf einer Brücke stehengeblieben. Es ist etwas an dieser Stille, das geheimnisvoll wirkt – Schritte im Dunkeln und ein Echo von Stimmen, die leise ein Gespräch führen.

Dann sind sie da: zwei Silhouetten auf der parallel liegenden Brücke, die über den Kanal die Verbindung zur nächsten Straße herstellt. Einen Augenblick lang habe ich die Vision von Karnevalskostümen aus einer anderen Zeit: Menschen, die eine Brücke passieren, können sich selbst in entgegengesetzter Richtung auf der nächsten sehen – schon auf dem Weg in ein anderes Jahrhundert.

Als ich losstürze, um hinüber in die Parallelstraße zu kommen, laufe ich in eine Sackgasse. Dort, wo die Mauern zusammenstoßen und mich einschließen, ist ein Eckstein, der nach Raubtieren und den befriedigten Bedürfnissen später Nachtwanderer stinkt.

Ich muß den ganzen Weg zurück, bevor ich die Verfolgung wieder aufnehmen kann. Ich stelle mir vor, daß sie langsam durch die Julinacht schlendern, Arm in Arm. Ich horche an

Hausecken und überblicke die offenen Plätze, einen nach dem anderen. Da ist noch immer keine Panik, nur die klare Überzeugung, daß ich ihnen auf der Spur bin. Ich ziehe die Sandalen aus. So dämpfe ich meine Schritte, daß ich die ihrigen besser hören kann.

Als wir uns wieder begegnen, gibt es ein tiefes Echo im Labyrinth. Ich drücke mich flach an die Mauer. Sie haben mich noch nicht bemerkt, so sehr sind sie voneinander in Anspruch genommen. Der Mann ist immer noch maskiert und Kate unter ihrem Hut versteckt. Ich kann an der Körperhaltung erkennen, daß ihr Gesicht dem seinen zugewandt ist, während sie einer gedämpften Stimme lauscht.

Ich beschatte sie lange; das Gehirn arbeitet unter Hochdruck. Was soll ich eigentlich sagen, wenn ich mich zu erkennen gebe?

Damit beschäftige ich mich noch, als sie in eine Gasse einbiegen. An seiner Hand kann ich erkennen, daß er sie führt. Ich sehe ihre Rücken; er hat eine Hand auf ihrer Hüfte und die andere auf der Schulter, so als ginge sie mit verbundenen Augen.

Als ich ihnen in die Gasse folge, sind sie verschwunden. Ich gehe erst nach rechts, bleibe stehen und lausche mit angespannten Trommelfellen, bis ich aufgebe und nach links gehe. Die Hausmauern werden eng um mich herum, hier riecht es nach Katzenurin, und an den Türen sind Bronzelöwen mit einem Ring durch die Nase. Ich überlege, ob ich sie alle der Reihe nach pochen lassen soll. Das ist das erste Anzeichen dafür, daß ich die Übersicht verliere. Das Hemd fühlt sich plötzlich so verdammt klamm an.

Die Gasse dreht wieder nach links, es gibt keine Nebenstraßen mehr, nur einen langen schwarzen Darm mit Licht am Ende. Ich höre meinen Herzschlag, als ich mich dichter heranschleiche, den Rücken an der Mauer. Das Licht fällt durch eine Glastür nach draußen. Der Mann schließt auf. Er ist jetzt barhäuptig und trägt einen ganz gewöhnlichen Anzug. Ich sehe ihn nur von hinten, aber der Schädel hat die schmale Form, die ich hassen gelernt habe.

Ich reiße mich von der Mauer und renne los, als er noch dasteht und ihr die Tür aufhält. Sie verschwinden im Inneren. Die Tür fällt langsam zu. Ich bin da, früh genug, um mir die Nase an der Glasscheibe zu stoßen. Das Licht im Treppenhaus erlischt.

Ich gleite in eine kniende Stellung. Die Hände hinterlassen auf der Scheibe Schweißabdrücke. Mein Atem ist keuchend, und ich habe Blutgeschmack im Mund. Ich falle noch ein paar Zoll mehr zusammen und lasse den Kopf sinken, während das Dunkel um mich zusammenstürzt.

Als ich wieder auf die Beine gekommen bin und zu schellen versuche, ist die Klingel tot. Niemand öffnet. Kurz darauf bin ich bereit zu glauben, daß das Ganze ein Narrenspiel ist, daß ich im Endspurt das falsche Paar verfolgt habe. Ich fürchte, es war eine Maskerade mit zwei Unbekannten.

Das Mondlicht scheint zwischen Wolken hervor. Ich leite einen Rückzug ein, nachdem ich mit der Faust gegen die Wand geschlagen habe, die steil und auf dieser Seite fensterlos ist. Ein paar Schritte habe ich gemacht, ehe ich mich in der Gasse umdrehe, wo gerade genug Platz für die Schultern ist. Ich spüre etwas unter den nackten Fußsohlen und bleibe stehen, auf der Hut vor Ratten.

Ungläubig starre ich auf das Pflaster. Da glitzert es in einer Paillette. Ich bücke mich nach der Maske, dem Mantel und dem dreieckigen Hut, die er hier auf dem Fallreep für ein neues Abenteuer zurückgelassen hat. Ich spreche einen verfluchten Namen aus, bevor ich das Kostüm aufhebe und es zusammengerollt unter den Arm stecke.

MEIN UNTERSCHLUPF für die Nacht ist ein Badesteg am Canal Grande. Hier rolle ich mich unter dem Mantel zusammen, ausgelaugt vom fehlenden Schlaf. Nachdem ich mich gedreht und gewendet habe, liege ich da und starre hinauf zu den Sternen, verloren an Entfernungen, die ich nicht fassen kann. Mein Kopf ist wie eingeschraubt; meine Zähne klappern, obwohl die Nacht lau und der Himmel leergefegt von Wolken ist. Alle Alpträume der Kindheit kehren zurück und finden mich wach: das Schiff, das im Fjord wächst und schließlich die Spitze der Domkirche zerdrückt, die Sirene eines Krankenwagens an einem stillen Sommertag und das Zuschlagen der Tür, nachdem man meine kleine Schwester hineingeschoben hat, leblos auf ihrer Trage –

Ich warte, bis es hell geworden ist. Dann kommt der Fährmann in seiner abgenutzten Gondel ohne Sitze. Er stakt zwischen den Pfählen hindurch, dreht sich eine Zigarette und wartet auf die täglichen Passagiere; seine Augen sind farblos geworden von dem Starren über die Köpfe der Leute.

Ich wühle in den Taschen. Er willigt ein, mich für eine symbolische Bezahlung überzusetzen. Man steht während der Fahrt, die Morgennebel lösen sich vom Wasserspiegel und hüllen uns in einen feuchten Schleier. Er sieht an mir vorbei, als wir auf der anderen Seite des Flusses anlegen, der die Lebenden von den Toten trennt. Er nimmt meine Münze entgegen und spuckt auf die Planken der Gondel.

Die Straßen liegen verlassen da; was die Zerstörungen betrifft, so bleibt mein Blick vor allem an einem Tontopf hängen, der heruntergefallen ist, wobei sich seine Stiefmütterchenpflanzen über die Steinplatten verteilt haben.

Ich erreiche das erste Boot, das weiter nach Giudecca fährt. Pinocchio grinst mir vom Führerhaus zu. Auf dem Weg zur anderen Seite sehe ich, wie die Lotsenboote die ganze ramponierte Flottille von gestern abend hinaus in Richtung Hafen bugsieren. Mehrere der Schiffe sind mit Trossen verbunden. Sie stehen voll Wasser und fahren mit Schlagseite. Die Brücke, die es einmal gab, existiert nicht mehr.

Mit meinem Bündel unter dem Arm stehle ich mich die Ateliertreppe hinauf. Ich habe den Mantel umgedreht und alle Nähte in einem letzten verzweifelten Versuch geprüft, ein in den

Stoff eingenähtes Monogramm zu finden. Es gibt nichts – außer den Hieroglyphen der Waschanleitung.

Als ich eintrete, sehe ich als erstes Kates Mühlenrad von einem Hut. Mir scheint, daß es derselbe ist, der mich im erstarrten Land der Phantasie an der Nase herumgeführt hat. Trotzdem kann ich nicht umhin, in meinen Raum zu schauen, wo das Bett steht –

Leer und ungemacht, mit ihren Mascaraspuren auf dem Kopfkissen und nichts anderem. In dem Gewölbe dämmert bleich der Tag.

Dumm starre ich auf den Hut. Und während die Vergoldung von dem Ankerknopf der Hoffnung blättert, wird es mir plötzlich peinlich klar: Der Hut hat die ganze Zeit dagelegen. Mit einer irritierten Bewegung entferne ich ihn von meinem Schreibtisch, schleudere ihn in ihren Koffer und schließe den Deckel, bevor ich mich dem schlafenden Olaf zuwende.

Er liegt da, die Morgensonne im Haar, und schnurrt. Ich stehe neben der unvollendeten Leinwand und betrachte sie. Es ist ein Porträt von Kate, nackt auf dem Bett, mit zusammengedrückten Beinen, die Hände eingeklemmt zwischen Knien, die noch ohne Farbe sind, so daß die Leinwand mit ihrem toten Glanz hindurchschimmert.

Er hat weiter am Hintergrund gemalt, ein Gesicht, das gestern nicht da war. Meins. Mit hohlen Augen, Spitzbart und in die Stirn gekleistertem Haar. Er hat es direkt von Munch abgekupfert und es mit dem Motiv ›Pubertät‹ zusammengekoppelt. Das tut weh. Es ist ein elendes Bild, aber es spricht eine deutliche Sprache.

Das paßt nicht zu ihm. Durch sein Schnarchen höre ich meinen eigenen Atem über die Zähne zischen. Olaf dreht sich unruhig auf der Matratze. Mir ist ganz kalt, als ich das Karnevalskostüm anziehe. Ich beuge mich unheilverkündend über ihn, kreuze die Arme und warte eine geschlagene Stunde, ohne mich zu rühren – und fast auch, ohne zu atmen –, nur um zu sehen, wie er beim Erwachen die Augen vor Entsetzen aufsperrt. Er zappelt im Netz, festgehalten von meiner stummen Erscheinung, während der Schlaf verblaßt und die Farbe seiner Wangen zu Asche wird.

Es kostet mich eine blutige Nase, als ich die Maske abwerfe, aber das ist das Ganze wert. Harlekin wirft seine niemals ab.

Olafs Hand zittert wie Espenlaub, als er mir einen Schwamm reicht, damit ich das Blut stoppen kann. Der Schwamm riecht sauer. Ich ersticke nahezu in dem Geruch nach Ölfarbe und Lösungsmitteln. Er hat mit dem Badeschwamm die Leinwand grundiert. Ich bin kreideweiß und blutrot, als ich in mein Zimmer stampfe und die Tür zuknalle. Die Erlebnisse der Nacht behalte ich für mich.

Am vierten Tag nach Kates Verschwinden liegt jeder von uns brach in seinem Raum.

Am fünften Tag bin ich bis nach Mittag k.o.

Ein anhaltendes Summen der Türklingel drängt sich auf. Erst als es wieder verstummt, werde ich hellwach und hetze mit der Ahnung, daß es zu spät ist, die Treppe hinunter. Ich reiße die Tür auf und welke im selben Augenblick dahin. Es ist Zotti.

»Jesus Christus!« schreit er auf, als er mich in voller Kriegsbemalung mit angetrockneten Blutflecken unter der Nase sieht. Er ist nicht gekommen, um die Miete einzutreiben, die wir mit Kate verjubelt haben, sondern um uns für den Nachmittag zur Eröffnung seiner Ausstellung in den *Palazzo Grassi* einzuladen.

Zottis Tonnenmaß wirkt beruhigend. Das mexikanische Hemd steht am Hals offen und bauscht sich über dem Gürtel, in dessen Schnalle Türkise eingelegt sind, die zwei Adlerkrieger mit Obsidianschwertern aus der aztekischen Zeit darstellen. Es ist ein richtiger kleiner Zeichenfilm: er zeigt auf die Schnalle, danach auf meine Nase und dann auf die erste Etage, wo Olaf noch im Koma liegt.

»Crazy Horse?«

Ich nicke. Er packt mich im Nackenfell und schüttelt mich ein wenig. Dann summt er eine Ballade aus seiner Heimat. Das ist das erste Mal, daß ich ›El Rey‹ höre.

Zotti zeigt wieder nach oben.

»He is a king. You can be one, too. Don't let a woman come between you. Back off, Sunnyboy!«

Er will nicht mit nach oben. Mit einem sanften Griff um den Oberarm schubst er mich zurück über die Türschwelle.

»Geh jetzt rauf und vertragt euch wieder!« sagt die Bärentatze. Das letzte, was ich von Zotti sehe, ist ein Riese, der mit Walzerschritten versucht, Pinocchios Boot einzuholen.

OBEN IM ATELIER ist Olaf aufgestanden und so verdammt wütend, daß ich es sofort aufgebe, Zottis Rat zu befolgen. Es würde eine Versöhnung unter Zwergen. Ich weiß nicht, was mit ihm los ist, denn er durchwühlt seine Taschen immer wieder von neuem, klopft die Kleidung ab.

»Der Schlüssel zu Domingos Werkstatt«, sagt er, und seine Stimme klingt fürchterlich normal, »hast du den genommen?«

Ich verneine. Er wiederholt die Pantomime, dieses Mal mit langsamen Bewegungen. Es liegt etwas in seinem Gesicht, eine Art Verstehen, das sich im Takt mit den Händen ausbreitet, bis diese verharren.

Zur gleichen Zeit geht uns beiden ein Licht auf.

»Kate!« rufen wir wie aus einem Mund.

Mit der verzögerten Geschwindigkeit des Schalls schlägt der Ruf an die geteerte Werkstattür. Ich rüttele, Olaf drückt die Schulter dagegen. Die Tür ist abgeschlossen. Ich denke an die Schlüssel, die ich von Domingo bekommen habe. Einer von ihnen muß zur Werkstatt passen. Fummele sie heraus und schließe auf. Aber die Tür klemmt immer noch. Olaf geht rückwärts in die Kaigade, nimmt jetzt Anlauf und sprengt sie –

Mit dem Geräusch von Heftpflaster, das von der Haut abgerissen wird, gibt der Rahmen nach. Die Tür war von innen verklebt.

Das erste, was uns entgegenschlägt, ist ein erstickender Geruch nach Bittermandeln, ein Zischen von geöffneten Gashähnen. Es ist stockfinster im Raum, selbst die Nachtlampe ist erloschen, und die Mosaikfenster sind mit runden Pappscheiben abgedunkelt. Ich stehe mit einem Finger am Lichtschalter, als Olaf herbeistürzt und meine Hand mit einem warnenden Ausruf wegschlägt.

Er tastet sich zu den Hähnen am Kacheltisch, kippt ein paar Teedosen um und dreht das ausströmende Gas ab. Keiner von uns wagt sich umzusehen. Noch schützt das Dunkel vor einem Anblick, der uns irgendwo dort drinnen im Schmuckkästchen mit den schwarzen Wänden erwartet. Er zerrt mich mit hinaus, faßt den Türgriff und beginnt mit der Tür zu wedeln.

Mit dem Luftaustausch, den er in der Kammer erzeugt, fegt ein heller Streifen hin und her und belichtet das Bild. Der Film wird ruckweise transportiert. Ein umgekipptes Pillenglas, ein Stofftier, das keiner von uns jemals gesehen hat, ein abgeworfener, hochhackiger Schuh. Der Lichtstreifen springt weiter zu den schwarzen Laken auf der Pritsche. Ich zucke zusammen, als er eine Hand trifft und der Fingerring die Strahlen reflektiert; als er hinauf zum Hals kriecht, und ich einen Schimmer vom Kopf der Wachspuppe erblicke, wende ich mich ab. Die Haut ist in Blau erstarrt.

Es ist so leblos – das da drinnen, so über jeden Zweifel erhaben. Jede Bewegung hat aufgehört. Der Lichtstreifen teilt die Hand in zwei Hälften, von denen nur die eine sichtbar ist. Ich bin auf der Türschwelle festgewachsen; die Umgebung ist bereits kaleidoskopisch geworden, als Olaf mir einen Ellenbogen in die Seite stößt: »Sag was, Pierrot!«

Die Welt verschwindet in Leierkastenmusik.

ALS NÄCHSTES ERINNERE ICH MICH an Menschen, die sich auf dem Kai drängen, wo ein weißgestrichenes Boot angelegt hat und ein paar Männer in Krankenhauskleidung und Holzschuhen aussteigen.

Als sie wieder aus der Dunkelkammer kommen, haben sie zwischen sich eine Trage. Die Decke verhüllt die Gestalt von Kopf bis Fuß. Olaf geht voran; mit Sturmschritten und fliegendem Haar bahnt er sich den Weg zwischen den Zuschauern hindurch und schafft Platz für die Trage.

Ein paar Riemen halten sie fest. An der Mole kippen sie die Trage an; ich sehe Kates Füße aufragen und als die Decke weggleitet, ein runzliges Stückchen von ihrem Hacken. Das Motorengeräusch nimmt zu. Die blaue Birne auf dem Dach des Krankentransportbootes beginnt sich zu drehen.

Erst als sie weiter draußen im Kanal sind, werden die Sirenen eingeschaltet und die Geschwindigkeit heraufgesetzt. Der Ton zieht über das Wasser davon. Ich bin gezwungen, die Puzzleteilchen zusammenzufügen, Stück für Stück, denn es gibt in meinem Bewußtsein große Lücken, wo alles weiß ist und sich nichts regt.

Ich liege auf ein paar zusammengestellten Stühlen; eine Dame mit einem Namensschild an der Kitteltasche fühlt meinen Puls. Einen Augenblick lang glaube ich, daß Olaf mitgefahren ist, dann sehe ich ihn – in wildem Palaver mit einem Mann, der eine Fackel an der Mütze trägt. Ich kenne Olafs Zeichensprache, aber der Mann versteht ihn offensichtlich nicht.

Ich ziehe die Hand zurück und rappele mich auf dem Stuhl auf. Die Wirklichkeit beginnt sich wieder zusammenzufügen, die tanzenden Lichtflecken werden weniger, und als ich wieder auf den Beinen stehe, ist das Schwindelgefühl zu ertragen. Ohne die Proteste zu beachten, gehe ich zu Olaf und dem Polizisten, verspreche, einen ausführlichen Bericht abzuliefern, und schreibe die Adresse auf ein Stück Papier. Er erhält unsere Namen und meinen Paß. Dann bitte ich ihn, die Leute vom Kai wegzuschicken.

Er versteht mich gut. Nach wenigen Minuten ist der Kai wie leergefegt. Und er zieht sich zurück, mit der Hand an der Uniformmütze. Wir sind wieder allein auf der Welt.

BEFREIT VON NEUGIERIGEN BLICKEN, machen wir nun Front gegeneinander.

Was Olaf betrifft, setzt erst jetzt die Reaktion ein. Er hat gehandelt, nicht gedacht. Alles geht ihm direkt unter die Haut. Seine Augen sind blutunterlaufen, er ringt nach Luft, schließt und öffnet die Fäuste. Er ähnelt einem Boxer, der sich nicht entscheiden kann, ob er schlagen oder weinen soll.

Ich hebe den Arm und will ihm die Hand geben. Wir stehen vor der Werkstatt, aus der der Gasgeruch entweicht.

»Back off!« sagt er.

Ich kann es nicht glauben, nicht in dieser Situation. Aber er meint es ernst, verdammt noch mal – er pufft mich, zwingt mich Schritt für Schritt zurück. Ich habe die Sprache verloren, und mein Arm sinkt herunter.

Plötzlich dreht er sich auf dem Absatz um, duckt sich und läuft zur Werkstatt. Gleichzeitig steckt er die Hand in seine Tasche und holt etwas heraus, das wie ein Feuerzeug aussieht.

Es ist ein Feuerzeug. Und es ist schon zu spät einzugreifen. Mit einer Bewegung – schneller als der Gedanke – schlägt er die Flamme, dreht vor der Schwelle ab und schleudert es durch die offene Tür. Mit einem Geräusch wie von zerreißender Seide entzündet sich das Gas, und es entsteht ein Flammenschlund.

Die Stichflamme trifft Olaf an den Hacken, er schlägt einen Purzelbaum und landet auf dem Rücken direkt vor meinen Füßen. Gleichzeitig spüre ich einen Schlag gegen die Stirn, der von einem kleineren Gegenstand herrührt, der mit dem Luftdruck der Explosion hergeschleudert worden ist.

Olaf bleibt liegen. Ich knie mich neben ihn, schiebe einen Arm unter seinen Nacken und seine Schulter und versuche ihn aufzurichten. Er öffnet das eine Auge, lächelt matt. Nun gleicht er einem Mann, der Frieden gefunden hat.

Aber ich weiß gut, was das ist. Es ist Vergessen. Ein vorübergehendes, ungnädiges Vergessen. Und dann kehrt die Welle mit voller Kraft zurück.

Ich stütze ihn; sein Oberkörper schlenkert, während er, erfüllt von Schweigen und Grauen, zittert. Ich presse ihn hart an mich, schlage den Kreis eng.

Mit trockenem Schluchzen keucht er nach seiner Seele. Er stemmt sich gegen mich und brüllt: »Du hättest sie sehen sollen. Sie war ganz blau!«

Dann ist es, als hätte er keine Kraft mehr in sich. Alle Spannung fällt von ihm ab, sein Körper wird schlaff, und er lehnt den Kopf zurück an meine Schulter. Er ist wohltuend schwer in meinen Armen, es prickelt in den Fingerspitzen, und das Herz pocht gegen seinen Rücken. So sitzen wir lange und wiegen einander.

Ich fühle, daß die Zeit gekommen ist, eine Frage zu riskieren: »Warum hast du das getan?«

»Es war nur ein Wegwerffeuerzeug«, sagt er.

Aber das Eis ist gebrochen.

»Sie hat nichts zurückgelassen? Eine Nachricht, einen Abschiedsbrief?«

Er sieht mich ehrlich erstaunt an.

»Nothing!«

Langsam kommt er in meinen Armen zur Ruhe. Irgendwann klappert er über die Steinbrücke und rafft etwas an sich.

»Das gehört doch dir«, murmelt er.

Er zieht die Kette an sich, und die Perle kommt hinterhergetanzt. Kurz darauf beginnt ein leichter Regen zu fallen, und der Wasserstaub legt sich auf unsere plötzlich nach oben gewandten Gesichter.

Und allmählich beginne ich seine letzte Handlung zu verstehen. Jeder von uns ist ebenso ausgebrannt wie die schwarzen Wände in Domingos Werkstatt. Der Himmel schuldet uns nichts als ein Requiem für Sister Kate.

Koda

O my songs,
Why do you look so eagerly and so curiously into people's faces,
Will you find your lost dead among them?

(Ezra Pound)

Kate wurde auf der Insel der Toten begraben. Mit in den Sarg bekam sie ihr Stofftier, dessen Bedeutung für uns unbekannt geblieben ist. Sie wurde an der Mauer des protestantischen Friedhofs beigesetzt, der in einem Garten für sich liegt – in Verlängerung der Allee, in der sich die kleinen Mausoleen der Kinder befinden. Der Garten erinnert an eine verkleinerte Ausgabe des *Assistens*-Friedhofs. Gräber aus dem *Goldenen Zeitalter* – viele von ihnen sind dänisch, eines von ihnen mit dem Vers aus einem Choral: *Fächle die schwarzen Schatten fort mit deiner weißen Lilie.*

Viele der Grabsteine tragen das Christusmonogramm eingemeißelt in Sandstein oder Marmor und von einer feinen Schicht Moos bedeckt. Wie die graphische Darstellung einer langstieligen Rose in einer Steckvase.

Zwischen Botschaftern, Diplomatengattinnen, echten Prinzessinnen sowie einigen Opfern einer Dampfschiffkatastrophe im Jahr 1914 liegt Kate, der Spatz aus den alten Arbeitervierteln in Kopenhagen. Aber ihr Gefolge war königlich: zwei Frauen aus dem Samuraigeschlecht, ein Mauermaler aus Mexiko, ein Gärtner, ein Navigator und ein Taucher.

Sie bekam keine roten Tanzschuhe auf den Grabstein, keinen Choralvers und keine vergoldeten Geigen. Zwischen Namen wie Montalban, Heathcliff, Carl Bernhard Aubin, Nutzhorn, Hederstjern und Meyer bekam sie einen Stein:

Kate Jensen, gestorben in Venedig 1965.

Kate wurde neunzehn Jahre alt.

Im Sommer darauf hörten wir zum ersten Mal Bob Dylan, er kam wie ein singender Pound & Eliot Inc. mit seiner ›Desolation Row‹ und etwas später mit ›Visions of Johanna‹. Ich habe nie die Zeile *The ghost of electricity howls in the bones of her face* ... hören können, ohne an Kate zu denken. Kate war nicht krank; sie war zu früh gekommen. Drei Jahre nach ihrem Tod hätte sie eine Ikone für neue elektrische Zeiten werden können – auf einer Linie mit der Underground-Sängerin Nico und so vielen anderen, die auch gestorben sind.

In der ganzen Welt waren wir zwei, die sie verehrt haben – unsere Freundschaft wurde ein Gesang fürs Leben. Zweifellos hat die Erinnerung Orte und Namen vertauscht. Das ändert nichts an der Erzählung. Namen sind der Staub der Zeit.

NOVEMBER, NOVEMBER – immer November und Beerdigungen.

Als ich nach Hause kam, war Großmutter beigesetzt und Lulú mit ihrem Peter in das Haus auf Sankt Jørgensbjerg gezogen.

Ich habe schon erzählt, wie wir – beim Aufräumen in Großmutters Sachen – das Dokument gefunden haben, das der Soldat mit nach Koldinghus gebracht hatte. In einer Pappschachtel mit Tante Katrines Gedichten und einem Bündel alter Postkarten lag auch eine Fotografie von unserer Ururgroßmutter, der Tochter des Soldaten.

Sie war mit handgeschriebenen geschwungenen Buchstaben in gelblich verblaßter Tusche versehen: *Die weise Frau in Kattinge*. Ich drehte und wendete sie zwischen meinen Fingern. Ihr Gesicht erinnerte an einen runzligen Apfel mit Häubchen, und ihr Blick hatte die eigentümliche Mischung aus Mißtrauen und Licht, wie man sie von Fotografien aus der Zeit vor der Jahrhundertwende kennt.

Unter dem Foto lag der *Himmelbrief*, den Eggers in Mexiko bei sich hatte.

Das ist der letzte Appell einer Mutter an ihren Sohn, den sie zur Adoption freigegeben hatte. Sie bittet ihn, ihr zu verzeihen, daß sie ihn unter fremdem Namen hatte aufwachsen lassen und es ihm obendrein verschwieg – selbst als der Zufall sie auf Junkersholm zusammenführte und sich die Bande des Blutes in ihr mit erneuter Kraft bemerkbar machten. Sie schreibt, daß sie ihm ewig dankbar sei und ihm nun ihren zweiten Sohn schicke, der nach dem erlösenden Wiedersehen geboren worden sei und ihren geliebten Mann zum Vater habe. Sie schicke Henrik als Kurier in der Hoffnung, daß er ihn rechtzeitig erreichen möge.

Danach erwähnt sie kurz die Vergewaltigung, bei der sie Langberg empfangen hatte. Das weitere Schicksal des spanischen Soldaten sei ihr nicht bekannt. Er sei ins Zuchthaus gesperrt worden, basta! Aber sie fürchte, daß Langberg, wenn man sein fast lebenslängliches Schweigen in Betracht ziehe, aus zweiter Hand von der Sache erfahren habe. Sie wisse ja, daß er es in seinem neuen Vaterland zu etwas gebracht habe – so etwas spreche sich herum –, und ihr Mutterherz schwelle vor Stolz bei dem Gedanken daran.

Sie bitte ihn so flehentlich, auf dieses Schreiben zu antworten, entweder über Henrik oder in Form eines Briefes. Sie wolle so ungern ins Grab gehen, ohne daß er ihr verziehen habe, aber wenn es am Ende so kommen sollte, dann könne sie auch das. Sie übernehme die Verantwortung für ihr Verschweigen; sie habe geglaubt, ihn so schonen zu können. Daraus sei Unheil entstanden. *Ach, würdet Ihr doch einmal im Leben mich Mutter nennen!* schließt sie, gefolgt von einem: *Nimm Henrik gut auf. Er hat das Dragonerherz seines Vaters und die innere Zerrissenheit seiner Mutter geerbt.*

Der Brief war unterschrieben mit *Edelheid Eggers, geb. Adeler.*

Als der Reiter sich schließlich durch den Pulverrauch eines Landes, in dem der Aufruhr herrschte, gekämpft hatte, war es zu spät. Langberg lag tot auf dem Schlachtfeld bei Ures.

Eine Reihe von Jahren verfolgte ich die mexikanische Spur. Aber der entscheidende Schlüssel fehlte – niemand wußte nämlich, daß es einen Schlüssel gab!

Bis mich meine Schritte während eines Besuches zu Hause in der Bredgade auf den Dachboden führten und ich einen Koffer mit hölzernen Spannreifen öffnete. Denselben, der in meiner Kindheit die Schatzkiste dargestellt hatte. Hier sah ich Papa Viggos Briefe an Großmutter wieder, und die Zeit öffnete sich nach hinten, während ich las:

Weißt Du, unter ihnen habe ich die alte Familienbibel, in der wir im Laufe der Zeit Geburt und Tod in unserem Geschlecht aufgezeichnet haben, noch voller unbeschriebener Blätter..., ich habe sie von zu Hause mitgenommen. Du weißt vielleicht noch, wie unsere Mutter daraus vorlas und wir mit großen Augen im Kerzenlicht dasaßen, während die Gestalten der Vergangenheit von den vergilbten Seiten aufstiegen. Ich habe gut auf sie aufgepaßt, und mir ist oft der Gedanke gekommen, daß unsere Ahnen Geheimnisse verbergen, die der Nachwelt am besten verschwiegen würden.

Kurz darauf begab ich mich auf die längste Seereise meines Lebens. In die Südsee, um den ältesten Traum der Familie einzulösen.

Auf Hiva Oa stand ich an Gauguins Grab unter einem rieselnden, weißen Tiare-Baum, und hinter meinen geschlossenen Augen erstand die Passage aus Viggos erstem Brief: *Tiare Taporo auf See, 22. November 1924. Meine liebe Schwester Olga – Eine einschläfernde Brise trägt von der Küste den Duft der Vanillepflanze und der rosenfarbigen Frangipani in meine Kajüte ...*

In dem Monat, in dem ich vor einem halben Jahrhundert zur Welt gekommen war und mein Großonkel mich in demselben Briefwechsel sowohl einen *Kronprinz* als auch einen *erstaunlichen Jungen* genannt hatte, suchte ich Schutz vor den um diese Zeit ausbrechenden Orkanen und ging auf Penrhyn an Land.

Als ich mich mit der Familie vereinigte und zum ersten Mal in Papa Viggos verlassenem Haus stand, zündete die Flamme wieder. Die Flamme, die er selbst in einem seiner Briefe an Großmutter als den Fluch des Abenteuerblutes bezeichnet hatte. Ich mußte nach Victoria – der Insel, die außerhalb der Welt lag.

Der Archimedespunkt der Sehnsucht.

Ich war der dritte in der Familie, der von diesem Geheimnis erfuhr, das Viggo bis dahin nur mit Großmutter geteilt hatte. Jetzt stand ich mit Viggos erster Notiz in der Hand da, einer einfachen Positionsangabe auf einem Zettel, der aus der Schatulle gefallen war, als ich seine Papiere durchging.

Auf allen amtlichen Seekarten ist Victoria 50 Seemeilen östlich von ihrer eigentlichen Position eingezeichnet. Das entspricht gut 100 km Landentfernung, so daß man es als Zufall betrachten muß, wenn ein Schiff dorthin gelangt. Dazu kommt, daß die Insel unbewohnt ist. Was für ein Ort, um seine Geheimnisse aufzubewahren!

Aber da war auch der Traum von dem unberührten Ort, wo niemand vor dir gewesen ist, der Paradiestraum, der den Soldaten mal zu neuen Kontinenten, mal ans Ende der Welt getrieben hatte.

Da vorn wartete der zwölfte Reiter.

Der letzte Abend auf Penrhyn ist unvergeßlich. Wir sind zum Fest oder *Kai-kai* auf der Veranda versammelt. Unter Papa Viggos Dach, wo ich als Ehrengast mit Mama Rongo auf der einen Seite sitze, während sein ältester Sohn, Peter Oirua Rasmussen, auf der anderen Seite Platz genommen hat. Mit Kindern, Enkelkindern und Urenkeln sind wir genug, um eine polynesische Festtafel zu füllen. Dane, Joe, Viggo, Vahine, Mary und Tini ..., an diesem Zweig des Stammbaumes sprießen die Vanilleblüten dicht.

Vor dem Ende des langen Eßtisches hängt die dänische Flagge, die Großmutter seinerzeit auf die Insel geschickt hatte.

Mit der Würde der Clanmutter leitet Mama Rongo das Fest, unterstützt von ihren Söhnen. Der alte Seeadler, dessen Augen mit den Jahren gelb geworden sind, sitzt mit einer Tiareblüte hinter dem Ohr und seinem aus Palmfasern geflochtenen Hut – genauso wie Viggo es beschrieben hatte.

Sie hat sich ihr *Mana* erhalten, ihre Erinnerung wirft Licht auf die Familie, deren leibhaftige Anwesenheit mir größeres Glück verschafft als alle ihre Toten zusammen. Während ich ihrer langen Erzählung lausche, ist die Welt heil, und die Wunden sind geheilt.

Hinter dem hochlehnigen Stuhl wetteifern die jungen Mädchen der Insel darum, Mama Rongo den Abend mit Palmwedeln kühl zu fächeln.

Immer wieder fällt mir auf, wie sehr sie – mit ihrer dunklen Haut, der Adlernase und den weißen Haar – Großmutter ähnelt. Nach zwanzig Jahren mit Viggo war sie Seemannswitwe geworden. Sie hatte die Zeit auf der *Tiare Taporo* geliebt, als sie zu den Inseln gesegelt und überall wie Häuptlinge empfangen worden waren. Die Feste in den vornehmen Häusern auf Tahiti, die Freundschaft mit den Autoren der ›Meuterei auf der Bounty‹, die *Viggo, dessen Schiff noch über die Meere segelt, die einst die Bounty befuhr*, ihr berühmtestes Buch widmeten.

Zu den Kleinodien auf der Insel gehört eine Erstausgabe des Buches mit der gedruckten Widmung, der die Autoren handschriftlich mit Tinte hinzugefügt haben *and for Mama Rongo, shining star and tender pearl of the South Sea. With love from Charles and Jim.*

»Hol das Buch«, sagt sie und wedelt mit dem Rücken ihrer Hand hinter den Stuhl. Drei Urenkel stürzen Hals über Kopf los und kommen kurz darauf mit dem Kleinod zurück. Mit nur leicht zitternden Händen öffnet Mama Rongo das Buch – und läßt es gleich danach auf den Schoß sinken, während der Blick ihrer Augen fern wird und hinaus über die Lagune schweift, wo die Wellen mit nächtlichem Glitzern und Meeresleuchten gegen die Steine am Strand schlagen.

Ich unterbreche nicht den Strom; ich bringe ihn wieder in Gang, nachdem sie ihre Zeit gehabt hat. Ich ziehe die schwarze Perle an ihrer Kette hervor – Takeakas Perle, die sie mir mit ihrer seherischen Gabe vererbt hatte. Dann klemmt sie meine Finger fest um sie herum und sagt: »Hano mai!«

Das ist Maori und bedeutet: »Du bist gekommen!«

Anschließend sitzen wir still da und verdauen jeder einen Kloß im Hals, wobei sie meine Finger weiter fest im Griff behält. Erst als ich mich räuspere, läßt sie los.

»Was ist aus Pappa Viggos Schiff geworden?« frage ich.

Ihre Augen mustern mich scharf, ehe sie wieder über die Lagune gleiten. Sie spricht ein Englisch, dessen Wurzeln zurück in die Kolonialzeit reichen.

»Als Viggo merkte, daß die Zeit sich näherte«, erzählt sie, »segelte er die *Tiare Taporo* nach Victoria, wo er den Schoner auflegte. Danach fuhr er mit dem Begleitboot zurück. Die Seeleute, die alte Freunde der Familie waren, verpflichtete er zum Schweigen. Nun sind sie alle tot, und heute kenne nicht einmal ich die genaue Position der Insel.«

Die Papiere haben ungelesen in der Schatulle gelegen, seit Viggo – kurz nachdem er das Schiff aufgelegt hatte – seinen letzten Herzanfall bekam.

Niemand in der Familie liest oder spricht Dänisch.

Ich sitze steif auf dem Stuhl. Die Notiz brennt in meiner Tasche. Ich habe sie aus dem Umschlag genommen, in den man sie einmal zu einem von Großmutters Briefen gesteckt hatte. Ich sage nichts, und daraus entsteht – so wie immer in der Familie – ein Unglück.

In ihrem plötzlich geschärften Blick spüre ich eine Warnung. Oder eher ein Vorzeichen.

Jetzt zeigt Mama Rongo mit gekrümmtem Finger über die Lagune. Die Gesichter rings um den Tisch wenden sich in diese Richtung, Unruhe entsteht in der Runde, und um mich herum ertönt es im Chor: »The ghost fires!«

Die Penrhynlagune ist um einen versunkenen Vulkankegel entstanden. In Richtung des Flying-Venus-Riffes sehe ich, ebenso deutlich wie alle anderen Anwesenden, Feuerkugeln vom Wasser aufsteigen. Sie werfen Licht auf die Wellen, schweben – gleich sanft schaukelnden Quallen mit langen Feuerfäden – hoch oben über den Palmengürtel und verschwinden wieder am Nordende der Insel. Erlöschen einfach, eine nach der anderen, im Dunkel. Dort, wo Meer und Himmel ineinander übergehen, sehe ich minutenlang in stummer Ergriffenheit Feuer und Wasser vereint.

Die Unterhaltung am Tisch kommt in Schwung. Das Phänomen ist auf Penrhyn bekannt, und erfahrene Fischer, die die Lagune bei Nacht kreuzen, sagen, daß sich die Lichter in derselben Sekunde in der Dunkelheit auflösen, in der man versucht, sich ihnen zu nähern. Kurz darauf erhebt sich Mama Rongo und stakst – nachdem sie beide Hände auf mein Gesicht gelegt und den Brand des Blutes gespürt hat – hinaus auf den Sandweg und hinüber zu ihrem Haus mit den Pandanus-Matten auf der Veranda. Hier steht auch Viggos alter Schaukelstuhl, in dem sie ein Schläfchen macht, während der Rest der Insel summt. Ihre Hände waren wie Mehl und haben einen kühlen Abdruck auf meinen Wangen hinterlassen.

Später in der Nacht ist Tanz im Palmenhain, schwingende Baströcke, Ukulelen und Keksdosentrommeln. Sie sind aus dem Dorf von der anderen Seite der Lagune gekommen. Wir machen durch bis in den hellen Morgen.

Früh am nächsten Tag, als ich an Bord des Küstenmotorschiffes *Manuvai* gehe, hat sich die Bevölkerung der Insel auf dem Kai versammelt. Das Schiff versorgt die Insel mit Vorräten. Sie legen Ketten aus Muschelschalen und Meerschnecken um meinen Hals und schenken mir Perlen, nach denen sie in der Lagune getaucht haben. Als die *Manuvai* von der Mole ablegt, werfen sie Blumenkränze ins Meer und singen einen mehrstimmigen Choral. Es ist eine Bitte, daß nichts Böses auf der Reise geschehen möge; die Blumenkränze sollen mich – wenn die Zeit dafür reif ist – zur Insel zurückkehren lassen. Ich stehe auf dem Achterschiff und sehe die Menschen auf der Mole kleiner und kleiner werden, während der Psalm verklingt. Mama Rongo ist nicht unter ihnen.

Eine Woche später gehe ich auf Rarotonga an Land und begebe mich sofort zum Flughafen, wo ich ein Flugzeug chartere.

Der Pilot ist chinesischer Abstammung. Ich zeige ihm die Notiz. Er markiert die Position auf seiner Karte von dem südlichen Teil des Pazifischen Ozeans, sieht zu mir auf, die Augenschlitze hinter der spiegelnden Oberfläche der Sonnenbrille verborgen, deren Gummiband um den Nacken herumführt.

Was ich dort wolle, mitten in einem einsamen Seegebiet, fast zweihundertfünfzig Meilen nordöstlich von der nächstgelegenen Insel Rakahanga? Ich zeige ihm eine Rolle Dollarscheine, und er zuckt mit den Schultern.

»Let's go!«

Wir gehen zu seinem *Piper*-Hochdecker. Er rüttelt ein paarmal an den Tragflächenverstrebungen, bevor wir mit dem Flugzeug aufsteigen. Ich habe nicht mehr bei mir als eine Tasche mit Schwimmflossen, Tauchermaske, Messer und Schnorchel. Einige graben nach Schätzen; ich tauche.

Wir hängen in einer Kabine, die mit schnurrendem Propeller durch das Luftmeer surrt. Ich drücke die Stirn gegen die kalte Plexiglasscheibe und spüre, wie sich die Vibrationen verpflanzen, starre hinunter auf die verkleinerten Wellenkämme.

Unter uns gleitet das Meer dahin, und es dauert lange, bis ein Schimmer von Brandung und Palmenschaum das monotone Glitzern unterbricht. Ich deute mit dem Finger auf etwas. Der Pilot ruft mir etwas zu, checkt die Karte in ihrer Plastikmappe, schaut hinunter auf die Insel, die dort nicht liegen sollte, kontrolliert seinen Kompaß. Triumphierend zeige ich ihm den Zettel, den ich die ganze Zeit über in der Hand gepreßt habe, zeige auf sein Navigationsgerät. Die Position stimmt in Graden und Minuten; Viggo war ein hervorragender Navigator.

Eine Stirnfalte ist über der Spiegelglasbrille hervorgetreten. Die Insel ist ganz unbedeutend, ein Rundriff mit der üblichen Einfassung von Kokospalmen. Er wendet und geht langsam hinunter, dreht eine Runde über der Insel. Dort gibt es keine sichtbare Ansiedlung, keine Hütten und – vor allem – keinen Landeplatz. Mit anderen Worten: Alles ist, wie es sein soll.

Der Pilot ruft mir etwas durch den Motorlärm zu. Es ist unmöglich zu landen. Ich nicke. Das Riff zieht sich mit seinen hellen Flammen unmittelbar unter uns hin, verzweigt sich draußen im Meer und sieht, im Verhältnis zu dem kleinen palmenbestandenen Atoll, wie Festland aus. Während des Pazifikkrieges wurden Piloten oft derart von der Sonne geblendet, daß sie, wenn sie eine Notlandung versuchten, auf dem Riff verunglückten.

Der Pilot schüttelt wieder den Kopf, und ich antworte mit einer bedauernden Handbewegung. Wir beginnen zu steigen.

Dann erblicke ich den Schoner, der hinter dem äußeren Riff liegt – im Schutz des unbewegten Wassers der Lagune. Schräg unten sehe ich die vertäute *Tiare Taporo* – so als hätte sie gestern Anker geworfen –, und dieses Mal kommt der erstaunte Ausruf von mir. Das Schiff, das ich so gut aus den Träumen und von den Fotografien meiner Kindheit kenne, ist unversehrt.

Wieder bin ich Feuer und Flamme; es gibt keinen Weg zurück. Ich ziehe die Taucherausrüstung an, schnalle das Messer ans Bein. Ich brauche nicht die Augen des Piloten zu sehen, um zu wissen, daß er mich für total verrückt hält.

Ich erkläre dem Piloten, wie ich springen will, während er tief über das Wasser fliegt und die Geschwindigkeit drosselt. Er schüttelt den Kopf. Ich verdoppele die Anzahl der Scheine, befestige sie am Instrumentenbrett und bitte ihn, mich morgen zur gleichen Zeit abzuholen. Er schüttelt wieder den Kopf. Dann öffne ich die Kabinentür an meiner Seite, und während der Druck des Windes an ihr zerrt, schreit er mir zu: »You're raving mad!«

Aber er tut, um was ich ihn gebeten habe.

Wir wenden und beginnen einen neuen Einflug. Er stülpt die Palmeneinfassung um und dreht die Zeichnung des Korallenriffs ins Hochformat, legt die Maschine gegen den Wind, geht tiefer, fliegt niedrig über die Wellen. Und während er das Gas zurücknimmt, reguliert er die Geschwindigkeit, indem er die Nase der Maschine hebt und senkt. In einer rutschenden Bewegung gleiten wir vorwärts und hinunter.

Ich sitze sprungbereit an der Tür, die mir fast den Arm aus dem Gelenk rüttelt, als sie mir plötzlich aus der Hand gerissen wird. Ich spüre Turbulenz, und wir fallen aus der Luft. Der Horizont stürzt ab, wir trudeln, während die Tür heftig unter der Verstrebung schlägt und der Motor aussetzt. Ich kann ihm eben noch auf Dänisch etwas zuschreien und den Sicherheitsgurt lösen, bevor das Bild von Brandung, Palmen und Riff in einer Spitze auf mich zukommt –

Und es wird zu Getöse und Feuerblume in dem Teil des Meeres, der ein Stück außerhalb des Korallenringes der Lagune liegt.

Die heiße Luft schleudert mich hinaus, und ich lande im Wasser, das sich wie eine Tischplatte anfühlt und mir völlig die Luft nimmt. Als ich mich gefaßt habe, ist der Explosionsbrand schon beinahe erloschen, kleine Stücke von benzindurchfeuchteten Wrackteilen sprühen noch Magnesiumlicht. Die eine Tragfläche ist abgebrochen; ich schwimme zur Kabine, um zu sehen, ob da noch was zu machen ist.

Das ist nicht der Fall. Die Kabine ist ausgebrannt; der Pilot hängt leblos in seinem Gurt. Ich fasse an den Pilotensitz und reiße die Hände blitzschnell zurück. Der Metallrahmen ist rotglühend. Die Kabine beginnt zu sinken. Er trägt noch die Sonnenbrille, aber das Spiegelglas ist schwarz geworden. Auf seinem Kopf, der mit Brandwunden bedeckt ist, findet sich kein Haar mehr. Und als das Wasser bis zu dem verkohlten Mann auf dem Sitz vordringt, zischt und dampft es. Ich lasse mich vom Trittbrett ins Meer gleiten, während sich das Wasser gnädig über seinem Kopf schließt und die letzte Lufttasche sich füllt.

Die Kabine kippt und sinkt. Ich schwimme an Land. Als ich ans Ufer klettere, ist nichts zu sehen – nur ruhige See.

Ich habe zu viel Adrenalin im Körper, um liegenzubleiben, und umkreise die Insel in Richtung Landspitze, wo ich die Masten der *Tiare Taporo* aufragen sehe.

Eine knappe Stunde später, als die Sonne weit über dem Zenit flammt, stehe ich auf einem Steilufer und sehe auf das Schiff hinunter. Mit dem Tauchermesser habe ich eine grüne Kokosnuß geöffnet; in dem leicht gegorenen Saft, den ich in großen Schlucken leere, ist Champagnerbrausen und eine natürliche Frische.

Das Deck leuchtet mit fast weiß gescheuerten Planken zu mir hinauf, das Bugspriet ragt gerade vor, die Vorstagen sind gespannt, Takelage und Webeleinen intakt. Am Heck steht bogenförmig, mit nur leicht angelaufenen Messingbuchstaben, der Name.

Aber etwas ist nicht in Ordnung. Die *Tiare Taporo* liegt still. Allzu still. Selbst ein Schiff in ruhiger See ist in ständiger Bewegung, ein Schaukeln an der Ankerkette, ein Block, der gegen den Baum schlägt.

Ich ziehe die Flossen wieder an und schwimme hinaus zum Schiff. Als ich an Bord klettere, sehe ich, daß die Farbe abgeblättert und die Wasserlinie grün und schwammig von Bewuchs ist. Die *Tiare Taporo* steht leicht schräg auf dem Grund. Als ich mich über die Reling lehne, wird an der Backbordseite ein großes Loch sichtbar. Viggo muß den Schoner mit Absicht auf das Riff gesegelt haben. Die *Tiare Taporo* kommt nie wieder frei.

Mit immer größer werdendem Erstaunen inspiziere ich das Wrack. Ich falle über einen Segelsack, und eine Wolke von Pilzsporen steigt von der Leinwand auf, während Messingringe kullern und sich auf dem Deck zur Ruhe legen. Klampen lassen sich samt Beschlägen abnehmen, das Holz zerbröselt zwischen den Fingern.

Ich benutze ein Ventil als Megaphon und höre meine eigene Stimme mit einem Echo aus dem Inneren des Schiffes. Öffne eine Bank, und daumennagelgroße Kakerlaken wimmeln hervor. Sie haben das Tauwerk zerbröselt, aber ein Fischkasten steht dort, gefüllt mit Fanggerätschaften. Sogar ein Harpunengewehr, montiert auf einen Holzstock, ist dabei, aber als ich versuche, das Gummi zu spannen, zerreißt es.

Daneben liegt ein dreiblättriger Spieß, wie ihn die Polynesier benutzen, wenn das Riff bei Ebbe trockengelegt ist und die Fische in Korallenhöhlen und Wasserlachen stehen. Da sind Segelmachernadeln und Werkzeug. Ich werde keine Not leiden.

Das Deckshaus ist mit Sichtblenden versehen, der Lukenrahmen mit einem Hängeschloß versperrt. Ich ziehe es ab, mitsamt dem Hebel und dem ganzen Kram. Von den Schrauben ist nur der Rost übrig. Als ich die Leiter hinuntersteige, bricht unter meinen Füßen eine Stufe. Ein muffiger Geruch schlägt mir entgegen, und ich höre das Wasser unter den Planken glucksen. Der Motor ist seit langem unbrauchbar. Ich setze mich auf die Maschine und wische mir den Schweiß von der Stirn, der mir nur so herunterläuft.

Draußen in der Kapitänskajüte steht Viggos Kartentisch, und die Koje ist bereit. Ich setze mich beim Kartentisch in einen Korbstuhl, der gefährlich knarrt und dessen Sitzfläche eine Wolke von stockfleckigem Bambus aufwirbelt. Durch das Bullauge, das sich nicht mehr öffnen läßt, fällt ein Lichtstreifen über den Kartentisch.

Hier herrscht peinliche Ordnung. Das Parallellineal und das Besteck zum Berechnen des Kurses und Markieren der Positionen auf der Seekarte liegen bereit, als wären sie gerade benutzt worden. Ein paar gespitzte Bleistifte mit einem Radiergummi am Ende, ein Schreibset, bestehend aus einem altmodischen Füllfederhalter und einem Tintenfaß mit *Parkers Royal Blue Ink*. Als ich den Deckel abschraube, riecht die Tinte frisch.

Ich ziehe die Kartenschublade heraus – und schließe die Augen.

Als ich die wieder öffne, liegt es da wie zuvor – ganz oben auf dem Stapel von Seekarten, auf denen man noch die Schiffsposition und ein Spinnengewebe von Kurslinien mit Bleistiftkreuzen, Meßwerten und Uhrzeiten sehen kann. Die Linien sind ausradiert und viele Male neu eingezeichnet worden. Eine für jede Reise.

Zunächst glaube ich, daß es das Logbuch ist, aber ich irre mich. Das hat er sicher mitgenommen. Das machen alle Kapitäne, wenn sie ihr Schiff auflegen. Nein, das schwarze Buch, das so schwer auf den Karten liegt, ist eine Bibel. Von dem Goldkreuz ist nur die Prägung übrig, und der Ledereinband hat Flecken von Stearin. Ich fummele ein wenig an der Silberspange, um sie zu öffnen. Sie bildet ein Monogramm, bei dem das *P* in ein verschlungenes und zum Teil ausgefülltes *A* eingebunden ist.

Das ist die Bibel, die nun seit Jahrhunderten im Besitz der Familie ist und die Viggo in seinem allerersten Brief an Großmutter erwähnt.

Das *A* teilt sich in zwei verschiedene Teile und enthüllt die dünnen Blätter mit den Goldrändern. Die Bibel ist mit gotischen Buchstaben in einer alten spanischen Orthographie gedruckt. Ich feuchte die Finger mit der Zunge an und blättere mich zu den unbeschriebenen Seiten vor, wo sich die Eintragungen über die Familienangehörigen befinden sollen. Nach all diesen Jahren stehe ich endlich mit dem Stammbaum da, dem Schlüssel zu unserer gemischten Herkunft ...

Da ist nichts. Die Seiten sind herausgerissen. Es sind viele unbeschriebene Blätter übrig, aber sie sind alle leer. Nervös blättere ich über den abgerissenen Seiten hin und zurück. Das muß eine von Viggos letzten Handlungen im Leben gewesen sein.

Ich fühle mich völlig leer. Dann hole ich tief Luft, schraube die Kappe von seinem Füllfederhalter und tauche ihn in das Tintenfaß. Die Zunge zwischen die Zähne geklemmt, mache ich den ersten Eintrag: *Santa Cruz, 11. April 1524* – und ich sehe, daß ich einem Geschlecht angehöre, dessen Wurzel gespalten ist.

Ich fahre damit fort, für jede Geburt einen Stern und für jeden Tod ein Kreuz zu malen ...

Bis ich zu *Beleheb-Tzi* komme, der der zwölfte Reiter ist. Der einzige.

Es ist Abend geworden, ehe die Frage auftaucht: Wie komme ich eigentlich von hier weg?

Ich massiere die Stelle über der Nasenwurzel, schlage die Bibel zu und versiegele sie mit der Silberspange der Schließe. Dann sitze ich eine Weile da und grübele. Lege mich in die Koje und lasse mich von dem Duft alter Sommerhäuser einhüllen.

Als Viggo auf Penrhyn die Insel seiner Träume fand, war sie voller Menschen – hier gibt es nur kaltes Fischblut, Kokoskrabben und Nüsse. Ich kann essen, ich kann trinken. An Kleidung brauche ich nichts anderes als einen Pareo, in den ich mich hüllen kann, und es gibt eine Menge Lappen an Bord. Aber ich habe keine Menschenseele, die mir Gesellschaft leisten könnte, und vorläufig kommt auch Freitag nicht vorbei. Ich bin gestrandet.

In meinem alten Zimmer in der Bredgade ist es dunkel geworden. Es ist vier Uhr nachmittags. Ich bin am Anfang: Mein Vater ist in der Urne. Nun kann ich über ihn sprechen, denn alles ist verbrannt, und sein Staub liegt still da. Der wird weder zu Trauer noch Freude angeregt, der geifert nicht in Selbstverteidigung, und der wird auch nicht zum Wahnsinn getrieben, weil ich mit Masken spiele.

Der Hurone ist tot; es gibt nur mich und die Familie, die seinen Skalp hochhalten können.

Draußen fegt der Novemberregen über das Dach; während das Licht abnimmt, hole ich ein Album von dem Regal, wo die Rechnungsbände stehen, und schlage es auf. Ich verliere mich in Gedanken. Nie zuvor habe ich Bilder von meinem Vater als jungem Mann gesehen. Statt dessen etwa tausend, auf denen er Zigarre raucht und die Frauen seiner Freunde im Arm hält.

Auf dem einen steht er auf einem Hinterhof in Slagelse, das Haar dick und störrisch – wie mein eigenes. Er trägt ein weißes

Hemd mit Vatermörder, einen schlecht sitzenden Anzug, dessen Hose zu kurz ist. Die Jacke wirkt altmodisch und erinnert im Schnitt an die von unserem Dichter Johannes V. Jensen. Hinten auf dem Foto steht die Jahreszahl *Anno 1926*.

Herrgott, er war erst neunzehn. In seinen Wangen sitzt noch der Babyspeck. Er sieht gut aus, wirkt verletzbar, sein Mund ist noch nicht zu dem schrägen Strich geworden, der sich so gut zu der Zigarre macht. Er hat die Hände auf dem Rücken – eine Pose, die in keiner Weise zu seinem späteren Image paßt, wo er entweder total engagiert oder abwartend wirkt.

Er hat eine Adresse auf die Fotografie geschrieben. Ich denke mir, er hatte eine Kammer auf dem Hinterhof.

Sein Blick ruht auf der Welt. Er ist auf der Hut. Ein Soldat ohne andere Waffen als sich selbst. Sein Körpergewicht hat er auf den vorderen Fuß verlagert. Er wirkt so, als wolle er gleich einen Schritt machen.

Bis zum nächsten Foto hat sich ein Sprung vollzogen. Er ist ein paar Jahre älter geworden. Hinten stehen weder Datum noch Adresse, statt dessen sind da Striche gedruckt, so daß man es als Postkarte verschicken oder Damen in der Provinz, für die man sich interessiert, verehren kann.

Das Haar ist dünner und straff zurückgestrichen. Man spürt schon den Geruch von *Dr. Dralles Haarwasser*. Er trägt denselben Schlips, aber der Anzug sitzt, wie es sein muß. Der Blick ist klar, die Lippen sind zu einem selbstsicheren Grinsen geöffnet. Er sitzt mit Handelsvertretern zusammen. An der Wand hinter ihm hängt ein Gemälde mit einem röhrenden Kronenhirsch. Er ist eindeutig der Jüngste in der Runde, die ausschließlich aus Männern besteht. Er ist auf dem Weg nach oben.

Mit eigener Kraft schlug er sich durch. Die mageren Jahre als Handelsvertreter hatten ihm ein Gespür dafür gegeben, wohin das Geld floß. Er machte sich selbständig. Als die Zeit reif war, gelangte er – wie ein anderes zur Adoption freigegebenes Kind in der Familie – auf das hohe Roß.

Er wurde Reiter, weil das ein Abkürzungsweg zu den feineren

Leuten war. In diesem Sinne lebte er dafür, das Erbe weiterzugeben. Das Reiten hatte zwischen uns eine Brücke gebaut. Die Brücke fing gerade an, sich wie die ersten und flüchtigsten Farben eines hervorbrechenden Regenbogens abzuzeichnen. Ich schlug nicht nur einen Sprung in unsere beginnende Kameradschaft, ich ließ den ganzen Topf an jenem Abend bersten, an dem ich als siebzehnjähriger Bengel das Pferd bei den Fesseln nahm und es auf seinem Mittagstisch ablud. Ich hatte ihm – ganz einfach gesagt – seinen Traum von einer Juniorenmeisterschaft im Bilde des Vaters geraubt. Bald war er dabei, einen neuen aufzubauen. Ebenso banal, ebenso intensiv.

Es war sein Geschäft, sein Firmenname, den ich weiterführen sollte. Als ich ihm den Rücken kehrte, konnte er gerade noch die Gebäude draußen im Industrivej verkaufen, bevor der Konsum und die *Irma*-Kette schließlich das Netzwerk von Großhandelsleuten, die miteinander Lomber spielten und ausritten, zerstörten. Er beendete seine Tage, wie er sie begonnen hatte – mit einem Fahrradverkauf von seiner Wohnung in der Bredgade aus.

Ich stelle das Album an seinen Platz, schalte die rote Arbeitslampe an und betrachte den Lichtkegel, der seinen Schein über die Schreibtischunterlage wirft.

Anschließend bürste ich die Kalkkrümel von der Tischplatte, wische das Zeichen weg, in dem sich der Gedanke unbewußt manifestiert hatte, noch bevor sich die Erinnerung meldete. Ich tausche – zum letzten Mal in diesem Leben – die beschmutzten Handschuhe gegen neue aus, die ich in der Tasche hatte. Dann tauche ich den altmodischen Federkiel, den ich einmal als Junge geschnitten hatte, in das Tintenfaß und beginne zu schreiben:

Er schrieb an den Mond, der große geschminkte Mann, schrieb all das, was er mit seinem roten Mund nicht sagen konnte. Schrieb, bis er schmolz, wie seine bessere Hälfte, der standhafte Zinnsoldat, während die Flamme mit den letzten Resten vom

Rock der Ballerina herumwirbelte und sein Herz im Feuer zu einem Knopf verkohlte. Der Brief war die Landschaft der Stille, ein einziges kraterförmiges Loch, dessen Ränder seit langem aufgehört hatten zu rauchen. Niemand wird ihn je lesen, denn er wird doch nie fertig, es zog sich in die Länge, das Heulen über seine Kolombine und das Schwingen des Federkiels für diejenigen, die noch lieben. Unzählige Male verhalf er dem Springinsfeld zum Sieg, während er in den Kulissen die Hände rang und Kummer über die Entwicklung der Dinge vortäuschte. Er konnte besser als jeder andere den Dummen spielen und die Aufmerksamkeit ablenken, wann immer es brenzlig wurde. In gewisser Weise hat sich niemand klargemacht, in welchem Grade die anderen seine Marionetten sind. Er hat sie alle überlebt. Wenn die Welt ins Lot gebracht werden mußte, waren der Richter und der Gendarm seine eigentlichen Handlanger; Liebespaare waren schon immer ein flüchtiges Element – Pailletten, um der Komödie willen über die Bühne geschnipst. Die Liebe ist eine Parenthese in dem Brief, und noch bevor der zu Ende geschrieben ist, hat sich die Herzallerliebste in die Frau mit dem Brotkorb verwandelt, und der Kerl, der mit der ganzen Farbpalette auf seiner Kleidung aufgetreten war, ist wieder zu einem Herrn im Anzug geworden, der das Schwert mit dem Lineal des Schulmeisters verwechselt hat. Am Ende kann er sich über die Rolle freuen, die die Geschichte ihm zugeteilt hat. Mantel, Maske und Dreispitz. Er lief – wie der Soldat –, rannte vor seinem Schatten davon, mit dem Mond als seinem einzigen Wegweiser. Bis die letzte Maske fiel, und er sah, daß er mit dem Bild des Vaters verschmolzen war.

Ich werfe einen Blick auf das Papier. Da steht nichts. Kratzspuren und ein paar eingetrocknete Flecken. Wie soll man sich sonst an einen menschenleeren Himmelskörper wenden? Derjenige, der die Feder in ein Faß ohne Tinte taucht, riskiert nicht, für die Nachwelt zum Narren zu werden. Ich atme erleichtert auf und erhebe mich.

Rilke sagte es so still: *Wir gehen alle mit einem Brief in uns, und vielleicht ist es uns vergönnt, ihn zu lesen, bevor wir sterben.*

Er ist fertig. Er hat getan, was er tun mußte. Er löscht die Schreibtischlampe, stiehlt sich die Küchentreppe hinunter, vorbei an der Mutter und der Schwester. Er hört, daß sie bei der Abwäsche sind, tritt hinaus in den Hof mit dem Trockenstativ, geht durch den Garten der Kindheit mit dem Kastanienbaum, kommt zur Pforte, die er nicht öffnen durfte. Öffnet sie und tritt hinaus auf das Riff mit den Kokospalmen und dem Sand.

Er hat seine Insel von »Victoria« in »Solaris« umbenannt. Jeden Abend sitzt er auf dem Steilufer und betrachtet das Schiff in dem Horn der mondhellen Lagune. Seit er kam, ist der Schoner Tag für Tag mehr verwittert. Ebbe und Flut haben ihn gereinigt, der Naturhafen hat ihn vor Witterungseinwirkungen geschützt, selbst die gierigsten Wellen erreichen die Lagune nur mit geminderter Kraft. Die Insel liegt außerhalb des Orkangürtels, beschützt von ihrem Riff. Sie ist mit Sorgfalt von einem Mann ausgewählt worden, der den Zorn des Meeres kannte.

Trotzdem vergeht es. Es ist, als verwandelte der Neuankömmling nur durch seine Anwesenheit Holz in Papier, Segeltuch in mürben Stoff, und als würde sich alles Niet- und Nagelfeste lösen. Die Takelage ist zu Spinnengewebe geworden, seitdem er sie das erste Mal berührt hat, die Spleiße lösen sich, und die Jakobsleiter ist zerfetzt.

Er kann nicht länger an Bord leben, denn der Rumpf liegt unter Wasser, nur die Masten ragen heraus. Eines Tages werden auch die unter dem Wasserspiegel verschwinden, und von dem Schiff wird nur noch ein wogender Umriß übrig sein; die Zeit kommt, wo es schließlich auch nicht mehr von der türkisfarbenen Einfassung des Riffes zu unterscheiden ist.

Die Korallen riechen nach Jod, wenn sie bei Ebbe zum Vorschein kommen und ihre grauen Knollen und Tuben entblößen, die überhaupt nichts mit dem Farbenspiel gemein haben, das unter Wasser für sie charakteristisch ist. Er lebt wie ein König auf seiner Südseeinsel, fängt mit dem Spieß die zappelnden Fische, greift seine Langusten und Kokoskrabben mit einem selbstgefertigten Handschuh. Nachts rollt er sich im Schutz von Palmen zusammen; ermattet von Sonne und Salzwasser schläft er ein wie ein traumloses Kind.

Die langen Tage vertreibt er sich mit Tauchen. Das Flugzeug, das an einem unterseeischen Steilhang hängengeblieben ist, zieht ihn an. Er kehrt zurück; die zähen Schläge mit den Schwimmflossen bringen ihn zum Außenriff. Er dreht sich um seine Achse und schießt mit vibrierendem Schnorchel nach unten. Dabei beachtet er nicht mehr die Haie, sondern schwebt nach unten, angezogen von der Kabine mit der abgerissenen Tür und dem Sitz des Piloten, der seit dem ersten Tag, als er das Flugzeug fand, leer ist. Er weiß selbst nicht, ob seitdem viel Zeit vergangen ist oder ob es gestern war.

Wenn die Einsamkeit nicht mehr zu ertragen ist, stellt er sich vor, daß er fliegt. Fort von der Insel und zurück zu den Liedern der Menschen.

Eines Tages, als die Wassertemperatur perfekt ist und der Luftvorrat in den Lungen unerschöpflich scheint, greift er um den Sitz und zieht sich hinein in das Wrack. Er setzt sich an das Steuer und sieht die Instrumentenzeiger weiß unter dem Glas leuchten. Er fühlt, daß er seinen Herzschlag gestoppt und nach und nach die konstante Unruhe des Stoffwechsels aufgehoben hat. Die Augen unter der Maske halb geschlossen, spürt er die Stille des Meeres.

Allein sein Gewicht reicht aus, um das Gleichgewicht zu verschieben, das Wrack beginnt abzurutschen. Als es das Riff losläßt, das zu großen Tiefen abfällt und das Licht in Strahlen-

punkten sammelt, fliegt er endlich. Die Tragfläche läßt das Flugzeug krängen; immer schneller fällt es in Richtung Meeresboden. Das Haar strömt hinter ihm her, und die Maske preßt sich flach an sein Gesicht. Er spürt den Umriß des Schädels.

Er sinkt, bis der Druck hinter dem Stirnbein zum Donner angewachsen ist, und der Körper zuckt, um hochzukommen. Er läßt nicht los, aber es knackt im Lager, ein seltsam matter Laut in zwanzig Faden Tiefe, und das Lenkrad löst sich. Im umgekehrten Fallschirm des Auftriebs schwebend, wird er wieder von der Panik des Hampelmannes ergriffen und versucht sich an das Riff zu klammern; er will nicht nach oben. Er schürft sich die Hände an einer Feuerkoralle auf und spürt erst den Schmerz, als er schließlich aus dem Wasser taumelt, getrieben vom Zwang der Reflexe.

Schon als er zurück an Land schwimmt, flammen die Hände vom Gift der Feuerkoralle. Er klettert auf das Ufer, sieht ungläubig die rot angeschwollenen Inseln auf der Haut, die sich immer mehr ausbreiten, wickelt die Hände in Palmenblätter. Ihm fällt ein Hausmittel ein; er entfernt den Verband wieder und pinkelt auf die Wunden. Das hilft nicht. Nicht, bevor er sich an das träumende Meer setzt, das alle Spuren auslöscht. Er wartet auf ein Schiff.

ENDE